全國高等院校古籍整理研究工作委員會資助項目
國家古籍整理出版專項經費資助項目
上海大學211工程第三期項目『轉型期中國的民間文化生態』資助項目

等文、詩派别，多被置於負面的地位，誤會至今未能盡去。直至近三十年，對於清代詩文的正面研究，方才漸次開展。

如再就詩、文之體進一步細究之，則清初和晚清兩個時期之作，以能反映家國變故、社會動盪的緣故，其遇又稍優；惟中葉乾隆、嘉慶兩朝，或又以『國家幸』之故，作爲文學時期反而最受漠視，詩、文作家能被新派文學觀詮釋的，可謂寥若晨星。故今欲研究有清一代之詩文，宜其從世人相對較爲陌生的乾嘉時期入手乎？

乾隆朝歷六十年，嘉慶朝歷二十五年，前後凡八十五年，約占全部清代歷史的三分之一。這是中國傳統社會的最後一個盛世。此後歐西文明長驅直入，中華文明遂不復純粹矣〔二〕。作爲文學創作的外在生成環境，這一『傳統盛世殿軍』的特殊性質，使得乾嘉時期文學最後一次從内容趣味到技法形式仍然整體地保持著傳統樣色，其内在所有的發展變化，都仍屬固有範疇内部之事。而在這一點上，詩、文以其正統性，較之其他體例顯示得尤爲典型。這個最大的時代社會性質最終投射予文學的影響，不論是積極的還是消極的，無疑都是最值得關注的。它使乾嘉詩文而不是此後的道咸同光文學，平添上文學史最近一塊『化石』的意義。

另一個方面，與此義形同悖論的是：事實上國家的幸與不幸，對文學的好壞又並不具有決定的意義。文學寫作是個人之事，文學作品的價值最終取決於作者個人。詩人的至情至性，無論『幸』與

〔二〕此用余英時之説。見其《試論中國文化的重建問題》等文。

乾嘉詩文名家叢刊總序

張寅彭

歷史概而言之，就是由時間貫穿起來的人和事件。文學則是用凝聚和刻畫的特有方式來呈現歷史的一種形式。而對於歷史也好文學也好，感受和認識反過來又需要時間。例如唐代文學的價值，就是在當代人和宋明以後人持續的感受中被認識的；宋代文學的特徵，也是在當代人及明清以後人的贊成與反對中逐漸被廓清的。明清文學的被認知歷程自然應該也是如此。惟距今時間尚不遠（尤其是清代文學），故對其面貌和性質的認識，目前仍還處在探究的過程之中，尚未達成如同唐宋文學那樣的共識程度。當然，如從根本上來說，對於文學和歷史的體認，又總是不可能窮盡的，永無停止的那一刻。

此次編纂『乾嘉詩文名家叢刊』，就是嘗試認識清代文學特徵的一次新的努力。

清代文學由於距今較近，較多地受到諸如晚清以來所謂『新學』的影響〔一〕，以及西式生活方式流行等現實因素的干擾，一直並非正常地處於主流研究及普偏閱讀的邊緣。在諸種體例中，小說、戲曲等或以俗文學之故，尚能稍受優待，詩、文等正統樣式則最爲新派人士所排擊，如『桐城派』、『同光體』

〔一〕民國以來學者多視清代學術爲高峰，文學爲小丘。其論最典型和影響最大者，莫如梁啓超《清代學術概論》，其有云：『清代學術在中國學術史上價值極大，清代文藝美術在中國文藝史美術史上價值極微，此吾所敢昌言也。』

圖書在版編目（CIP）數據

錢載詩集：彙評本：上下/（清）錢載著；張寅彭，平志軍，黄碩點校. —北京：人民文學出版社，2023
（乾嘉詩文名家叢刊）
ISBN 978-7-02-018052-3

Ⅰ.①錢… Ⅱ.①錢…②張…③平…④黄… Ⅲ.①古典詩歌—詩集—中國—清代 Ⅳ.①I222.749

中國國家版本館 CIP 數據核字(2023)第 103421 號

責任編輯　葛雲波
裝幀設計　李思安
責任印製　任　禕

出版發行　人民文學出版社
社　　址　北京市朝内大街 166 號
郵政編碼　100705

印　　刷　三河市中晟雅豪印務有限公司
經　　銷　全國新華書店等

字　　數　800 千字
開　　本　880 毫米×1230 毫米　1/32
印　　張　33　插頁 2
印　　數　1—1500
版　　次　2023 年 7 月北京第 1 版
印　　次　2023 年 7 月第 1 次印刷

書　　號　978-7-02-018052-3
定　　價　198.00 圓(全二册)

乾嘉詩文名家叢刊

張寅彭 主編

錢載詩集（上）

【彙評本】

張寅彭　平志軍　黃碩　點校

人民文學出版社

『不幸』，才更關乎作品的成敗。而國家的盛衰與否，反而是退居其次的因素。在現實層面上，國家幸，詩人也可以不幸；而詩人又可能將現實的『不幸』，轉換超越爲文學的『幸』，這才是永恒的。這也才可以解釋堪稱中國文學最上品之一的《紅樓夢》何以産生於此一盛世時期的事實。本時期袁枚、汪中、黄景仁等詩家文家的現象，莫不如是。縱覽全清一代詩史，前期的錢謙益、吴偉業、王士禛，以及後期的龔自珍、鄭珍、陳三立，也莫不如是〔一〕。

這一個末期盛世的詩、文作品數量和作者數量，如以迄今容量仍爲最大且最具一代整體之觀的詩文總集《晚晴簃詩匯》和《清文匯》爲據，作者即已達一千七百餘家之多，詩七千六百餘首，文近二千篇〔二〕，比例占到四分之一以上。而實際的總數目，按照柯愈春《清人詩文集總目提要》的著録，乾隆朝詩文家達四千二百餘人，詩文集近五千種；嘉慶朝詩文家一千三百八十餘人，詩文集近一千五百種。這是目前最爲確切的統計了〔三〕。這個龐大的數量表明其時詩文寫作風氣

〔一〕蔣寅曾提出一個清代最傑出詩人的十人名單：錢謙益、吴偉業、施閏章、屈大均、王士禛、袁枚、趙翼、黄景仁、黎簡、龔自珍（見其《清代文學的特徵、分期及歷史地位》一文，載其《清代文學論稿》）。余則稍有不同：前期牧齋、梅村、漁洋，中期隨園、擇石齋、兩當軒，晚期定庵、巢經巢，末期散原、海藏，亦爲十人。説詳另文。

〔二〕徐世昌輯《晚晴簃詩匯》約從卷七十至卷一一二爲乾隆時期，録詩人一千二百餘家，卷一一三至卷一二九爲嘉慶時期，録詩人五百五十餘家。此據正文統計，原目人數標示有誤。又沈粹芬等輯《清文匯》，乙集七十卷録乾嘉兩朝作者四百八十餘家，文一千九百六十餘篇，今以作者詩、文往往兼善，故不重複統計。

〔三〕參見柯愈春《清人詩文集總目提要》（北京古籍出版社二〇〇一年）。

的普及，應該是不在話下的〔一〕。

普及之餘方有精彩多樣可期。此時論詩有『格調』、『性靈』、『肌理』諸說並起，論文有桐城派創爲『義理、考據、辭章』之說，駢文亦重起文、筆之爭，一時蔚爲大觀。更有一奇文《乾嘉詩壇點將録》，將並世近一百五十位詩人月旦論次，分别短長重輕，結爲一體，雖語似遊戲，然差可抵作一部當代詩的史綱。此文今署舒位作，實乃其與陳文述等多人討論之作也〔二〕。凡此皆屬未及染上道光以後新習之見識，宜成爲現代閲讀及研究的基礎。

本叢書第一輯所選各家，驗之《點將録》，如畢沅爲『玉麒麟盧俊義』，錢載爲『智多星吳用』，王昶爲『入雲龍公孫勝』，法式善爲『神機軍師朱武』，彭兆蓀爲『金槍手徐寧』，楊芳燦爲『撲天雕李應』，孫原湘爲『病尉遲孫立』，王曇爲『黑旋風李逵』，郭麐爲『浪子燕青』，王文治爲『病關索楊雄』，皆爲天罡或地煞首座，惟王又曾未入榜，則又可見此文或亦不無疏失矣。

上述十餘位，加上此前已爲今人整理者如袁枚（及時雨宋江）、蔣士銓（大刀手關勝）、趙翼（霹靂火秦明）等所謂『三大家』，以及黄景仁（行者武松）、洪亮吉（花和尚魯智深）、舒位（沒羽箭張清）、張問陶（青面獸楊志）等人，庶幾形成一規模，可爲今日閲讀研究乾嘉詩文者提供一批基本的文獻。而爲避免重複出版，袁枚等遂不再闌入，非未之及也。

〔一〕袁枚《隨園詩話》十六卷，録詩人近二千家，對當年作詩普及的現象，更有直接的記載。

〔二〕詳見拙文《汪辟疆〈光宣詩壇點將録〉與晚清民國舊體詩壇》。

整理標準則以點校爲主。底本擇善而從，如彭兆蓀《小謨觴館集》取有注本等。無善本者則重編之，如畢沅有詩集無文集，其文則須重輯之；王文治亦無文集，今取其《快雨堂題跋》代之；王曇集別本甚夥，此次不僅諸本互勘，且考訂編年，斟酌補入，彙爲一本；諸如此類。同一家之詩、文集，視其篇幅，或合刊，或分刊。各家並附以年譜、評論等資料，用便研讀者參看。其他校勘細則，依各集情形而定，分别弁於各集卷首。

乾嘉時期，詩文名家衆多，至於第二輯的繼續整理出版，則請俟來日。

作於上海大學清民詩文研究中心

前言　論清詩變體首出的大家錢籜石

張寅彭

錢載(一七〇八—一七九三),字坤一,號籜石,秀水(今浙江嘉興)人。乾隆十七年(一七五二)進士,改庶吉士,散館授編修,後授内閣學士兼禮部侍郎、《四庫全書》總纂、山東學政。乾隆四十八年(一七八三)致仕。工詩文,精於繪畫,著有《籜石齋詩文集》。

他的詩,當年同時人的最初評價,呈一兩極之現象,即置於第一、第二的高位,而具體之評卻是負面的。如洪亮吉云:「近時九列中詩,以錢宗伯載爲第一。」「若決其必可不朽者,其爲錢(載)、施(朝幹)、錢(灃)、任(大椿)乎。」(《北江詩話》)舒位《乾嘉詩壇點將錄》以袁枚、錢載爲首,分别點爲「及時雨宋江」與「智多星吳用」。但落實到具體評論,袁枚首開「率真任意」之說(《隨園詩話補遺》),王昶《湖海詩傳》復云:「率然而作,信手便成,不復深加研煉。」此評遂流傳開來,影響甚廣,連日人也附和,如賴山陽評《籬門》一詩云:「此等晚年頹唐之作,所以來蘭泉、倉山譏評也。」[一]而錢氏的知友翁方綱也曾評選其詩,屢以所謂「顛逸」一詞訾其詩風。如於《詩集》卷二九《趙子固東坡笠屐圖硯歌》一首評云:「不問何題,總帶顛逸。」卷三二《羅山人爲余作探梅圖題以謝之》一首評云:「總帶顛逸光景,亦實可

[一]《浙西六家詩鈔》卷四,日本明治間嵩山堂刊本。

厭。」又曾總評云：「大約總以顛逸見致，固異時流，究非正派。」〔二〕此「顛逸」一詞何謂，尚未爲人所追究，然以翁氏之身份，卻又不容忽略不察。乾嘉詩壇當年這一評論兩極的大落差，至少説明了蘀石齋詩不易遽賞的特徵，兹試爲申論之。

一、「率」評辯析

《蘀石齋詩集》五十卷，由作者生前親手編定。乾隆四十年先成三十六卷，未刊；乾隆五十三年續編至四十九卷，按年編排；乾隆五十四年己酉至五十八年癸丑最末數年之詩，再續編爲一卷，爲卷五十。《蘀石齋詩集》的刻本，即爲此種四十九卷本與五十卷本兩種。存詩凡二千六百餘首。

由於《蘀石齋詩集》梓行較晚，細審上述袁、王二家之評，情形也微有不同。時袁枚已在七十二歲以後的高齡，未必認真細讀。《隨園詩話補遺》記蘀石一則以懷舊爲主，蓋蘀石《詩集》卷四十九末一首《茶舫歌》，由袁枚從弟袁鑒而及其兄，「清涼山後阿兄題，大令名看小令齊」，詩序因有「五十年以來海内公車故人，意惟簡齋在矣」的感慨，遂引來袁氏「率真任意，有夫子自道之樂」的回應，適時而發，非是貶義，也不必是對蘀石詩的正式評價。王昶《湖海詩傳》中的「蒲褐山房詩話」則不然，此書體兼「傳」與「話」，故雖然主要記其佚事，推其鑒賞繪畫，但詩竟評爲末事，「率然而作，信手便成，不復深加

〔二〕《蘀石齋詩集》翁方綱手批本，藏北京國家圖書館。下文所引覃溪文字凡不另注出處者，均出自此本。

研煉」一語，也是專爲評詩而發的。所以後世的不同意見，較爲精準者如張維屏、錢泰吉等，便也只針對王氏，如張南山云：「述庵司寇乃謂其詩率然而作，蓋未細觀其全集也。」〔一〕總之袁、王兩人的「率意」之評，因其本身較爲「率意」，而都不能令人信服。

同時人評蘀石詩，值得重視的是翁方綱的意見。兩人過從甚密，詩學趣味也相投〔二〕。覃溪是逐首讀過《蘀石齋詩集》的，今存他手批的《蘀石齋詩集》，除卷三、四、五、九、二十三、三十三、三十六、三十八、四十三及末三卷外，其他各卷皆有評語。他對蘀石詩「粗率」的批評，從字、句、事到題、意、韻，言之鑿鑿，連後來頗維護蘀石的錢氏族人如錢儀吉、錢泰吉等，雖不會照單全收，但也不能不擇善而從。

覃溪的評語約有一百三十餘條，其中稱許語不過十餘條，其餘皆爲負評，卽屬蘀石詩的所謂「粗率」之病，可分別觀之。

字句粗率者。如《過張侍御馨出示古藤花下憶弟編修坦用曝書亭集檜字韻詩歸而和之……》之「愛而不見涎涎尾」，指曰：「涎涎燕尾，從『廷』不從『延』，亦近人誤用。」《靜宜園曉直》之「青瑣已聞傳劄子，華裾猶自帶星光」，評曰：「此句『自』字作何義用之？」《渡漢江至定軍山謁諸葛忠武侯墓》

〔一〕《國朝詩人徵略初編》卷三四《聽松廬詩話》。道光十年廣東超華齋原刊初印本。

〔二〕《蘀石齋詩鈔序》：「方綱與蘀石相知，在通籍之前；而談藝知心，于同年中爲最。自己卯春蘀石自藜光橋移居宣南坊，方綱得與晨夕過從，至今十有八年。中間方綱使粵者八年，而前後共吟諷者則十年。十年論文之交，世固有之，至於心之精微，人所難喻，方綱於蘀石則固敢謂粗喻矣。」《復初齋文集》卷四，清刻本。

之「優劣比伊呂」句，評曰：「此間可下得一劣字耶？」《爲韋編修謙恆題其先教諭鐵夫授經圖》之「儒家六經天下術」，摘「天下術」三字曰：「不通。」《侍講張先生若需輓詞》之「相見斯須憶至誠」，摘「憶至誠」曰：「此等字終是不必有者。」《九峯詠十首》各首之小題，指曰：「忽而稱謚，忽而稱名，忽而稱字。」《六十七研銘拓本歌并序》中之小注「真研不損，蘇文忠語」，評曰：「此八字可無庸注。」《宋謝文節公橋亭卜卦硯歌并序》之「物關節義情尤關」句，評曰：「二『關』字復來無謂。」《梁吉士同書秋曹敦書招同諸友飲紫藤花下》，頻用「紅雲」、「紫雲」、「紫霄」、「紫霞」，譏曰：「不嫌執著耶？」《重游東林寺寺僧出觀文端公丁卯次韻詩……再用韻》末句「任爾匡山青不青」，評曰：「是何言語？」《張少詹曾敞將歸桐城……屬畫蘭竹……》之「速爲成圖且奉觀」句，評曰：「不成話。」《政和鳳池研歌》之「賞家每玩宣和印，道君先識政和義」二句，評曰：「此二句實是欠通。」《慈恩寺登塔》之「山水如相忘」句，評曰：「是何說？」《秦二世刻琅琊臺始皇刻石詔書》之「泐餘幸免太武摧」句，評曰：「『幸免』云不是。」《上巳後二日蔣侍郎招集北臺看桃花……明日補作……》之二尾聯「不信于歸屬之子，全憑太乙有東皇」，評曰：「此則未通。」《觀淳熙錢聞詩三峽詩石》之「七古存風格」，評曰：「七言古竟稱『七古』，斯言典乎？」其他如《題秋碧堂法帖即用冊中顏魯公書竹山連句韻》中的裴循訛爲裴修；《觀文待詔歸去來圖》「文肅跋內竟不檢其祖諱」；《得世錫書卜以九月二十六日葬其母夫人……感成……》之二十「書房向後言母戇」：「『母』作『毋』。」《楚山歌》之「望岳如闔閭」、《賜清音閣觀劇恭紀十首》之二的「檀槽聲趁最瓏玲」，「闔閭」、「瓏玲」皆不可倒置。《范給諫棫士挽詞五首》之一「庚子已庚子，九州還九州」兩句及「俄教涕泗流」之「俄教」、之二「居然在一貧」之「居然在」，評曰：「竟是不通如此。通人而造此不通之境候。」又注意到葎石「好用『從容』二字，然往往未安」，「每用『由來』二字皆不妥」。前者舉《西江試院雙桂歌》「從容取士仍南國」爲例，又特意爲《舟發南昌》自注中所存詩「朱閣從容秋士屐」的「從容」改「追陪」；後者舉《草堂寺與查按察禮飲》的「由來勵勤恪」、《七月朔日……爲同徵小集賦詩六首》之二的「由來倫紀關皆重」爲例，以爲太「隨手」。

又有人、事、物入詩之粗率者。如《杜陵》首二句「帝在民間時，好作鄠杜遊」，指曰：「漢宣帝是何代之帝？有此文理乎？」《裁剪四照樓前花木》之「岸南岸北樹陰饒」，指曰：「數尺之地，可稱岸耶？」《至曹州牡丹已過》之「綠樹深城叫子規」，指曰：「子規，山東無此鳥。」《次韻金詹事入府丁祭畢與諸公飲福之作》之「減于牛俎供羔豚」，指曰：「俗呼薦俎謂之上供，此可以入詩乎？」《觀褚中令臨蘭亭序第十九本墨蹟》，指曰：「此是僞物，如何可以作詩？並無褚臨第十九本之事。此馮氏《快雪堂帖》之不考耳。」《觀唐貞觀淤泥寺心經石幢於鷲峯寺》與《題蘇文忠公墨蹟卷》，亦迭謂「此碑非真」、「此卷未必真」。

押韻、對仗之粗率者。前者如《六十七研銘拓本歌并序》之「宋書規晉蔡薛森」至「顧使女子荒織紝」，指曰：「此等豈非趁韻？」《宜亭新柳六首并序》之六頷聯，指曰：「律詩不應出韻。」《裁剪四照樓前花木》之「高柳休遮翠栢凋」句，指曰：「『凋』字湊趁。」「末句亦不應押『翹』字。此則小旦之整矣。」《過張侍御馨出示古藤花下憶弟……》之「移居劇喜藤壓檐，癡虯蟠雪無須髯」句，指曰：「此則趁韻，不必存。」《送儲宗丞麟趾假歸宜興》之「敍族糾宗贊月卿」，指曰：「糾，上聲，誤作平。」《奉簡祝大典籍維誥四首》之「王官壙仿司空圖」句，評曰：「司空『司』字忽平，可乎？」對仗亦偶有指摘，如

《八月十五夜》之「天非無皓月，人自有煩憂」句，「『煩憂』對『皓月』，畢竟未工。」《宜亭新柳六首并序》之四「笛裏關山今是淚，梢頭明月本來空」一聯，指曰：「前首之『雙』對『淡』猶可也，此首之『明』對『關』則不可。」

又有謀篇布章嫌其粗率者。如評《題許秋曹道基竹人圖》曰：「『志行』收篇，首『德』字得無重滯？」評《秦二世刻琅琊臺始皇刻石詔書》曰：「實不成章。」評《橋山篇》曰：「此等篇法于古無之，實不足存。」評《慈恩寺登塔》云：「意欲自居於苞蓄前古之作，其實不應如此作耳。」評《借萬壽寺憨上人杖入西山》曰：「直似偈子。然似有後半，而以前半湊入者。」

覃溪又屢用「呆滯迂腐」一詞重貶蘀石詩。如評《城南餞春四首并序》曰：「拙滯。」評《燒宣德香爐歌酬紀侍御》云：「迂而無味。」《觀大唐中興頌刻石》之「面石久益欽兩公，與唐家國誠哉忠。江深山荒風露濕，不語之語精猶充」四句，評曰：「呆滯語。」《來鶴堂詩爲傅鴻臚爲詝賦》之「在陰易既觀其象，于野詩應樂且謠」兩句，評曰：「呆滯迂腐。」《爲沈觀察清任畫蘭復屬題》之「德芬芳與零陵似，山寂寥隨眾草生」兩句，評曰：「此五六非呆滯乎？」《題管夫人寄子昂君墨竹》「寄言妙得溫柔解，韻戛琅玕神理超」兩句之「溫柔解」、「神理超」，亦曰：「呆滯可笑。」

與之相當的又有「絮絮」一詞，如評《曉行次張中書虎拜韻》曰：「何其絮絮如此！」評《洪洞》亦曰：「雖極通矣，何以絮絮至此！」而評《題王農部昶三泖漁莊圖》的「似老婆娘廚下鬭嘴聲」，評《爲焦仲卿妻劉氏作後復感成二首》的「直是多事取鬧」，亦同此絮叨之意。

上述翁氏評點蘀石詩指出的種種粗率之病，竟具體坐實了袁枚、王昶的不經意之評，這個結果，當是袁、翁這一對生前刻意不交集的「論敵」，彼此都未曾想到的吧。

當然覃溪也頗有不能成立的苛評、誤評，前人即已指出。如《野泊》一詩：「瑟瑟水風興，纖纖天月上。遥墟陰寂歷，修畛碧莽蒼。船人傍涯住，持火照曠瀁。客子沽酒行，穿林語蕭爽。危檣衆星濕，輕幔微烟敞。不寐思厚衣，薄寒息蟲響。」覃溪以爲「莽蒼」、「曠瀁」、「蕭爽」可商，錢儀吉駁云：「中四語對也。覃翁未之覺耳。」[一]又如《上元日箭亭侍宴》之「上辛禮協上元辰，昨進春牛乍立春」，覃溪謂「乍」當作「剩」。錢儀吉揶揄云：「覃翁能解『上辛』句意，即不以『乍』爲『剩』字矣。」自以錢氏之解爲是。又如《二硯歌并序》，覃溪謂「坤一最尊朱竹垞，而此未留意照顧。以此爲真，則竹垞詩之玉帶生非真矣。」錢儀吉駁云：「此是刻誤，非與竹垞爲難。」顧列星亦表異議：「竹垞先生《玉帶生歌》，頗近俳諧。此詩莊重不佻，如與端人正士晤對一堂。」又如《題觀書士女》：「潔蠲酒食曰婦儀，黼黻玄黄曰女工。豈若世間鬚眉儔，置身必置萬卷中。庭影竹蕉盎香桂，壁琴含秋秋擁髻。侍兒窗户倚垂扇，亦是纔過三五歲。張萱周昉娱此情，底須絕異誇才明。東觀班姬能應詔，故知環珮有常聲。」翁詰問「張萱」兩句後「如何收裹，如何出路」。錢儀吉回應云：「首言婦職不在觀書，中還題，末以班姬結。言觀書正所以成婦德也，與起作呼應。公集中從無無收裹、無出路之詩。翁評殊鹵莽。」又如《秣陵》，翁云「實不知其意所在」。錢儀吉即代答云：「意在憑弔江左人物之盛，

[一] 錢儀吉及下文顧列星、錢泰吉等人評語，俱出自國家圖書館藏《擇石齋詩集》唐仁壽輯各家評點本。下文不再一一出注。

偏安一隅，不見中原耳。公適奉使關中還京，未幾即來秣陵，於身事爲親切矣。」又如《觀文待詔歸去來圖》，翁指「『克成』與注中『克承』歧誤」，錢儀吉云：「克成，人名，覃翁粗疏誤解耳。」此類甚多，覃溪反誤。

尚有一些詩觀方面的歧見，如《唐昭陵》一詩，翁方綱責之「不及林同人撰記之該備，則又何以詩爲」。錢儀吉駁云：「『作詩必此詩，定知非詩人』，蘇齋竟未悟此。況專以考訂論詩，自來未有也。」翁評《橋山篇》「實不足存」，《畢原篇》「竟不成詩」。顧列星則以爲《橋山篇》「拙樸繁重」，《畢原篇》「排奡宏敞，爲絶構也」。評價兩極。而上述「呆滯」、「絮絮」、「顛逸」之類指責，實際上都關係到蘀石詩的總體風格，未必即是其短，而是由覃溪詩觀不同所致，下文將詳論之。

覃溪之批評自亦有得到錢氏等人認同的，如《濟南使院海棠已過感題》之「龍樓鳳閣春三日」，覃溪評曰：「日，月。此其最得意之作，亦復不切。」錢儀吉云：「翁改『月』字，必親見底本。如是適與予所疑合。」又如《張少詹曾敞將歸桐城……》之「速爲成圖且奉觀」句，覃溪云「不成話」。錢儀吉稍爲之辯，然亦認可：「此等俱出於老杜，然不無流弊。所以西江一章一句，皆欲自成結構，正有鑒於此也。」「公於西江得力已深，特性愛真率，不欲多爲槎枒生硬，而一二酬應之作，定稿時刪汰亦未盡耳。」「性愛真率」，與袁枚用詞近，然畢竟也是「率」耳。

覃溪之負評，還有數處涉及蘀石的人品，如《諸葛忠武侯廟》之「入蜀先欽諸葛君，後於三代感斯文」，覃溪謂「『欽』字肉麻」。《度熊羆嶺》、《霧度平靖關》二詩，覃溪屢譏曰：「主考有營兵跪接，亦何必如此賣弄。」「只管借重營兵，爲主考賣弄，實可不必。」《觀音碥》一詩，覃溪評云：「豈坤一不滿荔裳詩邪？抑不知有荔裳詩邪？其實蔚州此作，焉能必勝於宋乎？自是特要抹殺宋荔裳之作耳。則何必哉？爲人不能平心，一至於此。」此評誠不可解，故錢儀吉大不平云：「覃翁如此論詩，亦從來未有。公意只是重蔚州之人，特爲表其行跡耳。」覃溪又屢質疑蘀石對朱筠之交情，《曹侍讀仁虎招同曹少卿……》一詩，覃溪竟曰：「君與竹君何嘗心知，而惓惓如此者，僞耳。」于《三月四日清明右安門南甲午修禊處感朱學使筠》一詩又曰：「謂感竹君者，非其實也。」觀覃溪之言，或有本事在，今未及知〔二〕。然蘀石數詩實皆誠摯有加，其爲人亦絕不僞，未知覃溪何出此言。又《濯纓橋曉坐》詩：「柳陰水東來，惆悵清渠一。人之一日生，詎非死一日？我之死也多，生則未能必。所以朝聞道，非徒時勿失。朝聞而夕死，于我事方畢。夕死不朝聞，哀哉誰與恤？南山翠雲起，東海紅輪出。獨坐石橋身，悠悠自心怵。」覃溪評曰：「此『一』字已不好。」復曰：「奇哉！君固未聞道耳，又何必如此？實是可笑。」案此是蘀石七十歲之作，詩意在「朝聞夕死」，雖是常理，然是老年實感，正不妨作詩料，覃溪譏以「未聞道」，「道」固不如是懸隔也。「清渠一」之「一」，喻理一也，與「一日生」、「死一日」亦諧，放在句尾，也是蘀石慣用的手法，而爲覃溪所不喜。

不過覃溪對蘀石詩的評價雖云嚴厲，卻非欲抹煞，而在樹立，這與王昶之評性質不同。他所認可的詩，評價也是很高的。如評《歸舟述六首》曰：「此皆不可磨滅之作。」評《上巳二首》之一曰：「此

〔二〕覃溪《祭朱竹君文》有「先生之文，或信或疑，此中真實，惟我知之」等語，頗以朱筠知己自居，然亦未言究竟。文載《復初齋文集》卷十四。

種清真七律，今人罕有。」評《酌第二泉》曰：「實皆字字滌盡浮塵者矣。」評《王又曾春日金陵書來及秋懷之》曰：「極其匠意結構出之。」評《送徐太守良之任夔州》曰：「此即其詩之可存者。」乾隆四十一年，他曾就三十六卷本選出四卷〔一〕，評曰：「其詩濃腴淡韻，若畫家賦色，向背凹凸，東坡謂于王維千枝萬葉，一一皆可尋源者也。」蘀石乾隆五十八年癸丑九月去世後，十月覃溪就又在看他的詩了〔二〕。又在次年夏，爲其子樹培選出蘀石詩二百零三首〔三〕。嘉慶二十二年丁丑，覃溪在去世的前一年，又「偶看」蘀石詩，並曰：「若通加刪選，只可存其什之三，庶幾可傳耳」。這個比例，與其評褒貶的比例也大致相當。從《蘀石齋詩鈔序》至此時，已逾四十年，自可看作是他對蘀石詩的定評；此語寫在四十九卷本上，也不啻是對自己評點的堅持。

二、「蒼莽」詩風與「以文爲詩」

對錢蘀石詩「率意」之病較爲系統的批評，除了翁方綱之外，錢儀吉、錢泰吉、錢聚朝等也曾在各自

〔一〕王昶亦見過此一選本，見其《春融堂集》卷四四《跋坤一詩鈔》。

〔二〕見翁方綱評本《蘀石齋詩集》卷十末：「癸丑十月十四日復於內閣曉坐，待本來。偶閱蘀石詩。」

〔三〕覃溪的這兩個選本皆未見流傳，今存手評本中標示有符號，可略還原之。前一個四卷本王昶曾爲作跋文，見《春融堂集》卷四四。

的評本中展開過，但他們的工作更多地集中在校正誤字上，後二位尤其如此〔一〕。《蘀石齋詩集》個別詩句若不附以三錢的訂誤，幾不可讀矣。不過其中不少乃是蘀石本人原稿或手校的過錄而已，如《登陶然亭後閣看雪》「市烟青斷還相指」的「還」，錢聚朝曰手校作「遙」。《蔣少司農賜棨招飲見菜花於几上》之二「豆花夾又麥稍翻」的「稍」，錢聚朝曰：「手校改『梢』。」自以改字爲勝。《翁編修方綱購得……》之二末句「更欲題詩相笑娛」，覃溪曰：「『欲』字，記得坤一手稿是『遺』字。」錢泰吉復證實曰手校本作「遺」。蘀石詩集初由嘉善一剞劂老手寫刻，其人卽歎「手稿改易甚多，行間字裏，旁行斜注，幾有不可認識者」〔二〕。其誤字不少或由此而生。然則作者「率」乎？終不率也。

嘉、道期間，對蘀石詩的認識，卽已發生了轉變，王昶的「率意」之評已經完全站不住脚。吳修《書蘀石齋詩集後并序》引朱休度語曰：「少寇所論，適與蘀翁詩相反。」〔三〕黄培芳《香石詩話》、張維屏《聽松廬詩話》、郭麐《靈芬館詩話》等，異口同聲，都讚譽其生面獨開，自成一宗。但若欲以正面一詞綜括蘀石詩的風貌，竊以爲吳應和「蒼莽」之評足以當之。道光初吳氏編選《浙西六家詩鈔》，卷四爲蘀石詩，其總評云：

〔一〕錢聚朝、錢聚仁、唐仁壽先後有三個彙評本，集錄翁方綱、顧列星、吳錫麒、錢儀吉、朱休度、錢泰吉、錢聚仁等家評語。其中翁評已見本文，顧評多爲褒揚，吳評但作圈點，朱評專表押韻，惟三錢之評有指誤，以錢儀吉見識稍高。三本俱未刊，今藏北京國家圖書館。

〔二〕于源《燈窗瑣話》卷七，道光二十七年刊巾箱本。

〔三〕《吉祥居存稿》卷一，道光五年刻本。

> 蘀翁篤于根本，孝悌忠信，至性至情，發而爲詩。其旨敦厚，其氣清剛，其意沉著，其辭排奡。漢魏、六朝、三唐、兩宋體制，靡不兼有。尤得力於少陵，造詣深沉，脱盡膚言浮響，自成一大家面目。蒼莽之極，轉似荒率，宜乎難爲識者矣。

「蒼莽之極，轉似荒率」，此評甚妙，既不諱言蘀石詩之「率」，「蒼莽」亦近於「荒率」，然性質卻正、負立判。這是對於蘀石其人其詩的一次較爲中肯的總評，其人的性格特徵，其詩的體制特徵，説得都很到位，而具體之評則都散在所選各詩及評點中了。尤其令人歎喟的是，這一個「蒼莽」之評的美學意涵竟能延續至現代，在錢鍾書《談藝録》中再生。

錢蘀石是《談藝録》詳加論析的幾位清詩大家之一。錢先生因不滿《聽松廬詩話》等「自負爲鍾期、桓譚者」，駁率意説僅「空洞數語，稍足翻案，未能關異議之口」〔二〕，遂獨抒己見，月旦各家之説，論及蘀石詩的各個方面，其精深程度，迄今尚無人能過之。其言雖未及吳應和上述之評，然最終得出蘀石詩「醜而耐看」的結論，卻與「蒼莽」一評在美學趣味上極爲相近，意涵則更爲深入，運用傳統標準而將蘀石詩的賞析現代化了。

錢先生論蘀石詩最得要諦的一點，竊以爲乃在凸出其詩實以學韓爲主，而非歷來衆口泛泛的學

〔二〕《談藝録》（補訂本）五八，中華書局一九八四年版，第一九二頁。此書第五二則至五八則專論蘀石，下引錢鍾書評蘀石語出自此本此數則者（及相應之補訂文字），不再另出注。又錢先生《中文筆記》第一册載其讀《蘀石齋詩集》筆記，摘句從卷一至卷五十，評語未出《談藝録》範圍，雖大要已備，語自不如《談藝録》細密。

杜、黄、半山、東坡〔一〕。他比較蘀石與山谷的不同，謂「山谷骨氣嶄岸，詞藻嚴密，與蘀石之樸實儒緩大異，故影響終不深」。落實于韓而非黄，蓋「昌黎不自居學人」，作詩「掉文而不掉書袋」，本是學人而調整爲「詩人之學」，正與「蘀石之學，爲學人則不足，而以爲學人之詩則綽有餘裕」同一境地。得此精識，遂能順此理路，將蘀石詩「不僅以古文章法爲詩，且以古文句調入詩」這一最大特點揭示無遺，從而定位其爲清詩史的一大關捩點：「清代之以文爲詩，莫先於是，莫大於是，而亦莫濫於是。」而與此相應，蘀石其人「盡洗鉛華，求歸質厚，不囿時習，自辟别蹊；舉世爲蕩子詩，輕脣利吻，獨甘作鄉愿體，古貌法言。卽此一端，亦豪傑之士。」諸論誠爲蘀石其詩其人的知音。

然而錢先生接下來對此一極大之結論，又下一轉語曰：「雖然，蘀石力革時弊，而所作幾不類詩，僅稍愈于梅宛陵爾。決海救焚，焚收而溺至；引酖止渴，渴解而身亡。」將蘀石詩置於「非詩」的邊緣，與梅堯臣同觀。錢先生語甚決絶，但「以文爲詩」不是詩、又是詩的命題，在宋以後詩學中本就是一個「二律背反」式的存在。此就詩的一般原理而言，自是正論，但杜、韓及宋詩諸大家所代表的吾國詩發展的後半程，又恰與「以文爲詩」脱不了干係。尤其是韓愈與梅堯臣，韓詩「以醜爲美」〔二〕，梅詩「老

〔一〕陳衍《石遺室詩話》卷四：「蘀石齋詩造語盤崛，專於章句上爭奇，而罕用僻字僻典，蓋學韓而力求變化者。」拙編《民國詩話叢編》本，上海書店出版社二〇〇二年版，第一册，第六十頁。錢先生或本於此。

〔二〕劉熙載《藝概·詩概》。郭紹虞《清詩話續編》本，上海古籍出版社二〇一六年新一版，二二九六頁。

醜」〔一〕，最爲契合兩宋人間彌漫的所謂「詩到無人愛處工」的新趣味〔二〕。《談藝錄》談韓愈於詩著墨不多〔三〕，對梅詩則有極充分的論析，其中有一題，針對「近人詩誕，以爲同光以來始道宛陵」之說〔四〕，歷數清人之談梅詩者不絕如縷，客觀上呈現出梅詩始終未被抹煞的事實。現在錢先生又標舉錢蘀石具清人「以文爲詩」最大者的身份，成爲此一詩學趣味的殿軍，自是清詩的一個絕大的判斷。

錢先生的定位中有一「稍愈於梅宛陵」的具體之評，似乎蘀石「以文爲詩」、「不類詩」的程度，較梅聖俞要輕一些。他晚年補訂《談藝錄》，曾取《宛陵先生集》重讀之，而仍生「榛蕪彌望之嘆」。然所舉數例，皆牽引他事，關係美醜之義甚少；嫌其不具健筆，不善作硬語、押險韻等，亦似非關痛癢。其最成梅詩之「惡」處者，似在《倡嫗嘆》一詩：「萬錢買爾身，千錢買爾笑。老笑空媚人，笑死人不要。」此誠「不謂之惡詩不可」。這與他的《宋詩選注》之梅堯臣小傳也一脈相承：梅詩「每每一本正經的用些笨重乾燥不很像詩的詞句，來寫瑣碎醜惡不大入詩的事物，例如聚餐後害霍亂，上茅房看見糞蛆，喝

〔一〕鄭孝胥《偶占示石遺同年》四首之二：「臨川不易到，宛陵何可追。憑君嘲老醜，終覺愛花枝。」《海藏樓詩集》卷四，上海古籍出版社二〇〇三年版，第九四頁。

〔二〕陸遊《明日復理夢中意作》。錢仲聯《劍南詩稿校注》，上海古籍出版社二〇〇五年新一版，第三三八四頁。此是宋人通識，葉夢得記東坡語亦謂：「凡詩須做到衆人不愛、可惡處，方爲工。」見《石林燕語》卷八。

〔三〕《談藝錄》中論韓數則，以辯其人品學問爲主，旨在宋人學韓、非韓之短長，非如於長吉、山谷等人之正面說詩。

〔四〕此「近人」指陳石遺，《石遺室詩話》卷十曾言他本人與鄭孝胥唱和，喜梅詩，「自是始有言宛陵者」。《民國詩話叢編》本第一册，第一三九頁。

了茶肚子裏打咕嚕之類」，以及「『侘傺顧嚏朱顔妻』……『朱顔』與『嚏』這兩個形象配合一起，無意中變爲滑稽，衝散了抒情詩的氣味」〔一〕。這些惡趣，聖俞自然都難辭其咎。而通觀撝石詩，在題材層面則絕無此類惡俗之物，其人其詩亦絕無此種惡謔之趣〔二〕，此或即是錢先生「稍愈於梅宛陵」之謂也。

撝石「以文爲詩」的新特點，主要體現在作法方面，乃在其運用古文之章法、句調入詩，近體主要在句法上變化，古體則除了句法外，又在章法上用力，從收入詩集的三十歲時的作品開始，就已經出現了此種以「文句」、「文法」爲趣的傾向，如《艮齋石》的「若二梧三杉，又一桂一柏」，《木棉嘆》的「去年崇明上海海波嘯」、「我家租種橫瀝黄沙田」、「我田若可種稻還種麥」之類，後來更是矢志不逾，變本加厲，無所不用其極，真可謂拓展到了詩體的極限，凝積一生之功，而成爲以拙厚爲本的「撝石體」。

在撝石之前，清詩已經形成了以王士禛爲代表的所謂「神韻」詩風。撝石的新詩體不但没有脱離詩的軌跡，而且還一舉扭轉了康熙以來以漁洋爲代表的主流詩風，將吴喬及「山左詩派」批評了將近一個世紀的明詩是「瞎唐詩」、漁洋是「清秀李于鱗」的話題，真正落實到了作詩實績上來。前人已經著重指出過「撝石體」對於清詩後半期的影響，如陳衍所謂「有清一代詩宗杜韓者，嘉、道以前推一錢撝石

〔一〕《宋詩選注》，人民文學出版社一九二八年版，第十六—十七頁。
〔二〕撝石性甚嚴正，即連齒痛、蚊擾之類戲謔之題也不見入詩，而同時之隨園、甌北等都樂此不疲。

侍郎」云云〔一〕，錢鍾書又稍變爲「生沈歸愚、袁子才之世，能爲程春海、鄭子尹之詩，後有漢高，則亦無慚於先驅之勝、廣」云云； 顯然還需「向前」補上一筆，即「蘀石體」開先啓後的意義，首先是針對清詩前半期已經形成的漁洋主流詩風的「撥正」，其體「以文爲詩」的力道，竟與漁洋「神韻」匹敵，兩種風味各占了清詩的前、後半期。 由此之故，「蘀石體」具體何謂，是完全有必要引申錢鍾書已有之説而再作探究的。

三、「蘀石體」的句法特徵（上）： 七古長句式

詩家之成體，以句式爲基礎。蘀石在鍛造句式方面用功頗深。古體以七古中的長句最爲醒目，在齊言中增入九言、十一言、十三言、十五言乃至十七言之長句； 又時或出其不意，插入四言、六言、八言的偶字句； 即使在十韻以下的雜言體中，也喜在三言、五言句中插入長句。律體則頻頻當句用對，又將此種當句對用到古體之中； 又好在句尾刻意押單字，將一句的三四節拍轉换成六一（或四二一）節拍，在音節上也造出參差不齊的效果。這些都可看作是最外觀的形式層面的「以文爲詩」。茲先從其七古的長句式談起。

此又可分兩種，一是詩中夾有九言以上的長句，一是通首九言體。後者唐宋人無之，只是詩中偶

〔一〕陳衍《近代詩鈔·石遺室詩話》。錢仲聯編校《陳衍詩論合集》，福建人民出版社一九九九年版，第八七九頁。

夾有九言句而已。如太白《江夏贈韋南陵冰》十五韻，九言只二韻；山谷《送王郎》爲九、七言，《次韻和答孔毅甫》、《再用舊韻寄孔毅甫》只有首二句爲九言。九言體較七言又加兩字，難度極大，故元、明相傳只有兩首〔二〕。清初也只見到查慎行《匡山讀書圖歌爲南麓都諫賦》一首〔三〕。乾隆名家中，蔣士銓有《題熊肖石海峯日照圖》一首，趙翼也有《題吳竹橋小湖田樂府》一首。擇石則有《題王五秀才又曾石梁觀瀑圖》、《曹學士洛禋畫天下名山圖二百四十頁題之》兩首。如再結合他在七古中頻頻使用九言以上長句的現象，便能體會到其句式創造的意義。

擇石在七古中使用長句，九言已不在話下，往往十一言、十三言、十五言信筆揮灑，最長者爲《登驪山》的「年年十月貴妃五家劍南旌節盛，從幸觀風講武按歌鬬雞舞馬繡嶺東西横」一聯，十三言接十七言。一首中長句的密度，如《將游支硎華山天平諸勝不得登岸而賦長歌》中，九字句有「流鶯呼人暮出亞字城」、「中宵新葉都作枯枝聲，是雨非雨亂撲篷窗櫺」、「中有白雲一線泉琮琤」、「今者不見但見蒼烟横」、「又豈不能坐待風雨歇」，十一字句有「我所思兮華山天池蓮葉馨，支公住處鶴亭馬磵秋暑清」、「靈巖之高何啻三百六十丈」，最長的十五字句，乃「可憐溪邊五里十里不知何處好花樹，推篷一片萬片朱朱白白浮下橋門英」一聯。諸多長句穿插於七言句間，將此首紀遊遇挫詩寫得「頗似遊記文之有韻

〔二〕楊慎《升庵詩話》著録元僧明本及其本人的《梅花詩》兩首。《歷代詩話續編》本。中華書局一九八三年版，第六三六頁。

〔三〕《敬業堂詩集》卷三十六。上海古籍出版社一九八六年版，第九九九頁。

者」，「如聞其口語，甚奇」〔二〕。

又如恭和乾隆帝《過懷柔縣詠古》與《哈薩克馬》兩首，前一首有「廓乎漢唐宋遼金元明而中外定於一，蓋智周乎物情之千萬什伯與倍蓰」二句，前句十五字，次句十四字，化用《孟子》語，奇而不失大度；後一首之首尾：「我邊伊犁西北哈薩克，遠暨土爾扈特部，各傳哈薩馬蕃許其就暖牧」與「陋彼大宛之徠非今哈薩產可較，何況還馬馭遠聖化之大參昊乾」，也是運用長句之便利，勉力嵌入西域之地名、族名，筆力不俗。

甚至在短篇的雜言體中也插入長句，如《出古北口》的開頭：「兩崖峻偪容車軌，徐武寧之內邊是。昔時居庸喜峯松亭，聯絡乎薊鎮，列砦屯營二千三百有餘里。」依次爲七、六、九、五、十一言各一句，完全是文句；中間接四韻八句七言，結束又是三言句與九言句的極度參差：「秋浩浩，潮河風，鞭梢快拂斜陽紅。我行乃到蘇轍鳳州西，興州東。」末句本於蘇子由《古北口道中》之「彷佛夢中尋蜀道，興州東谷鳳州西」，句式連帶句勢則大不同。又如作於晚年的《高粱詞》：

徐州夾溝螞蚱飛，不食豆，偏食我高粱。符離淹我黃水黃。上頭急開滾水垻，滾水入野勢更長。嗟嗟高粱高粱難爲官，亦見我，在道旁。

〔二〕近藤元粹評語。日本明治間嵩山堂刊《浙西六家詩鈔》卷四。

句奇意奇，同時名家如袁、蔣、趙等，都未見有如此小詩中的長句〔一〕。

長句要成爲詩句而非文句，關鍵在於音節、節拍。一句無論多長，至少要有一個單字音節，故多爲奇數字句，偶數字句則至少要造出不相連的兩個單音節節拍，如此便可獲得詩句的節奏了。上引蘀石和乾隆《過懷柔縣詠古》的一聯，一爲十五字，一爲十四字，便是現成的例子〔二〕。這自然不是什麼新發明，唐宋詩家的長句多如此。如李白《公無渡河》「有長鯨白齒若雪山，公乎公乎挂骨於其間」，後一句九字自成其節奏，前一句八字，端賴「有」、「若」兩單字才成其節奏的。《戰城南》「匈奴以殺戮爲耕作，古來唯見白骨黄沙田」亦同，前句有「以」、「爲」兩單字。《答王十二寒夜獨酌有懷》「君不能狸膏金距學鬭雞」，有「君」、「學」兩單字。《鳴臯歌送岑徵君》「若使巢由桎梏於軒冕兮，亦奚異乎夔龍蹩躠於風塵」，前句若「兮」字不算，即爲兩奇數字句〔三〕。而老杜《桃竹杖引》「使我不得爾之扶持，滅跡於君山湖

〔一〕稍後的舒位《瓶水齋詩集》中略見數首，如《墜馬石歌》及《春秋詠史樂府》組詩中的《藐諸孤》、《子反牀》、《桑林舞》等。

〔二〕嘉、道間李兆元曾批評「今之作者每樂以文筆爲詩，不求古人音節」，「今人七古每有於情事難以七字成句處，輒作三字句二句，或變作九字、十餘字句，而不知音節全失」。已注意到長句的音節問題。見其《十二筆舫雜錄》卷八。道光初刻本。又陳僅《竹林答問》亦云：「詩至八言，冗長嘽緩，不可以成句矣。又最忌折腰。東方朔八言詩不傳，古人無繼之者。即古詩中八字句法亦不多見，不比九字、十一字奇數之句，猶可見長也。」《清詩話續編》第四册，上海古籍出版社二〇一六年第二版，第二一一〇頁。

〔三〕：陳僅《竹林答問》則歸之於太白仙才的力量。出處同上。

上之青峯」，前句無不相連的單字，後句勉强使之形成節奏的「於」、「之」兩單字又是虛字，卽未能轉文句爲詩句也〔二〕。至於昌黎之「玉川子立於庭而言曰」（《月蝕詩效玉川子作》）一句九言，竟是在「言」後硬加一「曰」字，勉强使之成爲奇數字句，遂亦如文句；「唐貞元時縣人董生召南隱居行義於其中」（《嗟哉董生行》）一長句，則以其奇數字句而保有節奏，便不能貿然視之爲非詩。東坡「獨畫峨嵋山西雪嶺上萬歲不長之孤松」（《歐陽少師令賦所蓄石屏》），一長句十六字，也是由「上」、「之」兩單字而有了節奏。東坡「君不學白公引涇東注渭」、「又不學哥舒横行西海頭」（《東陽水樂亭》），山谷「君不能入身帝城結子公，又不能擊强有如諸葛豐」（《再答元輿》）兩十字句，各去掉冒頭的三字，卽是七字句，故節奏絶無問題。蘀石的長句也有「文」而不成詩者，如《憶去歲過揚州所見名畫三首》之《王安道華山圖》一首，「老人能畫復能詩文，游華山以來無匹儔」兩八字句，便無詩的節奏，同首内兩九字句與兩十一字句雖保有節奏，然亦拖沓如文句，全首竟不成詩。

唐宋諸家七古中的長句並不多見，佳句如太白「棄我去者昨日之日不可畱，亂我心者今日之日多煩憂」，東坡「不如三伏日高睡足北窗涼」、「不如懸鶉百結獨坐負朝陽」、「不如眼前一醉是非憂樂兩都忘」等，更是鳳毛麟角。只有山谷稍具用心，九言句除名作《送王郎》外，尚有如「晁子智囊可以括四

〔二〕此處的音節節奏純爲形式因素，與葛曉音先生《從五古的敘述節奏看杜甫「詩中有文」的創變》一文論老杜五古提出的「敘述節奏」、「抒情節奏」不同，屬於更爲基礎的句式層面。葛文載《嶺南學報》復刊第五期，第二二一—二四二頁。

海，張子筆端可以回萬牛」（《以團茶洮州綠石硯贈無咎文潛》）、「鵬飛鯤化未卽逍遥游，龍章鳳姿終作廣陵散」（《次韻和答孔毅甫》）、「鑒中之發蒲柳望秋衰，眼中之人風雨俱星散」（《更用舊韻寄孔毅甫》），又有十一言句「（吾聞）食人之肉可隨以鞭朴之戮，乘人之車可加以鈇鉞之誅」（《薄薄酒二章》）等，都是極爲工整的對句。攆石的長句，顯而易見，正是山谷此種工對句式的嫡傳。

七古營造長句式，清初並未見有詩人表現出熱情。如錢牧齋七古基本上都是齊言，雜有長句者，《初學集》僅有四首，《有學集》僅有三首，且多爲九言，其中《題武林鄒孟陽所藏李長蘅臥遊畫冊》一首二十一韻，只有一句九言，簡直可以忽略不計。只有《戲爲天公惱林古度歌》一首，頗有十一言、十三言乃至十七言之長句，「乃是東方小兒作使阿香掉雷車而扇霹靂」、「遥觀金陵城中吟詩之人夜分鼾睡殊燕適」、「乃是天公弄酒發性故與吟詩老生作戲劇」，不過由其才大而偶一爲之。吳梅村七古則總共只有六句九言（「君不見」之類冒頭語、「吁嗟乎」之類感歎詞例不計。），卽《堇山兒》之「問以鄉里記憶還依稀」一句，《送沈繹堂太史之官大梁》之「況今淋漓御墨宮袍紅」、「安能低眉折腰事鉛槧」兩句，《題崔青蚓洗象圖》之「嗟嗟崔生餓死長安陌」、「古來畫家致身或將相」兩句，及《松山哀》之「盧龍蜿蜒東走欲入海」一句，更不用九言以上之長句。漁洋七古亦復只有八句九言，只多了一句十一言、一句八言及兩句十言。如《陳生行戲送其年歸陽羨》之「爾既不能入淵斬長蛟，又不能登山射猛虎，復不能亡賴作橫苦鄉里」，誠爲文句矣，梁章鉅評爲「脫胎宋人」〔二〕。然只此一處，亦屬偶爲之，「不能」、「又不能」、「更不

〔二〕梁章鉅《讀漁洋詩隨筆》卷下。《清詩話三編》，上海古籍出版社二〇一四年版，第三五六二頁。

能」也顯然非爲煉句所得。施潤章七古也只有十餘句九言、兩句八言、兩句十一言、一句十三言而已，也不足言長句之趣。稍後查初白七古長句漸多，九言除《匡山讀書圖歌》一首十九韻三十八句外，另有九言三十七句、十一言十句，及十二言一句、十三言三句。尤其是《半研歌爲長洲王繩其賦》一首，長句紛呈；《折紙灘》一首四韻小詩，五、七言中竟插入「羊腸九折有路猶可攀，折紙一折乃在疾雷掣電中央間」長句，已開蘀石句法之先聲。

蘀石七古鍛造長句，竭力引文句入詩，當時已經不只他一家，袁、蔣、趙等也都不遑多讓。此時句摘作爲計量單位已不敷使用，各家插入長句的詩作數量大增，除了《蘀石齋集》的四十首外，蔣士銓《忠雅堂集》有五十七首，袁枚《小倉山房集》有四十二首，趙翼《甌北集》有四十一首，其他如黃景仁《兩當軒集》中也有十五首〔二〕。其中蔣士銓的句式錯綜拗折，頗費匠心，與蘀石最近；袁枚、趙翼的長句流暢，隨手揮灑，亦各如其詩風。諸家的長句多已不再單獨一句使用，或數句並用，或接上下句，幾如詩中插入了文段，以文爲詩，詩中有文，不覺其扞格，甚或還增强了七古的體勢，改變了七古的體式。例如蔣士銓的《臺灣賞番圖爲李西華黄門作》，與王昶、姚鼐、王鳴盛等人的同題之作相比，蔣作恰勝在七言中插入了若干長句，如寫臺灣雜處外番各地互市的情形：「我聞乾坤東港華嚴世界婆娑洋，琉球別部地勢如弓彎。荷蘭日本據此作互市，其他佛朗呂宋雞籠（基隆）淡水一一資籬樊」；寫鄭成功失敗：「千頭銜鼠草雞死，遂令五十二區三十六島歸中原」；寫番俗：「女耕男饁家家築禾間」、「又聞生番

〔二〕乾隆詩壇名家中，姚鼐似不染此習，其八十餘首七古多爲齊言，僅十一首偶插有九言句，體甚謹嚴。

殺人骷髏用金飾」，「七夕磔犬長揖魁星前」； 寫首任幾位巡撫的文化業績：「六公采風之圖黄公《使槎録》，拾遺補缺著述嫻」，諸長句調節得全詩摇曳生姿，與番地五花八門的新事物較相適合。而王述庵諸家的齊言句式嚴整，用以切合朝廷命官巡台賞番的身份使命，還是慣用的寫法而已。

長句狀物寫景有不得不然之勢，如袁枚題友人《天下名山圖》發兩心相惜之意：「我亦清霜上頰久隱矣，君方長劍柱頤事玉階。平生舞刀奪槊英雄志氣小差未，惟有宋玉登山臨水之心猶未灰。」（《題曹麟書學士圖即送其乞假歸里》）寫好奇于天台山之高：「安得放倒天台四萬八千丈，喚取縫人刀尺細細空中量。」（《登華頂作歌》）寫浯溪碑翻山谷之意：「書罷《大唐中興》一頌刻山石，再書《請朝上皇》一表鋪丹墀。」（《浯溪碑》）趙翼長句如《與客談黔中牟珠洞之勝》首尾句：「我不知混沌以前世界作何狀」、「十二萬年前後俱可知」，中間長句短句，就一洞遐想無限。其長句多爲九言，較袁枚稍收斂，如兩臂風痹作詩云：「曾聞足中有鬼多迍邅，詎知手亦有鬼相掣牽。幸而罷官兩肘已無用，不然斗大金印如何懸。」（《兩臂風痹復發自春及秋療治不效》）相較之下，子才不忍痛齒而發狠誓：「但願生生世世莫作有情物，一任劫灰蕩滌吹我作泰山之頑石、大海之波濤」（《齒痛悶坐戲作長歌》），則似擬於不倫矣。而後句若連讀，竟達十九言之長； 但卻仍遜于黄仲則，《兩當軒集》中詠烏更有一二十九言之長句：「胡爲只向蒼蒼之林、幽幽之山、亂石犖确、飛泉潺湲、蕭涼幽闃人世不爭處」（《烏岩圖歌爲李秋曹威作》），遂以長而奪魁矣。總之，乾隆諸家七古嵌入長句的成熟，將七古篇幅最大的長處運用至極限，並藉此而再掀李、杜、韓、蘇、黄七古「海」、「潮」的波瀾，其壯闊或未逮，而恣肆則有餘也。而蘀石在諸人中，鑱刻造體，以長句式結綴全篇，最爲用心用力。其後的嘉慶詩人中，七古幾乎都懂得借長句造勢，即連詩風清真的郭麐也不例外，其早年《寄雨樵先生塞外》一詩，長句用得毫不遜色。而最得心應手的當數王曇，一首《漢伏波將軍馬援墓》，長句連篇，寫得幾如墓誌，然終是詩也[二]。

四、「蘀石體」的句法特徵（中）：句尾單字

蘀石詩的句法還講究煉單字。覃溪曾批評蘀石詩用虛字太隨意，如評《奉和總裁尹相國用聚奎堂壁間韻》之「固知上意崇經術」句，曰：「此等虛字，皆隨手寫入，初無理法。」《談藝錄》也曾摘出十數句，批評蘀石好用語助的毛病。但錢先生所舉諸例，語助詞都在句中；覃溪則注意到蘀石好用在句尾的習慣，如《會經堂感舊》之「撩人衹覺東風太」、「米老宅圖自畫嘗」之類，認爲「畢竟不宜」。此種句尾虛字還可舉出不少。五言如「免喪方及茲」、「那能復悔之」（《仰酬桑先生》）、「孝義鮮能如」（《乾州寧氏》）、「一番遊興始，六日出郊纔」（《首春同申孝廉出西直門……》）、「流連佳日再，花藥野人如」（《和曹少宰……用王摩詰贈祖三詠韻》）、「一心勤選矣，二柄夙昭焉」（《上御紫光閣閱武舉騎射侍直恭紀》）、「豈不素餐如」（《圓明園曉直》）、「巴人穿峽矣，越岸長潮不」（《恭和御製靜寄山房二詠謹序》）、「衹益敬恭將」（《圓明園雪曉趨直》）、「如聞豔

[二] 晚清樊增祥、易順鼎七古也好用長句。樊詩如《國士橋》、《九日登明遠樓放歌》等作，都是七言長短句，十一、十三、十五字的長句所在多有。易詩更是多達四十餘首，《白巖同毛實君廖笙陔鄭硯孫游衡山遇雨作九言體八百餘字》一首長達四十四韻八十八句，可謂九言體之最，濃詞麗句，與蘀石尚奇尚硬的風格則不同。

色太」(《北紅門外桃花》)，「洪覺範云何」(《望雲居山》)，「徒曰朝元矣」(《溫泉和文公朱子韻》)，「平流練帶如」、「漾漾淵淵爾」(《玉淵潭》)。七言如「沙河南北冰堅矣」(《滕縣》)，「南宮第一狀頭仍，僂指吾禾得未曾」(《畫柳枝送蔡修撰以臺歸覲》)，「死灰槁木能也不」、「華山冠高譚老乎」(《德清縣元開元宮所嘗藏元門十子圖歌》)，「芒屩催人一笑堪」(《王叔明停琴聽阮圖》)，「累君長憶報瓊曾」(《乞得朱學士筠所購馬文璧山水小幅賦謝》)，「只愁赤玉爲瓊爾」(《張舍人塤爲瓊花說二篇倩薛鑄寫瓊花綴玉蘂於後來索詩》)，「蒼松已枯臺則那」(《慈仁寺禮甃觀音像》)，「春好已知春老又，畫人何不畫花兼」(《爲馮少司農家海棠寫影並題》)，「二十八年載斯卽」(《西江試院雙桂歌》)，「藩封恨不二王曾，巷戰嗟難二卿僅」(《琉璃廠肆見小方玉印……》)，「當年豈不瓣香曾」(《題秦郡丞廷堃秋山讀杜圖》)，「春色況于光祿最，花陰其奈太常何」(《曹少卿學閔招看法源寺海棠設齋晚過徐太守良寮西寓居飲》)，「岸則先登松茂矣，雨其大悅物生焉」(《恭和御製過河詣溥仁寺瞻禮元韻》)等。前人將虛字擺在這一位置，六朝以來雖不乏其例，[二]但一般爲「矣」、「焉」、「爾」、「也」、「哉」等尾助，乃是順其語勢之自然，因此多無不妥。而蘀石所用之「才」、「太」、「如」、「於」、「不」、「那」、「又」、「卽」、「曾」、「何」、「堪」等字，擺在句末，多數確實較顯生硬。

通觀蘀石詩集，他是好在句末頻頻用一單字，不光用虛字，也用實字。如覃溪批評的「准文句」：「與唐家國誠哉忠」、「不語之語精猶充」(《觀大唐中興頌》)，以及《劉文正公挽詞二首》之一的首聯、頸聯及尾聯六句，句尾的「切」、「崇」、「見」、「充」、「續」、「同」等，都是實字。《華州食筍》末句「蕭蕭橫卷

[二] 錢鍾書《談藝錄》有專條論之。第七十頁至七十三頁。

森」，《武連驛午睡》末句「垂柳不陰稀」，各用一形容詞押尾。再如《仰酬桑先生四首》，句尾單字有虛有實，前三首如「書中謂我子，他日教可徐」，「其父弗克力，猶望其子如」，「素衣三年客，免喪方及茲」等句，「徐」、「力」、「客」是實字，「如」、「茲」是虛字；第四首八韻，單字尾句更是過半：「日出師曠臺，草生軒轅丘。雍雍書院長，禮教乎中州。中州厄明運，河決城沙畱。洛學其可興，山川風氣瘳。我今亦何爲？長安之道周。人生無百年，百年倏以遒。守身如執玉，懼爲君子羞。君子之所羞，考妣之所憂。」「臺」、「丘」、「長」、「畱」、「瘳」、「周」、「遒」、「羞」等，都是實字。此等詩例舉不勝舉。

他的此番努力，似在極力經營「句末」這一位置，創成了一種新趣味的「字眼」，其趣重在句末一字音、意的單獨性，每每將一句的四、三兩節拍，或二、二、三的三節拍，變成舒緩的二、二、二、一的四節拍。（三四節拍的句式不適用。五言自減去一節拍。）而一首中如多用單字尾句，又必插入一二句雙字尾句調節，末句則必用雙字或兩單字收篇，如上述《仰酬桑先生四首》之四的尾聯，「羞」、「憂」單字，變爲「所羞」、「所憂」。再如《最勝輪塔》：

佛者亦無心，宇內山各居。峨峨天柱脈，中截骨所於。上枝鮮松柏，旁跡稀猿狙。嚮空澹日照，應壑長風舒。磨甎已成鏡，打牛非駕車。問師何處來，可記嵩陽初。蒼壇屹然石，杳杳唐年餘。我欲與之言，出嶺雲疎疎。

以「疎疎」雙字「打諢」，如此則前五句不妨都是單字尾句，至此也能穩穩煞住。其法大抵如此。可見蘀石詩的句尾虛字、單字，絕非隨手所下，自有其積極的用意，屬於他的字法、句法的一種嘗試，與上述長句單音節造成節奏的作法也有一定的聯繫。這與宋人那種專注於在句中煉出健字、活字的精緻之「眼」大異其趣，也不是一回事。

五、「荆石體」的句法特徵（下）：當句對與疊字

荆石律體的句法，以熱衷於用所謂「當句對」爲最顯眼。律體本講究「對」句成聯，荆石的心思則更進一步，講究一句内即對，兩句成聯。又不論古、近體皆好用疊字，與此種「當句對」的趣味也有聯繫。

「當句對」創自老杜，中經香山、義山出色的運用，成爲律體的新句式〔一〕。而荆石律體好用「當句對」，錢鍾書《談藝録》曾作爲一個專題，詳加論列至三十餘聯，遠過於唐宋以來任何一位詩人。而實際數還遠不止此，尚可再補出二十餘聯。如《腰站南遇潦》之「粱葉影成蘆葉響，南人檝借北人鞍」，《有懷故園親戚》之「采葛采蕭方采艾，于遠于木盍于磐」，《飲趙侍御佑齋歸畫梅以謝》之「鄉夢枝南甚枝北，酒人燈後續燈前」，《觀荷同圖塞里侍讀……》之「内城外城各擔榼，水北水南如刺船。甘瓠花白豆花紫，慈姑葉尖荷葉圓」，《追哭祝典籍》之「菊候清霜梅候月，南軒薄醉北軒眠」，《觀錢舜舉桃花源圖

〔一〕 洪邁《容齋續筆》卷三溯源自《楚辭》，未免過早。然定義爲「一句中自成對偶，謂之當句對」，舉李義山《當句有對》爲例，自是的論。錢鍾書《談藝録》論當句對尤爲詳明。

用題者錢思復韻》之「吾家畫本吾家句，箇裏山光箇裏仙」，《羅山人爲余作探梅圖題以謝之》之「前村萬樹還千樹，今夜三杯復兩杯」，《題翁學使方綱臨蘇書卷》之「吾家篋擬君家寶，新蹟粗將舊蹟明」、「情隨花動憐花好，春鎖眉尖掐指尖」，《質郡王畫綠牡丹》之「西苑露光南苑露，金鈎欄影玉鈎欄」，《檀欒草堂海棠花前賦》之「不醉不歌非我事，相思相見又今年」，《種菊滿書堂之庭……》之「節過大火焦于火，盼到中秋菊有秋」等。尚有十餘聯，下文分析將及之，此處暫不重複錄出。對聯外又有單句，如《少司寇公攜汝恭從叔及載至海鹽》之「春半看春倍惜春」、「照人先與照鄉人」、「老年情重少年情」，《蘇堤桃花間有百葉者……》之「紅兒佳更雪兒佳」，《白描觀世音小幀有賦》之「成像已教成佛去」，《三月十五日雪》之「藍袍未換銀袍濕」，《春遊曲》之「高粱橋西西復西」，《小南城》之「焉得呼卿不失卿」，《哭汪選部孟鋗》之「只除舉杯休放杯」，《送別嚴侍讀長明》之「閏春春駐又闌春」，《晨起課種桑》之「老民來誡細民荒」、「永豐鄉裏九豐堂」等，真是不勝枚舉。不僅七律，五律如《題臨淮乙酉甲午宿處》之「一宿竟三宿，無愁端有愁」等，較七字中求對，尤覺緊練。

籜石律體在句式上下的功夫當然不限於當句對，甚至是五花八門，「薈萃古人句律之變，正譎都備，格式之多，駸駸欲空掃前載」。《談藝錄》對此亦舉出種種，這裏也可補充幾例。五律如《高麗營農舍與吳學士鼎夜話》之「山外寒山雪，日邊秋日花」，《宿州曉行》之「淡月淡如此，涼風涼漸深」，《范給諫棫士挽詞五首》之「夾巷巷南北，來春春淺深」，《雪》之「大雪日催日，太行山隱山」；七律如《借明無名氏溪山晚照卷作小影而自題》之「儒冠儒服愧非儒，可道今吾勝故吾」，《過弋陽六七十里感賦》之「昨日晴風今雨風，風行風止我方東」，《題韋編修謙恆秋林講易圖》之「君是前遊我後遊，一林秋過幾年秋」,《過楊梅橋》之「九疊屏還三疊水,相辭澗上忍相辭」等,都是在一句七字乃至一聯十四字的各個位置上,任意驅遣兩個以上相同的字詞以對。

就對仗的密度而言,「當句對」自是一種極端的作法,過巧輒易令人生厭[二]。故錢鍾書即批評犨石此舉是「才思所限,新樣屢爲則成陳,巧制不變則刻板」,「趣歸鈍滯」,上述各種句式的變換也被詬指爲「鐵匠之打鐵」。但如果深長吟詠之,「當句對」、「句中對」此類本以流利的審美效果見長的句式,現在經過犨石之手而致於「鈍滯」,一改歷來慣生的輕滑之弊,這何嘗不是犨石竭盡對仗之能事以求達成的新趣味呢? 細按犨石此類句式的用法,實有其推陳出新之處。

例如他將此種本爲輕快的句式放在沉重的場合,其功用遂一倍增其「沉重」了。如《重哭萬孝廉二首》之一的「别來秋雨復秋雨,住處夕陽還夕陽」,其友人萬光泰寄居於京都城東的夕照寺,病卒停柩寺内,不及歸葬,則「秋雨」之復對,倍感凄涼; 「夕陽」本不能與雨共存,此處乃指其住所兼停柩處,一經復對,遂又能回到「夕陽」之本義,而倍覺不祥了。再如《黄陂》之「刈稻復刈稻,插秧還插秧。鷺飛白水白,酒賣黄婆黄」,「刈稻」、「插秧」本是極累的農活,重複作對,使人直覺其勞作之單調及耗時之漫長; 接一聯「白水白」自是輕盈,「黄婆黄」更是俏皮,然黄陂「黄婆」與趙匡胤原是有故事的,故又不覺其「輕」了。又如《德安北山行雨》之「早禾渴雨雨而雨,修樹藏山山復山」,久旱行雨,「雨而雨」大

[二] 胡應麟即指責老杜的「桃花細逐楊花落」、「便下襄陽下洛陽」等句,「頗令人厭」。《詩藪》,上海古籍出版社一九七九年版,第一〇四頁。

爲延續了求雨終得償的歷程，「山復山」則是無奈於植樹的無效。其他如《清明日同宋明經……》之「冷節出遊偕冷伴，鄉僧相見說鄉山」，《試燈詞》之「新燈那必舊燈同，新句難如舊句工」，《種草花》之「自知小病元非病，人道長愁始欲愁」，「冷」、「舊」、「病」、「愁」，均非輕辭；《追哭祝典籍》之「花落花開誰錯誤，年來年去亦叢煩」，「錯誤」、「叢煩」乃負面之辭；《曉課》之「有何許事關君事，無奈勞生屬我生」，事甚無奈；《題阮舍人葵生秋雨停樽圖》之「河漢影連蟾影黑，梧桐聲雜竹聲淒」，「影黑」、「聲淒」令人不歡；而《尊德會詩》之「三揖三終三讓禮，杖鄉杖國杖朝人」，《中和殿侍直恭紀》之「曰恭曰懿揚慈範，惟質惟文奉寶篇」，揖讓之禮、杖朝之人、恭懿質文，又皆屬莊重。諸如此類，他似是有意在用句意的「重」來平衡句式的「輕」，或換言之，用輕揚的句式來「藝術化」句意的「沉重」。總之，從變換句意對象入手，句式雖未變，句調意味則大轉換，如此便與唐宋名家之「卽從巴峽穿巫峽，便下襄陽下洛陽」、「桃花細逐楊花落，黄鳥時兼白鳥飛」、「東澗水流西澗水，南山雲起北山雲。前臺花發後臺見，上界鐘聲下界聞」等經典名句快緩、輕重異調，從而將「當句對」此種原本出自民間的句式，作了又一度的改造。

蘀石詩的又一顯著現象是頻用疊字，較之當句對更甚，幾可視爲他的另一種基本句式。卽以七律爲例，如下面二首：

園風陣陣聽鴉遷，窗紙光光得月然。失笑短僮云碎石，起看南郭有微烟。山山敗絮蒙頭我，樹樹空花過眼禪。綠甚清溪殊未凍，一蓑那欠釣魚船。（《茗雲草堂曉起得雪》）

夜風吹雨雨平階，去去明湖淥浸涯。塵裏歲年難此會，域中山水欲吾儕。紅蕖綠芰深深櫂，

雲影天光渺渺懷。便覺江南歸路接，卻忘身是坐高齋。（《飲閣學金先生德瑛齋送王進士昶之濟南》）

各四句用疊字（下一首第一句稍有變化），且都相隔放在一、三聯，頗有籠罩全首的效用。一聯內用疊字自然更夥，如「村北疎林何瑟瑟，關南列嶂太雄雄」（《麻穰市》），「陣陣柳緜風展幔，喳喳鵲乳日烘林」（《奉題總裁虞山相國……和韻》），「一陽盎盎常旋泰，萬福緜緜足藴仁」（《甲寅恭上皇太后徽號……恭紀》），「爐烟裊裊頻疎密，鈎月纖纖半整斜」（《端範堂齋宿對丁香花》），「朵朵黃金風動側，叢叢碧玉露垂紛」（《宋編修弼屬畫秋葵》），「最宜滴滴聞疎雨，未免齁齁得好眠」（《景州次韻答李少司空宗文夜雨見簡》），「各各傳家詩禮學，勤勤立命聖賢書」（《追哭祝典籍》），「人好嬋娟無歲歲，花開旖旎有朝朝」（《題管夫人寄子昂君墨竹》），「肥馬豐車愁衮衮，長松孤鶴夢珊珊」（《題施儀部學濂九峯讀書圖》），「遲日野暄鋪頃頃，薄陰畦潤繡行行」（《蔣少司農賜棨招飲》），「罷酒匆匆近藥鐺，看花漫漫出笻聲」（《沈按察挽詞》），「渺渺歸人心更遠，酣酣老子頰難紅」（《餞紀太僕供荷花……》），「不教剪剪風頻起，渾忘團團月稍微」（《上元夜集曹中允齋》），「春陰且不匆匆雨，好事多于恰恰時」（《草橋修禊詩》），「何似錦官加漠漠，衹愁天女並盈盈」（《曉入法源寺看海棠》），「巍巍至治洵難名，翼翼小心惟永慕」（《恭和製制敦素齋元韻》），「促促八年成逝水，明明千古溯流風」（《熱河感舊》），「多謝年年定相見，不妨語語太憨生」（《九日集馮大司寇獨往園登高》），「庾亮樓頭人寂寂，江州城裏雨瀟瀟」（《九江夜雨》）；直至卷五十，逝前之作如《至張夫人塚》之「上界徒看黃漠漠，陳根且緩碧綿綿」，《永豐鄉九豐堂》之「吾廬寂寂起炊烟，野望駸駸穀雨天」，《晨起課種桑》之「天陰陰未鷄頭鶻，日暖暖先雀口桑」，《二月下澣夜枕上作》之「行藥翛翛開霽後，坐禪寂寂上關初」，《泛舟》之「村村瓦屋花纔放，曲曲柴門漲漫消」，仍隨手用之，不見稍衰。

揅石疊字的用法也有種種變化，如「有夢夢應歸浩劫，無心心不詣緇流」（《曉起次韻舍利塔後石壁……之作》），兩字疊而分屬二詞；「寂寥寂寥良自取，佔畢佔畢真徒然」（《寄王五》），此是兩詞之疊；「莫莫連連徒爾爾，黃泉重見語應稀」（《沈園詞》）則更是一句三疊了。

揅石七律疊字用得如此之普遍，可說是有意將《詩三百》、《古詩十九首》等的古典用法常態化至律體中來。至於古體中用疊字，雖算不得稀罕，但他也用力過於常人。舉其較別致者，五古如「十月景茫茫，千株聲淅淅。數家寒蕭蕭，一澗靜激激」（《霧度平靖關》），「皛皛霧開午。皚皚南岸東，矗矗雀臺土」（《望銅雀臺積雪》），「沄沄引清溝，活活分平田」，「望望杏花坪，漠漠錫簫天」（《牛頭寺》），都是三、四句連用疊字。七古如「悠悠悠悠君請擇，種竹何妨付東宅」（《題秦學士大士種樹圖》），一句中四字疊。即如六言也用此法：「節節枝枝嶰谷，花花葉葉湘雲。」（《以吾郡李翁琪枝蘭竹貼齋壁……》）似較單字句音節更諧。

古體中用疊字而最具情致者，當屬下面一首：

幼小已忘鄉所在，行行飢寒恩孰逮。迢迢去汝祖父母，去汝父母叔嬸妹。秋風秋風穩吹帆，運河運河盼青衫。家來路同返先獨，將掩于山汝莫哭。（《哭善元楷南》）

「秋風秋風」、「運河運河」的名詞之疊，出自老杜「有客有客」、「長鑱長鑱」（《乾元中寓居同谷縣作歌七首》），山谷「美人美人」、「其雨其雨」（《古風次韻答初和甫》）等的同一句式，最奇絕者是「去汝」、「去汝」的隔句疊，放緩節奏，卻又加重語感，將哭孫之哀加一倍表達出來，疊字的運用可謂到出神入化的境地了。

疊字加當句對，進而又組合成句式，或一句，或一聯，如《應山道中》之「橡樹沈沈壓嶺蒼，槿花紅紫瓠花黃」，《題苦瓜上人餘杭看山圖》之「餘杭城外南湖外，九鎖山雲疊疊烝」，《送別嚴侍讀長明》之「閏春春駐又闌春，踽踽憂歸問去津」，《吳郭山口騁望》之「神鴉飛飛接食秋，落日欲落金沙洲」等，演變成爲他無體不用的標誌式。下面都是疊字句與「當句對」合用於一詩的例子：

滕王閣下江鷺眠，東北風大秋無邊。不住而住一宵雨，可行則行三板船。村村碧樹濕濃淡，岸岸虛沙黃斷連。未得佛家高檻凭，舊情其敢付茫然？（《舟發南昌》）

中二聯一聯當句對，一聯疊字，當句對的「暢」與疊字的「滯」交織，造成蘀石詩特有的風調。更有三聯交織此兩種句式者，其味自然更濃：

南望安州渺渺間，娱情驛路卻如還。早禾渴雨雨而雨，修樹藏山山復山。隝隝淺深雲氣曲，塍塍高下水聲閒。縛茅蓋瓦人家占，有境何妨晝掩關。（《德安北山行雨》）

不出兼旬廢應酬，放歌一室當遨遊。自知小病元非病，人道長愁始欲愁。壁上好山真面目，欄前芳草富春秋。從來落落天堪信，何取沾沾食是謀。（《種草花作》）

此外，錢鍾書先生曾舉金德瑛《十月朔宿石陂街逆旅主人出畫卷求題》一詩，起句「昔來戊午今庚午，中間庚申作畫年」，錢先生評曰：「此種七律作法，已開蘀石體矣。」此例除了「戊午」、「庚午」恰好是當句對外，指出用干支入詩，也是蘀石的特嗜，故云「開蘀石體」。翁覃溪則批評「每喜僂數干支，竟像星平盤子」，見仁見智。下面各舉古、近體一首，以見蘀石詩用干支的句式：

丁卯王程喚我隨，後來乙酉奉公詩。清淮老柳今還值，天上人間已獨悲。步步經由曾不夢，心心教督更無師。滂沱老淚欹斜墨，蘇壁能勝盡灑之。（《紅心驛哭文端公》二首之一）

鴨脚樹陰陰，佛阜北，慈山南。辛酉産鶴處，乙亥瘞鶴處。在世十五年，適來還適去。鶴之主人邀我詩，我詩與鶴作銘詞。（《瘞鶴詩爲曹明經庭楝作》）

干支的時間因素，在二詩中自是不可或缺的，再加上疊字，而「適來還適去」一句，不妨也可歸爲當句對之手法，凡此都是「蘀石體」的要件，至此而融化成爲一體了。

六、「對」法與章法

「蘀石體」在當句對等句法之上，又有一基本的「對」法，這是他承杜法而來，翁覃溪《杜詩附記》中所載蘀石語，對此有詳論。覃溪此書乃其本人極爲重視之書〔二〕，然竟采入蘀石之語二十八條，較第二位王漁洋的八條大過之。且於漁洋有從有不從，蓋漁洋評杜只是「漁洋之詩耳，非盡可以概杜詩」（覃溪自序）；而于蘀石則幾無不從，卽謂之兩人合評，恐覃溪亦無異議也。蘀石所識之杜法，卽其所謂「對」法也。如於《奉贈韋左丞丈二十二韻》云：「對疊乃詩之第一義也，不知而誤用筆，終身門外漢矣。」

〔二〕「附記」云者，覃溪自序謂與其「讀諸經條件同題」，蓋其讀諸經之筆記概題作「附記」。此書歷時甚長，成於其晚年。稿本今藏北京國家圖書館。《續修四庫全書》所收，系宣統元年夏勤邦摘録本，删去杜詩，存其評語，合於詩評之體，已收入拙編《清詩話全編》。又其逝世前一年作《石洲詩話》卷九、卷十，亦有「讀《然燈記聞》附記」、「方綱附記」等字樣，則與此不同，乃「附記」一詞之本意耳。《石洲詩話》十卷全本亦已收入《全編》。

於《曲江對雨》云：「首二句疊起，已有雨意。三句點出雨，四句『風』字乃是對雨也。而『風』字亦是雨中之風。『經』字、『重』字，皆可以驗作詩之筍縫。」

於《湖城東遇孟雲卿復歸劉顥宅宿宴飲散因爲醉歌》云：「『照室』一聯，自然對寫細淨。非此一聯，則下聯亦拓不出大筆來。」

於《洗兵行》云：「『張公』句一振起，尤峻嶒。此二句亦是對也。」

於《送韓十四江東省覲》云：「妙在是直下之對收。」

於《柟樹爲風雨所拔嘆》云：「敍事乃用力作對，所以妙也。此法須知。」

於《野望（金華）》云：「末二句亦對疊也。『誰』字必平。」

所說諸詩，三首系七律。律體中二聯本要求對，但犨石所指出的「對」，《曲江對雨》在首二句，《送韓十四江東省覲》與《野望》都在末二句。一首五古與三首七古也大談「對法」，《湖城東遇孟雲卿……》之「照室紅爐促曙光，縈窗素月垂文練」，本已是對，與下二句之「天開地裂長安陌，寒盡春生洛陽殿」又是細靜與巨動之對；《洗兵行》乃注意到「張公一生江海客，身長九尺鬚眉蒼」中的「一生」對「九尺」；《楠樹爲風雨所拔嘆》中間四聯，二聯寫風雨拔樹，二聯寫樹倒前的佳境，兩兩爲對；前面的「誅茅卜居總爲此」與後面的「我有新詩何處吟」亦是對，故云「用力作對」；《奉贈韋左丞丈……》之對句如「紈袴不餓死，儒冠多誤身」、「讀書破萬卷，下筆如有神」等，自是膾炙人口，而「賦料揚雄敵，詩看子建親。李邕求識面，王翰願卜鄰」，卽是其所謂的「對疊」了，卽對上加對。

犨石如此析「對」，也並非只是他一家的看法，在他稍前的陳廷敬，也已經用此「對」法來解老杜的

《諸將五首》[一]。在他稍後有黃培芳，亦云「七古以多作對仗爲妙，讀老杜、韓、蘇諸公作自見」；「七古有不可不對之處」[二]。而覃溪對此也全無異議[三]。但歷來談古體「以文爲詩」的變法，關注的都是如昌黎《山石》之類的「單行」之法。錢鍾書《談藝錄》曾舉蘀石的另一段話，引自查揆《與積堂論詩得絶句》之四小注所記，也是此意：「蘀石先生謂韓、杜、蘇、黃七古，皆一氣單行，二晁以外始多用偶句，看似工整，其實力弱，藉此爲撐拄。一經拈出，便覺有上下牀之別。漁洋《古詩選》尚未能覷破也。」表明蘀石也並非不知此訣。錢先生評云：「蘀石之言精矣，而所作頗不副所言。五古多整齊作對仗，七古多轉韻，實未能一氣單行，貫注到底。」

這裏應注意的是，蘀石古體詩的實踐，如錢先生所言，遵循的恰是所謂「對仗」，而並非「單行」。如此則上述他著意析出杜詩的「對」法，既是在爲自己尋找根據，也是他本人創作心跡的一種流露。他的由「單」轉「對」，似是有意嘗試再走出一條新路來。

[一] 陳廷敬《杜律詩話》謂《諸將五首》「一、二作對，一責代宗時吐蕃亂諸將，一責肅宗初祿山亂諸將，其事對，其詩章法句法亦相似。三、四作對，一舉內地割，責以宰相臨邊之將徒煩輸挽；一舉遠人畔，責以藩鎮兼相之將不能鎮撫，其事對，其詩章法句法亦相似，末則另爲一體。」《清詩話全編》（順康雍期）上海古籍出版社二〇一八年版，第二四〇七頁。

[二] 黃培芳《香石詩話》卷一。《清詩話三編》本，第二六八六頁。

[三] 蘀石與覃溪論杜之精細而又相愜，殆非虛語。如蘀石《渡江》一詩首聯「秋野日疎蕪，寒江動碧虛」，自注云：「今年春夕夢中所得句，蓋杜句也。」下接「夢回先郎景，帆過遂成書」，覃溪評云：「蘀石嘗爲予言，得此夢中句後，始悟杜公接聯之妙。此亦詩家關捩也。」

不妨循此「對」法來解讀擇石之詩。

首先需要說明，擇石七古也是頗有一韻貫注到底的，即以前十卷爲例，如《上巳登平山堂》、《琴石行》通首押十三覃，《將游支硎華山天平諸勝……賦長歌》、《同邵編修嗣宗集……》、《曉發新城……郭熙橫卷韻》通首押八庚，《謁明徐少卿祠觀祠後舞蛟石》、《南池杜文貞公祠詩……》通首押四支，《明皇幸蜀圖》通首押七陽、《送萬二之陽山》通首押二十五有，《侍從叔祖少司寇陳鞏齋……》通首押五物、六月；又有柏梁體，如押六魚的《江上女子周禧天女散花圖》、押七虞的《書馬券帖後》、押十蒸的《過弋陽六七十里江山勝絕即目成歌》等，可知他並非不能爲一氣而下的勁緊之作，但他確然是將主要之力，用在了轉韻、「對」法之作上了。

其對法用之於字、句者甚多，此類一目即可了然。如《重哭王五》之「君就塾，並水南，我就塾，並水北」，「我嘗七日病方已，君亦七日病方已」，「我醉君亦醉，君貧我更貧。貧以文章見本性，醉憑天地爲陽春」，「甲戌之秋我歸葬，甲戌之冬君歸養。羨君上壽封公八秩躋，祿不逮親我獨悽」，「青山青山杵力齊，築壙築壙霜雲低」，全篇幾乎都用對句作成，而王五(又曾)與「我」之對，則更不待言也。再如《潛溪緋歌奉題座主少宗伯鄒公畫頁》首句之「潛溪紫，千葉千枝溪寺裏。潛溪緋，紫袍中有一緋衣」已是對，再與末句之對「潛溪紫，千枝千葉應輸此。潛溪緋，爲公濃染作朝衣」遙對，豈其所謂「疊對」乎？近於漢魏樂府的趣味。但此種字句對作得過分，如《題王雅宜券後》首四句「長券短券禮昉諸，左券右券法令俱。官券私券勢難已，折券焚券僅有無」，過於密集，幾如堆砌，急促帶過，其意轉晦，覃溪便直呼「不好之極」。

蘀石七古之「對」法並不限於字、句之對，而更施及於篇章，「對」法是其古體謀篇的基本之法。他曾云：「對則便生趣，對則便藏拙。」〔二〕上舉之《重哭王五》已可見對句與篇章之對的交合。再如《檀欒草堂海棠花歌》，全篇即是花與人對，起句「年年看花花不老」與結句「我亦何心輒拗花」對構，築成此種「對」的基調；中間再作對句鋪敍，如「花總新年勝舊年，客如春暮非春早」；「高枝叢搖蓓蕾殷，低枝豔拂莓苔斑」，是寫花的對句；又隱有主（馮英廉）客、北南之對：「薊北常逢勸醉辰，江南豈有思歸者」；詩人客居，與花相對生嘆：「座中白髮不我獨，相憐相惜花枝交」，「美人美人日之夕，芳草芳草天之涯」，花、我對，復美人遲暮、芳草天涯亦對。句對與篇對交用，「是花是人，說成一片」。（顧列星語）

又如《黄文節公小像》，起首四句「銀河飛落三千尺，古潭噴薄盤陀石。翠壁交撐陰黯淡，丹楓倒挂秋蕭摵」，頗爲突兀，須讀至末句「題作廬山觀瀑圖」，方知爲圖中之景。篇中又將文節公與畫像者李唐對寫：「公行及强面非瘦，唐也甫壯筆已蒼」，「唐筆不入時人眼，公面頗遭俗人惱」，自注後一聯用李唐「早知不入時人眼，多買胭脂畫牡丹」與山谷《戎州寫真贊》之「頗遭俗人惱」成句化成，益發見其對得工妙。吳應和謂「定爲廬山觀瀑，全篇皆隱躍其辭，直至篇終一句點出，遥應起手四句，章法奇奥」云云，此即通篇對應之法也。

此種古體詩的對句之法，比之於「單行」之法的直下，自是一種平滯。但「停留」也由此産生出回環往復的空間，力量雖減，若能以增加的唱、歎「體積」平衡之，往往亦能積成、化成一個「厚」字，也正對得上

〔二〕王又曾詩《味初齋藤花盛放粱山舟沖泉招同宴集花下》批語。國家圖書館藏《丁辛老屋集》鈔本。

「蒼莽」一詞所謂的空間無邊之義。李兆元曾批評嘉、道間人「五古但見流利，毫無停蓄」，「七古每流於率易，欠蘊藉」〔一〕，所指正是一意「單行」之弊，而當時人尚未能識得籜石「對」法這一帖對症之藥也。

籜石古體對法及章法之奇妙，姑以其寫家事的五古名作《僮歸十七首》說明之。此詩用連章體結構成一長篇，詳寫一家僮歸、去反復之始末。錢儀吉據末章結語「作詩匪告僮，寄以示家庭」，以爲非爲僮作，又認定第四首爲「十七首之真脈」〔二〕，蓋有「僮今歸見我」一句點題，所言誠是。此首有「我家忠孝家，我身詩書身。凡我所知識，我母幼訓諄」，及「凡我所受恩，僮半日見真」等語，即道明了何以要寫此題的緣由。親故半去，而昔日家中之同閱歷者忽又來歸，雖係一僕人，但與之一同由幼及長，自不能不百感交集而動詩興。題旨置於第四首點明，乃由前三首先已完成此僮身世與「我」家關係的交代，故可作一小結束，以蓄勢再發，此即其章法功夫也。此詩若上溯詩原，當胎息於《古詩十九首》與《古詩爲焦仲卿妻作》〔三〕，十七首之結構近《古詩十九首》，一二主角貫穿始末似《古詩爲焦仲卿妻作》，敘述加議論的基本手法，亦可分別對應於二詩。而此詩之終爲籜石詩者，主要即在章法之進化。除點題之妙外，將一樁跨三、四十年間的人事，分作十七首來寫，枝節之繁複，頭緒之綿密，幾如一部「詩小說」，寫得比《古詩爲焦仲卿妻作》的數月間事還要豐滿細緻，而其事首尾的完整性則如一。此僮幼時由父送

〔一〕《十二筆舫雜錄》卷八，道光初刻本。

〔二〕郭麐《靈芬館詩話》卷八：「其《僮歸十七首》純乎漢魏，卻無一字摹仿。」《清詩話三編》本，第三三六九頁。錢泰吉絕句云：「宗伯西江派偶然，遠探漢魏得真詮。流傳莫漫加嗤點，細讀《僮歸十七首》。」皆此意。

至主家收養，此一幕爲作者幼年親見（「我旁見僮父」），成年後卻兩次棄主潛逃，又兩次覥顔歸來，第二次且不歸三年之久，無信義而有心計，故去、留皆能得逞。「我」則奔波在外，坐館應試，分擔家計，幸而登第〔一〕。于僮則任其去來，雖嚴辭以譴，卻並無法懲，一秉其父母在時待僮之恕道。如此醜、美兩主角、兩條主線，既分述又交錯並進，將其「對」法用得爐火純青，雖嚴苛如覃溪，亦不能置一詞〔二〕。僮、「我」不諧而共處，雖似僮頑健而「我」羸弱，然終邪不壓正，「昔去無所喜，今歸無所怒」，「他時或難終，但去卽復去」；「況我平生懷，坦坦略能喻」，氣轉盛於僮矣。末首尤爲難能地歸結爲「毋曰彼賤性，墮地運偶丁。毋曰我舊門，門衰易伶俜」的主僕平等之識，全詩竟如一部前現代版的「惡之花」，使人驚詫僮頑之餘，終爲「我」家忠恕之風所感。此種前衛性，豈不正是蘀石大家的徵兆之一歟？蘀石的古體詩自帶嫵媚多情的一面，但卻不是元遺山譏秦少游的那種「女郎」詩，其祕正在此種對法、章法所致之「厚」也。

七、「性拙」兼「直賦」的詩格

「蘀石體」的成立，除了上述種種詩法之用，其根本之因自然還在於詩人本身。蘀石性情之富

〔一〕應試登第一事，蘀石曾屢言：「先孺人教不孝未嘗以科目期。」（《春夜不寐作》詩末自注）「我母幼訓我，初不只此期。」（《僮歸》之十四）

〔二〕覃溪評云：「借僮歸爲題，以發揮胸中所欲説之前後事蹟，絮絮縷縷，有情有味，非小可所辦。」

於詩性，至少可舉三事以證。一事發生在朝廷，即乾隆四十五年數上疏辨堯陵應在平陽；二是與戴震的爭執，斥其學爲「破碎大道」；三是流傳於朋友間的以酒澆花，竟致花被「醉死」的荒唐事。前二事，一載《清史稿》，一載《湖海詩傳》，人所熟知；後一事見《檀欒草堂海棠花歌》一詩之錢儀吉注：「公飲花下，喜以酒澆花，曰請花亦飲一杯也。劍亭先生家菊，一夕爲公醉死……劍亭爲公門生。」此事的「詩意」不言自明。前二事之詩意何在？自不在事之是非曲直，而是在於蘀石不計場合、利害及後果堅持己見的個性，以至於落得一要由皇帝出面來裁斷，一是王昶記錄下的一個喜劇場面：

時朱竹君推戴東原經術，而蘀石獨有違言，論至學問可否得失處，蘀石顴發赤，聚訟紛拏。及罷酒出門，齗齗不已，上車復下者數四。月苦霜濃，風沙蓬勃，餘客佇立以俟，無不掩口而笑者。（《湖海詩傳》卷十四）

此種執拗的性情，即孕育著詩性的可能，甚或還對應著他的詩風的奧峭。而其「癡」的程度，記錄者述庵先生及一應旁觀者或者還未必及得上吧[二]。

蘀石性情與其詩格的因果關係，前引吳應和之語已說得十分透闢，「篤於根本，孝悌忠信，至性至情，發而爲詩，其旨敦厚，其氣清剛，其意沉著，其辭排奡」。即把蘀石的詩體、詩法回溯到「詩言志」、

[二] 蘀石《題王農部昶三泖漁莊圖》：「君家泖上青九峯，我家澉上峯還重。老漁風與老樵雪，誰合輸君誰讓儂。」（《詩集》卷二十七）雖出以戲言，亦似不甚重述庵。覃溪譏爲「似老婆娘廚下鬬嘴聲」，隱見錢、王兩人當年關係似不愜。

「緣情」的根本上來，由體、法而至於格也。

蘀石的詩格，一言以蔽之，曰「一往情深」。深者，蘊藉也。其詩吟唱的親情友情、民情君恩，以及山川花木之情，都不時帶有一種天性「癡」狀，再有意以「拙」的句式出之，性癡句拙，從而造出一種溫厚雄奇的詩境、詩格，在乾嘉詩壇與袁枚的「性靈」詩和而不同，幾乎無人可及。對此翁覃溪用了一個負面之詞「顛逸」道出之，不免煞風景，似並未知其所以然，但也庶幾有幾分近之。

例如《趙子固東坡笠屐圖硯歌》，此首七古，前半寫此硯之遞傳，後半寫趙氏之圖案；覃溪所評「顛逸」者，當是指「康熙丁亥王澍得」、「硯乎彈指易周甲，感我觀者戊子生」諸句，以我之生年來寫「王澍得」至「今我觀」的恰整六十年，巧思乎？抑或不莊重乎？覃溪嗜蘇、嗜古器物，此硯又由他在廣東試院發現而攜至京師，他的觀感自然是後者了。另一首七律《羅山人爲余作探梅圖題以謝之》「繁萼向天皆半側」之句，寫羅聘畫梅之狀，詩與畫皆極準、極細；遭至覃溪「顛逸」、「可厭」之責的，當是首聯「百年難得幾探梅，畫我入山梅已開」及「今夜三杯復兩杯」、「賴有羅君共清興」諸語，詩人忘情入詩，覃溪遂嫌其過分。其實置己入詩正是蘀石詩的特點，雖或時有率筆，但卻是其詩的基本之法。即如此首情韻兼備，也可算得好詩。此一特點下文將詳析之。

覃溪對蘀石詩的這一觀感絕非偶然，如他對另一首《二硯歌》，也有「總不莊敬」的評語。應該說，他的這一體察是極爲敏鋭的。一般都只是感受到蘀石性情的純正，如這同一首詩，顧列星之評即是「莊重不佻，如與端人正士晤對一堂」，與「顛逸」恰相反。蘀石自是「正士」，覃溪作爲蘀石數十年的老友，對此自然不會不瞭解；他所進一步指出的，是蘀石性情在「正」之上的「敏感」特性，而嫌其「過量」。蘀石本人也並不諱言其「顛」，如有自賞之句云：「佛香深與染，人意老爲顛。」（《同人法源寺分詠得海棠》）花在佛寺，染香遂「深」，而人也老而愈顛，皆是不妨其「過」之意。意態極濃，顧列星評爲「妙在以淡筆出之」。濃而「淡」出之，豈非覃溪「顛逸」之謂乎。

但蘀石的癡情至性發而爲詩，其法乃在實寫、直賦，情深而溫，辭直而實，故其詩格厚重，而並不淡逸。覃溪的「顛逸」之評失之毫釐，實謬以千里也。蘀石向爲人稱道的名作《宜亭新柳六首》及《到家作四首》，以七律之體，最足以觀此兩造之分際。

《宜亭新柳》詩歷來評價甚高，頗有與漁洋的《秋柳》詩相較而認爲不相上下者〔二〕。姑不論其孰優孰劣，兩詩風格之異則是可以比較的。蘀石之作，詩序明言作詩之時際，乃三月新春赴宜亭雅集之日，臨行忽悉摯友陳向中、汪仲鈖二人之凶耗，遂「悲懷莫勝，不能赴招」，而延至明日補作。以新柳寫亡友，本來「柳」諧「留」，折柳惜別，抱持著再相見的殷殷期待。但此處已是無復再見的死別，所以第三首的尾聯「但令相送還相見，敢向人間恨離別」是詩情之最高點，詩人一廂情願地放大「柳」的意象：如果是相送而還能相見的「楊柳依依」，則再難堪的離別我現在也願意承受！詩人自言先成前三首，

〔二〕如顧列星評云：「神韻絶世，視漁洋《秋柳》可謂異曲同工。」查有新評云：「至情緜邈，音節蒼涼，語語自訴悲懷，卻語語不脱新柳，洵稱絶唱，足與新城尚書《秋柳》四章並有千古。」（《浙西六家詩鈔》卷四）黄培芳《香石詩話》卷三：「阮亭《秋柳》之作以風神取勝，膾炙一時，然訾之者亦不少。其實細按，不免有稍空處。若蘀石《宜亭新柳》詩卽景思人，言中有物，則洵得騷人之旨矣。」（《清詩話三編》第二七三七頁）卽連覃溪雖語帶保留，但也有同比：「六詩皆深情逸韻，昔嘗以爲勝漁洋《秋柳》之作，今日細讀，亦不能卽如此説。」

「次夕不寐」，再續成後三首。除第一首交代「宜亭雅集」題面而稍緩外，中間四首皆寫亡友，前二首是兩位合寫，後二首則分寫，末首再回到宜亭收結，而以陳明經尊人亦號「宜亭」綰接，既實且妙。通篇重在寫亡友，發本人悼友之悲情，「柳」之分量在字面上降至最輕。如第二首首二聯，寫是日聞耗，急「走問孝廉兄康古於南城」的第一反應，頸聯一寫孝廉之年輕，一寫明經之才性沉著，「絮」因「泥沾」而不顛狂，活用了「柳絮才」一典；末聯借「淨瓶」之法力送友皈依大千無盡，淨瓶例插「柳枝」則在言外。第三首首二聯明寫柳，但頸聯寫二友，末聯趁勢又顛覆了「柳」之意藴，已如上述。第四首專寫陳明經，痛其晚客西安，歿於涼州之景況，用「折楊柳」作背景曲調〔一〕；第五首專寫汪孝廉，中二聯不甘天人忽隔之意甚明，末聯以桓司馬石棺備死一典，比量至友的早卒于春華之年，似未及「柳」。第六首稍結到園中柳樹，主要寫晚歸寫詩的「辛苦」與失友的「寂寥」。全篇真情實意，情韻濃烈，是悼友詩，詠「柳」已退居其次。故近藤元粹「失詠物體」之責未可謂知音，必如張維屏「心窩裏一團心血與性情一滚而出」一言〔二〕，方道出此詩用情的强烈程度，顯然已大不適用「顛逸」一詞了。覃溪在褒貶失據之餘，也

〔一〕《詩集》卷十一《懷陳丈向中西安》一首下，蘀石壬子年即逝前一年，還特意補一注，敍兩人聚離之始末，謂其客西安、涼州後，「死生分矣」。

〔二〕近藤語見明治本《浙西六家詩鈔》卷四。張維屏語轉引自黃培芳《香石詩話》卷三。《清詩話三編》本，第二七三六頁。

只能勉强指出其一二平仄失調、出韻的小誤而已〔一〕。

這與漁洋《秋柳》詩的寫法大異其趣。漁洋此作幾乎全用「柳」的出典組構，雖滿紙「憔悴」、「哀怨」、「花事盡」、「昔人稀」、「新愁」、「舊事」之類苦辭，以致時有箋其爲比附前朝興亡者〔二〕，然卻難掩通首雅致典麗的底色調。起首一聯的「秋來何處最銷魂，殘照西風白下門」，既切「白門柳」之典，也將身處的歷下明湖之現實，一下子推移到了歷史的、審美的金陵。此種虛、實「距離」，正是漁洋詩一貫保有的「神韻」基調，雖未必即是黃香石批評的「空」，但也可見其仍未完全脫出明詩學唐的遺風。兩家比較，蘀石《宜亭新柳》詩是借柳而寫人，漁洋《秋柳》詩是寫柳而喻事，一實一虛，一賦一比，其「本」大異。覃溪作爲深知漁洋亦熟識蘀石者，其褒、貶態度的遊移不定，應該也與感覺到二詩基調的不同有關。

再如《到家作四首》，作於蘀石居京離家近二十年後的六十七歲之年〔三〕，長久蓄積的思親之情，必

〔一〕如指出第四首頷聯之「關山」、「明月」，「『明』對『關』則不可」；第六首押「蕭」韻，頷聯之「騷」出韻。覃溪也曾指摘漁洋《秋柳》詩末首「秋色向人」、「春閨曾與」之「人」、「與」不對，「『悲今日』、『憶往年』亦是隨手用之」云云。轉引自梁章鉅《讀漁洋詩隨筆》卷上。《清詩話三編》第三五四〇頁。

〔二〕李兆元有《秋柳詩箋》，謂第一首「吊明亡而追憶開國時事」，第二首爲福王作，第三首爲南都諸遺老作，第四首爲福王故妃童氏作。嘉慶末十二筆舫齋刊《詩箋三種》本。又黃濬《花隨人聖盦摭憶》一四一「傷悼南明舊事詩」條錄鄭鴻注，亦以爲漁洋此詩詠南明事。上海書店出版社一九九八年版。

〔三〕蘀石乾隆十七年秋試中進士，自十二年丁卯至十九年甲戌，八年在京師。甲戌秋請假歸葬，回過一次家，次年乙亥秋離鄉返京；至三十九年甲午利用主考江西鄉試之便，請假十日，回鄉省墓，離家不歸前後長達十九年。

任其傾心吐露方快。詩題卽不矯飾，直白無華。第一首情緒尚溫：「白髮爲官長戀闕，青山省墓暫還家」，「同塾諸郎聞已盡，比鄰翁媼訪應差」，「聞」、「應」，說明還在途中。張南山、近藤元粹等歎爲「廣陵散」，自慚「有此感而無此半句」〔二〕。第二首一到家，情緒立刻失控：「兒時我母教兒地，母若知兒望母來。三十四年何限罪，百千萬念不如灰。」失恃之悲，直白道來，迸出萬鈞之力〔三〕。末聯再出以母親遺物：「曝檐破襖猶藏篋，明日焚黄祇益哀。」嚎啕轉爲嗚咽，哀情益發深長。其悲持續至第三首「後堂步步哭嗚嗚」，並許願盡責：「范氏義莊焉得置，藍田鄉約未能渝。」第四首稟報家小平安以釋親懷：「老妻京邸兒孫領，冢子鄉園幼小團。」還要修葺家園，「來歲西偏仍補竹，及時南向遍培蘭」；並與第一首呼應，表示老懷國恩難報，家情也未嘗敢忘，總期以忠孝兩全也。四首情深意足，秉筆直書，而起、承、轉、合，章法也是完備的。

但恰是此詩第二首頷、頸二聯的所謂「萬鈞力」，遭到錢鍾書「腔吻太厲，詞意太盡」的批評。錢先生更能接受的是其另一首《先孺人生日痛成》的「沉哀隱痛」，以爲「較耐諷詠」。這個批評分出了擇石詩言情有「太厲」、「太盡」與「沉哀隱痛」兩種，「太厲」卽與翁覃溪的「顛」近，「沉哀隱痛」則非「逸」，而大爲準確。不過這個「隱」也是相對而言的，錢先生標舉此詩頷聯「茫茫縱使重霄徹，杳杳難將萬古

〔二〕分別引自《香石詩話》卷三及《浙西六家詩鈔》卷四。

〔三〕張維屏評云：「三、四已具萬鈞力，五、六乃更有萬鈞力，所謂硬弓開到十分足者也。」轉引自《香石詩話》卷三。

迴」，固可圓說，然尾聯「讀書兩字從頭誤，直悔男兒墮地來」，卻又露出《到家作》「兒時」兩聯的同一腔吻了。此是擇石的至性使然，絕關不住的，在他的詩中俯拾皆是。如《登燕子磯望金陵》輒呼「江乎江乎吾酹汝，南北之限吾無與」；《冬至日同王五過東塔寺明秀居》之直白：「不論誰後死，煩惱憶今回」；《獨行》之告別父殯母墳「悠悠復悠悠，我哭天應聞」，呼天搶地，誠非詩句所宜。

擇石此類過情的句子固然不適宜摘句，但若置於全首中，配以客觀寫實句之緩衝，又非不能轉成佳作也。例如「兒時」兩聯的痛號，乃是承接首聯「久失東牆綠萼梅，西牆雙桂一風摧」的寫實而來，此老屋老圃正是當年的「教兒地」，遂使「望母來」之念真切自然，而不致嫌其過分。《先孺人生日》一首忽隱忽露，也是賴有頸聯「廚下米薪如手辨，堂前風雨莫花開」的寫實句來作綰合。不過此種有情有景的寫法，本是律詩一聯景、一聯情的老套，糾纏於此是搔不到擇石詩的癢處的。故還是要回到上文指出的「直賦」的寫法，才是擇石個人風格有別於他家的關鍵處。

擇石此種直寫實情的功力，在古體中更有揮灑的空間，往往可以從容敘述人事之原委始末，直於「事中」見情，感人的力度反較「言外」、「餘味」的寫法爲强。上述《僮歸十七首》已見其例，可再舉寫其寫孫善元早夭的《寄善元槥于南窪僧屋過而撫之雜寫五首》，場面、過程直直道來，實況如在目前。如第一、二首寫當夜發病之急：「其夜四更汝母叫，我與祖母起倉皇。急中聞汝大呼母，及至見汝絕在牀。既甦復絕甦轉眩，天黑急請醫誰良」；寫苟延之際祖孫三代互伴煎熬：「黃昏與母說，燈火兒不喜」，「模糊時一呼汝母，我四人者淚如水」，「洎乎三晝夜，守汝看不已」。第三、四首回溯日常往事，寫祖孫倆教識字之稚趣：「日前汝來問我字，我曰此字當讀某。汝疑恐我錯，謂母教則否。卻走告母乃改之，依依成誦在窗牖。」寫送孫上下學：「今春汝七歲」，「攜汝數步往就塾」，「晚飯歸我揖迎汝」，一一據實事寫出，不用一筆假借。末首說出了買船送櫂南歸的後事安排。全篇用「汝」的第二人稱，祖孫直接對話，完全排除了「比」的可行性。而其情之深摯，連默存先生亦不能不爲之頷首也。

蘀石的古體詩寫事以盡，而又不欲寫成「敍事詩」，其法一是用連章體，將長時段的故事切割成一個個片段的場面，避免長篇連貫敍事，如上舉《僮歸十七首》、《寄善元櫂于南窪僧屋……》等詩；一是卽事而不展開，純用「敍述」加議論，卽一般意義上的「賦」法，也與敍事有別。此類詩自然更多，也極動人。如寫王又曾的幾首，皆有事，「其月吳棹買，其夏韓江行。其秋在金陵，其冬我還京」（《重哭王五秋曹》），然都不必展開。《寄汪上舍孟鋗仲鈖》一首，用此法而最得古意：

與君兄弟處，使我聰明開。孰爲久此別，安能望其來。把卷忽將語，盡日不計回。年長寡輔助，境新多刪裁。蹴踏九衢塵，心儀天下才。無由逐騏驥，騏驥笑駑駘。一月不一出，寒風室徘徊。青燈見古人，顏色曾何猜。山川愛玉璞，草木驚春雷。元氣有必洩，豈得長胚胎。我里數君子，鄭重深培栽。高松冰雪際，蒼茫讀書臺。

全詩「敍述」與二汪兄弟的友情，只有「山川」二語算是比喻（「高松冰雪際」一句，因對句「蒼茫讀書臺」，故亦可視爲實境。），其餘皆一氣「賦」就，「語意之真，氣息之厚，近時詩人，鮮克有此境界」（吳應和評語）。主要用「賦」的手法而成其詩境、詩格之厚，其時詩壇真蘀石一人而已。

八、無詩不「有我」

籜石家境貧寒，四十五歲方才中進士，後至朝廷二品大員，窮、達兩種人生經歷大致平衡，且都極充分。中式前常年靠奔走外地、坐館教書謀生，做官後也不治財産，一秉本性，公務外惟讀書作畫，鑒賞名物，登覽唱酬；又屢以朝廷的身份典試各地，遊歷山水，探訪民俗古跡，足跡幾遍四方。他以一顆極熱烈的入世之心，興致飽滿，一一賦詩以紀，筆觸極爲開闊。其詩不論察微知著，濃墨淡彩，第一要素必是此「我」的不缺席。

錢鍾書先生曾謂籜石中年後遇上翁方綱與乾隆帝是他的詩之「不幸」，此言半是戲言〔二〕。其實籜石秉性堅強，這個「我」字是極難移易的。他與覃溪在詩學方面的關係，在早期是他影響覃溪，後期則是同中有異：「同」基本是他一貫的堅持，「異」也是覃溪奈何不了他的同一本性，覃溪所謂「顛逸」，在他則是「有我」。又與乾隆帝君臣關係甚深，導致他寫下大量的和帝詩、頌聖詩，但這部分詩也可與其他詩區隔，即並不妨礙其詩題與詩風的穩定。大約可以「和帝詩」較集中的卷三十七劃界，此年他六十八歲。前一年還寫有《黄文節公小像》、《百花洲燕席感賦》、《到家作四首》等力作，此年後氣力雖仍

〔二〕此言見《談藝録》。然《中文筆記》又有言：「題詠之作，議論不考訂，用典不徵事，故異蘇齋。後與蘇齋友善，亦復如此。」二〇一一年商務印書館版，第一册第五七二頁。

未見少衰，七十三歲在秦川道上還寫有《橋山篇》、《畢原篇》、《唐昭陵》等大篇，但好詩畢竟不多了。不過這與其說是君臣相處日久所致，還不如歸之爲年衰所致。總之蘀石賦性極强，其詩直賦有「我」，上述思親懷友之題已見其例，其他題材也莫不如是。

例如他寫景物，一般都置身於現場，隨身賦景，物、「我」交集，爲景物獲得了時、空感，化平面爲立體之物，靜態爲動態之景。如寫城堞：「粉堞如橋跨水明，東西過溪城上行。看花欲渡不余渡，上城下城方出城。」（《晚步吳羌山下》）跨溪附城的「堞」之體積，也能隨「余」之行跡而呈現。寫雪尤奇，與「我」竟是零距離：「山山敗絮蒙頭我，樹樹空花過眼禪。」（《茗雲草堂曉起得雪》）「活雪人」形象絕無僅有。其詠雪多從「聽」的角度，如《初二夜聽雪作》、《夜半聽雪》、《聽雪憶永安湖》等，也是一種切身的感受。詠花、詠植物之作也大都寫於與人同賞的場景，法源寺與馮英廉檀欒草堂的海棠花，不憚十數出，寫得花、人一片，非專詠花，已如上文《檀欒草堂海棠花歌》一詩所示。吳應和曾比較他的《牽牛花》「秋夢與人分院淺，曉涼因爾到籬偏」一聯與朱竹垞的不同：「曝書亭十二韻專意詠物，而此五、六一聯中有人在，才覺趣味雋永。」〔一〕指出的也是同一特點。此詩前四句直賦亦甚出色：「青蔓非蘿著處纏，翠英如琖吐來圓。映空最覺雲光嫩，承露俄愁日色蔫。」以律體之故，轉較朱竹垞凝練；尾聯「何須織女邀親摘，種向盈盈一水邊」甚妙，織女「牽牛」，雖屬用典，而幾如不用。寫器物也極富生趣，如《戴儀部文燈齋飲沈存周錫斗作歌》一首從製器之匠人入手：

〔一〕朱詩見《騰笑集》卷七。

蠟花搖搖客半醉，重爲主人拈舊器。吾州薄技近已無，可憐流轉還供士女娱。張銅爐，黃錫壺，匏尊王周銀盌朱。後來沈老亦煎錫，粉合茶奩常接覿。只如此斗方口酌酒多，環鐫杜甫飲中八仙歌。我今一斗三斗五斗過，欲放未放愁摩挲。款記康熙歲戊戌，是歲僕齡纔十一。鬢絲迴憶春波橋，沈老門前綠楊密。

由嘴下的酒器生发，詠故鄉之器物，重拾兒時生活，亦是不離「我」的故技，器物遂亦有生命矣。

蘀石輶軒屢出，途經之處，例皆有詩。所寫山川古跡，自然人文，也是一大宗。錢鍾書先生謂其「皆全力以赴」，寫得「呆滯悶塞」，誠不免是病，但也並非沒有好詩。大抵前十卷在家鄉及江浙一帶遊食，寫此地山水較爲得心應手。卷六至卷八將浙西的湖光山色寫得青翠欲滴；乾隆三十九年回家省墓，又有數首，則「嫩」山「碧」水如舊，而已微著滄桑矣。寫江西則以從叔祖錢陳羣的關係，偏於情義，「南昌郡有吾家事」（《江西試院小病雙桂盛花已落》），「君恩實有臣家事」（《百花洲燕席感賦》），又或以身在淵明、山谷老家，頗易感發詩心，寫出好詩，如《南昌旅夜用李參政韻》、《夜行將至柳前作》、《至南昌館于百花洲上》諸首，但都不關山水。寫山水較好者如《過弋陽六七十里江山勝絕卽目成歌》，用生、拗句寫江蒼峯奇，而能穩順；寫廬山的《雨至東林宿》、《東林曉起》頗有見道語，「昨夜我無夢，不知在廬山」，顧列星評云：「『不識廬山真面目』，得此又進一解。」《出東林六七里望廬山》一絕，寫雲中之廬山瀑布：

連峯出雲雲半開，奔渠捲雪響春雷。雲中屈曲明如玉，都是天池頂瀉來。

与太白名句写日光中之同一瀑布，又能有別。

萚石行旅詩尚有秦川一路，則寫來似較費力，所涉周、秦、漢、唐遺跡，地理描寫與古今議論時有疎失，如《畢原篇》「南涇北渭兩水夾」一句，錢儀吉據宋敏求《長安志》，謂當作「北涇南渭」；寫文王、武王、周公之陵墓方位，地利遺澤漢陵，覃溪譏云：「其意以風水先生自命也，竟不成詩。」誠非苛論。整體而言，萚石的山水遊歷詩往往也以寫自己爲重，非徒詠山川，所歷之途又多是熟山剩水，故不能見佳也。

萚石題詠品鑒書畫之作有近三百首，是集内極可觀的一大宗，頗不乏好作品。「我嘗閲萬卷，善本宋元俱。近始返章句，聊用畢迂愚。」（《題盧中允文弨檢書圖》）詩中涉及的唐宋名家真跡，如李思訓《明皇幸蜀圖》，李成《寒林圖》，巨然《山寺圖》，范寬《秋山行旅圖》，東坡《馬券帖》、《定惠院寓居月夜偶出》墨蹟，山谷《題淡山巖》墨蹟，米芾《虹縣詩》墨蹟，米友仁《海嶽庵圖》，宋徽宗《題南唐王齊翰勘書圖》，鄭所南畫蘭，以及疑爲閻立本的「呂望甘羅圖」、北宋無名氏的《長江圖》、《鬭茶圖》等，他都曾經眼；元明、清人之作玩摩更多，如趙孟堅《水仙卷》，趙孟頫書《史記汲黯傳》、《道德經》手册，繪《倚柳士女圖》，王振鵬《伯牙鼓琴圖》，陳仲仁山水卷，鄭元祐《小瀛洲記》墨蹟，王蒙《一梧軒圖》、山水軸，王履《華山圖》，沈周《桃花書屋圖》、《獅峯山水卷》，唐寅扇面，文徵明《忍齋圖》，仇英人物册，董其昌《鶴林春社圖》，王問《潙山水牯牛》，文柟《真晉齋圖》，倪元璐畫册，項聖謨山水册，清初四王中的三王：王時敏《秋山白雲圖》，王原祁《富春秋色卷》，而王翬的作品最多，有《北征圖》、臨郭忠恕的《湖莊秋霽圖》，及瑤華道人所藏的十二幅（《題瑤華道人所藏王翬畫十二首》），皆作詩以記。他本人亦有畫名，一生與友人間之能畫者互通聲氣，未嘗稍息；與同時之以畫鳴者如華嵒、金農、鄭板橋、羅聘等人，也或題其畫，或直接往來。浸淫古今人間，積爲「詩人之學」，誠已足夠。寫詩用畫典，如《題趙子固水仙卷》「篋有蘭亭懷寶獨，船如米老出遊恆」，言趙氏家藏之絕品；《質郡王梅竹小幅謹題》「宣城管試歙州墨，李息齋兼楊補之」，筆墨專用外，李善竹，楊善梅，指代皆切當；《題羅山人聘畫鬼二首》：「畫鬼畫烟雲，猶堪米敷文。曷不學阮瞻，一空此紛紜。」「六趣外無界，七趣中有人。卽非若馬趣，願君思公麟。」小米之烟雲與其畫鬼之縹緲雖「無不可」，然又以李公麟畫馬之實，規其變怪爲常。凡此皆爲「繪事當家語，所以不可及」（錢儀吉評《觀趙仲穆畫》）。而蘀石書畫觀之尚實，也與其詩觀通。

題畫詩極易寫成「名畫記」，蘀石曾在《觀真晉齋圖》一詩中直白：「我嬾欲詩直爲愛觀畫，卻復檃括丑記詩則無」，似乎自省此詩非詩，只是張丑題在文柟畫上的《記》之轉寫而已。這當然是他的反話了，若認可「以文爲詩」的趣味，此詩自不失爲一首好詩。〔一〕事實上，如他的《黃子久富春山圖卷》、《觀蔣文肅公所藏趙子固定武蘭亭五字未損本卷》等七古長篇，落筆在乾隆鑒定《富春山居圖》真贋、趙孟堅落水護《定武蘭亭卷》等藝術史上富於戲劇性的事件，敍述成詩，都可謂「以文爲詩」的好例，而非「畫記」。況且其敍述畫面，每有詩意盎然的句子，如題秦大士《柴門稻花圖》，寫其畫面，極自如地變化當句對、複沓等手法：「擢秀高低熟雨暘，舒英早晚稠風露。南畦葉綠轉東畦，東溪水白入西溪。紫蟹肥憐稻花蟹，黃雞肥是稻花雞。」（《秦學士大士又作柴門稻花圖屬題》）「擢秀」句切「稻」，

〔一〕此詩錢鍾書大表讚賞，以爲「以文爲詩，盡厥能事」。而覃溪曾表示惋惜：「此題惜只如此了之。」乃惜其未盡張丑真晉齋藏品之敍寫，也非謂其詩藝。

「舒英」句切「花」，田畦溪水，蟹、雞竟亦與「稻花」連體，既不離畫，而極是詩矣。敍寫畫面又能配之以聲調節奏，如七古《題太常寺仙蝶圖》，朱休度謂全首用韻「六轉：前兩四句，後兩四句，中兩五句。又前後各有一句不用韻」，讀之幾如蝶飛之一頓一頓。又用了「飛飛飛望槐陰還」、「飛飛彌覺芳菲菲」等疊字句，頗能助畫蝶之飛狀。而格、韻最見穩諧的一首，莫如七律《題施儀部學濂九峯讀書圖》：

乍浦九峯青到海，屠墳秋鳥脆登盤。十分占得讀書力，一出憑爲朝士看。肥馬豐車愁衮衮，長松孤鶴夢珊珊。此身要是供時用，可道閒忙定兩般。

首聯是畫幅全景，中二聯發揮「讀書」之意，前聯極渾成，後聯創而極工，遂推送末聯至於高格，全首煉而無跡，竟似一氣呵成。畫當行而詩本色，種種出色之處，較之亦能畫的蔣士銓等同時詩家遠勝一籌。

題畫詩創自老杜，寥寥十餘首而開宋人無數法門。其筆下曹霸、韓幹之馬駿，馮紹正之鷹疾，「氣敵萬人將」（杜甫《楊監又出畫鷹十二扇》），力量之雄大，連蘇、黄也不能承接，觀東坡寫韓幹馬的數首，即可感覺與老杜氣力間的懸殊。蘀石自然更不待言。他的題畫詩，大抵接續的是東坡所謂「韓生畫馬真是馬，蘇子作詩如見畫」（《韓幹馬十四匹》）的實寫一路，在這一方面大顯身手。如《王叔明山水軸》、《王石谷洞山圖》二詩，兩家畫筆之精細如此，蘀石詩筆便也能如彼：前一首隨畫面細緻到山水中的「隱君繙經坐若忘，几有龕佛爐無香。小童研墨洗臨水，橋外何知來客履」，後一首也毫不示弱地把原畫中「洞山藝茶」的熱鬧風俗細大不捐地呈現出來了，詩與畫的寫實功夫不相上下。但這並非一般所言的「詩如畫」或「畫如詩」的「空間」平行轉換，而是詩以「時間藝術」的功能來寫「空間藝術」的畫，畫、詩各成其本體。「以畫作真」〔二〕，這本也是老杜創格，但其趣在奇壯，如「堂上不合生楓樹，怪底江山起烟霧」（《奉先劉少府新畫山水障歌》），「巴陵洞庭日本東，赤岸水與銀河通」（《戲題王宰畫山水圖歌》）等句，宋人以下雖讚歎有加，脈絡卻是不接的，而是另求「實」趣。蘀石題畫詩卽主要用七古之體，酣暢淋漓地盡現畫中實景，大大發展了此種「實」趣。此類佳作甚多，除上文涉獵者外，另有如《題秋山白雲圖》、《題王五秀才又曾石梁觀瀑圖》（九言）、《題陳丈明經向中西溪書屋圖》、《宋無名氏鬭茶圖》、《江上女子周禧天女散花圖》、《書馬券帖後》、《明皇幸蜀圖》、《伯牙鼓琴圖》、《題董文敏公鶴林春社圖》、《題秦學士大士種樹圖》、《題秦學士柴門稻花圖》、《觀董吉士元度所攜畫竹圖》、《松石軒圖》、《題王石谷臨郭恕先湖莊秋霽圖》、《董大司空齋觀米敷文海嶽庵圖》、《趙仲穆爲楊元誠畫竹西草亭圖》、《觀吳興山水清遠圖》、《題陳檢討填詞圖》、《讀書峯泖圖爲施侍御題》等，總體成就遠在宋人之上。

老杜題畫詩另有一格，卽「老夫清晨梳白頭，玄都道士來相訪。握髮呼兒延入戶，手提新畫青松障」（《題李尊師松樹障子歌》）的置己入詩的寫法，則於蘀石而言最是親切。他也是畫裏畫外，出入自如：「人事無常畫中畫，畫中看畫無人會。我今猶是畫中人，畫外居然發長喟。」（《劉松年觀畫圖歌》）一如老杜，此則無須轉手宋人也。此類「有我」之句俯拾皆是，可摘者如：「我聞仙掌之掌本非掌，洗頭之盆亦非盆」（《題馬孝廉榮祖玉井蓮圖》），「只今論文那必仲長統，期我亦賦松巖篇」（《題范侍郎瑑松巖樂志圖》），「我

〔二〕清人張上若評杜甫《奉先劉少府新畫山水障歌》語。引自《杜詩鏡詮》，上海古籍出版社一九八一年版，第一一二頁。

家漱上青峯九十九，安得皴成補入重題詩」（《曹學士洛禋畫天下名山圖……》），「往者把君詩，清妙近昌穀。茲焉示我圖，見緒尚膺服」（《題汪博士棣後談藝圖》），「嗤余非庖人，乃自越其俎。悠悠半百餘，未識今是處」（《題張給諫馨年非圖》），與他所有詩的「有我」是一致的。

蘀石詩的此一「有我」之旨既是他的自覺，也是本朝詩學逐步達成的共識。康熙間吳喬、趙執信批評漁洋提出的「詩中有人」說，此時已被進一步明確爲「詩中有我」，如謝鳴盛云：

《談龍錄》載昆山吳修齡與友書有云：「詩中須有人。」其論固善。鳴盛則謂詩之中還須有我在。蓋我有我之性情，我之學識，我之登覽吟眺。同此議論，而志趣迥殊；同此丘壑，而意興各別。要使後人覽之，恍如與我相遇，挹丰標而訴忠悃，斯善矣。陳正字「前不見古人」之詠，於幽州臺何涉？而每一吟諷，若親睹其立臺端，披襟裯，慷慨而歌也。豈非有我之故乎。[一]

此「有我」說與同時袁枚的「性靈」說同調而異趣，成爲全面解讀乾隆詩學的一個關捩點。其間的異同，也正可說明蘀石「有我」詩與袁枚「性靈」詩的異同。隨園「性靈」說及詩久爲人所共知，而「有我」說與蘀石詩相得益彰，尚待大力抉發，兩條主線平行，又正合《乾嘉詩壇點將錄》點袁枚「宋江」、錢載「吳用」之定位也。

[一] 謝鳴盛《範金詩話》卷下。《清詩話全編》（乾隆期）本，第四六七九頁。

九、餘論：「質實」代興「神韻」的第一人

蘀石詩在嘉慶以後的評價，逐漸被趨同至一「深」字上來。如洪亮吉云：「宗伯載之詩精深。」[一]吴錫麒《秋懷詩》云：「千詩盤鬱此胷襟，長水侍郎才調深。老作江湖耆舊長，情兼騷雅美人心。」[二]郭麐《靈芬館詩話》引穀人此詩，贊云：「著一『深』字，真蘀翁之知己也。」又與浙派之前輩詩人比較云：「視曝書亭較深，視樊榭山房較大。」[三]由一「深」字而高置蘀石在浙派中的地位。而至錢鍾書先生，也著眼於此一「深」字，然改作横向之比：「所謂『才調深』者，乃由頻伽、穀人之習於淺。較江左三家、吴中七子、常州五星，則蘀石自爲深穩。」「江左三家」當指袁、蔣、趙，[四]故雖對蘀石詩的「深」有所保留，但仍拔萃於乾嘉一代詩人之上，最終與洪亮吉、舒位等的定位相同。

[一]《北江詩話》卷五。人民文學出版社一九八三年版，第八四頁。

[二]吴氏《有正味齋詩集》卷八，《秋懷詩四首》之一。嘉慶間刻本。

[三]《靈芬館詩話》卷八。《清詩話三編》本，第三三六九頁。

[四]蔣士銓江右人，袁、蔣、趙合稱「江左三家」，未知出處。錢先生不認可「三大家」之稱，故此處或是便宜用之，蓋江左二家多於江右一家也。「吴中七子」乃指曹仁虎、王鳴盛、王昶、錢大昕、趙文哲、吴泰來、黄文蓮，沈德潛曾選編《吴中七子詩》，故名。「常州五星」乃指洪亮吉、顧敏恆、孫星衍、楊芳燦、黄仲則，語出袁枚《仿元遺山論詩》，《小倉山房詩集》卷二十七。

本文的結論也是如此。「才調深」或曰「精深」，具體而言，即包括以對法爲基礎的句式、以音節爲基礎的長句、古體長篇及連章體的章法，以及詞繁意複而非一瀉無餘的直賦等，多方用力，將詩人的濃情厚意表現無遺，所以袁枚、王昶「率意」的批評是不能成立的。相反，錢儀吉曾以英石之「皺」、「瘦」、「透」三字，評其《王顯曾邀出右安門看秋色先夕得句》一詩；舒位《乾嘉詩壇點將録》點其爲「吳用」，也有「遠而望之幽修漏，熟而視之瘦透皺」一語〔一〕。兩家不約而同，以石之坳坎作喻，所言乃「刻意」而非率意，也是精深之意。而錢鍾書先生對此又作了一次校準，於三字只首肯一「皺」字，且易「瘦」爲「肥」，以爲此「皺」乃「肥老嫗慢膚多摺而已」。其喻以先有「所作幾不類詩」之見，故不免稍苛，尺寸似需再略作調整，即應是肥而復瘦後的「膚摺」。故非但「皺」尚在，即「瘦」亦可存，「透」則當作「盡」、「徹」解，而非「漏」之透，方才合蘀石詩之實際。蔣超伯所謂三字分别可醫「平鋪直敍」、「俗不可耐」、「似是而非」三病，「支離非皺，寒儉非瘦，鹵莽滅裂非透」〔二〕，其例雖爲韓、黄、蘇，但驗之蘀石詩，亦大抵可當之。可舉《僮歸十七首》説明之。錢先生批評此詩「詞費意沓，筆舌拈弄糾纏」，即「肥」而不「透」之意〔三〕。然一題分爲十七首，既從頭述來，又多方穿插頭緒，正敍反説，旁敲側擊，即生「皺」矣；有皺摺即不可謂肥，詞繁而不蠹，即是「瘦」矣；僮僕歸去失序，然非無家法，其原委明白道盡，理亦近

〔一〕《乾嘉詩壇點將録》。《清詩話三編》本，第二三五一頁。

〔二〕蔣超伯《通齋詩話》卷下。《清詩話三編》本。第六一二三頁。

〔三〕錢先生又批評此詩「有故作藹如仁者之態，無沛然肺肝中流出之致」，則未解蘀石之至性也。

乎「透」徹矣。蘀石詩之「皺瘦透」，豈此之謂乎？雖惜已不類「石」之妙喻，然亦無可如何也。

對於「蘀石體」特徵的認識，錢儀吉頗爲自負，他評《翁莊感舊》一詩云：「一字一語，一語一感。是爲深細，是爲清微。蘇齋、樊桐正未足語此。」他的一系列看法確實較翁方綱、顧列星深入，但也還是主要落在五古、五律一方面，如評《同徐秀才以震上舍以泰游棲霞嶺》云：「此等乃真唐人之髓，亦是漢魏以來上接風人正脈處。僅以雋妙目之，索解人不得矣。」又評《清隱庵夜雨》云：「不知爲唐爲宋。觀物息心，天然偶成，是爲好詩。」風人正脈、天然偶成云云，都主要是五言的長處。翁方綱也是如此，他所肯定的也多爲五古之作，七言則只到所謂「清真七律」一種而已（《上巳二首》評語）。他較二錢（儀吉、泰吉）稍進一步的是章法結構方面的分析，如評《西堤二首》之一的結句：「五古每於收處見章法」；評《王五又曾春日金陵書來及秋懷之》：「極其匠意結構出之。」又注意拈出其質實之作，如謂《酌第二泉》「實皆字字滌盡浮塵者」，已觸及詩壇風向的轉變，眼光較二錢爲大。但對七古仍未置一詞，有昧於蘀石體直賦、繁重的主要成績所在，這當然也是由受限於他的「肌理」詩學的一貫立場所致〔二〕。

蘀石詩的手法都是承自唐人、宋人乃至漢魏詩人而來，然又都取捨自如，熔鑄變化，以寫己情今事爲能事，成功爲一不唐不宋不漢魏的新詩體，標誌清詩至此時方才完全成立。這與乾隆詩壇徹底擺脫

〔二〕翁方綱《石洲詩話》以其「肌理」說析詩之結構，長篇僅及香山五古。詳參《清詩話全編》（乾隆期）第一五二一頁。

了此前尚在糾纏的或宗唐或宗宋的困惑，也有直接的關係。這是拜時代所賜。就理論層面而言，宋以後的詩人，自然應該只有不分軒輊地全面接受宋前吾國全部詩學之遺産，其人才有可能鑄就更大的詩功。六朝詩學爲唐人所接受，唐詩學爲宋人所接受，宋詩學卻要越過明代，遲至清中期才被接受，具體而言就是唐宋詩之爭直至此時方才修成正果。而稍前的康熙時期，連王士禛的詩學修養也不免受此干擾。一般認爲漁洋是清詩成立的第一位代表性詩人，但他與明詩的藕斷絲連，宗唐而又欲宗宋，使得這一身份在其生前身後不斷受到質疑和挑戰。翁方綱既全力維護又深致詰難的態度，最可說明漁洋不能完全代表清詩主要趣味的合理性。這連帶也就影響到清詩自家風格正式形成於何時的問題。隨著清詩研究的深入，更準確的結論，這一頂桂冠，恐怕是要錢載與袁枚這兩位乾隆詩壇大家來分享的。袁枚對漁洋「不相菲薄不相師」的宣示，也可視爲蘀石的立場〔二〕。蘀石與隨園兩家，成爲清詩告别漁洋、樹立本朝詩「完全」風格的完成者，迎來了真正意義上的清詩的全盛期。

至於蘀石詩與隨園詩的比較，本文不贅，但也可從大處略說一二。兩家的詩風以「盡」同，兩家也正是以此一「盡」字，而與漁洋詩的「神韻」、「餘味」劃出了界限。但兩家的「盡」也不相同：隨園乃真

〔二〕蘀石詩雖非無神韻含蓄之味，如朱休度於《觀王文簡公所題馬士英畫》一詩下，記云：「乙巳正月，老人招宿九疊草堂。夜分譚詩，曾拈此詩詔度。蓋自喜不著一字，婉而多諷也。」然只是一格而已。覃溪即屢不滿其尊竹垞而輕忽漁洋，曾責其過漁洋墓道竟無詩憑弔。見《萬孝廉屬題高生跋漢五鳳二年墨本》、《二硯歌》、《出張店》等詩評語。又蘀石詩喜次韻，則較隨園離漁洋更遠，隨園嘗云：「阮亭尚書自言一生不次韻，不集句，不聯句，不疊韻，不和古人之韻。此五戒，與余天性若有暗合。」（《隨園詩話》卷六）

是盡矣，蘀石則盡又不盡； 尤可怪者，隨園「比」、「賦」兼用反而「盡」，蘀石用「直賦」爲主反而「不盡」； 隨園用比使情「冷」，蘀石用賦情反「熱」； 隨園詩的節奏輕快爽朗，蘀石詩的節奏拗折回環；以至如錢鍾書所言，蘀石詩總體竟「深」於隨園矣，然隨園議論風生，隨物賦形，詩境又「大」於蘀石。兩家之不同，是清詩「内部」的風格之競爭，已不再是與漁洋之間的帶有明、清詩區別的性質了。

更有甚者，昔者陳衍曾將漁洋的這一道界痕放大到全部詩史來認識。《石遺室詩話》曾就梅聖俞「狀難寫之景，如在目前； 含不盡之意，見於言外」一語，判斷云：「宛陵此四句，前二語實難於後二語。」「前二語惟老杜能之，東坡則有能有不能。」「漢魏以下則須易一字，曰：狀『易』寫之景，如在目前； 含不盡之意，見於言外。」[一]這段大議論卽是針對漁洋的影響而發的。蓋梅聖俞此說在宋後影響極大，嚴滄浪「興趣」說，王漁洋「神韻」說等，都屬此一路。石遺指出姜白石《詩說》、司空表聖《詩品》、嚴羽《滄浪詩話》等爲漁洋所表彰者，不過是梅氏上述之語的後二語而已。他還列出清單，自阮、陶、韋、孟、柳以下，皆不出後二語的所謂「餘意」、「言外」詩，漁洋自然也不在話下[二]。

石遺此言，將魏晉以下直至蘀石以前的詩風，全部歸爲所謂「含不盡之意見於言外」一類，意在爲彼時「同光體」尚實的詩風張目，故語似稍偏，卻並非空論。在他之前，嘉道間騰聲士林的潘德輿《養一齋詩話》，已先對鍾嶸《詩品》直至漁洋神韻之一系，作過總批：「新城尚書不處滄浪之時，亦拈妙悟

[一]《石遺室詩話》卷十。《民國詩話叢編》本，第一册，第一三九頁。
[二]出處同上。

二字，倡率天下，似乎誤會滄浪之旨。又以《滄浪詩話》與鍾嶸、司空圖《詩品》、徐禎卿《談藝錄》一例服膺，皆不甚當。嶸之品評顛倒，前人多已論及；表聖《廿四詩品》古今膾炙，然文詞致佳而名目瑣碎；《談藝錄》推本性情，頗敦古誼，然謂樂府與詩殊途，是不知三代以上詩樂表裏之旨，謂子建不堪整栗，是不識子建也。」〔二〕石遺之說實本此，僅易《談藝錄》爲《白石詩說》耳。但養一齋將一部詩史至元明，歸之於他所拈出的「質實」一詞，則與石遺南轅北轍。而兩家之大不同又能殊途同歸者，乃在養一齋「質實」詩史的下限，止于「虞道園之質，顧亭林之實」，同樣排除漁洋在外〔三〕，這是潘、陳二家的共識所在。

以今日之立場視之，陳石遺著眼於清詩中後期糾變漁洋詩風所確立起來的「質實」新風，也不妨視之爲調整養一齋質實詩觀後的續論。此種新詩風延續了宋詩改變唐詩趣味的努力，而達成了最終的成果。本文不憚詞費，詳爲分析的蘀石詩之情在「言中」而非「言外」的直賦寫法，一改漁洋以來「羚羊挂角、無跡可尋」的神韻詩風，此事竟似較石遺所謂「惟老杜能之，東坡有能有不能」的局面稍稍改觀矣，豈能不表而出之？請看石遺心目中的蘀石：

有清一代詩宗杜、韓者，嘉、道以前推一錢蘀石侍郎，嘉道已來則程春海侍郎、祁春圃相國。

〔二〕《養一齋詩話》卷一。《清詩話續編》本，上海古籍出版社二〇一六年第二版，第一九〇五頁。

〔三〕同上卷三，第一九三六頁。潘氏論「質實」云：「吾學詩數十年，近始悟詩境全貴質實二字。蓋詩本是文采上事，若不以質實爲貴，則文濟以文，文勝則靡矣。」

而何子貞編修、鄭子尹大令皆出程侍郎之門，益以莫子偲大令、曾滌生相國。諸公率以開元、天寶、元和、元祐諸大家爲職志，不規規于王文簡之標舉神韻，沈文慤之主持溫柔敦厚，蓋合學人、詩人之詩二而一之也。

至於錢鍾書嫌其「哀逝悼舊之作」「皆黏著鋪敍，有同訃告，幾能聲徹天而淚徹泉」，有其不喜此種詩風的因素在，是就「詩」而言，而石遺先生則是就「清詩」而言，兩家著眼不同在此也。

清詩不在清前期的康熙時期稱盛，而與盛唐詩、盛宋詩相同〔一〕，出現在中葉的乾隆盛世，原因自然很多。翁方綱似曾有意直接歸之于「盛世」本身，他評杜有一高論，即所謂「最不服歐陽子窮而後工之語」：

夫謂窮而後工者，蓋不窮不能工也。杜之浣花、瀼西、東屯、西閣，鬱勃淋漓，可謂極其工矣；至於宣政紫宸、掖垣、左省間之作，以通集計之，曾不得什之一二耳。此豈非歐陽子之言驗于杜陵乎？曰：此非杜之志也。設使少陵與房、杜諸人並時立於貞觀之朝，有唐一代雅頌躋漢魏六朝而上矣。不幸而遭天寶亂離，飢餓奔走，抑塞無可告語，而其詩之工乃日出不窮者，蓋天地元氣至此時，必於是人發之，不擇其時與地矣。而此老撫心自許，終若未敢自信者，終若有所遺失者，故

〔一〕明詩以李、何、王、李前後七子爲代表，也出現在中葉的弘治、正德、嘉靖、隆慶時期。唐以後各朝代的詩歌盛期與政治經濟社會的盛期大致同步，也是吾國傳統文學饒有興味的一個現象。

於此有怦怦難釋之積憾焉。〔一〕

致憾于老杜大才而未能生逢盛世，遂屈爲「變風」、「變雅」，必「盛世」方才是「正風」、「正雅」產生的第一條件。當世則以無大才，連學杜最愜的蘀石也不能當意，並世詩人無一家當得此意，故雖處盛世，詩壇也不能與之相般配。惟此意未便明言耳。其論甚大，足配乾隆盛世詩壇，但也只能存而不論。而較爲實際的詩學方面的原因，應該還是上文指出的宋詩「解禁」的新因素。此時較之前代真正吸收到了宋詩的養分，大别於明詩的排斥宋詩、漁洋的有限吸收宋詩。養分充足才能發育完全。清詩後期又能出現如鄭珍、陳三立一應大家，以及「同光體」詩派之豹尾，端賴此一宋詩養分的補充，推進吾國傳統詩而至走完它的全程。錢載還有袁枚，正是此一進程質變開端的兩位中樞人物。今借《蘀石齋詩集》的整理出版，茲爲申論如上。至於袁枚發揮的相同的作用，則爲嘉道以後的詆袁風潮所遮蔽，他的「廣大教化主」的多元性，也轉移了其在詩史方面的這一重主要意義，當俟另文闡述了。

庚子年二月，大疫，張寅彭完稿於滬西之默墨齋。

〔一〕翁方綱《杜詩附記》卷十五。《清詩話全編》（乾隆期）第一九三四頁。此語覃溪一再言之，如又見於《黄仲則悔存詩鈔序》，《復初齋文集》卷四。

整理凡例

一、《撵石齋詩集》有四十九卷本與五十卷本兩種。兩種均刻於乾隆年間。後者較之前者多出之卷五十，增入了乾隆五十四年己酉至乾隆五十八年癸丑間詩三十三首，實是四十九卷本的補刻本。上海古籍出版社《清代詩文集彙編》三二四冊據以影印。光緒初五十卷本又有兩種重刻本，内容同。今即取五十卷乾隆刻本爲底本。據錢世錫《行述》，另有《撵石齋詩補集》二卷，未梓。今未見。

一、《撵石齋詩集》諸家評本，計有：翁方綱評點本，錢聚朝輯録翁方綱、顧列星、錢儀吉三家評點本，錢聚仁輯録翁方綱、顧列星、錢儀吉、朱休度、錢泰吉等人評點本，唐仁壽輯録翁方綱、顧列星、吴錫麒、錢儀吉、朱休度、錢泰吉等人評點本（其中吴錫麒但有圈點無評語）。末一種最晚出，前有「咸豐乙卯春正月下旬，假甘泉錢先生所藏評本録一過。仁壽」題簽。諸評本藏北京國家圖書館，皆未刊。今取各本彙録之，凡録翁方綱、顧列星、朱休度、錢儀吉、錢泰吉、錢聚朝、唐仁壽等七家。錢聚仁亦偶有編輯之語，亦一併録入。

一、諸本先後過録各家評語，皆用五色筆，一人一色，區分甚明。惟唐仁壽本卷三《讀五代史記賦十國詞一百首》，有一種墨色評語，過録者未云所出，此例甚殊。今觀緊隨其後之卷四《安橋張氏宅贈德因德本兩秀才》一詩亦有墨色評語一則，下署「衎石」，因推知此數則墨色評語當出自錢儀吉，兹爲補署。

一、蘀石齋詩之選本，翁方綱、錢泰吉等皆曾圈選之，然未及刊出。惟吳文溥所選《蘀石齋詩選》三卷，刊行於嘉慶五年。此本無評點。又道光七年紫薇山館刊《浙西六家詩鈔》，卷四爲蘀石齋詩，由吳應和、查有新選，且有吳應和評語，查有新間亦評之。國家圖書館一藏本另有佚名手批語，稱「清人」云云，或爲民初人。《浙西六家詩鈔》後曾流入日本，經近藤元粹評點，有明治間嵩山堂刻本。吳、查、近藤、佚名四家評語，今亦予以錄入。

一、諸家評語一首或有數評，以○分隔，今仍之。

一、卷首總目及正文各卷卷端，有錢儀吉與錢聚朝兩家所作之年譜，雖簡略，頗便閱讀。兩家於事蹟、文字稍有異同詳略，總目中與各卷卷端亦間有出入。今各卷卷端之兩家文字並錄，以存其舊；總目中文字則取其記事詳者，合爲一種輯錄，以清眉目。兩家紀事偶爲抵牾者，別據史傳年譜等材料酌定。

一、國家圖書館又有孫承光注本一種，乃爲錢詩中人物及山川、地理、名物之注釋，而無評論。注本屬別一種體例，今不錄，當另爲之。

一、錢載之生平資料，近年以潘中華撰《錢載年譜》（上海古籍出版社二〇一四年版）最爲詳贍，錢世錫《府君行述》等傳記亦見收入，此次不再另輯附錄。

一、避諱字，如「丘」作「邱」、「玄」作「元」等，回改本字。異體字、俗體字，一般徑改爲繁體正字，均不出校記。唯諸人評語涉及校勘者，爲求呼應，詩題、詩中原字仍保留不改，且不另出校記。底本闕字以「□」標示，一般不出校記。

目錄

乾嘉詩文名家叢刊總序……一
前言……一
整理凡例……一
原序……一
總目附年譜……一

薴石齋詩集卷一

丁巳

太液池曉望……一
古琴……二
雪夜……二
送祝大上舍維誥之遵化……二
鰲陽……三
䄍河渡口……三
郯城霧……三
紅橋二首……四
上巳登平山堂……四
真州二首……五
秦淮河上二首……五
晚出聚寶門看桃花二首……六
登燕子磯望金陵……六
觀音閣……七
太常公墓松并序……七
璉市……八
華及堂桐花歌同汪七署正筠作……八
永安湖曲二首……九
艮齋石并序……九
練祈雜興五首……一〇
艮齋曉起懷萬二孝廉光泰……一〇
謁陸清獻公祠……一一

木棉嘆 …… 一一
夜泊崑山 …… 一二
觀李文簡公勾勒竹 …… 一二
康里文忠公書柳集梓人傳墨蹟 …… 一三
陸先生歸自粵西蒙貽陸堂易學刻本 …… 一三
題柯敬仲畫 …… 一三
穿心鑵同汪上舍上塼作 …… 一四
葺墺城丙舍 …… 一四
錄舊二首 …… 一五
王貞女行 …… 一五
輓詞爲朱大孝廉沛然室張孺人作 …… 一五

蘀石齋詩集卷二

戊午
聞歌 …… 一七
溪館偶題二首 …… 一八
茜涇 …… 一八
茶磨山 …… 一八
濮院 …… 一九
竹雞 …… 一九
江行 …… 一九
桐廬二首 …… 二〇
吳歌二首 …… 二〇
湖山神廟 …… 二〇
望葛嶺 …… 二一
過愚庵與朱秀才耽對月 …… 二一
吳越武肅王祠 …… 二一
回溪草堂集陶公句 …… 二三
題秋山白雲圖 …… 二三
志略 …… 二三
顧頫集阮公句二首 …… 二三
己未
飲朱大秀才振麟書齋賦瓶中水仙 …… 二四
隔湖望朱大進士沛然所居偶圃 …… 二四

滄浪亭……二五
金閶雜感三首……二五
將遊支硎華山天平諸勝先夕繫船獅子
山下風雨驟作天明益横不得登岸而
賦長歌……二六
望石湖……二七
九峯詠十首……二七
鳳凰山用陶南村錦溪橋韻……二七
陸寶山用淩石泉原韻……二七
佘山用陶南村同邵青溪俞山月張賓
暘於佘山北踰嶺訪陳孟剛韻……二八
又用董文敏公茗帚庵韻……二八
細林山用吴祭酒神山夜宿贈諸乾
一韻……二八
薛山用錢思復原韻……二九
機山用陶南村機山懷古韻……二九
横雲山用黄文節公過横雲山渡長
谷韻……二九
干山用貝清江干山夜泊韻……三〇
崑山用陸士衡贈從兄車騎韻……三〇
題朱稹自刻所臨玉刻十三行拓本二首……三〇
題王五秀才又曾石梁觀瀑圖……三一
盧徵士存心招陪茅明經應奎弢甫桑
先生遊姚園分韻得二首復同韻各
一首……三一
草堂……三二
題朱大振麟松巖采藥圖……三三
南湖看芙蓉同沈丈秀才運宏吴秀才嗣
廣鄭孝廉尚麟……三三
灌園二首……三四
題陳丈明經向中西溪書屋圖……三四
對雪集陶句……三五

蘀石齋詩集卷三

庚申

初二夜聽雪作二首……三七
同學諸子過飲回溪王秀才元啓彈琴……三八
題自寫杏花小幀……三八
清明後一日鴛鴦湖雨汎……三八
讀五代史記賦十國詞一百首……三九

蘀石齋詩集卷四

安橋張氏宅贈德音德本兩秀才……四七
藥臼……四七
宋無名氏鬬茶圖……四八
夜過吳江二首……四八
元和縣齋贈黃明府建中……四九
觀趙仲穆畫……四九
葑門口號三首……四九
立秋夜元和縣樓對月……五〇
題唐子畏畫扇……五〇
西園四首……五〇
橫塘曲二首……五一
贈朱丈秀才丕襄……五一
夜與祝大孝廉維誥坐綠溪小築集陶句……五二
九月六日侍大人同朱丈明府琪重過偶圃賞菊二首……五二
陳秀才經葉招同王五汎舟釣鼇磯南……五三
題抱鐺圖并序……五三
五石庵觀東主泉……五三
慈相寺……五四
觀北宋長江圖……五四
王叔明山水軸……五五
項易庵山水冊……五五
王石谷洞山圖……五六
懷陳丈向中婁東……五六

辛酉
清遠堂古梅 …… 五七
白雀寺 …… 五八
道場山 …… 五八
題蔡叟竹寒沙碧山莊图 …… 五九
壬戌
三月五日先孺人生日痛成 …… 五九
吳興客夜 …… 六〇

攓石齋詩集卷五

癸亥
祝舍人維詰王秀才又曾萬孝廉光泰陳秀才經業汪上舍孟鋗仲鈖過草堂邀載同賦六首 …… 六一
打麥 …… 六一
罱泥 …… 六二
插秧 …… 六二
扳罾 …… 六三
貯水 …… 六三
合醬 …… 六四
六月初三夜 …… 六四
幻居庵觀明人分寫大方廣佛華嚴經 …… 六四
綠溪詠二首 …… 六五
涵白齋 …… 六五
獨樹軒 …… 六五
白蓮禁體二首 …… 六六
紹泰甎研歌 …… 六六
江上女子周禧天女散花圖 …… 六七
題仇實父人物冊四首 …… 六七
謁明徐少卿祠觀祠後舞蛟石 …… 六九
送萬二之陽山 …… 七〇
登胥山 …… 七〇
吳江用張子野韻 …… 七一
曉過太湖 …… 七一

長洲縣齋看菊……七二
查秀才岐昌行笈二詠……七二
伽南香筆格……七二
湘竹祕閣……七二
東鄂烈婦行……七三
虎丘詩十七首并序……七三
行宫……七三
憨憨泉試劍石俱有淳化年呂升卿題字……七四
劍池王禹偁嘗作銘……七四
清遠道士養鶴澗……七四
陸羽石井是天下第三泉……七五
千人坐蔡忠惠公篆生公講臺字……七五
石壁隱起詩……七六
應夢觀音殿石壁刻經九十二行……七六
梁雙殿遺址……七六
小竹林……七七
尹和靖先生讀書臺……七七
東山西山二廟……七七
繇余氏墓……七八
寺西小溪……七八
半塘……七八
茶……七八
蓆草……七九
遊華山……七九
題王秀才鳴盛詩卷後集蘇文忠公和陶句……七九
宿太常公顯忠祠下……八〇
夜至永安湖丙舍集陶句……八〇

蘀石齋詩集卷六

甲子

春夜不寐作……八一
城隅……八二

題盛子昭山水軸……八二
題畫蝶……八三
晚遊二絶句……八三
種桑秧……八三
劉松年觀畫圖歌……八四
獨遊東塔寺……八四
長虹橋下買銀魚……八五
楊忠愍公壺盧歌并序……八五
紹興十八年同年小錄……八六
集厚石齋二首……八六
馬文毅公彙草辨疑歌……八七
驟雨過南湖……八八
翁莊感舊二首……八八
清隱庵夜雨……八八
洪忠宣公祠……八九
自金沙港沿裏隄尋荷上丁家山眺望南近定香橋而止……八九
清隱庵雨……九〇
張烈文侯墓……九〇
瑪瑙寺訪後僕夫泉……九一
題喜子圖二首……九一
明醮壇茶字琖歌……九一
書馬券帖後……九二
明皇幸蜀圖……九三
伯牙鼓琴圖……九四

蘀石齋詩集卷七

乙丑
送萬二光泰北上……九五
追憶周秀才昌并序……九六
晚步吳羌山下三首……九六
織簾先生祠……九七
出德清西門看梅宜園池上遂過塵麓齋復至清遠堂上百寮山腳坐蔡家

墓松下入開元宫得絕句七首……九七
觀蘇文忠公定惠院寓居月夜偶出及
次韻前篇二詩墨蹟卽用其韻……九八
北流水上作……九八
訪商隱先生紫雲庵遺蹟追和先生草
廬八詠并序……九九
小橋……九九
流水……九九
古樹……一〇〇
柴門……一〇〇
短籬……一〇〇
曲逕……一〇〇
細草……一〇一
幽花……一〇一
附先生原作八首……一〇一
求甘菊苗復至商隱先生書堂遺址集
陶句……一〇三
汪上舍孟鋗招遊城南陳氏園憶癸丑
秋與朱大沛然醉此漫題……一〇四
觀聶大年小瀛洲賦墨蹟用蘇文忠公
病中夜讀朱博士詩韻并序……一〇四
溪山春曉閣……一〇四
倪翁村居錄壁間舊句感述……一〇五
六十七研銘拓本歌并序……一〇五
吳興……一〇七
和白蘋洲二碧衣女子詩……一〇七
觀黃文節公題淡山巖二首墨蹟卽用
其韻……一〇八
懷祝孝廉佺大理……一〇八
觀山僧割蜜……一〇九
咸和甎歌……一〇九
苕雲草堂曉起得雪……一一〇
雪向晚轉驟……一一〇
夜半聽雪……一一〇

聽雪憶永安湖……一一一
雪止徐上舍以泰在城內有昨夜見懷
作答之二首……一一一
苕雲草堂對雪得月……一一一

擇石齋詩集卷八

丙寅
同徐秀才以坤沿後湖上蘇堤看桃花
入賢王祠得詩三首……一一三
汪上舍人仲鈖來湖上同步蘇堤看桃
花南至花港五首……一一四
徐秀才汪上舍同舟小飲沿蘇堤看桃
花過淨慈寺復憩花港六首……一一四
入飛來峯諸洞遍觀諸題名得詩六首……一一五
坐蘇堤春曉樓看桃花二首……一一六
自淨慈寺度第一橋至第六橋看桃花
五首……一一六
蘇堤桃花間有百葉者白沙堤向外湖
一面遍種之緋絳白相雜而開較晚
雨後步堤上爲賦四首……一一七
同徐秀才以震上舍以泰遊棲霞嶺……一一七
牛輔文侯墓……一一八
白沙泉……一一八
無門洞……一一九
上金鼓洞酌金果泉出覓路松林入嬾
雲窩……一一九
徐道士導遊紫雲洞……一二〇
烏石山房……一二〇
過湖循南山步行飯於理安寺復歷九
溪十八澗出徐村遂竝江滸入雲棲
寺宿……一二一
曉起至蓮池塔院用宋余知閣詩韻三首……一二一
立夏日雨湖樓卽事二首……一二三
湖岸曉立……一二三

同徹上人徐秀才遊花塢放舟……一二二
洗馬灘……一二三
飯聽松庵……一二三
法華亭……一二三
藕香橋……一二三
精進林……一二四
渡澗叩法楞庵不得入……一二四
宿雪崖……一二四
曉度招隱橋入在澗庵……一二五
微雨上樹雪林……一二五
隱峯庵十餘年無僧住矣……一二五
普光庵二首……一二六
肯庵……一二六
梅谿庵……一二六
眠雲室……一二七
雨止同徐秀才叩下齋卽送其先出塢返湖上……一二七
定慧庵……一二七
沿古梅庵後山腳轉入石人塢……一二八
將踰嶺還花塢失道落荒澗雲興雷作比到嶺脊顧望西溪連峯明滅已在白雨中急點東來無處避衣襟淋漓亟下松林乃是普光庵後入焉雨亦止……一二八
雪崖曉起坐雨繡毬花半落……一二八
微霽出花塢至雲棲別室……一二九
橋亭避雨……一二九
映壁禪院……一三〇
鳳凰山下溯澗行憩石橋望聖果寺……一三〇
梵天寺……一三〇
望八卦田……一三一
月巖石上諸刻讀王文成公嘉靖丁亥九月十九日飲月巖新構別王侍御詩用韻題……一三一
入聖果寺從寺後登鳳凰山絕頂觀排

銜石諸刻遂下慈雲嶺……一三二
虎跑泉同陳秀才經業徐秀才以坤……一三二
雨後行北山下……一三三
四月晦日觀龍舟二首……一三三
八月十五夜飲徐明經以震上舍以泰家二首……一三三
風渚湖……一三四
防風廟……一三四
九日遊淡竹塢度大壯嶺至妙嚴寺飯歸轉入保慶寺小憩……一三四
冬至日同王五過東塔寺明秀居……一三五
石臼漾殘雪……一三五
新城……一三六
泊南潯……一三六
吳興客夜寄懷徐上舍樹璧……一三六

擇石齋詩集卷九

丁卯

獨行……一三七
淮安……一三七
雨泊二首……一三八
鐵犀行……一三八
謁仲子廟……一三九
王瓜園……一三九
見拾麥穗……一三九
五月五日先孺人忌日次商家林痛成……一四〇
趙北口追憶丁巳春偕馬副使維翰南歸……一四〇
晉陽庵……一四〇
題唐希雅水鳩鶺鴒秋景卷子二首……一四一
南池杜文貞公祠詩爲沈侍御廷芳作……一四一
苑西四首……一四二

侍從叔祖少司寇陳羣齋恭讀皇帝御製玉甕歌時公方恭和元韻命載擬和一篇謹成……一四二
少司寇公出觀趙文敏公書史記汲黯傳冊……一四四
曉發新城行十里登舟至雄縣用蘇文定公郭熙橫卷韻……一四四
蓆帽……一四五
安德驛遇潦過津期店……一四五
腰站南遇潦……一四五
謁孟子廟……一四六
曉行嶧山下……一四六
柳前雨……一四六
拜閔子墓……一四七
臨淮……一四七
定遠夜雨……一四七
廬州城外白蓮……一四八
舒城……一四八
梅心驛南山行二首……一四八
桐城……一四九
天柱峯出雲歌……一四九
墜馬……一五〇
過黃梅……一五〇
孔壠曉行……一五一

蘀石齋詩集卷十

渡潯陽江……一五三
東林寺觀王文成公次邵二泉韻詩壁卽用其韻……一五三
南昌旅夜用李參政韻二首……一五四
生日南昌登樓……一五四
金學使德瑛邀同蔣孝廉士銓過百花洲……一五五
得與朱明府沛然相見南昌題其小

影郎以志別二首……一五五
守風揚子洲晚眺西山用陶靖節庚
子歲五月中從都還阻風於規林
二首韻……一五六
龍津……一五六
安仁……一五七
北蘭寺僧送桂華數枝養盆盎中舟
行五百里而香未盡曉枕有題用謝
宣城懷故人韻……一五七
貴溪……一五七
過弋陽六七十里江山勝絕郎目成歌……一五八
琴石行……一五八
橘林……一五九
蘭溪晚泊……一五九
去嚴州十里外泊……一六〇
入七里瀧三首……一六〇
嚴灘晚泊用陶公和郭主簿二首韻……一六一
桐廬感舊爲龍巖李先生……一六一
柏林……一六二
泊舟鐵幢浦觀月用柳柳州贈江華長
老韻……一六二
十月晦小方壺同王秀才萬孝廉汪
上舍兄弟分用唐人韻得孟貞曜
百憂韻……一六二
和汪上舍孟鋗用陸天隨雜諷九首之
一韻……一六三
邳州村舍……一六三
汊河二首……一六四
滕縣……一六四
鄒縣……一六四
河間……一六五
宿雄縣倣孟貞曜體……一六五
宿蔣少宰溥揖翠堂後齋觀倪元鎮小
幅郎用其自題韻……一六六

除夕……………………一六六

蘀石齋詩集卷十一

戊辰

拈花寺……………………一六七
次韻裘少詹曰修詠走馬燈……………………一六八
法源寺……………………一六八
月橋作……………………一六九
德勝橋東堤柳……………………一六九
題蔣上舍槸觀泉圖……………………一六九
清明日出德勝門入安定門作……………………一七〇
題章虞部有大深柳讀書堂圖二首……………………一七〇
天寧寺……………………一七〇
白雲觀……………………一七一
善果寺……………………一七一
戒壇……………………一七二
潭柘岫雲寺四首……………………一七二
曉起次韻舍利塔後石壁明昌五年所刻僧重玉從顯宗幸龍泉寺之作……………………一七三
化陽洞……………………一七三
重宿戒壇……………………一七四
萬泉寺同張舍人敬業……………………一七四
水頭莊……………………一七五
碧水辭……………………一七五
得張徵士庚歷城書走筆寄答……………………一七六
沈啓南墨雞……………………一七六
吐必落索……………………一七七
寄題三世寫普門品經後兼呈從父觀察元昌……………………一七七
淨葉寺……………………一七八
送許吉士葵宰滎陽……………………一七九
拈花寺觀蔣大司農四言之作兼贈二憨上人……………………一七九
祝大舍人請假歸里話別二首……………………一七九

觀倪高士水竹居圖卽用其自題韻……一八〇
懷陳丈向中西安……一八〇
王五又曾春日金陵書來及秋懷之……一八一
懷從叔祖界歸州……一八一
夜過萬孝廉於查農部新齋農部出移居宣南坊用蘇公書王定國所藏烟江疊嶂圖韻詩竝孝廉和章見示遂亦和之……一八一
寄王五……一八二
寄汪上舍孟鋗仲鈖……一八三
雪懷陳明經經業三首……一八三
題顧孝廉鎮毛詩劄記後……一八四
題顧孝廉洞庭秋汎圖……一八四
甕水行……一八五
萬孝廉屬題高生跋漢五鳳二年墨本……一八六
題馬孝廉榮祖玉井蓮圖……一八六
龍翠巖畫馬歌……一八七
唐花……一八八
黃子久富春山圖卷……一八八

擇石齋詩集卷十二

己巳
遊真覺寺萬壽寺同申孝廉大年……一八九
觀蔣文肅公所藏趙子固定武蘭亭五字未損本卷……一八九
大光明殿……一九〇
清明日登覺生寺鐘樓……一九一
讀書慧果寺二首……一九一
仰酬桑先生四首……一九二
題諸編修錦高松對論圖……一九三
盧舍人文弨徵爲徵君存心六十詩……一九三
同萬孝廉光泰過周上舍大樞二首……一九四
拈花寺禮從曾叔祖妣陳太淑人白描觀世音小幀有賦三首……一九四

馮給事秉仁輓詞……一九五
留止海淀人家二首……一九五
西堤二首……一九六
送裘詹事曰修告祭南鎮……一九六
題王學正延年紀夢詩後……一九七
秋曉啓鑾篇……一九八
九松山……一九八
要亭……一九九
出古北口……一九九
度三道梁至喀喇河屯……二〇〇
什巴爾泰……二〇〇
木蘭詩十五首……二〇〇
金蓮花……二〇三
題劉閣學綸塞上新詩後二首……二〇三
中關至熱河……二〇四
至後二日雪……二〇四
田盤松石圖爲少宰佟公介福畫并賦長歌……二〇四
朱大明府沛然歿於江西四月七日靈櫬歸里五月二十日載之聞耗六月晦日久而不能哭之以詩今聞將以十二月八日葬於桐鄉某原賦寄輓詞十五首……二〇五

蘀石齋詩集卷十三

庚午

送馬榮祖宰閿鄉三首……二〇九
小寒食獨出安定門至一野井小憩賦詩二首……二一〇
題徐上舍以泰綠杉野屋圖二首……二一一
觀陳惟允山水用題者韻……二一一
次韻田少宰懋秋日過蔣宮保後圃之作……二一一
哭萬孝廉光泰於夕照寺……二一二

重哭萬孝廉二首……二一二

辛未

首春同申孝廉出西直門重遊萬壽寺
登藏經閣復沿柳堤而西至一村肆
飲得詩四首……二一三
過汪孟鋗仲鈖兩孝廉寓齋夜話呈祝
舍人維誥并簡朱孝廉麟應十首……二一三
三月十五日雪二首……二一四
題許秋曹道基竹人圖……二一五
次韻諸編修錦詠繡纓花……二一五
自題蔬筍圖三首……二一六
少司寇公病起招同戈吉士濤李編修
中簡汪孝廉孟鋗飲從叔編修汝誠
孝廉汝恭侍坐分韻……二一六
遊王氏園同儲進士兆豐……二一六
再遊王氏園三絕句……二一七
望景山二首……二一七
廣濟寺鐵樹……二一七
重九後四日集王學正齋……二一八
冬日鑲藍旗覺羅學書堂作……二一八
喜王舍人又曾謝舍人墉至京同祝舍
人維誥周孝廉翼洙編修灃汪孝廉
孟鋗姚吉士晉錫醵飲……二一九
韓介玉仿董北苑山水……二一九
奉答諸君南城小集遲余不至同用蘇
公韻之作……二一九

壬申

謝舍人新居置酒邀少司寇公諸編
修錦祝舍人維誥王舍人又曾周
孝廉翼洙編修灃汪孝廉孟鋗仲
鈖姚吉士晉錫梁水部敦書過法
源寺看海棠各賦長篇載以雨阻
不至續賦奉簡……二二〇
與汪孝廉孟鋗仲鈖招范明經同治小

坐聽明經話萬孝廉病中事……二二二
集嘉樹齋題六和塔四十二章經拓本
二十四韻……二二二
奉題座主少宗伯佟公試院詩卷後疊
用蘇文忠公次韻黃魯直畫馬試院
中作韻四首……二二三
次韻奉酬少司寇公垂寄……二二三
僮歸十七首……二二三

蘀石齋詩集卷十四

癸酉
二日雪……二二九
長歌代書復朱丈丕襄……二二九
春遊曲六首……二三〇
宜亭新柳六首并序……二三一
同諸編修錦李閣學因培周孝廉翼洙
王舍人又曾周編修澧謝吉士墉汪
孝廉孟鋗梁秋曹敦書陳舍人鴻寶
周孝廉震榮法源寺看海棠分賦……二三三
題寒山舊廬圖用張文端公題寒山舊
廬韻……二三三
自題雍正庚戌所寫半邏村小隱圖……二三四
梁吉士同書秋曹敦書招同諸友飲紫
藤花下竝屬圖之因題四首……二三四
夢陳明經向中……二三五
題淩上舍應熊竹谿讀書圖二首……二三五
興隆店并序……二三五
考具詩并序……二三六
柳條筐……二三六
線絡……二三七
錫水壺……二三七
卷袋……二三七
黃油簾……二三八
青布緜氅衣……二三八

矮凳……二三八
號舍……二三九
號板……二三九
號燈……二三九
潛溪緋歌奉題座主少宗伯鄒公畫頁……二四〇
喜得茅明經應奎書兼蒙惠詩次韻寄酬
二首……二四〇
八月五日上釋奠於太學陪祀恭紀……二四一
借萬壽寺憨上人杖入西山……二四一
侍講張先生若霈輓詞……二四一
慈仁寺禮甆觀音像……二四二
送周編修澧假歸嘉善爲封公太君壽……二四二
寒夜作四首……二四三

蘀石齋詩集卷十五

甲戌

座主孫文定公輓詞二首……二四五
輓周編修澧十四韻……二四六
題淩郡丞西山詩後八首并序……二四六
觀劉松年畫中興四將像卷子……二四七
九華山歌寄壽茅明經應奎八十……二四八
寄題查郡丞禮重建龍溪宋黃文節公
祠用公前集詩觴字韻……二四八
飲閣學金先生德瑛齋送王進士昶之
濟南……二四八
題虞山相國竝頭蕙花圖……二四九
貞女詩四首……二四九
尹兒灣……二五〇
德州至故城……二五〇
野泊……二五〇
望武城……二五一
歸舟述六首……二五一
周家店……二五二
棗市行……二五三

十五夜月蝕次東平境……二五三
阻風靳家口……二五四
山東秋……二五四
柳林閘南村舍……二五四
水鄉二首……二五五
汪博士棣招遊平山堂……二五五
集行庵題王西室水仙梅花卷……二五六
九日竹西亭登高……二五六
鶴林寺……二五七
竹林寺……二五七
招隱寺……二五七
登多景樓……二五八
毘陵曉望……二五八
酌第二泉……二五八

蘀石齋詩集卷十六

乙亥

自題瀲湖二圖并序……二六一
少司寇公擕汝恭從叔及載至海鹽舟經
半邏嶼城撫景言情檢得范石湖詩選
本田園雜興三十一首用韻分賦公得
十一首從叔及載各得十首……二六二
檢先孺人遺篋得載己亥康熙五十八年
雪夜詩……二六三
題范侍郎璨松巖樂志圖……二六三
瘞鶴詩爲曹明經庭棟作……二六四
題項東井幻居庵雙柏圖……二六四
渡江……二六四
寶應有述……二六五
兗州……二六五
曉寒……二六五

拜座主世襲子少宗伯赫塞里公墓二首……二六六
丙子
擬恭和御製趙孟頫吹簫士女用宋濂韻……二六六
清明日同宋明經樹穀至萬壽寺尋憨上人……二六七
觀倪高士松亭山色卽用其自題韻……二六七
題觀書士女……二六八
憶去歲過揚州所見名畫三首……二六八
范寬秋山行旅圖……二六八
王叔明一梧軒圖……二六九
王安道華山圖……二六九
節孝從叔祖母任孺人輓詞四首……二七〇
自題所畫箬溪圖……二七一
題趙文穀公尺牘墨蹟……二七一
曉月三首……二七二
南塘辭……二七二
題鍾進士……二七二
題板橋吟詩圖卽用曹能始詩韻……二七三
題王編修鳴盛西莊課耕圖……二七三
嚴君平……二七三
寇萊公……二七四
立春後二日對雪三首……二七四
劉三妹詞二首……二七四

蘀石齋詩集卷十七

丁丑
同邵編修嗣宗集張編修坦寓齋題董文敏公鶴林春社圖……二七五
春社詞三首……二七六
題自寫墨花卷子二首……二七六
聚奎堂後東房宿次……二七七
夜風……二七七

聚奎堂早起……二七七
聖駕南巡恭紀二十首……二七八
題無名氏畫……二八一
寄輓陳秀才諒……二八一
送憨上人還杭州四首……二八二
重遊覺生寺……二八二
紀編修復亨近以詩與秦修撰大士黏於壁一夕爲偷兒取去編修又送詩修撰和之於是周學士長發盧編修文弨皆有作載過飲修撰於其右壁盡讀之歸亦和焉……二八三
靜夜……二八四
寄題吳學使華孫洗竹圖……二八四
曹學士洛禋畫天下名山圖二百四十頁題之……二八四
仲冬二首……二八五
恭讀御製詠側理紙詩敬賦長歌……二八五
對雪用宋延清剪綵花韻……二八六
不寐……二八六
海子雪晴……二八七
題王仲山畫潙山水牯牛冊子八斷句……二八七
符歸安大紀輓詞……二八八
觀閻右相畫……二八八
詠水仙……二八八
韓康……二八九

蘀石齋詩集卷十八

戊寅

春正雪夜同祝舍人維誥從弟端兒敏錫作限新字……二九一
和酬院長相國見贈……二九一
城西……二九二
原心亭敬觀聖祖仁皇帝御書龍飛鳳舞四大字刻石……二九二

題畫牡丹蕙萱鳳仙菊五種……二九三
動靜交相養并序……二九三
雜憶舊蹤拾舊時殘句以綴就張叔夏
詞自序云渺渺兮予懷也錄存六首……二九四
送鄭贊善虎文視學湖南……二九四
飲王氏憶園海棠花前用壁間王右丞
詩韻……二九五
德勝橋東堤柳……二九五
初夏憶家三首……二九五
座主陳文勤公輓詞二首……二九六
擬恭和御製詠葫蘆筆筒元韻……二九六
觀真晉齋圖……二九七
題盧中允文弨檢書圖……二九七
金水橋曉月……二九八
驟涼……二九八
擬恭和御製幻花八詠用張鵬翀韻元
韻錄存四首……二九八
霜花……二九八
風花……二九九
燈花……二九九
酒花……二九九
集陳舍人鴻寶獨樹軒賦秋聲……三〇〇
郊西……三〇〇
秋圃九詠……三〇〇
豆花……三〇〇
牽牛花……三〇一
蒲萄……三〇一
葫蘆……三〇一
柹……三〇二
蘿蔔……三〇二
薑……三〇二
蝶……三〇三
蟲聲……三〇三
移居……三〇三

聖武詩一百二十韻……三〇四
題太常寺仙蝶圖……三〇七
題韋舍人謙恆翠螺讀書圖……三〇七
上御乾清門聽政侍直恭紀……三〇八
上視祫祭太廟祝版于中和殿侍直
恭紀……三〇八
除日保和殿侍宴……三〇八

蘀石齋詩集卷十九

己卯

上元日圓明園正大光明殿侍宴……三〇九
花朝金秀才啓南招同謝編修墉韋舍
人謙恆吳舍人烺王學士鳴盛王舍
人昶家贊善大昕遊王氏園遲褚舍
人寅亮陳侍讀鴻寶曹舍人仁虎不
至分賦十六韻……三一〇
觀王文成公書所作君子亭記卷……三一〇
王學士見示同遊王氏園五言長篇復
賦十六韻……三一一
題陳學正孝泳研二首……三一一
上視耕藉祭先農祝版于中和殿侍直
恭紀……三一二
題盆牡丹……三一二
吳舍人齋金秀才治具……三一二
丁香曲……三一三
有懷故園親戚……三一三
過張侍御馨出示古藤花下憶弟編修
坦用曝書亭集檐字韻詩歸而和之
簡侍御寄編修……三一四
五日晚雨二首……三一五
八日雨……三一五
題王太守祖庚春江歸釣圖……三一五
晨起題齋壁……三一六
五月辛丑旦上御雨纓冠素服步詣社

稷壇祈雨午門跪次恭紀……三一六
六月庚申上虔行大雩禮成辛酉雨恭紀……三一七
入院……三一七
婦攜家至京……三一七
飯高碑店……三一八
大激店避雨同于農部雯峻……三一八
望都……三一八
定州值水……三一九
聞鵜鴂……三一九
漢光武帝廟……三二〇
内丘……三二〇
臨洺驛……三二一
謁岳忠武王廟……三二一
過嵇忠穆公墓碑……三二一
鄭州……三二二
渡洧……三二二
郾城曉行……三二二
西平郵舍……三二三
渡淮……三二三
信陽……三二三
平靖關曉發……三二四
應山道中二首……三二四
弔楊忠烈公……三二四
德安北山行雨……三二五
楚稻……三二五
雲夢……三二五
黄陂……三二六
聶口二首……三二六
武昌……三二六
行江夏作農歌四首……三二七
咸寧至蒲圻山行二首……三二七
蒲圻義學謁攝縣事施南同知從叔祖
界祠宿祠下賦四首……三二八

蘀石齋詩集卷二十

入湖南……三二九
岳州……三二九
泣洞庭東岸行……三三〇
渡汨羅……三三〇
長沙……三三一
湘江買魚行……三三一
行楚野見草花都不能名感賦二首……三三二
夜渡湘江……三三二
將至柘塘二首……三三二
楚山歌……三三三
夜半乘月發排山驛至大營市五首……三三三
度熊羆嶺……三三四
七月十五夜祁陽對月……三三五
漫郎宅歌……三三五
觀大唐中興頌刻石……三三六
度黃牯嶺……三三七
永州……三三七
尋西山誤投芝巖卻下南麓見小石
城山……三三八
遊朝陽巖……三三八
渡瀟水遊綠天庵劚筍歸……三三九
遊澹山巖……三四〇
零陵二絕句……三四二
過鈷鉧潭未及遊……三四二
宿湘山寺……三四二
出全州行松林間六十里至山棗口占
四首……三四三
將至興安……三四三
衡鑑堂……三四四
望獨秀峯用先太常韻……三四四
七星山燕席……三四五
灕江晚思……三四五

發靈川……三四五
海陽神廟歌詞二首……三四六
迎神……三四六
送神……三四六
興安至全州四首……三四六
全州北作二首……三四七
易家山……三四八
石鼓書院……三四八

撵石齋詩集卷二十一

謁南岳廟……三四九
赤帝峯……三四九
見相塔……三五〇
望蓮花峯……三五〇
歷磴上南臺寺……三五〇
明道山房……三五一
飯衡岳寺……三五二
最勝輪塔……三五二
坐祝融峯頂石觀雲海歌……三五二
下觀音巖少憩上高臺寺……三五三
宿上封寺……三五三
岳頂夜起……三五四
吸雲寺……三五四
湘潭……三五四
乘風出歸義驛向大荊驛二首……三五五
飲望湖亭……三五五
重謁從叔祖施南府君祠……三五五
洪山女歌……三五六
望漢陽二首……三五六
楚樹……三五六
麻穰市……三五七
霧度平靖關二首……三五七
夜雪發信陽……三五七
贈周許州天度……三五八

淇縣……三五八
謁端木子祠……三五八
望銅雀臺積雪……三五九
謁冉子廟……三五九
蒙恩復署日講起居注官……三五九
皇太后萬壽上詣慈寧門率諸王公大臣行慶祝禮侍直恭紀……三六〇
聖武樂歌三十章謹序……三六〇
上祫祭太廟侍直恭紀……三六四
除日保和殿侍宴……三六五

蘀石齋詩集卷二十二

庚辰

呂村……三六七
上耕籍御觀耕臺侍直恭紀……三六七
聚奎堂後西房宿次……三六八
初八日晚雨……三六八
奉題總裁虞山相國用聚奎堂壁間韻詩後卽和韻……三六八
奉和總裁少宗伯公用深字韻……三六九
奉題同考官張庶子若澄爲總裁大司寇仿王叔明秋堂講易圖卽和用深字韻……三六九
春日偕朱明府垣翁編修方綱朱編修棻元遊王氏園翁編修有詩載和之而以務輟筆夏日足成五首奉簡諸君……三七〇
上御太和殿傳臚侍直恭紀……三七一
送吳進士泰來歸蘇州……三七一
飲王光祿鳴盛寓屋邀題其庭前合昏花成十二韻……三七一
上御勤政殿聽政侍直恭紀……三七二
送孫進士維龍之令安徽二首……三七二
題南岳藤杖……三七二

題秋碧堂法帖卽用冊中顏魯公書竹
山連句韻……三七三
昇平詞十二章謹序……三七四
觀李營丘寒林圖……三七七
上萬壽詣慈寧門率諸王公大臣行慶
賀禮侍直恭紀……三七七
法源寺看菊……三七七
題秦學士大士種樹圖……三七八
題秦學士柴門稻花圖……三七八
題汪博士棣後譚藝圖……三七九
聞祝嘉舉浙榜走筆奉簡其尊甫舍
人四首……三七九
乾州甯氏……三八〇
詠德昌門外柳……三八〇
上御紫光閣閱武舉騎射侍直恭紀
四首……三八〇
觀文待詔歸去來圖……三八一
冬至上御太和殿受朝賀侍直恭紀……三八二
端範堂有題……三八二
磨勘試卷……三八三
起居注館宿次……三八三

蘀石齋詩集卷二十三

辛巳
上視祈穀祝版於太和殿侍直恭紀……三八五
燈花并序……三八五
上御經筵於文華殿侍直恭紀……三八六
上御乾清宮引見殿試貢士十人侍直
恭紀……三八六
天佑助威大將軍歌謹序……三八七
題張給諫馨年非圖……三八八
原心亭齋宿……三八八
送蔣文恪公喪出朝陽門……三八八
尊德會詩并序……三八九

夕月壇陪祀……三九〇
詹事府齋宿……三九〇
主簿廳作……三九〇
板橋……三九一
上御紫光閣閱武舉技勇侍直恭紀……三九一
十一月癸丑上恭閱加上皇太后徽號
奏書於中和殿侍直恭紀……三九一
甲寅上恭閱加上皇太后徽號金冊金
寶於太和殿侍直恭紀……三九二
甲寅恭上皇太后徽號禮成上御太和
殿頒恩詔於天下侍直恭紀……三九二
慈聖萬壽詩九章謹序……三九二
冬至上大祀天於圜丘侍直恭紀……三九五
以吾郡李翁琪枝蘭竹貼齋壁款云七
十三人康熙甲戌秋也賦之……三九五
上祫祭太廟陪祀恭紀……三九五

蘀石齋詩集卷二十四

壬午
元日上詣慈寧門率諸王公大臣行
慶賀禮侍直恭紀……三九七
齋宿同梁少詹錫璵……三九七
上祈穀於祈年殿陪祀恭紀……三九八
題周編修遺像……三九八
左都御史金先生輓詞二首……三九八
飲趙侍御佑齋歸畫梅以謝……三九九
蔣侍御和寧招飲先畫墨花以送……三九九
國子監古槐歌……三九九
社稷壇雙樹歌……四〇〇
尋春同家侍讀大昕三首……四〇一
經隆禧廢寺至弘善寺憩靜觀堂……四〇一
登法藏寺無量諸佛傳燈寶塔……四〇一
過金魚池……四〇二

題齋壁……四〇二
題金員外纛小影卽送假歸太倉……四〇二
尋春復同家侍讀大昕三首……四〇三
長椿寺……四〇三
善果寺……四〇三
歸義廢寺……四〇三
朝日壇陪祀畢謁東嶽廟……四〇四
畫柳枝送蔡修撰以臺歸覲……四〇四
乍暖……四〇四
歷代帝王廟陪祀有賦……四〇五
慈仁寺禮薨觀音敬瞻御詩書畫并序……四〇五
上巳二首……四〇六
孫主事夢逵夏進士蘇約遊陶然亭
適金詹事甡亦至遂同遊法源寺……四〇六
過翁編修方綱偕訪聖安崇效二寺……四〇六
先農壇陪祀有賦……四〇七
獨遊四首……四〇七
寒食六韻……四〇七
右安門外踏青……四〇八
保定陳節婦……四〇八
城西春遊四首……四〇八
同邵編修嗣宗秦學士大士翁中允方
綱秦吉士承恩過法源寺看海棠有
感壬申癸酉舊遊卻次諸贊善錦壬
申韻……四〇九
集邵編修養餘齋詠白丁香花禁體……四〇九
端範堂齋宿對丁香花……四一〇
陶郎中其愫移居招飲海棠花下分韻
得氣字……四一〇
觀褚中令臨蘭亭序第十九本墨蹟……四一〇
盧孝子詩……四一一
游貞女詩……四一一
迎駕涿州過良鄉縣南弘恩寺……四一二
宿王瓜塍農舍……四一二

埋白驢……四一三

擇石齋詩集卷二十五

閏端午……四一五
王五秋曹三月初三日歿於里閏五月初八日爲位法源寺如意寮而哭之……四一五
晚飯哭善元二首……四一六
重哭王五秋曹……四一六
座主佟公輓詞四首……四一七
寄善元櫬于南窪僧屋過而撫之雜寫五首……四一八
善元小衣……四一九
晴……四一九
和許宣平庵壁韻……四二〇
哀善元……四二〇
種草花作……四二〇
述懷……四二一
曉課……四二一
蔣編修士銓畫左都御史金先生像以藏竝記下方永示其後而屬載題詩……四二一
不寐……四二二
早起……四二二
戴儀部文燈齋飲沈存周錫斗作歌……四二二
觀董吉士元度所攜畫竹卷……四二三
哭善元櫬南……四二四
小南城……四二四
皇史宬……四二四
邵編修招同年飲養餘齋分賦二首……四二五
詹事府晚步……四二五
題王中丞恕瑟齋圖遺像……四二五
觀前蜀王鍇書妙法蓮華經殘葉……四二六
弘仁寺同博爾濟特中允博明……四二六
觀唐貞觀淤泥寺心經石幢於鷲峯寺……四二七
高麗營農舍與吳學士鼎夜話……四二七

觀顧阿瑛畫罌粟……四二七
宋編修弼屬畫秋葵……四二八
送施編修培應乞養還昆明……四二八
雪夜端範堂齋宿……四二八
冬至上大祀天於圜丘陪祀恭紀……四二九
蘇文忠公墨貓歌……四二九
上御太和殿受朝侍直恭紀……四三〇
范侍御棫士紀侍御復亨邵編修嗣宗秦學士大士戴儀部文燈秦編修黌過飲……四三〇
和張給諫馨編修坦寒齋三詠……四三一
盆梅……四三一
水仙……四三一
木瓜……四三一
立春日同范侍御紀侍御邵編修秦學士秦編修集戴儀部齋……四三二
秋瓜紋潔硯歌爲姚員外晉錫賦……四三二

蘀石齋詩集卷二十六

癸未

題金山人農爲袁舍人匡肅畫香影庵圖……四三三
上祈穀于祈年殿侍直恭紀……四三三
上元日圓明園正大光明殿侍宴……四三四
燒宣德香爐歌酬紀侍御……四三四
上祭社稷壇陪祀恭紀……四三五
題劉忠肅公石鼓山題名後三首……四三五
湯山迎駕恭紀……四三六
上耕藉祭先農壇陪祀恭紀……四三六
和張編修坦庭前垂柳十二韻……四三六
西頂春行二首……四三七
上親常雩于圜丘侍直恭紀……四三七
恩榮宴上作……四三七
題陳孝廉鍾琛讀書圖……四三八

夏至上祭地于方澤陪祀恭紀……四三八
題孫上舍景元遺像四首……四三八
題齋壁……四三九
觀荷同圖塞里侍讀圖鞳布博爾濟特中允博明翁中允方綱……四三九
重過萬泉寺……四四〇
飯田舍……四四〇
大慈觀音寺拜瞻聖祖仁皇帝御書藥師經敬賦……四四〇
雨止移葵……四四一
問紀侍御病起……四四一
答紀侍御示新詠……四四一
漢敦煌太守裴岑祠刻石拓本……四四二
送吳舍人寬南歸兼懷陳侍讀鴻寶……四四三
齋日對雨……四四三
教習庶常館敔器圖歌和翁中允……四四三
秦二世刻琅琊臺始皇刻石詔書……四四四
題戴編修第元負米圖即送假歸南安……四四五
題阮舍人葵生秋雨停樽圖……四四五
松石軒圖……四四五
讀明鳳陽陵碑……四四六
觀敦交集冊子……四四七
題顧侍御光旭春風啜茗圖……四四八
題王石谷臨郭恕先湖莊秋霽圖……四四八
觀史閣部像及家書……四四九
題蘇文忠公墨蹟卷……四五〇
題吳秋曹巖畫范氏古趣亭冊子……四五〇
范侍御棫士出觀高舍人奮生所藏明錢郎中貢畫陶靖節歸舟泊岸竹扇用題者韻詠之三首……四五一
觀趙文敏倚柳士女……四五一
湘江過雨卷歌……四五二

𢹂石齋詩集卷二十七

小華陽歌……四五三
觀文待詔忍齋圖卽用其題忍齋詩韻……四五四
倪文貞公畫冊歌……四五四
題鍾安人繡詩圖……四五五
題沈啓南桃花書屋圖……四五五
題沈獅峯山水卷二首……四五六
觀米南宮虹縣詩墨蹟……四五六
鄭遂昌小瀛洲記墨蹟……四五七
汎舟至慶豐牐……四五七
庭菊盛開諸君過飲有賦因寫墨花卷
請各書之題後二首……四五七
題紀侍御復亨滁硯圖……四五八
題張編修坦荷淨納涼時圖……四五八
集顧侍御光旭齋酒罷觀王侍郎富春
秋色卷二首……四五九
臘八日雲集慕道齋賦……四五九
查太守禮見貽其粵西石刻拓本詩以
酬之……四五九
集蔣編修士銓壽蘐堂分賦得攝山……四六〇
題蔣編修歸舟安穩圖……四六一
甲申
試燈詞八首……四六二
董大司空齋觀米敷文海嶽庵圖……四六三
次韻寄答德州沈倅天基去年留別之
作二首……四六三
三月癸丑上親祭歷代帝王廟陪祀恭紀……四六四
查太守禮招同曹參議秀先楊中允述
曾申光祿甫饒編修學曙許農部道
基蔣編修士銓吳吉士省欽汪舍人
孟鋗趙舍人文哲接葉亭看丁香花
分韻得落字……四六四
程舍人晉芳招同劉學士星煒朱編修

篔曹編修仁虎汪舍人孟鋗家學士大昕飲紫藤花下分韻得紫字……四六五
題文君印……四六六
朱編修篔招同人過給孤寺東呂家看紫藤花歸飲其宅限三字賦長歌……四六六
觀李伯時畫驪山老母與李筌論陰符祕文紈扇……四六七
趙希遠荷亭烟柳紈扇……四六七
錫壽堂燕席作四首……四六八
題王農部昶三泖漁莊圖……四六九
前湖觀荷……四六九
爲韋編修謙恒題其先教諭鐵夫授經圖……四六九
送徐太守良之任夔州二首……四七〇
古意四首……四七〇
題祝京兆吳郡沈氏良惠堂銘拓本……四七一
張給諫馨編修坦邀同諸君郊遊……四七一
次韻金詹事入府丁祭畢與諸公飲福之作……四七二
爲陶太守其愫題其先祖內翰成歸去來館圖……四七二
王祠部顯曾邀出右安門看秋色先夕得句……四七三
訪菊……四七三
題藥根上人江干送行圖……四七三
飲商太守盤於聽雨樓……四七四
哀女孫善安……四七四

蘀石齋詩集卷二十八

乙酉

王祠部攜示夏太常蒼筠泉石卷……四七五
上元日箭亭侍宴……四七六
三月四日展上巳集陶然亭……四七六
觀林和靖二帖墨蹟曾爲沈啓南所藏……四七七
趙仲穆雪松仙館……四七七

原心亭齋宿……四七七
趙北口……四七八
景州次韻答李少司空宗文夜雨見簡……四七八
重謁孟子廟……四七八
宿州曉行……四七九
紅心驛奉寄太傅公二首……四七九
輿丁採山花……四七九
清流關……四八〇
遊醉翁亭……四八〇
江浦見收早稻四首……四八一
試院登樓……四八一
重謁明孝陵……四八一
阜城晚行……四八二
丙戌
乾隆三十一年正月詔湖廣江西浙江
江蘇安徽河南山東分年免漕一年
羣臣具表赴圓明園謝恩恭紀……四八二
遊摩訶庵慈壽寺……四八三
上元夜題文信國公鮑氏譜像跋墨蹟……四八三
上祭社稷壇侍直恭紀……四八三
奉和總裁尹相國用聚奎堂壁間韻……四八四
會經堂感舊二首……四八四
憶瀛洲亭丁香……四八五
南陵辭……四八五
來鶴堂詩爲傅鴻臚爲詝賦……四八六
韓烈婦并序……四八六
奉簡祝大典籍維誥四首……四八七
觀周益公所藏歐陽文忠公墨蹟譜圖
序一段夜宿中書東閣詩一首并中書
所錄裕陵出閤指揮兩行……四八八
夏至上祭地于方澤侍直恭紀……四八八
題吳編修以鎮秋林對弈圖……四八八
題邵侍讀嗣宗收綸圖即送假歸太倉
四首……四八九

宋謝文節公橋亭卜卦硯歌并序……四八九
紀侍御復亭查太守禮程舍人晉芳畢侍講沅曹編修文埴家學士大昕集小齋分韻……四九〇
題吳秋部巖飛雲洞圖卽和其自題用王文成公華嚴洞韻……四九一
端範堂齋宿……四九一
趙編修翼出守鎮安屬題其所謂甌北耘菘圖卽以送別……四九二

蘀石齋詩集卷二十九

丁亥

二硯歌并序……四九三
上視祭社稷祝版于中和殿侍直恭紀……四九四
趙子固東坡笠屐圖硯歌……四九四
靜宜園曉直……四九五
重至臥佛寺後院娑羅樹下題……四九五
梵隆十六羅漢渡水圖……四九六
趙仲穆爲楊元誠畫竹西草亭圖……四九六
追哭祝典籍四首并序……四九七
邵文莊公溫硯歌……四九八
錢舜舉洪崖先生移居圖……四九九
出右安門得詩三首……四九九
南紅門迎駕恭紀……五〇〇
南苑曉直……五〇〇
聖駕巡幸天津恭紀……五〇〇
呂氏宅看紫藤花歸飲朱編修筠書屋限六字……五〇二
法源寺看牡丹歸飲王秋曹昶齋……五〇二
得雨後程舍人晉芳招過看芍藥限雨字……五〇三
查太守禮澹安居看芍藥分韻……五〇三
送儲宗丞麟趾假歸宜興……五〇三
雨後乞戴侍御第元齋前菊苗旣致十

數本復送長歌因卽用韻奉酬……五〇四
清漪園曉直……五〇四
起居注館宿次……五〇五
靜明園曉直……五〇五
奉送大宗伯嵇先生視河河東……五〇五
閏七月廿七日程舍人晉芳齋社餞
小集……五〇六
送家學士大昕省親歸嘉定二首……五〇六
題畫哭邵侍讀嗣宗九首并序……五〇七
祇領世廟硃批諭旨一百十二冊恭
紀二首……五〇八
送畢庶子沅觀察隴西四首……五〇八
紀侍御哀其先友墨蹟裝卷屬題……五〇九

蘀石齋詩集卷三十

戊子

上祈穀於祈年殿陪祀恭紀……五一一
上躬謁泰陵侍直恭紀……五一一
清明日半壁店行宮曉直……五一二
上御經筵於文華殿侍直恭紀……五一二
盧學使文弨還自湖南見貽方竹製爲
杖賦詩以謝……五一三
靜明園曉直……五一三
上御勤政殿聽政侍直恭紀……五一三
端範堂齋宿……五一四
觀吳興山水清遠圖……五一四
題桐鄉蔡明府可遠遺像……五一五
觀曹雲西西隱圖……五一五
陸包山桃花塢圖……五一五
八月十五夜……五一六
題管夫人寄子昂君墨竹……五一六
四烈婦圖歌……五一六
德清縣元開元宮所嘗藏元門十子
圖歌……五一七

觀錢舜舉桃花源圖用題者錢思復韻……五一八
唐子畏明皇教笛圖……五一八
觀王右丞精能圖……五一八
董北苑瀟湘圖……五一九
趙文敏公寄右之兄札墨蹟……五一九
王叔明停琴聽阮圖……五二〇
封禪頌碎金帖歌……五二〇
孟冬朔上親享太廟陪祀恭紀……五二一
上御乾清門聽政侍直恭紀……五二一

己丑

元日上御太和殿受朝賀侍直恭紀……五二二
上祈穀於祈年殿侍直恭紀……五二二
修先師廟成上親詣釋奠侍直恭紀
九章……五二二
扈蹕宿大新庄……五二三
村杏……五二三
上千像寺……五二四
過天成寺上萬松寺復度西甘澗東
甘澗踰嶺入古中盤回憩少林寺外……五二四
上親常雩于圜丘陪祀恭紀……五二四
喜徐太守良至……五二五
范給諫棫士輓詞五首……五二五
圓明園曉直……五二六
題王太守祖庚遺像……五二六
上視祭方澤祝版于中和殿侍直
恭紀……五二六
題苦瓜上人餘杭看山圖……五二七
清漪園曉直……五二七
題王雅宜券後……五二七
夜起……五二八
題趙文敏公五花圖……五二八
題徐上舍堅夏山烟靄卷……五二九
程舍人晉芳請假南還有吳門小築之
圖題以送之……五二九

馮少司農英廉預日招遇其獨往園作重九至日爲南劉相國邀登大光明殿之天元閣遂不果赴明日送句以謝……五二九
乞得朱學士筠所購馬文璧山水小幅賦謝……五三〇
題周學士景柱湖舫倡和圖卽送其乞休歸嚴州二首……五三〇

蘀石齋詩集卷三十一

庚寅

法源寺看海棠於旁院破瓷缸下發得遼大安十年燕京大憫忠寺觀音菩薩地宮舍利石函記刻石一方紀太僕復亨有詩家學士大昕和之輒亦用韻……五三一
諸君遊潭柘有姚少師庵之作紀太僕邀余和之……五三一
題陳秋曹朗閉門覓句圖……五三一
借明無名氏溪山晚照卷作小影而自題……五三二
憶永安湖……五三三
題施儀部學濂九峯讀書圖……五三三
題陸編修費墀新購靈壁石硯……五三四
馮少司農獨往園中有借山樓可眺城西諸山今春復于南淀構一小樓仍曰借山暇日過之爲賦長句……五三四
哭汪選部孟鋗六首……五三五
重過借山樓疊前韻……五三六
題雨林圖……五三六
敬承會詩并序……五三六
題陳明經耕讀圖……五三七
小庭……五三七
觀家學士大昕所藏鳳墅殘帖卷第十

三十四兩冊……五三八
皇上六旬萬壽詩謹序……五三八
秦學士大士又作柴門稻花圖屬題……五四〇
施儀部屬題華山人嵒送其外舅吳雪舟所寫黃山歸老卷子……五四一
題萬孝廉光泰詩畫冊……五四一
題魯治春滿江南卷……五四一
九日馮少司農獨往園登高……五四二
爲沈觀察清任畫蘭復屬題……五四二
爲秋試被放南歸者題畫……五四二
太尉之印歌并序……五四三
宿板橋同紀太僕……五四三
枕上得雪……五四三
圓明園雪曉趨直二首……五四四
題吳鴻臚玉綸古藤詩思卷……五四四
五更趨郊壇恭候大駕……五四五
喜雪……五四五

蘀石齋詩集卷三十二

辛卯

王文成公驛丞署尾硯歌爲大宗伯裘先生作……五四七
上祈穀于祈年殿侍直恭紀……五四八
題陶舫硯銘冊子二首……五四八
謝葉侍講觀國惠海南香……五四八
出右安門郊行二首……五四九
蔣少司農賜棨招飲見菜花于几上南劉相國約詠之得二首……五四九
桑先生輓詞四首……五五〇
漫與……五五〇
家少司寇先生僎直之暇合元四家法作山水卷以與弟孝廉維喬裝成屬題……五五一
張舍人塤爲瓊花說二篇倩薛鱅寫瓊

花綴玉蘂於後來索詩…… 五五一
靜明園曉直…… 五五一
籬壞…… 五五二
十月癸未甲申上御紫光閣閱武舉騎
射技勇以充讀卷官侍直恭紀二首…… 五五二
冬至陪祀三更赴郊壇…… 五五二
十一月丙辰上恭慶聖母皇太后八旬
萬壽加上徽號詣慈寧宮恭進冊寶
行禮侍直恭紀…… 五五三
辛酉上行慶壽禮成御太和殿受賀頒
恩詔於天下侍直恭紀…… 五五三
恭慶聖母崇慶慈宣康惠敦和裕壽純
禧恭懿安祺皇太后八旬萬壽詩九
章…… 五五三
周明府震榮屬寫墨花…… 五五五
爲沈按察廷芳七十…… 五五五
伊副都統福增格惠海物畫梅以謝…… 五五五
題陳仲仁山水卷…… 五五六
壬辰
送沈郡丞清任赴官四川…… 五五六
題羅山人聘畫鬼二首…… 五五七
馮少司農招作花朝…… 五五七
宿小店…… 五五七
沈按察輓詞…… 五五八
張少詹曾敞將歸桐城賦長歌致酒雙
罍屬畫蘭竹即題以答送…… 五五八
羅山人爲余作探梅圖題以謝之…… 五五九
三月六日雪…… 五五九
翁學使方綱歸自粵東法源寺海棠花
開連日偕過有詩亦賦一首…… 五五九
爲馮少司農家海棠寫影并題…… 五六〇
飲呂家紫藤花下五首并序…… 五六〇
熏爐二首…… 五六一
周文忠公銘雷氏琴歌…… 五六一

東書堂硯歌……五六二

蘀石齋詩集卷三十三

題圖塞里學士野圃……五六三
題熊編修爲霖秋圃分甘圖卽送其假
歸新建二首……五六三
題翁學使方綱臨蘇書卷九首并序……五六四
紀太僕復亨請假南歸將居吳郡翁學
使方綱邀同人分賦勝蹟以餞載得
甫里……五六五
漢建初銅尺歌……五六五
題紀太僕二圖……五六六
心齋坐忘圖……五六六
石湖春釣圖……五六六
顏氏所藏魯公名印歌……五六七
觀鄭所南畫蘭……五六七
題歸帆圖送羅聘歸揚州……五六七
餞紀太僕供荷花邀吉京兆夢熊張學
使模翁學使方綱家學士大昕共賞
之翁學使有作次其韻呈諸君……五六八
七夕曹少卿學閔家學士大昕集程選
部晉芳齋餞紀太僕招翁學使方綱
及載奉陪分韻得同字……五六八
同程選部晉芳嚴侍讀長明翁學使方
綱曹中允仁虎吳侍讀省欽家學士
大昕集城南分賦……五六九
同程選部晉芳曹中允仁虎姚秋曹鼐
家學士大昕集嚴侍讀散木庵……五六九
翁學使招同程選部嚴侍讀曹中允吳
侍讀家學士飲卽題其蘇米齋二首……五七〇
密雲……五七〇
觀元蘇弘道書延祐甲寅科江西鄉試
石鼓賦李丙奎徐汝士王與玉陳祖
義李路羅曾吳舜凱及弘道八篇墨

蹟卷……五七一
翁學使邀同圖塞里學士羅山人家學士城西訪菊山人買得杜東原仿荊關山水卷贈學士展觀乃余舊所藏者不知何時失之蓋更有三卷并失之矣學士既不欲得此山水索余畫折枝以償而山人竟以歸余明日學使有詩用蘇集仇池石韻家學士繼之余亦和焉……五七二
題秦郡丞廷堃秋山讀杜圖三首……五七二
集曹中允齋分斅雜體得江常侍清思……五七三
羅山人造程選部門有繫馬蹶傷其右手選部乃疊前韻以謝山人而屬和之……五七三
集程選部齋檢南宋人集分題之載
　題香溪集……五七四
王進士嵩高屬題其曾祖樓村修撰
十三本梅花書屋圖五首……五七四
觀宋徽宗題南唐王齊翰勘書圖……五七五
泰忠介公篆書陋室銘墨蹟卷……五七五
賜詹事府欽定重刻淳化閣法帖恭紀……五七六
登陶然亭後閣看雪同翁學使方綱曹少卿學閔陸秋曹錫熊家學士大昕……五七六
雪止集姚秋曹鼐寓堂分賦得畫雪……五七七
琉璃廠肆見小方玉印一刻鞏固私印四字橋紐葫蘆樣玉印一刻帝甥二字虎紐明鞏都尉物也輒爲詠之……五七七
觀趙文敏公所書道德經墨蹟冊……五七八
任明府震遠餉陽羨茶賦謝……五七八

蘀石齋詩集卷三十四

題劉文靖公屏山集……五七九
題馮少司農小影卷子……五七九
姚秋曹寓堂分賦之題曹中允盡賦之

遂如數以和而存其二……五八〇
煮雪……五八〇
堆雪……五八〇
題僧永聞爲母櫛髮圖……五八一
飲蘇米齋是銷寒第三會以同人姓惟陸秋曹仄聲限陸字成五言仄體……五八一
集散木庵嚴侍讀已買鞏忠烈公兩玉印出觀復爲歌之……五八二
雪夜集陸秋曹宂寄盧出觀文裕公玉舜詩墨蹟卷疊至累十首玉舜白樺花也公題之爲玉舜云遂次韻……五八二

癸巳

端範堂賦……五八三
散木庵茶話……五八三
題程選部三長物齋……五八四
上元夜集曹中允齋……五八四
集姚秋曹寓堂……五八五
題吳州牧璜蘇門聽泉圖……五八五
花朝雪集蘇米齋限雪字……五八五
次韻馮少司農舊養盆梅初花……五八六
次韻馮少司農春雪……五八六
送張太守鳳孫之任滇南……五八六
清明後一日蔣少司農招集文肅公賜第北臺馮少司農有望積水潭一帶柳色之作次其韻……五八七
飲馮少司農檀欒草堂前海棠下賦……五八七
沈太守維基寓居法源寺招看海棠飲其齋……五八七
城南修禊詩二首……五八八
曹少卿學閔招看法源寺海棠設齋晚過徐太守良寮西寓居飲……五八八
奉題座主贈尚書鄒公爲侍御夢皋山水小幅遺墨……五八九
同人法源寺分詠得海棠……五八九

靜宜園曉直飯于馮少司農山舍……五八九
送別嚴侍讀長明……五九〇
質郡王畫綠牡丹并題陳秋曹朗持示
屬次韻題……五九〇
右安門外小圃偕程選部翁學使曹中
允……五九〇
哭第五孫……五九一
蔣農部榮昌招入法源寺避暑設齋……五九一
圖塞里學士野圃同程選部翁學使曹
參議……五九一
爲陳秋曹朗題其曾祖虞山逸叟澳湘
江圖粉本……五九二
再哭善初……五九二
內閣曉坐……五九二
甲午
奉題質郡王畫卷……五九三
小庭桃樹作花翁編修方綱朱編修筠
曹贊善仁虎程選部晉芳姚秋曹鼐
過飲翁編修有詩竝及余正月以來
爲丁辛老屋厚石齋編次遺集奉答
二首……五九三
劉文正公挽詞二首……五九四
清明後四日蔣少司農招集北臺感懷
劉文定公裘文達公……五九四
翁編修方綱購得吳興施元之吳郡顧
景蕃注東坡先生詩宋槧本卽宋中
丞得之常熟毛氏者屬題二首……五九五
草橋修禊詩十二首……五九五
曉入法源寺看海棠……五九六
徐太守良寓居法源寺西院五年昨扶
病南歸今晨入寺海棠已謝復至其
處感賦……五九七

蘀石齋詩集卷三十五

朱編修筠招同人看呂家紫藤花即飲花下爲作歌……五九九
城南餞春四首并序……六〇〇
諸君約遊豐臺看芍藥以直不赴賦簡……六〇一
黄文節公小像……六〇一
固節驛晚發……六〇二
傳舍……六〇二
槐花……六〇三
甘露寺……六〇三
雄縣店是文端公丁卯典試江西宿處……六〇三
汶上……六〇四
三謁孟子廟……六〇四
夜行將至柳前作……六〇四
高粱詞……六〇五
壕粱驛宿乙酉典試江南宿處……六〇五
紅心驛哭文端公二首……六〇五
定遠……六〇六
宿舒城……六〇六
次北峽關觀文端公所留秋日山行墨蹟軸感賦……六〇六
近青山驛沿潛山麓三十里入山谷尋石牛天已昏黑小吏云在隔水草中同遊者蕭檢討廣運……六〇七
登東山寺……六〇七
渡潯陽江追和文端公庚午再典江西試還朝渡此閲京兆題名録知載被放賦寄韻……六〇八
重遊東林寺王文成公次邵二泉韻詩已刻石墨蹟壁已壞寺僧出觀文端公丁卯次韻詩庚午再過所録碧牋因取畫蓮幅寫丁卯同作詩于上付之再用韻……六〇八

過西林寺……六〇九
題南浦驛館後臥桑……六〇九
楊柳津……六一〇
至南昌館于百花洲上……六一〇
西江試院雙桂歌……六一〇
東齋夜起……六一一
別雙桂……六一一
百花洲燕席感賦二首……六一二
舟發南昌……六一二
餘干……六一三
雲錦溪寫望……六一三
薌溪詞……六一三
船緩……六一四
石阻……六一四
水碓……六一四
弋陽歌……六一五
宿弋江東……六一五
竹筏歌……六一五
灘行雨點不止望南岸諸峯斷續……六一六
過弋陽六七十里感賦五首……六一六
小泊作碧灘歌二首……六一六
將至鉛山……六一七
廣信舟中曉起……六一七
嵛溪……六一七

擣石齋詩集卷三十六

將至衢州……六一九
看采橘……六一九
岸岸……六二〇
龍丘歌……六二〇
柏子歌……六二〇
下灘歌……六二一
後下灘歌……六二一
舟中曉起……六二一

迴憶……六二二
語船人……六二二
灘阻……六二三
一灣……六二三
題嚴州山……六二三
瀧中不泊……六二四
桐江……六二四
富春江……六二四
富陽……六二五
過杭州未得至西湖……六二五
到家作四首……六二五
祭何公墓……六二六
祭孝廉金先生暨元配馬孺人厝所……六二七
丹徒阻淺……六二七
過淮安……六二七
用驛壁詩韻二首……六二八
羊流店……六二八
宿崔家莊……六二八
望岱……六二九
雪……六二九
次韻馮大司寇喜雪見簡……六二九

乙未

試燈日圓明園接寶恭紀……六三〇
觀王文簡公所題馬士英畫二首……六三〇
馮大司寇以二月三日雪用喜雪韻見簡疊韻以答……六三一
苑南過馮大司寇草堂猶未下直……六三一
問村杏……六三一
遶山行……六三二
恭和御製三月四日詣暢春園恭問皇太后安遂啓蹕往盤山因成是什元韻……六三二
恭和御製駐蹕湯山行宮作疊壬辰韻元韻……六三二

恭和御製敦素齋元韻……六三三
恭和御製清明元韻……六三三
恭和御製題延春堂元韻……六三三
恭和御製引勝軒疊壬辰詩韻元韻……六三四
奉勅賦得燈右觀書……六三四
檀欒草堂海棠花歌……六三四

攡石齋詩集卷三十七

恭和御製恭奉皇太后幸避暑山莊是日啓程卽事成什元韻……六三七
恭和御製出古北口作元韻……六三七
恭和御製將軍阿桂奏報攻克遜克爾宗詩以誌事元韻……六三八
恭和御製雨中至喀喇河屯元韻……六三八
恭和御製至避暑山莊卽事得句元韻……六三九
恭和御製經畬書屋元韻……六三九
題瑤華道人所藏王翬畫十二首……六三九
石谷自構……六三九
仿燕文貴武夷疊嶂……六四〇
仿文待詔臨盧鴻草堂……六四〇
石谷自構……六四〇
仿謝雪村霜林茅屋……六四一
仿趙文敏深柳讀書堂……六四一
仿巨然寒林蕭寺……六四一
仿黃大癡……六四二
仿范華原……六四二
仿徐幼文溪亭野趣……六四二
仿趙文敏鵲華秋色……六四三
仿沈啓南摹李營丘雪圖……六四三
熱河感舊二首……六四三
和崔大司寇應階種花三首……六四四
于相國招集行館……六四五
山齋二首……六四五
曹少宰秀先招集行館……六四六

七月朔日邀曹少宰秀先申副憲甫過山齋爲同徵小集賦詩六首……六四六
和曹少宰七月三日招同申副憲爲同徵二集用王摩詰贈祖三詠韻……六四七
恭和御製題文津閣元韻……六四八
恭和御製趣亭元韻……六四八
恭和御製月臺元韻……六四八
恭和御製過河詣溥仁寺瞻禮元韻……六四九
恭和御製山莊卽事元韻……六四九
恭和御製出麗正門恭迎皇太后至避暑山莊喜而成什元韻……六四九
恭和御製靜寄山房二詠謹序……六五〇
馮大司寇裝家文敏公奉貽詩蹟卷自京寄塞上屬題感成一百六十字……六五〇
再題四絕句……六五一
七月十日申副憲攜酒山齋邀曹少宰爲同徵三集少宰詩又先成輒同其體四首……六五二
勿藥篇寄馮大司寇……六五三
謝曹少宰餉鯽魚……六五三
賜清音閣觀劇恭紀十首……六五四
南天門用己巳過此韻……六五五

蘀石齋詩集卷三十八

九日集馮大司寇獨往園登高主人詩先成次其韻……六五七
聚奎堂早起……六五七
奉和皇十一子晚秋池上四首……六五八
奉酬履郡王見贈之作謹次韻……六五八
寄湯學使先甲粵東二首……六五九
十一月朔日冬至圜丘禮成三日雪恭紀二首……六五九
題游昭秋林醉歸圖……六六〇
奉和履郡王最上乘雪興……六六〇

丙申
澄懷園所居……六六一
蔣京兆賜棨修北臺之會馮相國有詩
追懷劉文定裘文達及家文敏因用
其韻……六六一
晚入法源寺至海棠處感徐太守作……六六二
上巳日飲檀欒草堂前海棠花下作歌……六六二
題徐孝廉以坤海棠樹間小影七首……六六三
題陳檢討填詞圖……六六三
南苑恭賦……六六四
宛平王氏懺園戊辰嘗文讌于此後
海鹽明府丈如珪自施南太守歸
居之春日訪舊賢後人出接感賦
以贈……六六五
增壽寺柰花兩株……六六五
德壽寺海棠丁香已謝牡丹初開……六六六
法源寺海棠……六六六
題園居……六六六
平定兩金川詩十二章謹序……六六七

蘀石齋詩集卷三十九

芍藥花前得句……六七一
自題小影六首并序……六七一
集鍾元常薦季直表賸字……六七二
集王右軍誓墓文賸字……六七二
集王右軍黃庭經賸字……六七二
集虞永興夫子廟堂碑賸字……六七二
趙北口曉行……六七三
河間過陳太守基德不值……六七三
小病……六七四
登泰山賦……六七四
謁孔林賦……六七四
丁酉
上元夜郛橋……六七五

青州試院得送花貯淨缾……六七五
臨淄道中……六七六
出張店……六七六
過鄒平……六七六
將至濟南……六七七
濟南使院海棠已過感題……六七七
至曹州牡丹已過……六七七
貯芍藥於雙缾題壁二首……六七八
曹伯祠……六七八
范縣……六七九
裁剪四照樓前花木……六七九
濯纓橋曉坐……六七九
題菊花……六八〇
觀張翰林宣至正乙巳所書題蕭山縣令尹本中吳越兩山亭卷聽冷起敬琴次韻二詩漫成二首……六八〇
補爲曹大宗伯秀先七十……六八〇

戊戌

政和鳳池研歌……六八一
雪曉入直尚書房……六八一
雪後馮相國招飲獨往園……六八二
上元後二夜復雪馮相國次韻見簡疊韻以答……六八二
上啓鑾詣西陵恭紀……六八二
石銚歌……六八三
馬士英庚辰秋暑所題施霖畫頁……六八三
題趙子固水仙卷……六八四
質郡王梅竹小幅謹題……六八四
飲施侍御學濂竇石齋觀巨然山寺圖……六八五
施侍御學濂竇其尊甫安三十五歲手錄是年丙辰詩稿七十四首裝卷屬題……六八五
讀書峯泖圖爲施侍御題……六八六
見南鄰桃初放……六八六

次韻馮相國行香山下望臥佛寺一帶…… 六八七
再次韻簡馮相國…… 六八七
檀欒草堂海棠花前賦…… 六八七
復作檀欒草堂海棠花歌…… 六八八
馮相國邀過南淀小園借山樓後好在亭看海棠…… 六八八
張明經燕昌贈巢孝廉端明先生鳴盛所製匏尊而作歌…… 六八九
奉題定郡王清漣晚汎圖…… 六八九
題先後父觀察元昌畫花冊子二首…… 六八九
爲宋舍人鎔題其曾祖閣學大業以編修從聖祖仁皇帝親征厄魯特督中路饟大凱還京王翬畫北征圖冊後…… 六九〇
觀荷小集并序…… 六九〇
題王進士元勳東溟草閣圖即送還嘉定…… 六九一
閏六月十二日五學使再飲同直諸公荷池北岸預坐用前韻…… 六九一
廿五日五學使三飲同直諸公荷池北岸再用韻二首…… 六九一
送馮孝廉桂芬還海鹽…… 六九二
爲倪鴻臚題其先給諫國璉畫梅蘭水仙蓮菊竹松冊子…… 六九二
澄懷園所居春日皇十一子題扁曰花塢書堂秋日賦之…… 六九二
晚出花塢書堂池上獨行…… 六九三
引藤書屋對菊分賦效左太沖禁體…… 六九三
九日馮相國招飲獨往園登高屬作墨菊卷即事二首…… 六九三
再集引藤書屋對菊二首…… 六九四
錄春杪作…… 六九四

蘀石齋詩集卷四十

己亥

元日會…… 六九五

蔣編修士銓去歲北上攜其子明經知廉秀才知讓道南康遊廬山作記與詩其子皆賦古詩而季子秀才知節亦於家賦寄古詩過揚州朱都轉爲之圖既合裝成卷先以佳醞屬爲之題已亥試燈夜……六九六
上啓鑾謁泰陵祭泰東陵恭紀……六九六
鄰桃又放……六九六
奉題皇十五子翠巖清響圖……六九七
北紅門外桃花……六九七
題劉農部文徽讀書秋樹根圖……六九七
草橋南坐往歲修禊處……六九八
送王大理昶請假奉太夫人歸里葬先大夫二首……六九八
題詞卷二首……六九九
題韋編修謙恆秋林講易圖二首……六九九
錢舜舉梨花……七〇〇
御試試差諸臣於正大光明殿欽命詩題賦得山夜聞鐘得張字擬作一首……七〇〇
澄懷園池上……七〇〇
上啓鑾詣泰東陵恭紀……七〇一
種菊滿書堂之庭載當扈蹕避暑山莊曹大宗伯直廬西近許爲灌泉除蠹長句奉簡……七〇一
熱河先師廟成上親行釋奠臣載分獻恭紀……七〇一
重宿甘露寺……七〇二
趙北口水行……七〇二
題道旁柳……七〇二
高唐……七〇三
曉行次張中書虎拜韻……七〇三
西楚霸王墓……七〇四
又題一絕句……七〇四
東平……七〇四

渡汶……七〇五
孟廟下賦……七〇五
藤縣南刻石滕文公行井田處……七〇五
渡河……七〇六
徐州六首……七〇六
隋隄……七〇六
褚莊……七〇七
舊識……七〇七
聞臨淮黄流已縮……七〇七
禱河辭……七〇八
題臨淮乙酉甲午宿處……七〇八
紅心驛……七〇八
定遠……七〇九
廬江怨……七〇九
爲焦仲卿妻劉氏作後復感成二首……七一〇
蟂磯詞……七一〇
沈園詞……七一〇
發合肥……七一〇
在野……七一一
舒城……七一一
聞促織……七一一
北峽關袁家重觀文端公所留丁卯秋
日山行詩幅感而成篇……七一二
北峽次韻文端公秋日山行……七一二
朱桐鄉墓……七一三
乘筏……七一三
青口驛……七一三
望司空山……七一四
宿松……七一四
東禪寺……七一四
渡潯陽江……七一五
雨至東林宿二首……七一五
東林曉起二首……七一六
出東林六七里望廬山……七一六

行廬山後仿惆悵詞二首……七一七
德安……七一七
望雲居山……七一七
江西試院小病雙桂盛花已落……七一八
夜讀杜詩……七一八
生日題試院芙蓉……七一八
百花洲追感金總憲先文端公二首……七一九
檢得甲申舊藁憶趙永年畫卷用韻成
二絕句……七一九

蘀石齋詩集卷四十一

德安縣東過渡山行至隘口……七二一
陶靖節墓碣……七二一
溫泉和文公朱子韻……七二三
醉石和文公朱子韻……七二三
至歸宗寺南康陳太守洛書先在……七二三
陳太守餉廬山茶筍石耳……七二三
歸宗寺曉起尋佛印蘇公怪石供語
刻石……七二四
望簡寂觀用韋刺史簡寂觀西澗瀑
下作韻……七二四
寄題簡寂觀前六朝松……七二四
秀峯寺……七二五
觀王文成公正德庚辰摩崖蹟……七二五
龍池……七二五
立四望石文殊塔左觀瀑布……七二六
緣瀑布落處入黃石巖望雙劍峯……七二六
過萬杉寺不入……七二七
三峽澗……七二七
觀淳熙錢聞詩三峽詩石……七二八
玉淵潭……七二八
棲賢寺觀舍利十二粒……七二九
白鹿洞書院……七二九
與陳太守別……七三〇

過楊梅橋……七三〇
高壠陳生翰爵家……七三〇
吳郭山口騁望……七三一
拜元公周子墓……七三一
九江夜雨……七三一
自過黃梅連日看秋山紅葉……七三二
柳下惠墓……七三二
庚子
恭和御製元旦日雪元韻……七三二
題閔貞奉膳圖……七三三
安肅……七三三
堯母陵下賦……七三三
定州春歌……七三四
漢中山靖王墓……七三四
新樂……七三五
發真定……七三五
井陘口……七三五
固關……七三六
長國寺……七三六
平定……七三七
壽陽驛……七三七
夕次太安驛……七三七
榆次……七三八
祁縣……七三八
平遙……七三八
緜山……七三九
郭有道先生墓……七三九
謁文忠烈公祠……七四〇
自介休至靈石……七四〇
韓淮陰墓在嶺上……七四〇
霍州……七四一
趙城……七四一
杏花……七四二
洪洞……七四二

蘀石齋詩集卷四十二

平陽……七四三
清明夜史村……七四三
曲沃……七四四
聞喜二賢詩……七四四
裴文忠公……七四四
趙忠簡公……七四五
僕馬……七四五
上巳樊橋驛有懷朱學使筠閩中……七四六
村花……七四六
蒲州……七四六
首陽山……七四七
潼關……七四七
華陰……七四八
西岳廟登樓望岳……七四八
玉泉院……七四九
登華山至青柯坪望千尺幢……七四九
郭忠武王祠……七五〇
寇忠愍公祠……七五〇
華州食筍……七五〇
蒲城……七五一
富平……七五一
晚次耀州……七五二
同官……七五二
金鎖關……七五二
宜君晚雪……七五三
橋山篇……七五三
回自中部至宜君……七五四
宿金鎖關……七五五
山驛……七五五
題耀州紫藤花……七五五
唐朱里……七五六
涇陽……七五六

渡涇……七五六
渡渭……七五七
霸陵……七五七
杜陵……七五七
興善寺牡丹……七五八
樂遊原……七五八
慈恩寺登塔……七五八
韋曲……七五九
牛頭寺……七五九
尋曲江已無水江之西杏園亦莫知其處……七六〇
宣陽坊……七六〇
畢原篇……七六〇
唐昭陵……七六一
乾州……七六二
武功……七六二
班蘭臺令史墓……七六二
馬新息侯祠……七六三
岐山……七六三
鳳翔道中……七六三
寶雞……七六四

䕤石齋詩集卷四十三

登西鎮吳山……七六五
入益門鎮至玉女祠……七六六
半坡觀瀑布上煎茶坪……七六六
過凍河至黄牛堡……七六七
曉趨草涼驛……七六七
晚次鳳縣……七六八
逢林觀察儁……七六八
鳳嶺……七六八
宿南星……七六九
柴關嶺……七六九
紫柏山下留侯祠……七七〇
次留垻遇沈太守清任……七七〇

畫眉關……七七一
觀音碥……七七一
諸葛忠武侯廟……七七二
渡漢江至定軍山謁諸葛忠武侯墓……七七二
寧羌……七七三
列㠀……七七三
連日采山路黃紫翠花中多紅薔今日
　乃得白薔……七七三
月下過桔柏渡……七七四
天雄關見常紀題壁詩……七七四
劍門……七七四
劍州蔭路柏歌……七七五
武連驛午睡……七七六
過上亭鋪是郎當驛成二絕句……七七六
七曲山謁梓潼神……七七六
發梓潼……七七七
題魏城驛舍芭蕉……七七七
晚至舊緜州……七七八
落鳳坡……七七八
德陽……七七八
彌牟鎮觀八陣圖并序……七七九
至成都館于貢院……七八〇
謁江瀆廟……七八〇
浣花溪……七八〇
草堂寺與查按察禮飲……七八一
慰忠祠……七八一
謁漢惠陵……七八二
泛舟錦江……七八二
出漢州……七八二
林坎鎮……七八三
出新緜州是舊羅江縣……七八三
天際日出望峨眉積雪……七八三
繅絲……七八四
打麥……七八四

漢議郎李先生祠堂址……七八四
宿郎當驛……七八五
出劍門……七八五
誌公寺……七八五
牛頭山……七八六
千佛崖用刻石元至元三年僉西蜀四川道肅政廣訪司察罕不花題韻……七八六
朝天嶺……七八七
七盤嶺……七八七
宿黄壩……七八七
分水嶺……七八八
五丁峽歌……七八八
大安驛……七八九
褒城……七八九

撵石齋詩集卷四十四

度雞頭關連日歷舊閣道處得詩五首……七九一
題柴關嶺連理樹……七九二
心紅峽……七九三
二里關下觀族祖施南公刻石……七九三
馬嵬二首……七九三
孝經臺……七九四
灞橋二首……七九四
登驪山……七九五
新豐原……七九五
齊雲樓……七九六
鄭桓公墓……七九六
西岳廟題名……七九六
楊太尉墓……七九七
自蜀道回復過韓侯嶺感成六首……七九七
趙北口作二首……七九八
濠梁驛……七九八
懷婦病……七九八
醉翁亭……七九九

題江驛……七九九
渡江……八〇〇
秣陵……八〇〇
江城二首……八〇〇
館朝天宮道士院……八〇一
九月八日聞張夫人訃……八〇一
宿攝山夜月步至德雲庵前坐松下二首……八〇一
秋草……八〇二
除夕奠内五首……八〇二

辛丑

恭和御製茶宴内廷諸臣翰林等題快雪堂帖聯句并成二律元韻……八〇三
恭和御製春仲經筵元韻……八〇三
恭和御製經筵畢文淵閣賜茶作元韻……八〇四
上巳朱學使筠初自閩還偕過法源寺歸飲其宅得詩二首……八〇四
上巳後二日蔣侍郎招集北臺看桃花諸公約賦詩載以承命知貢舉明日入闈補作於西齋二首……八〇五
試院小雨……八〇五
與施侍御學濂沈侍御琳兩監試談江鄉春事……八〇六
試院畫杏花……八〇六
闈中作……八〇六
自題畫墨花至公堂西齋……八〇七
憶檀欒草堂前海棠花……八〇七
憶蔣侍郎家紫藤花……八〇七
擬出貢院後種菊于花塢書堂……八〇八
送陳郎中朗出守撫州……八〇八
送夫人靈柩至張家灣登舟……八〇八
九日集獨往園相國有詩次其韻……八〇九

蘀石齋詩集卷四十五

恭和御製雪元韻……八一一

題詞卷三首……八一一

壬寅

恭和御製經筵畢文淵閣賜宴以四庫全書第一部告成庋閣內用幸翰林院例得近體四律首章卽疊去歲詩韻元韻……八一二
馮相國檀欒草堂賞海棠……八一三
恭和御製幸避暑山莊啓蹕之作元韻……八一三
恭和御製過懷柔縣詠古元韻……八一三
恭和御製常山峪行宮三疊舊作韻元韻……八一四
恭和御製永佑寺瞻禮元韻……八一四
夜涼……八一四
得世錫書卜以九月二十六日葬其母夫人於嘉興縣九曲裏之新阡感成追憶詩二十九首寄焚墓前……八一五
題後三首并寄……八一七
種草花……八一八
埋老馬……八一八
再種草花……八一八
恭和御製寫心精舍元韻……八一九
恭和御製烟雨樓對雨元韻……八一九
恭和御製題文津閣元韻……八一九
恭和御製哈薩克馬元韻……八二〇
恭和御製題所仿倪瓚獅子林圖五疊前韻元韻……八二〇

蘀石齋詩集卷四十六

山莊書房入直……八二二
散直……八二二
恭和御製晴碧亭憶舊元韻……八二三
恭和御製題戒得堂元韻……八二三
恭和御製古松書屋作歌元韻……八二三
恭和御製偶見元韻……八二三
恭和御製霞標弗待月元韻……八二三

恭和御製批摺元韻……八二四
恭和御製蒙古田元韻……八二四
恭和御製上駟元韻……八二五
恭和御製題鏡香亭元韻……八二五
恭和御製助夫元韻……八二六
恭和御製清舒山館元韻……八二六
恭和御製河源元韻……八二七
曹侍講仁虎招同曹少卿學閔張侍讀
燾程編修晉芳陳編修崇本飲……八二八
補作重陽會於獨往園……八二八
對雪……八二九
上書房詩課盈冊和作三首……八二九
詠雞缸……八二九
太平鼓……八二九
雪水……八三〇
次韻奉答馮相國十一月晦日雪保定
見懷……八三〇
酌查大中丞禮同曹侍講仁虎陸大理
錫熊集程編修晉芳齋……八三〇

蘀石齋詩集卷四十七

癸卯
三月四日清明右安門南甲午修禊處
感朱學使筠……八三一
歸舟述四首……八三二
蔣侍郎贈盆桂舟中盛開……八三二
東昌待牐……八三三
李海務待牐鄒給諫夢皋歸舟至奉簡……八三三
白髮……八三三
賤日……八三四
翰藻……八三四
先壟……八三四
九曲……八三五
謝鄒給諫……八三五

孤坐……八三五
早起……八三六
攜歸……八三六
復述……八三六
城裏……八三七
張嫗三首……八三七
憶西湖……八三八
明年……八三八
郤輓馮相國……八三八
憶檀欒草堂海棠……八三九
開牐……八三九
馮編修敏昌銘端硯二件椰杯二贈行
郤寄以謝……八三九
食芋……八四〇
我鄉……八四〇
淺……八四〇
歸輿……八四一
蘄家口……八四一
出山東牐後寫望……八四一
清口……八四一
過露筋祠阻風夜雪……八四二
野泊……八四二
草堂……八四二
甲辰
西城錢園祝氏買之雍正乙巳後故人
文酒於此蓋二十餘年今唐侍御買
之過而感賦……八四三
題石鼓亭……八四三
乙巳
泛南湖……八四四
曹明經秉鈞貽漳蘭蕚有品字者并以
紙屬寫而題之……八四四
里中……八四五
贈吳明府懋政……八四五

世錫歸……八四五

𢺿石齋詩集卷四十八

丙午

蔣明經元龍食楊梅頃以紫液入幅成木芍藥花兼取庭草汁作葉吾家文端公首題之裝卷二十年色猶不滅屬詩於末……八四七
獨坐憶故人……八四八
陳太夫人魚籃觀音像……八四八
題蔣明經元龍戴笠圖……八四九
百福巷作……八四九
春花好……八四九
縣南……八五〇
永安湖坐雨……八五〇
永安湖北岸守先墓人獻大土地……八五〇
山中除夕……八五一

丁未

山中元日……八五二
新年出遊……八五二
尋野梅……八五二
見野梅……八五三
仙掌峯侍御先公書堂……八五三
吳家梅……八五三
詹家梅……八五四
將築萬蒼舍未能先語鄰曲以概其樂……八五四
紫雲山……八五四
颶山……八五五
西澗尋梅……八五五
峭寒……八五五
山中元夕……八五六
郁家東舍作……八五六
憶雍正庚戌八月偕王五入萬蒼山延覽諸勝約結鄰西磵……八五六

憶辛亥春祝大偕余至其袁花故居余
先入萬蒼約祝大來山同過禊日……八五七
拜族祖施南府君墓……八五七
食銀魚……八五八
修湖天海月樓將成……八五八
澉浦績麻曲十首……八五八
雲濤莊是許黃門所築……八五九
金牛洞……八五九
鷹窠頂下孟姥泉……八六〇
小桃已作花……八六〇
延真院楊宣慰家梳粧樓……八六〇
吾廬……八六一
菜花魚歌二首……八六一
南山……八六一
捉白鰷魚歌五首……八六二
嘗從……八六二
西磵五絕句……八六二
摘茶……八六三
松花蕈……八六三
金粟寺……八六四
哭姚侍御晉錫……八六四
南湖泛飲……八六五
校王五丁辛老屋集鈔本寄還其令子
攝知縣事復於鄢陵……八六五

蘀石齋詩集卷四十九

戊申

上元雪……八六七
寶澤堂花木……八六七
觀徐石麒印……八六八
到墓屋九豐堂……八六八
九豐堂……八六八
癸卯蒙恩歸冬十二月十五日克葬張
夫人于九曲裏之原預營生壙戊申

載八十有一歲而復爲之詩……八六九
永豐鄉……八六九
喜聞王師大捷臺灣賊已就擒……八六九
款村老酌……八七〇
敍村老話……八七〇
墓屋東生壙後隙地種桑秧三百本……八七〇
顧老送紫藤三本輒作歌……八七一
九豐堂二十四韻……八七一
陸侍郎費墀枉過村居……八七二
村居……八七二
籬門……八七二
裁翦所種墓松……八七三
插槿幾年舊冬織籬百丈春來栽野卉
附籬都遍爰得詩……八七三
屢夕夢見故人……八七四
憶當年陳丈詩句爲寫成之……八七四
南九曲……八七四
家學士大昕撰廿二史考異先寄已刻
史記漢書兩帙報以四韻……八七五
小店……八七五
水廟……八七五
九曲二首……八七六
朱老送小黃楊梧桐……八七六
北浜徐家杭州燒香歸送竹籃……八七六
清明……八七七
見村人去曹王廟燒香……八七七
上巳獨居感舊遊二首……八七七
上張夫人冢……八七八
泛舟……八七九
至舊村……八七九
午晴……八八〇
欲歸郡城……八八一
曹王廟……八八一
訪故至鐵店浜東圩匯南三首……八八一

朝晴……八八二
至安橋張氏二首……八八二
茶舫歌八首并序……八八三

蘀石齋詩集卷五十

己酉
獨坐并序……八八五
庚戌
到九豐堂信宿村老多見過……八八六
辛亥
牡丹新種花時有一朶同心者遂爲詩之……八八七
坐寶澤堂錄昔遊攝山所見石壁高處詩……八八七
朱西村八十一歲所畫月林卷有許雲村相卿徐豐崖泰陳勾谿鑑董碧里穀先太常公題句裝而詩之……八八七
盆荷不高感賦……八八八
題沈明經振麟倚擔評花圖……八八八
壬子
語永豐鄉人……八八八
題南樓陳太夫人秋塘花草蟲魚卷子二首……八八九
載以雍正壬子科副浙江鄉試榜今乾隆壬子科六十年矣得循恩例九月十二日鹿鳴宴重逢有述……八八九
憶西湖……八八九
癸丑
春正十二日到九豐堂早起陰……八九〇
出籬門……八九〇
上元夜九豐堂……八九一
至張夫人塚……八九一
永豐鄉九豐堂……八九一
小住……八九二
連雨……八九二
西舍……八九二

婁師德……八九三
吾畦……八九三
芝瑞草也昨歲壬子春張夫人塚南北左右生百十本乃題楹帖天庥靜迓惟爲善祖澤長延在讀書以自儆而勖其子孫茲更詩之……八九三
晨起課種桑……八九四
觀祭埽張夫人墓……八九四
憶丁巳京師春正城南……八九四
二月下澣夜枕上作……八九五
荷花紫草田……八九五
清明見新燕……八九五
汎舟……八九六
九豐堂小庭木蘭花重臺……八九六
義田行……八九六
追記百二十六歲壽人王世芳并序……八九七
聚文週歲……八九七

原序

康熙癸巳，載生六齡。九月，所生母陸夫人見背。十月，大夫遊京師。我母朱夫人無所出，載二齡即鞠于夫人。于是教之就塾，教之讀書，飢寒出入，雨風冰雪，母心兒身，以年以日。戊戌而大夫歸，乃教之爲詩。大夫學舉業于陸堂陸先生，講經學于竹垞朱先生。中歲愛陸務觀詩。回谿草堂之前，種梅兩樹，藝蘭數盆。案所常置者，汲古閣初印本《劍南詩集》、《渭南文集》也。于是載之所自爲詩者積有帙。

世宗憲皇帝詔天下，舉博學宏詞之士。雍正乙卯夏，本縣府申載于省，總督考取以入奏。皇上登極，重申前詔。乾隆丙辰，中外所薦士雲集京師。九月，御試于保和殿，而載卷不可以中選，歸而境益困。辛酉，夫人棄諸孤。丁卯，大夫捐館舍。嗚呼！「鮮民之生，不如死之久矣」。以學侶之相牽也，復客京師。己巳，皇上詔天下，舉經學之士，朝之大臣以載入奏。夫昔之所爲，思竊祿以逮養也；今之所應，非冒才以希榮耶？雖然，辭則妄也。聖人在上，萬物皆將有以自見，矧其列黌序、志科名者哉！辛未，議罷。明年，恭遇皇太后六旬萬壽恩科，中式順天鄉試，廷試成進士，蒙恩改庶吉士。于是載年四十有五矣。官翰林詹事者二十有二年，爲侍從者十有六年。伏思遭逢聖主，鴻文彌乎宇宙，固不敢自躋著作，亦不敢自瘝職業。且兩膺薦舉，銖寸工夫，尚冀補前之闕，若持此區區，其何以報我二人無窮之心？蓋載之所負疚者非一端矣。于是，姑存其所謂詩者。始丁巳。嗚呼！陸夫人棄，不孝甫六齡，重經癸巳，迴想音容六十一年之上。恨載不克承錢之先烈，然猶得以縷述，此則所爲銜哀而私幸也已。乾隆三十有九年，歲次甲午，四月十日，錢載書于宣南坊屋。時年六十有七。

四十有八年癸卯二月，蒙恩予原品休致，幸歸田野。五六年來，僻居窮巷，時復讀書。嗚呼！自少壯以來，實常有慕于古人之事，顧事事不能，疚心非一，豈其力之不逮，心也悠忽？因循蹉跎，畏葸不前，蓋不足以爲人。今病矣，憊甚，固知無及于自責矣。八十一歲，田野餘生，徒然尚荷君恩，仍次其甲午以後迄今所自以爲詩者，綴于卷。俯仰難言，蓋莫得而惜之矣。先夫人誥贈夫人陸氏，卒日爲康熙癸巳九月廿二日，迄今戊申九月廿一日，七十又六年。載不孝，一生負疚多端，其何以見于我生母也？身被高厚深恩，嗚咽述此。

㩦石齋詩集總目附年譜

第一卷
乾隆丁巳三十九首二月偕馬墨林自京師歸里，八月嘉定黃明府建中招閲邑試卷。
附録
雍正戊申一首　壬子一首
第二卷
戊午二十二首館桐鄉汪氏，四月之桐廬，謁房師李先生。
己未三十二首松江某太守招閲府試卷。
第三卷
庚申一百五首秋遊吳門。九月館德清徐氏。
第四卷
庚申三十一首
辛酉四首館德清徐氏。五月朱夫人卒。
壬戌二首五月葬朱夫人。七月鴻錫夭。
第五卷

癸亥四十八首九月長洲馮明府招閱邑試卷。

第六卷

甲子三十首八月鄉試寓西湖清隱庵。復館德清徐氏。

第七卷

乙丑四十三首館德清。

第八卷

丙寅八十八首館德清。讀書西湖趙莊。

第九卷

丁卯三十九首正月藥房公卒。四月入都。六月侍文端公之江西。十月抵家。十二月復抵都。館虞山相國蔾光橋第。

第十卷

丁卯三十八首

第十一卷

戊辰五十首館蔣氏。

第十二卷

己巳六十六首館蔣氏。舉經學。七月偕蔣司農之木蘭。虞山扈蹕木蘭，公偕行。

第十三卷

庚午十二首考取教習。

辛未三十四首補鑲藍旗官學教習。

壬申二十五首鄉會試聯捷。殿試二甲一名，改庶吉士。

第十四卷

癸酉四十七首

第十五卷

甲戌四十七首閏四月散館授編修。秋七月乞假歸葬。十一月葬藥房府君。

第十六卷

乙亥二十一首冬入都。十月啓行。十一月抵都供職。

丙子二十七首

第十七卷

丁丑五十八首三月分校會試。

第十八卷

戊寅五十一首二月大考二等。七月充功臣館纂修臣。十二月署講官。

第十九卷

己卯五十八首京察一等。五月典試廣西。十一月署講官。

第二十卷

己卯五十一首

第二十一卷

己卯六十五首

第二十二卷

庚辰五十三首三月分校會試。七月充講官。十月充《續文獻通考》纂修官。十一月遷右中允。

第二十三卷

辛巳二十八首六月擢侍讀講。八月遷右庶子。

第二十四卷

壬午四十七首京察一等。

第二十五卷

壬午四十九首

第二十六卷

癸未四十九首五月大考三等。降編修，賞還庶子。

第二十七卷

癸未二十首

甲申四十首

第二十八卷

乙酉二十二首京察一等。閏二月遷侍讀學士。六月典試江南。

丙戌二十七首分校會試，十月遷少詹事。
第二十九卷
丁亥四十八首十一月賜硃批上諭，稽查左翼宗學。十二月遷詹事。
第三十卷
戊子二十五首二月以講官扈蹕，謁泰陵。
己丑三十六首二月扈蹕盤山。
第三十一卷
庚寅三十六首
第三十二卷
辛卯三十六首十月充武殿試讀卷官。
壬辰二十首
第三十三卷
壬辰四十七首
第三十四卷
壬辰八首
癸巳二十八首十月擢閣學。
甲午二十二首六月典試江西，乞假歸里省墓。十一月回京。

第三十五卷

甲午五十六首

第三十六卷

甲午三十三首

乙未十五首三月扈蹕盤山。五月扈蹕熱河避暑山莊。七月入直上書房。十月充武會試總裁。

第三十七卷

乙未六十三首

第三十八卷

乙未十三首

丙申三十首五月視學山東。六月抵任。七月試曹州。八月試兗州。廿八日謁林、廟。九月試沂州。十月試泰安，登岱。十一月試濟南。十二月試武定。

第三十九卷

丙申十二首試武定。

丁酉十八首正月試登州。二月試萊州。三月試青州。四月試曹州。五月試東昌。六月試臨清。十一月回京，仍直上書房。

戊戌三十五首五月教習庶吉士。閱直省拔貢朝考卷。充武殿試讀卷官。

第四十卷

己亥七十七首三月充《四庫全書》摠閱。五月扈蹕熱河。六月典試江西。

第四十一卷
己亥二十八首
庚子二十六首二月命往秦、蜀，祭告江瀆及歷代帝王陵。四月升禮部左侍郎。六月典試江南。七月張夫人卒。
第四十二卷
庚子五十一首
第四十三卷
庚子五十九首
第四十四卷
庚子四十五首
辛丑二十首二月會試，知貢舉。四庫館廂房坍塌，革留。
第四十五卷
辛丑四首
壬寅五十首五月扈蹕避暑山莊。
第四十六卷
壬寅二十二首
第四十七卷
癸卯三十八首三月恩予原品休致。八月自京師啓行。十一月抵里。十二月葬張夫人。

甲辰二首迎駕西湖，進畫五副，賞緞。三月聖駕六巡江浙，迎蹕常州。
乙巳五首石泉公歸。
第四十八卷
丙午十首冬，葺澂上山樓。
丁未五十五首
第四十九卷
戊申五十二首八月得中風疾。
己酉一首定文集。
第五十卷
庚戌一首
辛亥四首
壬子五首九月重赴鹿鳴宴。
癸丑二十二首九月廿一日卒。

錢儀吉：二千六百廿八首。

檡石齋詩集卷第一

丁巳

錢儀吉：公三十歲。先是，壬子廿五歲，中副榜；乙卯廿八歲，舉博學宏詞科。明年，來京師。是歲還家，館嘉定縣齋。

錢聚朝：三十歲。二月由都門旋里，館桐鄉汪氏。嘉定黄明府建中招閲邑試卷。

太液池曉望

春生暖城市，日出麗臺沼。從容橋上經，遊息羨魚鳥。濕柳金霧披，融冰玉烟渺。蓬萊滄海起，河漢紫垣遶。復旦近帝光，歌衢徹天表。

古琴

歲久紋絲斷，材良尾不焦。彈非無汲郡，製或自雷霄。木落高山石，天空大海潮。以之横膝坐，詎獨萬情超？

雪夜

霰粒晚如米，飄瞥遂無聲。窗燈囧初更，街柝沈三更。洋洋竟焉薄，寒切寓屋身。淒淒隔我夢，默默思我親。老梅外塾倚，修竹中廚鄰。荒雞喔喔鳴，天意其爲春。我行非踐地，我出非干人。悔殊昔賢讀，而豈有私貧。

送祝大上舍維誥之遵化

身非一酒徒，金盡未歸吳。況以雪風別，益令書劍孤。鳳凰難飽食，騏驥有先驅。明夜石門驛，與君清夢俱。

嶅陽

雲斷峯孤立，天陰客早休。棗林疎未葉，茅店冷如秋。四十泉難記，迢遥夢與流。那知今夜雨，全不爲花愁。

顧列星：以「迢遥夢」對「四十泉」，正如老杜「七十尋常」、「四十飛騰」之對。

錢泰吉：澹川删去後兩聯。

祊河渡口

費縣泉東注，沂州岸北環。古田猶自緑，曉月爲誰彎。廟立空腔樹，村堆没骨山。南鴻高的的，春暖亦知還。

郯城霧

車行郯子國，儻慌月西落。非影何數入聲吹，無聲但相掠。初連飛麪沙，旋下遮山幕。近殊尠分明，遠或加舛錯。如夜夢瞢騰，似海潮隱約。彦輔天謾論，公超市難託。羽岑鬱律思，沂涘微茫度。傾蓋失臂交，溥兮露猶若。

錢泰吉：袁桷《車行》詩「沙塵起飛麴」。

紅橋二首

得草將泥越燕，染雲剪水春風。廣陵城北艇子，橋影曲闌自紅。

大雷小雷不見，五里十里春田。山横碧草愁外，人在斜陽酒邊。

錢泰吉：「大雷」、「小雷」，煬帝立十宮之二也。

上巳登平山堂

餳香粥白滿市擔，疲驢獨跨來⿺走參⿺走覃。此州此堂復此日，袷衣瘦影無人參。謖謖萬松響，白雲如水涵。牆根老梅條，綠萼猶可簪。淮岑江岫好螺髻，與堂上下浮青藍。殘碑自留峴首勝，往句不負荊公慙。煮茶開小亭，井底泉何甘。佛香馣馤流，西寺深相探。春風年年柳毿毿，年少行樂我尚堪。歐陽公《朝中措》詞：「手種堂前楊柳，別來幾度春風。」又「行樂直須年少，尊前看取衰翁」。愁心莫值湔裠女，指點飛花揚子南。

朱休度：長短句。十三覃。

吳應和：江山勝概，「淮岑」四句盡扼其要。一結亦饒有風韻。

近藤元粹：「謖謖萬松響，白雪如水涵」：漸入佳境。○字句一短一長，章法絕佳。

真州二首

回首江橋幾闋詞，東風翦翦雨絲絲。折花對酒難尋伴，一霎船過愛敬陂。徐鉉《陳公塘》詩：「折花閑立久，對酒遠情多。」陳公塘，一名愛敬陂。

篷窗無語看潮生，瓜步山低漸近城。多謝竇家門外柳，向人今日作清明。劉商《宿白沙洲竇常宅》詩：「柳條垂岸一千家。」

錢泰吉：澹川選一。

秦淮河上二首

籬門五十六所，柵塘二十四航。衹有青溪一曲，曾見琅琊諸王。上塚過寒食節，瞻園問大功坊。風箏城裏高放，暖煞家家綠楊。吳下諺云：「楊柳青，放風箏。」

空記林泉第一，苦留風雨相兼。辛夷開後水榭，乙鳥飛來畫簾。手帕圖憐時世，春燈影笑韜鈐。江山不改千古，生子當如紫髯。

晚出聚寶門看桃花二首

已過長干寺，不識長干里。花枝殷復殷，奈何雙燕子。
莫尋雲光師，試上木末祠。細石非瑪瑙，夕陽是胭脂。

登燕子磯望金陵

觀音門外春風濕，磯石横當大江立，磯頭客袂吹江急。岷山脈，趨建康，中脊而降翕復張。雞籠覆舟，鐘阜石頭，孫郎作始江爲溝。長淮羣山合沓以内向，昆明秦瀆環宫流。司馬劉蕭陳與李，割裂竊據悲徒爾。江爲家戶淮籬樊，指麾半壁誠難安。何來興王混區夏，再傳宗祏仍相殘。江乎江乎吾酹汝，南北之限吾勿與。波寒野静天收雨，舉酒問天天不語。江月白，江花開。庾蘭成賦千秋哀，可憐春風閲霸才。

翁方綱：元氣中聲。
朱休度：長短句。六轉。參差。
吴應和：筆力矯健，辭氣跌宕，極感嘆淋漓之致，足與青丘《登金陵雨花臺望大江》之作相匹。
近藤元粹：賴云：數數换韻，又以單句迷離觀者心目，頗弄狡獪。選者謂匹季迪《雨花臺》，恐屬溢詞。〇一解二解三解俱第三單句，山陽翁所謂「迷離觀者心目」云云，洵然。○是蓋倣顰于季迪而稍似者，所謂刻鵠不成猶類鶩者，非耶？○賴云：四五解間不可欠南宋，五解末不可欠殘明。○又云：季迪「自覺蒼茫萬古意，遠自荒烟落日之中來」等語，一闔一闢，波瀾洋溢，與小家局促氣象自别。

佚名：青丘高渾，撵石較有鋒鈍，是爲不同。至其妙處便又同。

觀音閣

京口爲北府，姑孰爲南州。大江黄花水，直到閣下流。

太常公墓松并序

海鹽縣之彭城，公墓在焉。直穴後高阜，老松一本挺立，可四十尺，無旁枝。惟一枝下垂如臂，及杪則仰生百十小枝，四布如指。每一小枝復生十百小枝，交錯均齊。葉密如鍼，濃翠特異他松。圓如輪幅，大踰徑丈。雍正己酉春結成，鄉中稱曰松毬。蓋百歲老人所未覩也。七世孫載拜墓下敬賦。

曉壠生雲碧，虯柯蔭穴尊。千枝元一蓋，正氣自靈根。列傳垂明史，遺經庇遠孫。里人知愛惜，忠孝澤長存。

璉市

緑榆村舍過繅絲，烟重風輕麥穗知。何處陰陰雙桂廟，玉簫迎送喜神吹。元黄玠云：「璉市有雙桂廟，嵇司徒女墮井死。樹有靈怪，人家喜慶歌樂之事，必祭之如喜神。」

錢儀吉：黄玠《弁山小隱吟録》。

華及堂桐花歌同汪七署正筠作

清明桐始花，逾月黄亂吐。當暑碧瀟灑，晴粉墜無數。桐溪小堂畱客住，臥起婆娑一桐樹。柔條黯澹封暖烟，細朶零星蓄清露。丹山萬里仙窟殊，桐生何啻千百株。爾何落塵土？蔽此庭西隅。園丁笑等散材捨，我且絃琴鼓其下。月階碎撲太古香，凝入冰絲不能瀉。花花空勝金，老榦傷孤心。秋風未盡還秋雨，滿地桐陰與草深。

錢泰吉：「草深」，元作「恨深」。

朱休度：長短句。四轉。參差。

吴應和：感士不遇，寓意於詠物，彌覺悽惋藴蓄。

近藤元粹：起手極方，敘述桐花之狀，是其尤有深意處。○豈獨桐樹哉？古今天下之士多然。爲之一嘆。○嘆息中暗占地步，抱負可想。

永安湖曲二首

春初有韭秋末菘，湖光南北村西東。寥寥獨犬吠深竹，趁海人歸斜日中。海頭曬鹽爲趁海。

海月初高山露微，出林燈火正鳴機。績麻催得纖腰織，好作臧祚切新涼白紵衣。里出腰機布。

艮齋石并序

嘉定縣廨之西，有齋三楹，壘危石於庭，修竹數竿，隔垣雜樹相覆，石之色益蒼然。余適來憩對，既有感於艮之義以名齋，復爲石詠。

八月玄鳥歸，錢子嘐城客。縣齋清無對，坐卧傍庭石。破朵生靈根，圓頂脱魄核。龍臂努方展，獠面黧不赤。嶔崎獨無倚，寂寞性所癖。在遠固非翫，惟鈍庶有積。若二梧三杉，又一桂一柏。縱慳萬篔簹，庭下半寒碧。乃石兀其間，敢曰流輩百。藏雲眾竅虛，被蘚寸膚澤。天高既不局，地厚復不蹐。海郭日清霜，檐陰任蕭摵。

練祈雜興五首

江干竹子過秋芟，箇箇黄金碧玉嵌。付與小松精刻製，簪頭先作鳳雙銜。「黄金嵌碧玉，碧玉嵌黄金」，其里語稱竹色之奇。

八月最防惏露雨，九月只愛護霜雲。木棉花老岡身白，正好提筐采夕曛。瀕海岡阜相屬，謂之岡身。

茅柴白酒注缸清，紅翠庭花快老晴。一夜雨喧沙蛸縮，高橋人賣小娘蟶。

白鶴南飛幾日還，溫暾草色寺門閒。焚香欲借如來閣，臥看横雲一帶山。

采淘港北浪雲深，蘊草浜西霜月陰。四十二灣江到海，故應泓下有龍吟。

錢泰吉：澹川選一。

艮齋曉起懷萬二孝廉光泰

落月猶在樹，高城初斷碪。竹光茶竈冷，蟲語石欄深。舊枕失清夢，美人睽素襟。芙蓉如可致，霑露出江潯。

顧列星：绝似老杜幽细之作。

謁陸清獻公祠

南戒毓清粹，先生今代儒。緬當河津後，復見伊洛徒。講堂峯泖間，聖路開榛蕪。鐵冠際聖廟，息鳥翔高衢。臣言豈中格，進退恩須臾。生惟鄒魯系，歿則天壤俱。憲皇初繼聖，博士議允俞。孔廡陪牲牢，斯文良不誣。舊治訪瞟城，香火遺氓趨。肅肅庭松陰，澹澹溪日晡。歷階整冠巾，儼覿媿丈夫。昂藏歲三十，亦是家國軀。窮達契真宰，德業隆本圖。初基壯且撥，前迹終焉符。龍飛幸昌達，貧賤奚獨愚。農賈兩不任，難爲子舍娛。悠悠立思特，渺渺歸恐殊。褰帷缺芳藻，聊用潔今吾。

顧列星：此題著不得一俊語。拙朴平鈍處，正寫得清獻醇儒氣象出。後半慨慕鄉賢，有高山景行之思。

木棉嘆

我聞木棉花，傳自哀牢林邑高昌國，地氣江淮本相得。葉似青楓花似葵，花鈴倒挂同攀枝。涼秋八月白綿吐，一朵半朵科頭垂。科頭垂，哭村姥。昨日風，今日雨。上岡濕多草，下岡濕無土。花熟防風更防雨，怕似鄰州去年苦。去年崇明上海海波嘯，人家屋頂龍鰌掉。舊時岡隴種花處，夜夜陰寒鬼燐照。我家租種橫瀝黄沙田，海唑風雨愁相兼。諺云：「山擡海潮來，海唑風雨多。」唑音鋤。花荒官私兩無辨蒲莧切，不紡不織何能延？黄婆廟，烏泥涇。天晴獻雞酒，願乞黄婆靈。我田若可種稻還種麥，更送春風紙錢百。

朱休度：長短句。七轉。參差。

夜泊崑山

疎鐘出西鹿，單舸下新洋。沙岸幾家月，郭門今夜霜。人如楓葉老，酒對玉山涼。欲按新詞句，龍洲墓草長。

觀李文簡公勾勒竹

神則不似似不神，嘗聞子昂與仲賓。只如此幅亦神足，房山所論知何因。五莖一叢森箭笴，密葉秋風欲吹我。雀喧翻葉篠覆根，猶見江南鐵勾鎖。薊公墨灑金錯刀，溪雲之墨同時豪。忽然舍去獨勾勒，豈知公也兼相高。鴻都飛白隨所使，拂落湘烟光有斐。佳人靜擁環佩音，明月寒捎鳳鸞尾。虛空颯颯鴉叉懸，文蘇仙後二百年。交阯竹卿那遍歷，吾師窗影且當前。

錢泰吉：滄川刻「竹鄉」。

康里文忠公書柳集梓人傳墨蹟

日書三萬字，可奪魏公席。此卷法大令，遒媚不惟迹。楊潛今則亡，佐藝先百役。往復讀方終，明燈坐遙夕。

陸先生歸自粵西蒙貽陸堂易學刻本

白髮灕江返，圖書滿一船。貫難成獨學，悟漸自中年。遠徼應皆讀，羣經已各鐫。草堂留數語，風雪爲蕭然。

題柯敬仲畫

寒崖自有骨，危柯僵不刪。高藤倒瓔珞，借葉爲蒼顔。其陰竹埽屋，屋破竹更閒。冥冥隱几人，讀《易》方憂患。飆聲豈難静，生氣何終孱？我心匪木石，且復同其頑。

穿心罐同汪上舍上墫作

莫笑中無有，懷之熱滿腔。熬煎深可耐，肝膽直難降。園曉雪聲竹，月高松影窗。微哦放翁句，湍轉一條江。

葺塽城丙舍塽，《至元嘉禾志》作「于」。

嗚呼先侍御，青衿劾大璫。明思陵初，先公以貢生首劾魏忠賢，思陵旨有「青衿書生」云。國亡身亦隨，萬古斯丘藏。一子兩孫祔，鬱鬱松柏行。瓦屋得五楹，歲久今無牆。六齡失生母，靈柩安西廂。陰寒風雨夜，起立痛我腸。人生豈不貧，所貴有扶將。我身非草木，天其忍枯僵。支傾懼見壓，邪許多驚惶。塗泥塞孔漏，敢曰禦冰霜。悠悠歲既晏，父母待於堂。去府百里近，拭淚歸村艎。

吴應和：父母在，不克先營生母之葬。久淹丙舍，已盡焉心傷，復懼傾圮之將壓，而修葺，則又恐板築之聲，振驚體魄。種種隱痛，不自知其言之戚也。

查有新：至誠惻。但言吐血，不可卒讀。

近藤元粹：此等之作，平平無他奇，過奬可厭。

錄舊二首

王貞女行從父明經桐巢屬賦

湛湛吳江水，有鳥名鴛鴦。君家與妾家，隔水遥相望。十五以許君，妾卽罹親喪。悠悠經二閏，于飛時正當。媒氏命再通，吉日復辰良。理我玳瑁簪，綴我明月璫。虛窗對朝日，自作嫁衣裳。何爲宵夢惡，君耗來踉蹌。委我玳瑁簪，捐我明月璫。虛牕對斜日，忍顧嫁衣裳。髽髻歸君門，淚血上君堂。撫棺棺不開，白日天茫茫。强起奉公姥，獨侍不成行。入室披君帷，披帷坐君牀。許君是君婦，君婦爲君孀。雄者殞朝露，雌者守夕霜。江流無時絶，孤鳥永悲傷。

錢聚朝：桐巢，名汝翼。
吳應和：「委我玳瑁簪」一段，回環反覆，句法從《廬江小吏妻》得來。
查有新：悲酸入骨。讀之嗚咽。
近藤元粹：摹倣《孔雀東南飛》之詩。○疊用「君」字，筆致可觀，工於摹擬者。

輓詞爲朱大孝廉沛然室張孺人作

貧士婦難爲，矧其無所生。往歲在乙巳，始我交朱兄。既聘兄婦弟，同館稽稱甥。我時年十八，越人盟復盟。襟鬲披在座，一飲十日轟。安知兄婦健，巧炊力經營。兄先桐鄉居，後僦滮湖浜。親喪久不葬，忽忽憂患攖。寒閨共蔬食，反服千悲縈。己酉舉於鄉，北上旋南征。孺人顧而笑，君面寧公卿。孱焉理家具，我桑君且耕。倒篋爲置妾，冀育兒與嬰。辛亥遘心疾，延及今春正。巫言陰陽術，屋舍宜改更。歲不利主婦，首夏悔必萌。中園霜已降，手猶摘黃橙。孟冬我方婚，勿藥詢體輕。至日我在臥，伻來乞銘旌。急走唁朱兄，始塞終豈亨。房遺釵與裙，塵積布與荊。鬼如無飢寒，微淚乾雙睛。

擇石齋詩集卷第二

戊午

錢儀吉：三十一歲。家居。
錢聚朝：三十一歲。館汪氏。四月遊桐盧。

聞歌

何處管愔愔，離人子夜心。重門芳樹碧，一曲小樓深。縑素工難定，參商闊不任。分明就窗月，亦自有知音。

溪館偶題二首

病起時風雨，春來誤短長。新愁渾似水，不擬見垂楊。

食梅衣葛常苦，海水枯桑不知。春色欲尋有處，少年能駐何時？

錢聚朝：題下原注：汪謙谷《華及堂作》。

茜涇

三月江村春正顛，鵓鴣聲急路洄沿。插花廟口祈蠶女，打鼓橋頭賽社船。一髮遠山青際海，如輪紅日暮生烟。塘南酒旆吾曾記，傍柳攀條又去年。

茶磨山

宿雨披輕陰，孤嵐出新沐。暄萋草墅深，寂寞雲村築。山爲明許黃門相卿所居，雲村其自號也。疎籬一帶傾，小水四周逐。林穿濕翠交，徑轉亂紅簇。巑岏不作峯，块圠自成麓。沙岡非蛇盤，蘚磴實蝟縮。危巔欣仰登，巨石訝駢矗。上凸乃下凹，高蹲卻低伏。斜飛兩角檐，寬拓半間屋。遐企古誰僊，茗戰偶荒谷。雖虛轉磨聲，不斷生烟馥。中罅灀暗泉，旁塊抽勁竹。環收野靄遙，豁對客襟獨。呼童檢都籃，就澗覓甘菊。東風手瀹佳，勿問葛巾漉。

濮院

灘空堪洗足，巷小自鳴機。已過挑青節，垂楊冷不飛。禾俗，於清明夜食螺螄，曰「挑青」。

竹雞

溪風吹雨少人行，苦竹岡頭樹樹聲。泥濁水深君且住，斷魂不待鷓鴣兄。黃文節《鷓鴣詩》：「山雌之弟竹雞兄。」

江行

九里洲何渺，蘅蕪送夕暉。青松時獨立，白鳥必羣飛。短篷涼初起，新潮弱又歸。相逢無謝客，不覺後芳菲。

桐廬二首

范公曾宦蹟，越俗此烟潯。翠借巒爲郭，喧忘市在林。竹樓攜客迴，研石讀書深。若問神仙宅，桐花午正陰。

雨晴江淡蕩，雞犬夜清佳。月出下航渡，燈明丁字街。春纔足私焙，暑不到官齋。一舍鱸魚美，狂奴故可懷。

吳歌二首

青青梅子仁，酸劇惟一箇。同船替作飯，半路防相餓。

焚香深閤裏，豈不以歡故？機鳴無餘絲，拋卻欲何作。

湖山神廟

金沙灘外雨，亂濕垂楊絲。荷深欲無路，遂入金碧祠。亭臺出秀樾，下匯泉成池。池中雙文禽，飛上魚梁窺。日斜遊女散，天迥涼飆吹。兩峯青忽斷，濃澹雲歸時。

顧列星：一幅趙千里畫稿。〇一著筆神廟，便是俗手。

望葛嶺

葛家丹院木搜搜，嵐氣青回大佛頭。等是平章軍國事，數聲蟋蟀宋宮秋。

過愚庵與朱秀才耽對月

巾子峯南麓，薰禪自一家。開門裹湖水，供佛白蓮花。露下看天碧，樓空坐月斜。不須重設茗，冰齒食西瓜。

吳越武肅王祠

石鏡山荒歲屢更，家王遺像肅朱甍。蕭森錦樹秋風色，帖妥濤江白日聲。歐史世家難盡信，龍門年表有公評。順天不獨能存祀，「順天者存」，王文成題額。猶仗臨安作宋京。

近藤元粹：亦一史論也。

回溪草堂集陶公句

清風脱然至，仲蔚愛窮居。秋菊有佳色，屢空常晏如。一生亦枯槁，胡事乃躊躇？披褐守長夜，時還讀我書。

題秋山白雲圖

獨峯見頂不見麓，紙色即雲雲半幅。蒼涼天襯峯影寒，動嘘靜噏神爲完。水口無雲山腹有，竹木清高一茅牖。半灘風碧葉鳴蘆，幾日霜黄絲挂柳。夕嵐明滅鴉飛飛，斸藥入雲人未歸。亦知雲裏生寒早，峯後逢人更款扉。

顾列星：「紙色」七字，未經人道。

朱休度：七言。四轉，前兩二，後兩四。

錢泰吉：此首澹川删改，存六句。似是山行詩，題圖全失。

吴應和：起四句非精深畫理者，不能得雲容之妙若此，可謂筆有化工。結語更出意外，畫不能到。

查有新：詩善説畫理，評善説詩趣，使讀者眙目清明。

近藤元粹：亦平平耳，何化工之有哉？〇「水口」四句，尤拙陋。〇結亦尋常耳。

志略

志略無它老一蟫，翛然鄉里與浮沈。何來破甑生塵地，乃有重門擊柝心。十月花開春自小，三竿日出睡方深。不論市近邯鄲遠，眾口焉能必鑠金？

錢儀吉：此爲呂氏之獄作。

唐仁壽：此呂氏之獄，非語溪也。甘泉師嘗言之，而未暇了。俟再問。

顒頷集阮公句二首

湛湛長江水，登高望所思。良辰在何許，膏沐爲誰施？歡笑不終晏，飄颻難與期。自非王子晉，顒頷使心悲。

歲暮亦云已，招搖安可翔。孤鴻號外野，陰氣下微霜。採藥無旋返，修容是我常。垂聲謝後世，左右佩雙璜。

飲朱大秀才振麟書齋賦瓶中水仙

曲几疎窗賸客停，談深方與酌湘醽。一叢春薤玉花白，咫尺研山江氣青。處子自來餐沆瀣，夫君何處折芳馨。茗柯實理休將對，誰説人間忌獨醒？

錢儀吉：麟，鱗。
吴應和：「研山」七字，詠物小題，乃有此清挺之句。
近藤元粹：未足以驚人。
佚名：氣象清深。

己未

錢儀吉：三十二歲。客松江。
錢聚朝：三十二歲。松江某太守招閲府試卷。

隔湖望朱大進士沛然所居偶圃

雪意澹湖天，村聲隱爨烟。詩人茅屋底，梅樹石闌前。未試彈琴宰，都亡坐客氈。此時池上酌，寒甚鷺鷥肩。

滄浪亭

潑水雨過花洲新，歐陽詩中尋好春。章家韓家僂指塵，龔明之云：滄浪亭，予家舊與章莊敏俱有其半，今盡爲韓王所得矣。高林翠阜猶然真。石爲我几苔爲茵，暖香襲袂風生蘋。當年一網收冠蓋，黄文節墨蹟《觀祕閣蘇子美題壁詩》有「一網收冠蓋」之句。集賢之狂亦狼狽。西陲用兵事則大，同狀而攻莫予奈。遂令占反拔茅泰，兖鄆鄧滁出諸外。先生既放吳中居，幅巾小艇來徐徐。浩歌仰嘯亭不虚，江東李白樂只且。磨鑑不滅光有餘，彼譖人者今何如？

朱休度：七言。三轉，每轉六句，皆用韻。

金閶雜感三首

讓王門近柳千條，烟月留人暮復朝。醉殺麗娃鄉裏酒，驚心時上白頭橋。

天水蒼蒼林屋虚，包公動定比何如。人間文字猶難盡，嶽瀆空傳未見書。

非溪百里入江斜，江雨江風自汎槎。操作已將椎髻婦，只休杵臼傍人家。

將游支硎華山天平諸勝先夕繫船獅子山下風雨驟作天明益横不得登岸而賦長歌

流鶯呼人暮出亞字城，徑飛艓子循山行。王僚墓頭松影黑，篙觜啄崖棲鶻驚。中宵新葉都作枯枝聲，是雨非雨亂撲篷窗櫺。擁衾吹火沈沈聽，溪溜正急天已明。可憐溪邊五里十里不知何處好花樹，推篷一片萬片朱朱白白浮下橋門英。我所思兮華山天池蓮葉馨，支公住處鶴亭馬磵秋暑清。其南獨峯模糊青，中有白雲一線泉琮琤。靈巖之高何啻三百六十丈，今者不見但見蒼烟横。我豈不能支竹傘，兩腳緊繫芒鞵輕。又豈不能坐待風雨歇，竹扛兜子舁雙丁。天公無賴嬲老生，今日獨雨昨日晴。今日雖雨明日晴，已送歸櫂村鳩鳴。

顧列星：「今日獨雨昨日晴，今日雖雨明日晴，已送歸櫂村鳩鳴」：轉筆變换，妙有生趣。

朱休度：長短句。八庚。

吴應和：「王僚墓頭」數句，風雨夜泊，是習見習聞，寫得可驚可愕。「我思」以下如述夢境，清景歷歷在目。俄而但見烟雲迷離，怳惚不可端倪。雖不待晴而遊，奇懷已足償矣。

近藤元粹：累累用長句，無是山陽翁所謂迷離人心目手段乎？然此篇自有一種奇氣，比他諸作，頗覺筆力客觀。〇非常長句，如聞其口語，甚奇。〇頗似遊記文之有韻者。〇已能之，則何不竹傘、芒鞋以探遍其勝，而意不能也。兩「豈」字削去爲是。呵呵。〇「今日獨雨昨日晴，今日雖雨明日晴」：反覆説來，句法甚奇。安知不凡骨爲山靈所惡，斥逐之乎？

望石湖

治平寺南湖翠昏，柳枝茭葉見灘痕。楞伽不管無情雨，一夜吹花落范村。

九峯詠十首

鳳凰山用陶南村錦溪橋韻

檀欒修竹映迴溪，小鳳翔梳老鳳齊。酒店漁船重向客，右丞參政漫含悽。藤蟠青壁繁陰迴，龍媚丹泉寶氣低。最好石橋觀月上，一峯峯冷玉屏西。

陸寶山用淩石泉原韻

樹偃荒塗黑有神，花飛古塚杳無春。青山一吷難畱骨，何況塵沙劫裏人。山久剗爲平陸矣。

佘山用陶南村同邵青溪俞山月張賓暘於佘山北踰嶺訪陳孟剛韻

谿行不復逢三老，落盡桃花又一年。東寺夕陽西寺月，歸來仍櫂椾頭船。

又用董文敏公茗帚庵韻

塘轉富林通八曲，塔尋秀道禮雙峯。冰霜半折龍鱗樹，不記頑仙寂寞容。

翁方綱：忽而稱謚，忽而稱名，忽而稱字號。

細林山用吴祭酒神山夜宿贈諸乾一韻

雨細山多葉，林虚磵似龍。船停蘆岸蛤，烏下石樓鐘。鍊蛻蘊雲碧，神鼉蘸墨濃。閒窗看博處，疑蔭六朝松。細林山，一名神山，梁簡文帝《神山銘》：「竹窗看博，松間聽琴。」

薛山用錢思復原韻

橘刺藤梢舊亦新，薛翁隱處屋堪鄰。招涼自卻羅池暑，不用當筵雪藕人。羅池在山下，產藕甚佳。

機山用陶南村機山懷古韻

有雙鴛鳥起江間，數仞青山後者攀。牙纛風摧徵所忌，亭皋鶴唳嘆無還。菱僮釣侶來多熟，水國莎城接更閒。攜取平原村畔酒，賞春那不雨潸潸。

橫雲山用黃文節公過橫雲山渡長谷韻

何年銅水滴，耕出墓門門。峯不銷春黛，花應殢客魂。白龍吹雨駛，黃浦應潮昏。儘擬罏香候，來空石上罇。

千山用貝清江千山夜泊韻

遠見如鍼塔，循溪進小舟。纍纍高士宅，渺渺美人愁。日赤魚難化，天青泖自流。龜山祠近在，曲學悔相求。山頂有雙石魚，相傳風雨化去。

崑山用陸士衡贈從兄車騎韻

遠色指覆盎，石岡鬱松林。瑤琨產二俊，豈不貞初心。辨亡慨江表，與弟棲峯陰。吐流如一源，譚老披幽沈。委身匡世切，傷望殊邦欽。奈何三世將，黑幰河橋深。懷歸愴昔詠，眺晚紆單襟。白鶴不可招，惟聞谷水音。

題朱稹自刻所臨玉刻十三行拓本二首

碧玉鐫奚遜，麻箋寫更强。蟲聲秋院底，卻話半閒堂。

獨處耽金石，因之彼美懷。漢皋空解珮，誰定得良媒？

錢儀吉：失韻。

錢聚朝：朱字井叔。

題王五秀才又曾石梁觀瀑圖

元年五月應詔我北行，聞君六月逭暑天台中。六街赫日賣冰擊銅盞，渴想海水末與梢溪通。自放還山忽忽三秋冬，每羨金堂玉室羲之從。今晨剝啄袖出一卷水，誰其遊者著屐非謝公。蒼茫國清之寺桐柏宮，五芝八桂織草羅長松。赤城標高天半曉絢爛，紅樹枝老洞口春迷濛。不知人間何處有三伏，亭午濕衣空翠飛來濃。一萬八千丈立青芙蓉，曇華亭前雨洗華頂峯。奈何捫蘿不上宿其趾，徒觀匹練直下龍潭衝。君乎休矣且進琉璃鍾，山中人兮六十五茅篷。卻歸鄉土乃罣妻子戀，曷不一篷添縛畱孤蹤。君言酌酒酌酒那知許，終勝走馬軟踏長安紅。

朱休度：九言。一東散。

盧徵士存心招陪茅明經應奎牋甫桑先生遊姚園分韻得二首復同韻各一首

初霽豁翹想，秋爽尤所欣。遂喚郭門舟，新波汎沄沄。中洲鬱臺榭，蒼霞微合分。涼深葭菼裔，翩入鳧鷗羣。扣舷行夷猶，折華憐芳芬。卻投尚書園，已度重湖雲。散策興多逸，憩石談何慇。慨然撫喬柯，寂寞搖斜曛。

孤飛雲翼倦，難老霜葩佳。婆娑五湖叟，蕭騷九秋懷。揚塵閱東海，煉石媸女媧。物虧斟常盈，焉得無睽乖。西河感離羣，東野喻束柴。何如濠濮閒，樂且平聲莊惠皆。造物語至人，屣爾形與骸。不聞雪中臥，併火焦生蝸。贈明經。時方有喪明之痛。

盤桓簣山麓，茶具呼小僮。涼飆發桂樹，紛藹雲氣中。五岳隘尚禽，乃侈遊鴻濛。行樂但及時，所得卽已豐。著書亦何爲，適笑虞卿窮。百年酩酊送，愚盡賢亦終。白雲寒容容，勿使空谷空。寢興隨日月，天地非樊籠。贈徵士。「白雲」，其文集名，亦自號也。

苕苕高岡梧，百尺天所材。赤蚌樂藏川，明月瑩其胎。南陔馨有蘭，北山蕪有萊。于焉返初服，豈不曰時哉？翺湜黨昌黎，亦軋周漢才。廬陵盛門下，匪獨眉山來。代興德各努，流坎斯文該。不遐小子狂，姑酌臨風杯。呈先生。時以膳部乞終養歸。

孟門檝可過，太行輪可登。只此釣磯水，魚淰難終澄。時來丈夫駕，險易甘所膺。呺然妄跧伏，恐取巖阿憎。勳業匪苟見，毛髮寖相陵。昔人所壘石，昨又沙溝崩。奉觴乞砭詞，先路非無徵。離離林中影，不獨秋崚嶒。

草堂

已荷將藕酒人招，前檻風晴碧柳條。一霎羅城浜口雨，罾鱻催買蟹行橋。

題朱大振麟松巖采藥圖

朱髯學道何清臞，病起獨與畫者俱。身不入山山夢紆，蒼巖抹雲雲色腴。石梁一徑巖陰趨，泉南老松三四株。株株子結驪龍珠，蕤蕤者草甘露濡。荊籃手挈松下孤，髯乎偃蹇大游戲。安期偓佺非爾徒，漢庭侏儒飽欲死。監河不貸魚無水，祇應米晡凶年恃。神女消摩信有諸，先生鏡局難逢矣。窮愁窮愁恆自奢，呼吸玉液嗤仙家。夜遙祇慣然松節，酒盡還休把葛花。

朱休度：七言。三轉。參差。

錢泰吉：麟，鱗。〇「晡」，手稿似「脯」。

錢聚朝：「麟」，當作「鱗」。

南湖看芙蓉同沈丈秀才運宏吳秀才嗣廣鄭孝廉尚麟

敷容木末藹如雲，蘭槳城南盪夕曛。一老賦成初命侶，何人秋盡劇思君。頻頻玉醞臨流勸，恰恰珠歌隔岸聞。葭草有霜烟在柳，不勝寒到月披紛。

錢聚朝：沈字蒼育，歲貢，舉孝廉方正，嚴州府訓導。有《退翁詩稿》、《息簷詞鈔》。吳號樵史，硤石人。鄭字悅山，乾隆戊午舉人，考中書。

灌園二首

生涯惟蝗菜，緩急自清渠。落日豆籬短，青天瓜架疎。

數入聲灌毋稀灌，吾園及衆園。漢陰機可息，猶恐外閒論。

錢儀吉：陸放翁《杜門詩》：「燒灰除菜蝗，送芋謝牛醫。」注：「蝗」讀如「横」，去聲。

題陳丈明經向中西溪書屋圖

青青者蘆白者沙，涇長港曲陂更斜，叱牛呼鴨村不譁。松林風細出書聲，一縷炊烟生鮑家。隱居老去詩篇在，滄桑四百溝塍改。乳巢先生偶得之，瓊田亦用青錢買。倩人遂作西溪圖，問君未結西溪廬，笑君且復圖中居。欹湖方口得其似，牆東竈北誰相於？戛天琅玕况千个，乞借茆堂且高臥。鋤園拾金席可割，伏櫪成歌壺莫唾。歲寒心事愁清尊，明月當頭息壤存。依緑軒窗尋不得，水村一幅趙王孫。錢重鼎《題水村圖》有《依緑軒記》。

朱休度：七言。五轉。參差。

錢儀吉：趙松雪有《水村圖》。

對雪集陶句

清謠結心曲，虛室有餘閒。翳翳經日雪，紛紛飛鳥還。一觴雖獨進，千載乃相關。來逕遂蕪廢，吾生夢幻間。

擗石齋詩集卷第三

庚申

錢儀吉：三十三歲。客德清。
錢聚朝：三十三歲。秋遊吳門。九月館德清徐氏。

初二夜聽雪作二首

宵聲最清慮，況在風竹間。而當雪落深，小閣如空山。踈踈去方寂，淅淅輕多還。迴生虛牖警，瞥墮修柯閒。明釭耿相照，寒氣不我孱。西溪引遙興，可覿梅花顏。

堂西短土牆，半壞秋霖餘。南營馳官馬，日來躪園蔬。舊冬天頗暖，我畦黃不除。今茲獲蓋覆，想見萌芽初。條風卽披拂，好把桑下鋤。爲樊聊補罅，及辰戒勿踈。

同學諸子過飲回溪王秀才元啓彈琴

敝廬不願奢，灑埽自清絶。欄扶梅蕚凍，籬翦竹梢折。誰歟吾所黨，來者客非熱。危坐聲焦桐，古懷面荒雪。泉流漱寒遠，松韻落虚切。杳冥山靈見，唱歎清廟徹。是時天宇淨，林端月如玦。嗒焉隱几綦，泠然御風列。園景悵昏黄，庭光憐皎潔。諸賢且相住，茗荈亦佳設。

錢泰吉：澹川節「杳冥」二句。

題自寫杏花小幀

古銅瓶插半開枝，惱亂春風鬢欲攲。笑問遺山元老子，生紅何似退房時。

清明後一日鴛鴦湖雨汎

絲柳亂無端，隨心上木蘭。千家烟乍暖，一陣雨還寒。流水何知緑，飛花不待乾。寄聲交頸鳥，休惹玉人看。

讀五代史記賦十國詞一百首

唐鼎真憐如沸羹，淮南雪赤少人聲。蔆溪喚後蜂糖賣，一笑楊頭斫不成。

錢儀吉：滁人呼荇溪曰菱溪，揚州吳人呼蜜曰蜂糖，諱行密名也。

英雄六六黑雲都，御史官階已諱夫。龍馭長安迴未得，果然心罪汴疆無。楊行密父怤，遂諱「大夫」之「夫」。

有道方能作盜魁，乘時袞冕半憐才。不見一弓當十槊，更聞醉去必醒回。

夜拓毬場晝射場，突來兵諫奈支當。打鐘槌嫩何堪折，從此春風不屬楊。

白衣化龍太不君，我爲蒼鶻爾參軍。蒜山一昔人趨渡，鐵箸灰邊大有聞。

埽地元勳受禪臣，勸農早布李花春。江空歷歷迎鑾處，樓靜匆匆誦佛身。

顧列星：以上吳六首。

年少彭奴故可兒，龍行虎步有人知。不緣挑撥燈心見，自愛秋霜上鬢絲。

錢儀吉：南唐。

錢儀吉：李昪，小字彭奴。

越師去後息紛端，贊喜人來進二丹。半夜金鐘發詩讖，三更弦月駐郊壇。

須菩提訝產桑中，烏舅金奴泫曉風。嚙指敢忘他日事，政難料理德昌宮。

儼然眉目畫清疎，南嶽真君定不如。且復風塵了家事，閒抛瀑布在匡廬。

錢儀吉：元宗少喜栖隱，築館於廬山瀑布前。蓋將終焉，迫於紹襲而止。元宗音容閒雅，眉目若畫。《詩話類編》云：「元宗神采清暢。湖南使至，歸與親友言：『東朝官家南岳若畫，真君不如也。』」

瀘溪土入飲香亭，鍾阜龍盤此日青。憐得楊花飛一句，八閩三楚漸賓庭。

春正樓雪一開觴，絕筆爲圖勅和章。倉曹旋貴昇元帖，京挺方高北苑粧。

高太中原轍久湮，羣公肯作小朝臣。好花著樹非無主，那放皮船入壽春。

玉笙寒切小樓哀，皺殺春池水勝苔。便早韓郎相江左，笑端可免唱檀來。

未卽降旗出石頭，帝秦割地盡悠悠。解揚自致樓車命，辛苦忠門只姓劉。解揚謂孫晟。

皖公青峭可憐山，去去金陵幾日還。六曲屏風遮不斷，蔗漿情思藕華間。

一半東風吹紫袍，鴛鴦寺主泥《詩》《騷》。愁人供奉得三寶，竹葉時時金錯刀。

錢儀吉：《清異錄》：後主善畫，作顫筆樛筆，樛曲之狀，遒勁如寒松霜竹，謂之金錯刀。

鬟朶親邀醉舞斜，外邊法曲早知差。情瀾愛語今猶憶，風水無聲葬琵琶。

待年議禮異徐潘，亭小花深儘合歡。憐絕已非盧屋妾，索來翻似出來難。「索得孃來忘卻家」，李煜時童謠，謂再娶周后。

五百餘年偈偶憑，柳緜鵓子税何曾。天王欲問江南罪，開善夫妻正度僧。

鬢側花生蝶翅黏，蓮中月出韈痕纖。愁他絕世工書札，獨爲君王掌萬籤。

挈國何人短喙歸，澄心堂自直樞機。明年今日君知否，摺摺寒多淺碧衣。

茱萸淚盡卻登高，悽惋新腔按幾遭。不道絲繩量采石，子規聲裏落櫻桃。從善朝宋，留之不遣，煜悲念，嘗製《卻登高》文，有曰：「嗟予季矣不歸來。」

錢儀吉：後主在圍城，作長短句「櫻桃落盡」一闋，未就，而城已破。

無限江山夜雨零，忠言何苦悔遲聽。一花見佛淒涼甚，彌勒尊前般若經。

小劫瓊枝璧月邊，舍身同泰又何年。若將一曲芳儀怨，唱與秦淮倍可憐。《芳儀曲》，晁補之撰。

顧列星：以上南唐十九首。

驛走興元棧火侵，御袍中有淚痕深。餅師家世非忠孝，難得倉皇控馬心。

錢儀吉：前蜀。高祖王建，先世故爲餅師。建，少年無賴。

十軍談笑不知他，虎入西川奈八哥。無敵紫旗殊跋扈，年來又凱梓州歌。

星宿山高馬色騰，秋風椒殿恨難勝。不因玉女分明見，也遣金牀次第登。

唐遺文物更豳農，四部新宮化自濃。任使見推驕李密，堯銘舜頌可從容。

天狗如雷墮慘悽，喧喧已鬭夾城雞。干戈岐隴何嘗戢，卻聽居中煽豔妻。

豔體烟花是性情，多錢刺史亦功名。瞿塘劍閣真形勢，白與王家作錦城。

漢口駐軍生韉塵，閬州搖艫繡衣新。涼秋八月今年事，甲冑君看灌口神。

繒山當面列春廚，長夜宣華狎客趨。豈意臨軒親策士，直言偏擢白衣蒲。

珠翠江邊忽錦帆，市坊苑裏盡青衫。金僊子晉誰教塑，菊酒嘉王只勸銜。

抗顏笏記亦何求，十在淋漓那不愁。王氣青城高幾許，畫羅裙自唱甘州。顧在珣屬林罕著《十在文》以進衍。

罷賞梔花逕復東，可憐回鶻隊匆匆。鄴都未識伶人困，酷殺秦川驛地紅。

顧列星：以上前蜀十一首。

毬子何來自太原，牡丹新第墨留痕。寧期自代中門使，卻被西川擇帥恩。

錢儀吉：後蜀。

監軍死報詎殊差，魚水雲龍竟不諧。明詔已申樞密罪，遠藩猶滯故人懷。

榛蕪嘆惜永陵樵，故苑東風宴府僚。憊矣前車深後戒，一燈無焰入秋宵。

望杏瞻蒲庶有年，坤維數入聲震水騰川。如何燈火嬉元夜，破費官家十萬錢。

宮體南朝意不堪，官箴自作子雲參。韻編且與增孫恤，經刻端須倣鄭覃。

浣花十里拓船窗，島嶼樓臺似曲江。此樂也勝乾德歲，都人免爲白魚雙。

城上芙蓉幕覆綃，江間絲管賞春饒。人生幸際成都好，子弟渾忘菽麥苗。

邢臺鄉里分終乖，繡斧新軍枉破柴。二十年來凋謝盡，宮中始憶舊人佳。

一庭五鬼任相咍，麗句花間頗費才。蓉帳鴛衾何限恨，擊毬曾過少年來。

汴水高高甲第添，趙民行爲蜀民占。翰林老眼滄桑再，修表煩濡舊兔尖。

朝天萬里曲無情，慈母霜華兩鬢生。慚愧國人相送意，犍爲灘水不春聲。

一聲望帝一山紅，細數春愁馬步中。明月窺人人不見，摩訶池上已西風。

顧列星：以上後蜀十二首。

擁戴功名嶺海遙，未應有弟絕雄梟。龍川妄竊真成黠，更不梯航事僞朝。

錢儀吉：南漢。

學官廣厲也生徒，進士明經豈好儒。文德殿頭新賦就，博將土産數斤珠。

造字金輪又一新，洛州刺史是鄉親。粗疎煬帝宜蒙笑，蛟蜃如君嗜殺人。

封王十九同日多，兔絲一一吞骨何。人間勿戀好歸去，石室雲華荒翠蘿。

女侍中居政事堂，綠含村見鳳苞長。我國幾離生地獄，此花聊唤小南强。

錢儀吉：乾和八年，以宫人盧瓊仙、黄瓊芝爲女侍，中朝服冠帶，參決政事。中宗乾和五年，置湯鑊、鐵牀、刳剔等刑，號曰生地獄。

才人參立寺人班，門外人難勝内閒。尚被玉皇呼太子，大夫恐未得蕭閒。

勅闢花枝内殿深，露華穿苑采芳林。頻頻點檢樓羅歷，輸却還須獻耍金。

廣南荔子佳復佳，歲歲紅雲宴内家。若箇髻邊花壓雪，至今田際雪堆花。

錢儀吉：後主於荔支熟時設紅雲宴，以樂後宫。

牢牲嶺蜑久應墟，更畀江南一紙書。徼幸降王猶作長，野狐泉畔夕陽疎。

顧列星：以上南漢九首。

渤海彭城逼兩雄，蘭臺差快大王風。菟裘未許營衡麓，老作湖南一令公。

錢儀吉：楚。

八牀茗葉摘山包，萬户梭聲徹夜抛。多暇遂開天策府，人言長者可深交。

司馬西山老不妨，井畱銀葉潔堪嘗。咋人猘子何勝責，兵柄終憐廢彦章。

竹肉交飛夜向闌，柔腸更殢一杯寬。馬家婦憶彭家女，内職當年轉覺難。

遠祖聲名建武還，戰功重懾五溪蠻。勒銘學士猶文藻，鐵馬金人氣象閒。

塗壁砂兼抱柱龍，會春園起麝香風。逡巡自缺桓文業，卻賜湘陰處士宫。

衆駒喧皂嚼爭⿱艹黠，三十郎來大義乖。楊柳橋邊蠻陣列，潭州可惜不栽槐。

一鞭及腹走駪駪，羊子無家本舊鄰。翻笑東朝不經濟，楚弓得失但憑人。

英雄駢布亦稱豪，太保司空底濫叨。田野最明郥國意，青裙祇辯蒲莧切送租勞。

顧列星：以上楚九首。

秦望深深瘞璧山，郭公五百運方還。販鹽博簺嗟無賴，旁舍生原只等閒。

錢儀吉：吳越。

十三都聚築牆高，十六枝分立戟豪。舊井山青初賜宅，新門江白正觀濤。

惡鳥羅平繳矢加，碧油兩道建高牙。肆然爐炭羣兒坐，第一開門節度家。

中使長安絡繹臨，河山苗裔誓鐫金。繇來天上淩烟閣，要寫人間捧日心。

倉卒東安不受封，鳳翔奔問極無悰。旻天獨下號弓淚，實有難忘御札縫。

名駒寶帶稱英雄，尚父元勳易姓同。不欠當年聲討意，江東也作紫髯公。

潮水西陵古岸頭，鐵幢寒對海門秋。彎彎彊弩三千隻，月滿風高疊雪樓。

酒半吳音振席聽，家山衣錦歲時經。白頭鄰媪强如舊，笑見婆留得寧馨。

嬌鳥啼山正底春，芳風陌上扇遊塵。花開緩緩宜歸思，花落番番不戀人。《列子》：「年且百歲，底春披裘。」注：底，當也。

撩淺撩清歲不虛，赤松澗米熟何如。亦知父老忘兵革，樂甚西湖使宅魚。
三覆居然竄白騾，狼山又使木龍過。印金冊玉皆無恙，仁孝元來兩鎮多。
青史骰盤六赤贏，桓文弓矢少年名。不應入腹錢堪怕，已聽兒童趙得聲。
讓王東府啓山窗，兄弟安之息吠厖。花月上元燈萬盞，鼓聲不隔一條江。
首戴中原郡十三，齒寒得不爲江南。薰風門外無多路，好語吹人耳自諳。
坊坊酒禁獨先監，寺寺銅容亦屢函。妃子雷峯看總幻，判官水族話猶饞。
鬐蠘譏人解漸非，葫蘆笑爾樣空依。大梁縱未纏三帶，忍把錢塘裂一圍。《左傳》：「裂裳帛而與之。」
天寵駢蕃溢斗筲，酒酣昆仲漫論交。琵琶一曲悲金鳳，只此南飛轉舊巢。
竇融決策納河西，蕭郭勳賢敢竝提。慟哭尚煩諸將吏，幾家露刃血蒼黎。
世澤龍山鎖碧雲，雞魚卵轂或譌聞。百五十年南渡業，冬青能似國王墳。

顧列星：以上吳越十九首。

門戟光寒十二枝，潮來潮去乍開基。雨風一夜甘棠港，人愛三郎白馬騎。

錢儀吉：閩。

設學賓賢致足多，略如吳越罷鳴戈。奈他二百六十寺，金鑄金書經佛何。
雌雄朝暮只須臾，皂莢當壇忽不枯。受冊寶皇先受籙，大羅僊更欲何需。「朝爲雄兮暮爲雌，天地終盡兮人生幾時？」虞皋《歌》云。
野鹿明明入郭門，不勝金鳳繡甍鶱。清人樹底煩君看，風露多防帶淚痕。

倫變重重鬼亦愁，桃林鳴鼓索教休。殘棋實厭輸嬴局，一劫連忙殺五州。

顧列星：以上閩五首。

秉燭曾傳逆旅言，江陵四戰蹩籬藩。尋思豹頸龍脣者，膽力公然有耳孫。

錢儀吉：荊南。

策下西川慮不深，繡衣拊背尚驚心。武關幾墮將軍伏，落照寒飆出鳳林。

五州表請意縱横，此隊真看拔戟成。一曲吴姬紅破束，未因含刺罪平生。

稽功山下鬼燐哀，西北樓高楚望開。何處金堤秋嗑盡，居人還指看花臺。

朱欄戰艦俯江潯，十仗琵琶託賞音。莫笑尋常高賴子，解於市駿用千金。

白衣黄犢老抽身，少監規隨也俊人。興敗豈非關大運，絶吭可少峽江民。

顧列星：以上荊南六首。

沙陀家事本難支，謬語今番郭雀兒。不下大行成錯矣，空餘香火腐儒祠。

錢儀吉：北漢。

木拐拚仍倚北朝，是何天子且承祧？傷心澤潞鳥鳶啄，歸去黄騮氣不驕。

儋珪撥汗總淒然，大澤高山負固年。非是雪消消不得，赤真人特爲春憐。

宋家聽許契丹盟，吳越趨朝更不名。只少平盧劉節度，端陽高會太原城。

顧列星：以上北漢四首。

擇石齋詩集卷第四

安橋張氏宅贈德音德本兩秀才

萍池門外榆，薜石堂後桂。引釣榆南陰，休棋桂西霽。酒肴雜一編，燈火趨兩髻。偶余蠶罷遊，同爾麥秋計。明朝雨卽犂，自此力相繼。陳修喻《梓材》，旣翕詠《常棣》。内舍各鳴機，薄田先入稅。浮雲卷圭組，化日照雞彘。弱冠友朱生，安橋獲連袂。不逮見舅姑，而以季女妻。「昏禮，壻親迎，見於舅姑。」載之娶，外舅、外姑已先後殁。勉勉室將家，悠悠身及世。豐年義理爲，落殖愧何濟。

錢儀吉：此少陵之《選》體，五古當以此爲正。

藥臼

釜瓮銚槃外，虚中百味并。奚煩占小過，合與號長生。夜色丹房静，秋空玉杵聲。刀圭難草創，賴汝力經營。

錢儀吉：是唐人詠物體。

宋無名氏鬬茶圖

袷衣禿幘天清暖，省帖初辭縣官管。箬籠夜夜𥿄山姑，園戶朝朝叫村伴。吾儕小人何辛劬，盍遣十二先生俱？西家東家各本味，自茶自煮嘗君餘。官焙何如私焙香，生揀不若水揀良。六人且踰山谷品，得一豈濫蘇家湯？綠鬟小女形端相，可憐玉雪迴心腸。斸憂者酒毬渴漿，今來羣談此擅場。超超塵緒態非野，落落晷景風爲涼。鬬香鬬味功論水，谷簾南零斯可矣。輸贏春草莫矜誇，當日趙張方榷茶。

朱休度：七言。六轉。參差。

夜過吳江二首

鴨觜船頭破鏡黃，鱸香亭外玉流長。葯花未老蓮心在，誰叩晶簪說夜涼。

一曲簫聲十里風，松陵何處月朦朧。剛腸不信詞人最，眼對青春嫁小紅。

元和縣齋贈黄明府建中

古墅誰家入，新符茂宰分。寺鄰雙寶塔，巷號十將軍。綠綺鳴公退，朱華賞夕曛。當年按歌處，草色似羅裙。縣廨，明參政丁元復宅。宋時爲楊和王別墅。

觀趙仲穆畫

遠山淺深疊，隔江青不多。洲沙殺江面，結屋如蓋蓑。長松陰蔽之，離立又一坡。精心作蘆荻，數筆秋聲過。回飆先渡水，沙上凉如何。集賢倘汎宅，與子偕婆娑。

錢儀吉：皆繪事當家語，所以不可及。

葑門口號三首

滅渡橋迴柳映塘，南風吹郭不勝香。湖田半種紫芒稻，麥笠時遮青苧孃。

殘雨遥天挂螮蝀，女兒裙帶兩心同。荷花船好須修娖，薄相來消蕩口風。修娖、薄相，皆吴下諺。薄，讀如「孛」。

海舶魚鮮戶戶稱，街頭長日賣新冰。你儂莫怪我儂热，明月秋宵圓未能。

立秋夜元和縣樓對月

湖山見百里，欄檻垂太清。颯沓涼風至，徘徊皓月呈。青林鬱如薺，諒感梧葉驚。畢逋烏尾尾，啼上夫差城。眾星稀可摘，河漢西無聲。百年閲幾夕，偪仄華顛明。

題唐子畏畫扇

雨後鵝黄樹，風前粉白人。風風還雨雨，各自愛腰身。

西園四首

一卷山體微，苔蘚臥園角。一峯復一峯，焉得如筍擢。眾磊而小礫，小礅而大礐。我不暇較量，蟻方以爲嶽。林影何清清，鳥飛不數數。掩關於此深，巖磵自悠邈。寫心且安坐，安坐琴可學。

古井深幾丈，日爲物所用。覆上乏高柯，又失菊苗種。食之甘不竭，汲之清可供。機心莫機心，缶與甕相共。東海鼈何如，來觀得無恐？樂歟至樂鼃，口獨甃涯誦。

非梧桐不棲，非竹實不食。棲與食誠難，以斯徵鳳德。蕭蕭園有竹，萋萋園有桐。竹實幾時結，桐華落向空。萋萋夕陽西，藹藹朝陽東。徒負百尺材，謂含黃鐘宫。蕭蕭嶰谷姿，律本豈不同。三竿復兩竿，盡日搖清風。

有梅復有桃，有棗復有栗。有葵百菜主，有瓜戒焚漆。維菜謂之蔬，維蔬秩不一。青青受露紛，漠漠充畦密。我園半繪豳，流火月過七。我堂夜景閒，亦漸聞蟋蟀。蟋蟀聲既多，不樂將奈何。

横塘曲二首

吹瘦門前樹，秋鶯坐夢中。横塘雨猶可，不願横塘風。

心寒擣衣石，不得杵聲起。妾面湖中花，可憐照秋水。

吴應和：「横塘雨猶可，不願横塘風」：古質，唐人不能有。

近藤元粹：賴云：前二句纖佻，唐人不爲。清人於鶯、燕等好用「坐」字，余殊不喜。

贈朱丈秀才丕襄

俯茲一切塵，所不如耕桑。十年關中客，歸來奉母觴。六甲兒歲周，八秩母壽康。琴書太傅澤，屋宇桐花香。山觚父乙祟，寶盦王伯方。鑑背仙不老，瓦頭生未央。晴窗出相娱，辨證薛與黄。八分集千文，體括冰斯長。一一道遊歷，天風秋慨慷。潼津西嶽廟，繡嶺華清湯。周宮莽無黍，秦月今猶涼。寶氣積書笈，薛文馱馬韁。愛其嗜好古，使我衣冠蒼。緬惟太史公，博極歐劉楊。諸孫洵淹雅，欲問名山藏。

夜與祝大孝廉維誥坐綠溪小築集陶句

榈庭多落葉，氣澈天象明。雲鶴有奇翼，林園無俗情。未知從今去，持此欲何成。賢聖留餘跡，飢寒飽所更。

九月六日侍大人同朱丈明府琪重過偶圃賞菊二首

秋爽野懷數入聲，竹深清境稀。更來雙杖曳，翻道一宵歸。葉碧蛩收語，莖疎蝶曬衣。籬頭滿新瓣，半爲得霜肥。

水石居難定，尊罍性且耽。詩邀明府唱，鬢替老人簪。向夕遷紅樹，登高指翠嵐。落英風外步，能不憶城南。

錢聚朝：朱字璘叔，拔貢，衢州訓導，擢江南通判，知江都縣。与太史竹垞鄰近，太史爲作《芷闆記》。有《東溪詩草》。

陳秀才經葉招同王五汎舟釣鼇磯南

豔豔蓉方蘸，飛飛鷺忽低。晚光渾赴水，幽興恰緣堤。醒醉人歸未，樓臺月照齊。柳根堪繫纜，只怕有烏啼。

顧列星：「晚光」五字，微妙入神。

題抱鐺圖并序

弢甫先生追述，太公十八九歲，居父喪，哀思而傳之也。太公小字小壽，系出餘姚北宅桑，僑居錢塘。至今里人稱孝子者呼「小壽伯」。事詳臨川李侍郎紱所撰墓表。

風騷騷，廚烟淒。父病不食，兒煮肉糜。肉糜不食，父病不可醫。廚烟淒，風騷騷。或見之，抱鐺號。孤兒兮長號，錢江兮滔滔。天蒼涼，北宅桑。小壽伯，我心惻錢江。姚江兮孝子生孝子，子寶厥鐺。

五石庵觀東主泉

一路茗花馥，茲山泉眼疏。門深筠翠底，僧老菊黃餘。來者緬誰賞，湛然知有初。苔痕忘久立，松籟特相舒。

顧列星：蕭散如晉人書法，得味外味。

近藤元粹：「茗花」，太奇。

慈相寺

山窩森峭給園開，楖栗無聲滑磴苔。石壁翠雲相對起，野橋紅樹獨吟來。堂頭粥飯前心記，塵裏輪蹄短鬢催。躑躅也關蘇呂蹟，寒泉元傍讀書臺。

吴應和：寺在德清城北。石壁、野橋皆實跡，非泛用也。句亦爽健。

近藤元粹：「相對起」就石壁、翠雲言，「獨吟來」與野橋、紅樹全無關係，對法太疏。

觀北宋長江圖

明陸文裕跋云：「予嘗於京口見米元章澄心堂紙一卷，有意外象。此卷則規模郭熙，而平遠清潤，有不盡之趣。」董文敏跋云：「此卷宣和御府所收，小璽具在，定爲北宋以前名手，非馬、夏輩所能比肩。」

岸夾青山趨萬里，秋風壯觀橫書几。汴京昔日江爲帶，趙祖三條一條耳。江神獨帝滔滔堪，見《容齋隨筆》。百五十年江之南。低回欲辨澄心紙，小璽宣和嘆息三。

朱休度：七言。先仄後平。八句。

王叔明山水軸

嶺橫峯側短筆皴，楓栗丹黄溪上新。岸欹岾石欄逐岸，廬蔭雙松茆未换。隱君繙經坐若忘，几有龕佛爐無香。小童研墨洗臨水，橋外何知來客履。護居風吹舍北梢，垞南水隔尤蕭蕭。難於鈎勒葉分簇，玉立涼多聲在目。黄鶴之冢吴之西，嵌空故寫湖石低。崔甥鄉里錢塘近，青弁雲林各成隱。無錢買山儂自嗟，老殺紫藤秋不花。此軸至正八年秋爲表甥崔彦暉畫。叔明有《青弁隱居圖》。又嘗爲彦暉圖《雲林小隱》。「紫藤花落鳥相呼」，其自題句也。

朱休度：七言。兩句一轉韻，凡九轉。

項易庵山水冊

連雨沈綠楊，洲平水草長。山雲弱成嬾，春盡如梅黄。無人渡口亭，有園蠶候桑。遠樹昏不辨，低橋滑何妨。罟師偶然值，釣艇隨心將。搖搖風影澹，落落溪聲涼。飲河而執杓，濡足以褰裳。丈人自江上，吾亦憐吾鄉。

王石谷洞山圖

萬綠低迷烟氣軟，吳天是月蠶初繭。村深誰與問陶坑，澗淺遙知來白峴。赭黃一座洞山明，風俗藝茶茶遍生。園開立夏到嘉客，煎水寫山何限情。石谷以茶事集桃溪山莊。鄰州茶事無過此，紗帽棋盤各清美。諸岕雖矜羅岕先，向陽風露茲山專。石寒土沃三百尺，不見新柯點蔥碧。茶天正好晴無雲，上山采摘朝露紛。翁行呼兒黃篋簍，婦笑挈女青布裙。斷芽用指弗如甲，茶樹層層沒腰恰。早應先摘晚須留，大葉猘枝別方法。山根箭箬夾澗興，澗石人過亦有僧。澗南老樹陰連畝，遮隔小秦王廟後。廟前樹下買茶人，箬籠分將坐成耦。日光已照山後山，大家停采知來還。要渠檐際速蒸焙，著我椀面開襟顏。蕙花香處遊難遂，秋采仍聞更風致。凝思比歲澗東西，竹裹何人聽松吹。顛崖辛苦今代無，住山當不憂茶租。

朱休度：七言。十一轉。參差。

錢泰吉：澹川改爲複句。

懷陳丈向中婁東

百寮峯頂暮霜清，左盼吳江落雁橫。詞伯弇園蕪水石，黨魁復社厭聲名。難雠井氏南陽箧，欲寄劉公下若舭。憶否桐溪聚寒影，紙窗燈火達鷄鳴。陳丈近仿晁氏編書目。

辛酉

錢儀吉：三十四歲。居母朱夫人憂。

清遠堂古梅

吴興會稽古梅夥，我往聞諸石湖仙。石湖亦買武康本，今我自泊餘不船。一枝未見見峯碧，玉塵橫斜勝梅格。玉麈，山名。臘前記説蔡家花，溪友敲門導生客。牆陰半畝鹿角鼠尾梢，萬花平視纔及人身高。豈知寒光中間慘裂鐵骨一倒臥，肆突十丈雙瘦蛟。輕陰面齊仰，南谷説可嘲。急風心半側，頗笑彝齋描。求伸於屈誰玉女，局蹐堦砌春無憀。主人爲言百年事，大雪宵昏壓垂地。擘山欻遭掌，破竹頓成勢。厄甚羣陰仗一陽，抱來白璧呼蒼帝。竝言結實青青時，攀摘恐蹋童兒摧。篠竿擊使盡，不惜千玫瑰。繇來獎護要有策，寶物詎聽神扶持？盤陀淨拂苔紋坐，短帽何妨簪數朶。縱虚琴鶴尚餘茶，明月今宵定留我。嗚呼此樹不獨吴興無，安得舜舉爲作觀梅圖！

朱休度：長短句。七轉。參差。

錢儀吉：此予外姑蔡恭人家也。堂猶世守，梅亦似無恙在。恭人之姪芳若秀才大余十數歲，一子足跛。今亦久不通書矣。○接落處用意遣調，皆非常人蹊徑。所謂神出古異，似卽以梅格成詩者。○「一陽」二語，昌黎、山谷見之，不知如何？山谷必大驚服矣。○結後數語未稱。

白雀寺

蘆芽桑已葉，打槳龍溪晴。風和烟正暖，到岸中田行。澗橋接松徑，數里蒼雲横。雲陰繡菜豆，泉竹時相聲。池光寺門内，殿腳蓮峯擎。傳經與報身，幾刼緇流更。後亭收太湖，愈上每空明。迢迢一氣擁，隱隱諸嵐生。南檐俯州城，紺塔搘飛英。道場意孤特，遠漾前山漾浮鮮晶。殷紅摘野卉，下步荒坳清。碧巖高不及，回睇霄崢嶸。

道場山

小艇捷若飛，明湖暢延眺。港深登麓近，一岡扼其要。左峯抱陰森，澗落林窈窱。右坦爲塢田，田盡峯立峭。門中池有蒲，佛面嬾迴照。閣邊鳥語頻，蘇蹟不藜藋。少東蘚磴陟，絶頂塔光耀。環觀融結姿，百里實清妙。伏虎洞有無，巨石壓虓髇。旁多古題名，歲月安可料？下山飲村醪，欲醉轉成笑。孤襟莫與諧，道味略咀嚼。

顧列星：非身親領略者，不知「環觀」十字之妙。

題蔡叟竹寒沙碧山莊图

林亭生綃素，窗几動嵐翠。微茫一壑開，結構十年事。石橋村口滑，篁逕磵邊邃。森森草堂擁，藹藹松樓閟。崦梅三百本，桃李儼相次。躑躅催春歸，鴉舅見霜醉。摩霄海紅花，圍抱特靈異。恆河凡幾劫，曲轅乃孤寄。英溪清蜿蜒，石城雄贔屭。雲烝曉光白，雷礚秋聲駛。後園一髻青，高頂肆遐跂。山人日堅坐，身世兩無累。揆余隔郊郭，覽俗厭肥膩。披茲幽境選，邈使素心喟。提壺夏果熟，乘筏南風利。垂釣兩龍潭，上有坡公字。蔡叟云。

錢聚朝：蔡叟，號放逸。

壬戌

錢儀吉：三十五歲。葬母。

錢聚朝：三十五歲。葬朱夫人。七月鴻錫夭。

三月五日先孺人生日痛成

籠翮思飛孰與哀，哺雛未反母先摧。茫茫縱使重霄徹，杳杳難將萬古迴。廚下米薪如手辨蒲莧切，堂前風雨莫花開。讀書兩字從頭誤，直悔男兒墮地來。

吳興客夜

東武亭西水館孤，一燈形影不模糊。思親淚盡還思子，聽樹心殘更聽烏。次子鴻錫八齡，讀五經將畢，而以七月四日夭。

擇石齋詩集卷第五

癸亥

錢儀吉：三十六歲。
錢聚朝：三十六歲。九月，長洲馮明府招閲邑試卷。

祝舍人維詰王秀才又曾萬孝廉光泰陳秀才經業汪上舍孟鋗仲鈖過草堂邀載同賦六首

打麥

火王割秾䅶，江村周六月。隨風稻牀響，竝舍絲車歇。連枷亦敲擊，颺籃互蓬勃。稈輕顆顆金，芒淨纖纖核。有雀四驅嚇，爾杷再掀揭。婦姑畢場功，喚答在林樾。彭彭復魄魄，掃取麧與糏。來朝便相矖，莫叫雞頭鶻。

罱泥

昨夜看天色，共說今朝晴。我船篷已卸，雖雨擔罱行。兩竹手分握，力與河底爭。曲腰箝且拔，泥草無聲并。罱如蜆殼閉，張吐船隨盈。小休柳陰飯，烟氣船梢橫。吳田要培壅，賴此糞可成。楊園補農書，先事宜清明。

吳應和：「罱泥」、「扳罱」等題，同時作者甚衆。此詩曲盡形容，「力與河底爭」句，諸君皆爲退避三舍。

近藤元粹：罱，魯敢切，網也。蓋取水中泥具。○「兩竹手分握」至「烟氣船梢橫」句：敍事甚詳，才筆可觀。

佚名：形容如睹。

插秧

妾坐秧田拔，郎立水田插。沒腳濕到裙，拔蓑濕到胛。隨意千科分，趁勢兩指夾。傴僂四角退，偏滿中央恰。方方棋枰綠，密密僧衣法。鍼鍼水面出，女手亦畱掐。斜日日兩竿，白雨雨一霎。田頭飛鷺鷥，林際叫鶻鳩。

錢儀吉：《廣韻》「胛，背胛。」○「女手」句，所謂使事如不覺者。

扳罾

一雨洲渚活，荻蘆風不乾。溪翁夜來夢，已落門前灘。撑船斷摸罷，呼兒磯颺竿。奢心樹四木，獨立輓且看。《風俗通》：罾者，樹四木而張網於水，車輓之上下。初投意沈静，數舉聲笑讙。牽來萍葉碎，守至星光闌。民租畫水面，終覺江湖寬。强魚脱復得，粗飯飢自餐。

吴應和：起處於題前補一層，始有興會。從來《漁父詞》或言其樂，或言其苦，結句得魚不得食，妙不説破，而苦樂自見。

近藤元粹：罾，魚網也。○此等題目，使高青丘作之，必有可觀。

佚名：起一句括全篇，何等力量！

貯水

南州苦梅烝，得水雨亦喜。名之曰天泉，谷簾不過是。今年芒種寒，閏月檐聲駛。吾廬甕盎盈，功賞最童子。遠勝廚筧通，逸甚舟瓶委。清憐月孕光，冷訝石流髓。蓬蒿仲蔚敷，消渴文園矣。茶經復水經，寂寞千秋儗。

合醬

淘麥磨得麫，煮豆配作黄。蓋以榖楮葉，攤之深曲房。禾俗，煮豆揉麫而勻之，攤之，覆之，七日而出，謂之黄子。石缸水擔汲，篾篗鹽稱量。乘炎曬使熱，投塊和如漿。覆時寧忌雷，成日終宜涼。勺藥儻同味，鮟鯛難分將。國賓天子執，物微禮用章。疇諳醢人職，聊綴齊民方。

六月初三夜

此夜眠難穩，經年淚已枯。桑園棲骨冷，螢火照魂孤。書筴休忘盡，耶孃解喚無。再來知愛惜，鞭撲忍相俱。

幻居庵觀明人分寫大方廣佛華嚴經

城東法寶乞不得，五年兩度來繙何。清池忍照素冠影，微生且受空王訶。龍宫三本此其一，我非龍樹奚摩抄？清涼山無六月暑，披雲吞海遑之他。八十二家明萬曆，人各一卷工磔波。陳燕子丁僧義道，妙出一手誇妹哥。唐僧義道偕其妹陳燕子丁，共寫小字《法華經》，爲薦亡母解脱昇清。茲第三十六卷，薛明益、閔志孝合寫也。莊嚴續補幸完善，寶閣不守歸於禾。中峯堂前永持誦，比諸盂矟皈依多。薦亡獲算豈功德，觸彼苦語潛滂沱。鮮丹悔不十指刺，正文十萬淋漓拕。唐林蘊《撥鐙序》云：「推拖撚拽。」繙經之軀亦人子，永明破宅空峨峨。嗚呼德秀暨安國，爲母發願良非魔。座中豈無慧斐癖，結習文字煩逶迤。謾論佛語菩薩語，豬肉河陽敗則那。淨餅供養香菡萏，新樓蓋覆陰桫欏。海鹽已散金粟藏，莫令小劫隨恆河。

顧列星：在蘇、黄之間。

朱休度：七言五歌。

綠溪詠二首

涵白齋

虛窻夜氣流，素壁天光聚。獨坐夏成秋，頻來客亦主。明燈二十年，幾宿溪邊雨。

獨樹軒

鴨腳大蔽牛，屋角滋芳春。惜不能有二，東西風雨鄰。千歲乃成此，誰初種樹人？

白蓮禁體二首

綠意連天暑氣降，四圍濃柳影幢幢。低擎水面曾無染，夐立風頭不可雙。野老莊扉開曉月，女兒衫紵濯秋江。最憐草動沙明處，坐殺蟬聲半夜窗。

黯歌縹緲自風汀，佛劫仙塵夢已醒。還向靜中聞黤黮，又於空際見娉婷。船迴浦雨初收冷，鳥下陂烟忽斷青。一曲洪波豈天上，折歸纖手任冥冥。

顧列星：純以韻勝，不減唐賢。
吳應和：第二首五六一聯，極力刻劃「白」字，卻無痕跡。
近藤元粹：頸聯得詠物體。

紹泰甎研歌

桂葉青青荷葉香，小方壺中檐瀑涼。摩挱石几試甎研，水火風劫留一片。吳興山黑秋冢崩，青玫瑰拾穿池僧。紅藥主人購琢此，乞銘小長蘆舊史。縱殊宜城讚楚廟，也勝絳客囊汾水。法真荒幼憑司空，改元纔迄承聖終。吳民開窯及冬令，紀年三月王之正。愁自何來嘆息頻，出猶未久遷流更。汪家兄弟珪璧儔，壺中高吟研與遊。贈君老語借山谷，我得二士傾九州。龍紋繞背騰黃色，買得千金不論直。

朱休度：七言。八轉。參差。

江上女子周禧天女散花圖

空中自度非雲車，女顏一朵荷芙蕖。從以萬花翔珮琚，花隨所至翩踟躇。急之若吹緩若嘘，摘花不簪了髻梳。挼花在手遙愁予，本無有花花態舒。非花非女誰見諸？禧也畫得翻憐渠，女身苦相情拮据。「最憐苦相身爲女，千載曾無儀狄祠」，禧《杜康廟》詩。二十四風彈指虛，三十三天稽首徐。作此供養菩薩歟？梅花樓心句自書。黄媛介題。誰果不染青蓮淤，玉溪生疾久弗祛。焚香聊復開精廬，邈然金粟如來初。

朱休度：《柏梁》。六魚。

吴應和：描摹散花情形，筆筆靈活。

查有新：恍惝如幻，使人迷離。

近藤元粹：「非花」句，單句。

題仇實父人物冊四首

芳澤無加體閑雅，是時王孫女新寡。纖腰如束肩如削，石几風凉碧梧下。孤坐無言微展襟，斜看侍者囊素琴。夜光明月瑩無垢，保之那不軀千金。可憐車騎雍容客，得婦分錢買田宅。

遠條館春風不寒，淳于已侯樊嫕驩。太液池秋風大起，纓裙一曲憐持履。手執花枝顫顫何，薄眉卷髮嬌孰多。踽步而今愁見畫，十年禍水同興敗。木門風響倉琅根，燕飛何來啄王孫。夜長共被寒殊耐，憶否不眠深擁背。

身羌心漢無雙翼，舉手祝天天晦色。誤疑公主嫁當年，只少琵琶彈絕域。遠陽草木春不榮，河流入塞南無聲。牽衣索母擾二子，渠寧啼笑知其情。魏公金璧勞相贖，鄙賤流離悲續續。青史蓬頭董祀妻，黃沙血淚胡笳曲。辨絃識律傷所遭，中郎且復蒙訾謷。

義髻黃裙來窈窕，春風任爾吹多少。寧王玉笛倚朱脣，能使開元作天寶。琵琶聲中舞阿蠻，臂支未覺纏頭慳。興慶池東移勺藥，繡巾再拜清平樂。生死恩深髮一繚，鼓鼙愁散花千萼。水邊秋草諸姨粧，冷涵夜月驪山湯。殺粉未應詩院本，更誰憐得荔枝香。

朱休度：七言。轉韻。

吴應和：四詩句奇語重，可當史論。第一首指摘相如之行穢鄙。可憐他人詠美人只作豔語了事，豈能具此識見？

查有新：言而有情。

近藤元粹：第一首：幻出一個活文君來。賴云：題文君，相如是客，然著意在相如上。結得深厚。○第二首：賴云：抄一《飛燕外傳》語耳，然以難驟了爲妙。詩以感動人爲主，若難驟了，何能感動人乎？已違其主旨，同啞謎，何妙之有？○第三首：賴云：題蔡文姬者最劣。○第四首：賴云：是亦抄《開天遺事》、《楊妃外傳》等，以難了爲貴。他人未必盡然，何蔑視之甚哉？

謁明徐少卿祠觀祠後舞蛟石

街東隨州老祠屋，童年數過看鬢倉。牆陰最認古苔石，梯攀匝繞藤花時。藤花幾開藤葉落，儒冠已誤西鄰兒。堂虛石歸此重入，默撫忠孝慚其私。公身長不滿六尺，公死浩氣何淋漓。襄陽告陷漢東震，十數萬賊圍登陴。嬰城七日救不至，喋血一門甘若飴。魏禧《殉節錄敘》云：「獻賊攻隨州凡十三日，公以羸卒乘城出奇兵殺賊，力竭絕援，身巷戰，攢刃斷脰以死。一子二妾諸奴婢從死者一十八人。」文丞相竟符夢兆，卞將軍合加鼎司。易名典虛社已屋，百年香火枌榆悲。黝深竅泐太湖產，想從清宛堂前移。飢蛟舞壑狀匪誕，老人作怪吾終疑。維公生平嘗愛玩，此石感奮猶躨跜。雨風袍笏夜燈閃，爚然見汝爲驂螭。肅成書院門書鑰，裔孫歌哭恆于斯。丈夫死不壽穹壤，星精霣地頑如遺。

錢儀吉：真韓詩也。○「儒冠」句，此詩中似不必。

朱休度：七言。四支。

吴應和：舞蛟石，李唐時物。籀而字之者趙松雪也。詩謂忠烈生平愛玩，亦知感奮，足爲此石增重。顧名思義，雄姿軒舉，頗與人地相宜，更名蛇蟠，殊覺無謂。

近藤元粹：一頑石耳，得忠節之士之愛玩，千古爲人所推尊，所謂愛屋及烏者也。足徵好善之性矣。○「公死浩氣何淋漓」：忠義氣逼人。○「星精霣地頑如遺」：大然！大然！

佚名：「喋血一門甘若飴」：悲壯感憤，筆墨淋漓。○「雨風袍笏夜燈閃，爚然見汝爲驂螭」：兩句昂起，不失軟弱。

送萬二之陽山

陽山漢縣今連州，阿兄作宰遠迎母。便挈全家大庾南，且過明月中秋後。車船幾出虛同里，寒暑纔歸又分手。山鷓愁人竟趁飛，兔株落我仍孤守。上灘下灘灘轉急，上嶺下嶺嶺忽阧。此客非貪趙尉金，此心直送錢塘口。湟溪關清瘴收墨，桂陽山碧城如斗。官無丞尉巷無人，昔者云然今或否。縣東釣魚磯可詩，縣北讀書臺可酒。小廨波羅密覆檐，佳日太夫人上壽。嗟君從宦身偏暇，入粵探奇天豈偶。五羊雖說雁鴻無，頓首尺書還寄某。

朱休度：七言。二十五有。

錢儀吉：「昔者云然今或否」：活法。〇「頓首尺書還寄某」：「某」字可商。

吴應和：中幅數語，勁氣直達，真如百鍊剛。

近藤元粹：「阧」，當口切。峻立也。崖壁峭絶也。〇賴云：樸老語，用得自喜，而不爲人所喜者，不可不省此處。〇「可酒」字拙劣。余尤不喜此等詩。

佚名：一字千里，筆健詞真。

登胥山

州人齒踰壯，未識近郭山。茲山亦傅會，數仞殊孱顔。靈支自雙峽，湧出平田間。周以種菱水，曲爲臥柳灣。村農廟鴟夷，野鬼莫敢姦。繇來忠義魄，到處土木頑。陸家墓柏老，樵斧幸弗删。賢愚同此盡，翁仲知其艱。書堂碧篠影，石劍青苔斑。偏提可常醉，何必秋林殷。

吴江用張子野韻

那得秋風不爲鱸，順吹帆葉又思吴。斜斜紅樹影圍郭，密密小江聲帶蘆。一力借人囊篋簡，數峯迎面意言孤。欲聞絕唱無賢宰，卻趁魚蠻入太湖。

錢儀吉：「斜斜紅樹影圍郭，密密小江聲帶蘆」：句法亦用子野。

曉過太湖

竹葉聲破夢，搖搖緩蘭檝。正落洞庭霜，已隱吴江堞。推篷寒在面，復更理衣篋。風生闊處瀾，岸響枯來葉。日出如燕支，山青何礧㟸。芙蓉誰汝憐，深淺濕相裛。

錢儀吉：收束可翫。

長洲縣齋看菊

高下霜姿百本擔，清娱借得緑筠庵。祇應小琖寒泉瀹，靜對黄州像一龕。

錢儀吉：靜。

查秀才岐昌行笈二詠

伽南香筆格

非椿非欅柳，海外數峯假。靜流曲几芬，佛性參般若。研屏烏石倚，肯出研山下。

湘竹祕閣

片割君山秋，郗家樣新得。最便玉臂高，趁放簪花力。只休寫楚詞，恐誤淚紋拭。

錢聚朝：查字葯師。

東鄂烈婦行

國化如風加，被之自宗始。殺身殉其夫，乃有東鄂氏。東鄂年二十，婉孌隆德妻。隆德爲宗人，雙雙未及期。吁嗟未有身，天則使蹔雙。憑屍還護髮，淚下如流淙。家人環持之，披麻髮仍翦。要令守者懈，有隙絕我喘。五月之二日，夫葬五日周。從容約髮帕，畢命臨廁牏。麻衣望天歸，烈哉生所篤。先舅倫達禮，厥考烏禮卜。本朝旗制，夫死皆翦髮披麻，若從死則否。烈婦哭絕而甦，護其髮。既不得間，乃翦髮披麻。

錢儀吉：牏，《廣韻》：築垣短板。

虎丘詩十七首并序

登斯丘屢矣，或詩或無詩。癸亥十月七日獨遊，曠然興詠，歸而續拈，錄存者如左。

行宫

聖人南幸日，寶殿翠微高。氣象三吳闢，鶯花萬古遭。金精長服虎，方丈獨乘鼇。野老瞻松蓋，猶疑照赭袍。

憨憨泉試劍石俱有淳化年吕升卿題字

山門緩初步，秋興健單策。一登還一顧，有泉復有石。寒非秦帝痕，淨是梁僧蹟。林遊年宛昨，苔蝕字成碧。眈奇恆賤近，目見少心惜。題名五嶽佳，難遽偏探頣。觀泉滌輕琖，踞石岸高幘。山風晚蕭蕭，山葉凉摵摵。

劍池王禹偁嘗作銘

取寶發秦皇，亮哉斯語怪。桐棺殉魚腸，越絕邈堪喟。呀深海近通，坳黑陽微曬。清無魚蟹生，仄有松蘿挂。跨臨亭子愁，響汲轆轤快。使君濡筆年，劫不到今壞。

清遠道士養鶴澗

靈皐不抗雲，幽篁乃紆澗。澗聲雲氣中，翠與白相幻。精魂豈遊遨，佳藻恐欺謾。鶴糧誰粟米，鶴柴獨籬柵。天光照崖磴，苔色上衣襻。坐想殷周來，人閒幾憂患。山青城郭改，霜落年華晏。時下飲猿啼，空令出花瓣。

錢儀吉：柵，《廣韻》：籬柵，又乂革切。三十諫。
吴應和：從來學《選》體，無此高古。
近藤元粹：前四句，清人得意之句，近世邦人亦特喜這樣語。雖然，不免爲小家數也。

陸羽石井是天下第三泉

山高十三丈，泉名十一處。脈流蘚壁陰，甘冷此云庶。紹興淘復出，見底清無淤。倘來繡領人，照影不能去。

千人坐蔡忠惠公篆生公講臺字

盤陀數畝淨，只此他山無。一樽藉遙夜，月明如水鋪。春風不寂寞，禪意難重枯。捫崖蹟方缺，況彼頑礦徒。白蓮花欲采，池綠生菖蒲。
吴應和：旨趣閒遠，語不在多。至於「春風」十字，理意尤深。
近藤元粹：「花欲采」三字，穉甚。

石壁隱起詩

靈蹟弔蒼崖，悲風起陰谷。奈何學神仙，君不見幽獨。

應夢觀音殿石壁刻經九十二行

石大士，鄰劍池。畫相者，臧生逵。十年祈夢一夕應，與其弟寧鑱刻爲。得石於洞庭，得助於鍾離。肖彼行道相，寶殿瞻慈悲。普門品，勒石壁。筆蹤九十有二人，人寫一行行未百。曾僕射暨胡祕書，字字黄金出嵌碧。到今華藏道場幽，絶勝莊嚴夢疇昔。經圍三面像立中，逵初所畫將無同。開平麾下取畫去，送歸應復留花宫。我不茹齋慵禮像，熙寧墨妙頻過賞。未能響搨攜俱還，何必潮音之洞洛伽山？慧業屬現在，坐臥著此間。

朱休度：長短句。五轉。參差。

梁雙殿遺址

小殿話淳熙，空憐金碧對。山頭一塔高，看盡夕陽在。

小竹林

上山復下山，陰壑謝塵涴。古木夾修篁，蕭蕭綠千箇。袈裟老不寒，於此設禪座。幸是密成林，豈妨流水過。一窩寂寞雲，吹入塔鈴那。

尹和靖先生讀書臺

西庵霜氣老，樹葉吹空園。欲尋三畏齋，遂至通幽軒。先生程門之顏氏，退自經筵來館此。未得相迎入會稽，吁嗟年已七十矣。書堂復祠堂，落日指上方。門人記錄僅可攷，格言刊置今都亡。蕭摵誰規四書院，買田築室無由見。竹間開徑栽黃花，青山可讀卽可家。

朱休度：長短句。五轉。

東山西山二廟

所望終憐法護，難爲正愛僧彌。黑頭公對小令，社鼓神鴉暮時。

錢儀吉：王珣、王珉。

繇余氏墓

蜂聲出暖日，松影搖荒坡。因懷治水功，陶臣及烏陀。

寺西小溪

鼓子花開幾落，松陵客去誰招？雲涯一曲千里，時有人家板橋。

半塘

寒食看春莫放閒，少年些子是中間。紅欄橋上從容立，纔遠城門未到山。

錢儀吉：不住之住，爲汝安心竟。

茶

沈甌色微白，香甚幽蘭開。夙聞茶葉好，今值茶花來。摘花山左右，香色如寒梅。松陰及泉上，亂草披蒼靃。爲語住山僧，春風須徧栽。徧栽不須薙，縣帖久停催。文文肅有《薙茶説》。

蓆草

阿儂傍山住，種花還種草。虎鬚細織成，夏月眠言好。

游華山

飛瀑見晴雪，千尺雪石上刻句云：「飛瀑晴迴萬仞峯。」旋螺聞妙香。僧言華山處，華擁支公堂。秋田石路遠，晚樹雲陰涼。高高穿鐵壁，磴道造嶺處刻「鐵壁關」三字。寂寂轉蜂房。腳踏菡萏瓣，動搖天風長。飄然不染心，不在菩提坊。

題王秀才鳴盛詩卷後集蘇文忠公和陶句

心空飽新得，佳處正在茲。迹寓心已去，詩成竟何爲？江左風流人，喜見霜松枝。獨立表眾惑，黄花與我期。物色恐相值，世事纏縣之。功名豈人傑，昭氏有成虧。齋廚聖賢雜，一笑百念衰。好語時見廣，作詩記忘遺。

錢儀吉：精深之至，不意於集句得之。

宿太常公顯忠祠下

皎皎堂前月，森森堂後風。依依堦上下，眷眷廊西東。德業亦何迹，報之視嗇豐。恭惟里居年，粹養益以充。一經傳七葉，勉進小子躬。所懼迫紛紜，卑基鮮克崇。懸燈自照座，俯仰清氣中。默佑或可逮，于何發其蒙？

夜至永安湖丙舍集陶句

行行失故路，曖曖遠人村。素月出東嶺，枯條盈北園。飢來驅我去，心在復何言。雞犬互鳴吠，而無車馬喧。

擇石齋詩集卷第六

甲子

錢儀吉：三十七歲。

錢聚朝：三十七歲。鄉試寓清隱庵。复館德清。

春夜不寐作

六甲從頭又一元，秋風花樣定新翻。何心入彀充邦彥，不見成名負母恩。高冢夜寒林雨落，重湖春靜岫雲屯。金華有語淒難忘，此事終分義利門。先孺人教不孝，未嘗以科目期。

城隅

城隅南去獨西東，畦菜牆桑取徑通。老嫗古祠杯珓火，羣兒高阜紙鳶風。晚來芳草欲爭綠，晴殺杏花難久紅。得半好春閑裏過，濁醪能醉與誰同？

題盛子昭山水軸

武塘畫手傳盛君，今者一見愈百聞。吾州山少惟多水，秋林何處江南似。胷中有竹竹乃生，畫山飫得山鄉情。抹雲插漢屬且獨，斜日紅黄半楓槲。溪亭蓋茅旁纜船，筇枝叟仰一隨肩。松塢矗樓門啓扇，樵擔童歸一窺面。山西稻堆齊屋山，稻場狼藉掃未閒。山東牛宫靠山腳，叱牛出欄易驅雀。東村西村皆可廬，草堂未置真愁予。三時督牛十月納，飯滿山廚酒香榼。此生願得此墅娱，天公頷我山棲無。遠烟破寺齋鐘静，更欲逃之坐深冷。

朱休度：七言。每韻二句，凡十二轉。

錢儀吉：加一倍結。

題畫蝶

舞態娟娟衹益狂，何勞金粉搨滕王。蘼蕪自是江南草，一隊飛來便覺香。

晚遊二絕句

微風吹面罷清觴，嬾看桃花沈氏堂。走上南城尋一笑，可憐壕股有垂楊。

無主花開白間紅，一休一步轉城東。青蕪忽到傷心地，朱老桑園厝阿鴻。

種桑秧

雨晴昏旦變，土脈鬆何如？後園惜多曠，深草久不鋤。鄉人擔桑至，剝啄適餉魚。分將五十本，高可三尺餘。惻惻呼短僮，出我鴉觜鋤。屋頭雲淰淰，畦畔風徐徐。我桑不求美，貴在補厥初。已成幸相保，摧折寧當虛。鄰翁笑來助，我術遂弗疎。夕陽功告畢，休立潛欷歔。老桑念始種，我髮母手梳。養蠶作兒衣，無年手拮据。小桑今即補，母逝不倚閭。蠶絲乃自計，擢髮傷居諸。小桑豈必大，亦賴荒穢除。老桑尤待糞，僮力難倚渠。清明葉齊白，瘦地憐獨紓。勤能償廢壞，隙可容瓜蔬。此身無遠大，敢冀煩憂祛。烹魚酌二傭，檜澑方漸洳。

劉松年觀畫圖歌

人事無常畫中畫，畫中看畫無人會。我今猶是畫中人，畫外居然發長喟。石欄梅萼中庭春，坐立面背凡十人。袍韡一主三則賓，亭後出酒盤有鱗。谿山玉叉展幅新，齊心左向雙矑親。軒眉抱膝或負手，東風何意歡茲辰？雲烟過眼成南渡，回首宣和等朝暮。御府圖書不如故，諸君好畫還收聚。此情試問暗門生，蛇足應憐爲添句。春陰漠漠桃花寒，我亦嘉客來同觀。倩誰傳得座間事，卻立四顧愁無端。

朱休度：七言。四轉。參差。

獨遊東塔寺

毘盧閣轉夕陽虛，複水平橋步正徐。百五雨收翁子冢，兩三松覆雪庵書。綻衣僧老默窺牖，啄粒鳥輕紛躍除。方丈十年前數入聲叩，花枝應訝面生疎。

顧列星：清瘦生新，宋人佳境。

長虹橋下買銀魚

急湍橋門阻，輕船女手將。出於絲網活，看比寸鍼長。恰及拋錢候，奚須斫鱠方。雨來鶯脰近，今歲始鮮嘗。

錢聚朝：綱，網。

楊忠愍公壺盧歌并序

高六寸，容半升，膚色黄栗，滑不留手。上刻小行楷書云：「釀成四海合歡酒，欲共蒼生同醉歌。嘉靖己酉歲秋九日詩。椒山。」凡二十五字。考詩爲忠愍和劉靜修先生《九日九飲歌》韻，方官南京，從韓苑洛受律吕之學，而自製樂器，則壺盧或即自刻於其年也。客歸自京師，持以示載，云購之虎坊橋市。爲賦是歌。

戚戚蒼生四海中，曲臺禮意誰則通。慨慷詩就業未就，擲一壺盧空復空。西市揚沙十月晦，其處吾曾一杯酹。虎坊慘淡市東邊，一物傳來公若在。短頸大腹滑稽徒，圓圓外澤内不粗。雖非青田注水核，求酒可替提玉壺。是時公方官南都，靜修九飲歌且娱。豈其金鐘夢舜後，賸此曲沃笙材乎？振犀以嬉手既刳，刻詩挂壁秋風孤。蒼生蒼生公語爾，誠如此者笑樂無。惟苗有莠城有虎，大小丞相醉屢舞。瓠甘匏苦寸心丹，天惔機關太平取。《易林》：太平機關。草團瓢裏學不虛，畫之依樣終弗如。菊花釀多痛飲讀，極牀書更福堂書。

朱休度：七言。五轉。有格局。

紹興十八年同年小錄

三百三十人，唱名集英殿。敍年方就法慧寺，刻石還同聞喜宴。開耀鄉，五夫里。錄之傳，惟夫子。夫子立朝四十日，仕於外者九考耳。夏康周宣光有餘，得賢不用乃如是。中興科目一萬五千八百人有奇，《中興登科小錄》三卷，《姓類》一卷，李椿撰。自建炎戊申至嘉熙戊戌，節次取名字、鄉貫、三代諱刊之。後以韻類其姓，凡一萬五千八百人有奇。後來吉水首唱良所無。燕市黃冠歸不得，綠漪堂上哭劉洙。

朱休度：長短句。三轉。

集厚石齋二首

蒲葵扇舉晚窗分，近草先驅豹腳蚊。話到桂香仙籍句，未能輕詆作酸文。

推枰謾賭宣城著，破格真慚杜默詞。五日城南還憶否，鉢聲燈暈已當時。壬子夏，同豫堂、受銘于偶圃文會。

錢儀吉：「近草先驅豹脚蚊」、「話到桂香仙籍句」：二句有太息之聲。

馬文毅公彙草辨疑歌

聖廟忠節襄平公，公所譔書惜未見，公自作歌蒙難中。維時十有二年癸丑冬，三桂叛，延齡從。廣西巡撫鐵男子，「鐵男子不怕死」，延齡謂公也。御衣賜著何從容。遺之大帽髮衝怒，濺血縋城達三疏。自經不得又復引佩刀，鎮粵公能邀一顧。囚首排闥擊笏樓，疾風授命烏金鋪。闔門百口視如歸，白日青燐莽迴互。時與公同處而被殺者，公以下十二人。與公別居而自殺者，夫人以下七人。後此死公難者，主僕男婦十九人。先此，凍餒死囚所者十三人。又院丞唐正發負公子歸京師，其家被殺者三人。先後殉節五十四人。其姓名失記而死者不在焉。拘囚方四年，幽憤草聖傳。鉤摹十二帙，草字雜體無斯全。唐裴行儉撰《選譜》、《草字雜體》數萬言。斯非皇象《急就篇》，又豈浮屠永素能專前。正書況釋顧姬筆，姬亦從公奮死歸於天。嗚呼！瘞骨處，廣福寺。黑塔村，碑御製。撫蠻滅寇，將軍又死傳弘烈，巡遠雙忠祠八桂。憲皇卹先臣，廟入昭忠仍諭祭。本朝元氣極盛諸公生，淋漓頸血爲君父，亦既青史名其名。君不見，以炭畫壁范忠貞。

顧列星：長短伸縮處，詞氣激昂，音節悲壯，讀之凜凜有生氣。

朱休度：長短句。五轉。參差。

驟雨過南湖

亂激水心白，微開天角青。數漁歸草舍，一篠隱花汀。髮動涼於樹，船來活似萍。煮茶人漫汲，中恐帶龍腥。

翁莊感舊二首

樹仆長廊草咽泉，一來尋覓一茫然。苦辛歷遍身留在，十二番秋只眼前。

門外荒無一柄荷，紅情前度始憐多。便教更種留儂看，只恐驚花是怨歌。

錢儀吉：一字一語，一語一感，是爲深細，是爲清微。蘇齋、樊桐正未足語此。壬辰四月記。○漢南之悲，即可悟川上之嘆。

清隱庵夜雨

竹屋響浪浪，湖頭無此涼。茶甘纔雪椀，夢淺自繩牀。蛙語入蛩語，山香連水香。祇愁荷葉底，避濕到鴛鴦。

錢儀吉：不知爲唐爲宋。觀物息心，天然偶成，是爲好詩。

洪忠宣公祠

草蕪葛嶺昏，訪墓蹋難即。祠堂誰所新，松柏尚虛植。尚書天下聞，辛苦冷山色。寧知十五年，歸被言者劾。桃梨詎云甘，曾獨奉五國。馬矢以爲薪，苦寒臣頗食。迢迢再舉心，絮書來自北。皇天國有人，安否侍君側。在遺隨張朱，萬死留一息。可憐景靈宮，已復事華飾。鈞衡豈睥睨，謫徙是吾職。何如奏議魂，差傍行都默。朱弁卒於臨安府白龜池之寓舍。蘇卿雖薄賞，漢猶不負德。忠臣而可爲，庶幾去蝨蠻。湖山初賜第，養母暫舒力。故址倘憑斯，靈風颯然得。其西鄂王墳，慘淡林光直。其東賈相園，蟲語夜來黑。

顧列星：結四語不著議論，老横絕世。

自金沙港沿裏隄尋荷上丁家山眺望南近定香橋而止

裏湖荷太稀，爲我撑篙西。野生遍蔆芡，意欲指玻璃。烟濃裏六橋，樹色灣灣齊。漁汊狹可進，水高船不低。菰蒲深屢隔，采采情猶稽。卻登小山見，陂繡明如畦。花多但前櫂，何惜衝鳧鷖。一柏夾一桑，一池環一堤。陰清雲漏日，勢曲草沒蹊。纖蟲既不飛，稠蟬亦不嘶。人行花氣中，憐絕那得攜。

白者仙出月，紅者女入溪。斜斜領生影，漾漾鏡收壂。南峯淡逾翠，橫管涼未悽。更遙更有香，且勿裳霑泥。

錢聚朝：祝人齋同行。

清隱庵雨

窗紙爐香寂歷間，泉流枕上太琤潺。枯枝失勢高驚瓦，黑霧遭時遠妒山。諸客莫因秋氣動，此堂方與病身閒。豁然領得全湖意，不在天晴更啓關。

錢儀吉：學士公閱本，圈此篇「黑霧」句。〇此本戊辰送史館，時館上索公集甚急，蓮塘宗伯命卽送也。

張烈文侯墓

當年誰愛將，骨亦岳家西。戰鼓中原急，秋山落照低。曾無樞府鞫，竟有手書齎。廟記碑堪讀，霑裳草露淒。

顧列星：銜怨齎恨，千古涕零。妙在不著議論。

瑪瑙寺訪後僕夫泉

鐘聲湖北岸，涼意納行客。幾來門外堦，看老數株柏。高雲覆荒殿，濕氣生柱礩。故知非舊坡，有樹復有石。瑪瑙坡前樹石之詠，見智圜《閒居編》。汲深玉醴甘，鑑影自甋瓳。好事雪牕師，一泓未枯碧。中庸子安在，屋與逋仙隔。想初篁翠深，鋤響忽靈液。名仍山但改，彼此各蕭摵。持以问參寥，西村夢俱昔。智果院參寥泉，舊亦在孤山，紹興間徙寺葛嶺，有泉適出，仍名參寥。「望雲橋下是西村」，參寥《卜居智果寺》詩。豈無零陵桐，橫膝月明夕。茶塢葉況佳，試之風兩腋。

題喜子圖二首

長股類蜘蛛，慣呼作喜子。朝來遣相見，百事吉可儗。

壁間畫得雙，相見必成偶。持向荊州人，或呼作喜母。

明醮壇茶字箋歌

箋心楷法書茶字，不是棗湯并酒器。二百春秋說永陵，淒涼西苑齋宮事。洪應壇高對藉田，纔聞毀佛卻求仙。燧林綠桂寧須有，太液長春久闃然。中興禮樂親優劣，驀見丹爐夜天徹。重華青爵笑陪觀，四紀金甌幸妨缺。祭玉虔求備赤黃，仍聽祕色進浮梁。潔分款識靈臺供，恩注甘馨道士嘗。摘鮮龍焙方承作，薦椀雷軒定呼瀹。宮女擎來拜斗衣，春風老盡延年藥。元宰金壺賜笵多，回青燒更大鋼何。止封萬國嫌强諫，暫攝東宮諱舊痾。殛姦差快乩書詭，請告司空突先死。鹿高於馬謾言馴，桃降從天且知喜。烽火甘泉歲屢侵，玉杯寶鼎負初心。一瓷經費幺麼甚，異代傳觀歎息深。鬢絲坐斷書生業，雪牖憐窺蜜梅頰。清絕徐澆洞岕秋，仙乎嬾問羊羔妾。芝房曄曄露盤濃，何似番僧日念吽。人間易得青詞手，天上難尋紫極翁。

顧列星：括世廟一朝事。小題中絕大感慨。清麗芊綿，婉而多風。

朱休度：七言。四句一轉，凡十轉。

錢儀吉：「吽」字韻書未收。《正字通》梵書多念「吽」字。叶職容切，音鐘。張昱《輦下曲》：「守內番僧日念吽，御廚酒肉按時供。」○徵引奧博，不知所本者甚多。

書馬券帖後

一聲擊缺玉唾壺，春申君亦知驥乎。牽來瘦骨塵沙塗，額白入口非的顱。卽不我售畱斯須，食牛之氣龍躍躍。膝而團麴悲奚殊，空中若笑燈模糊。子曾不見眉山蘇，青袍噤坐瓊霙鋪。天機得精遂忘粗，李生彈鋏步且徒。受公長借誰門如，平生相識還相辜。乃合立市求淳于，翰林先不寧馳驅。三年又出乘肩輿，黄翁蚌痛商砭疽。那知翁也方飢劬，布衣不薦幾纍俘。古戰場好乖良圖，將五萬騎亦人奴。前行八騶彼丈夫，春風新婦深帷車。不鳴終日三品芻，善芻仍與鞭珊瑚。蜀人鮮衣富自娱，越人戴笠盟寒無？何人跛鼈甘跛驢，先生有命從人呼。嘤嚶潛聽風吹隅，卷收妙墨搔僵膚。豆羹不繼誠羸駑，索錢敢爾同追逋。槖駞腫背休揶揄，摴蒱竟亦成三盧。蘇公説鬼聞之吁，不羈我輩如斯夫，起看灰陷蹲鴟爐。

朱休度：《柏梁》。七虞。

明皇幸蜀圖

扶風回首遮陳倉，後軍已分之朔方。沾衣枉令嘆水調，割恩纔得瘗綃囊。先驅下坂江洶洶，末騎度嶺雲蒼蒼。知無綺紈飾馬體，尚有蛾黛參戎裝。從官雜憩民呼將，盤棧更上青天長。崔圓表迎房琯謁，到此滅賊思忠良。縱云斜谷曉斷酒，能救華清新作湯。王夷甫竟識石勒，萬里橋獨來郎當。噫嘻女謁終李唐，孽牙又縫戰士裳。沈思天道禍裴監，竊侍宫人悲晉陽。畫師誤點桃蕚香，摘瓜候豈殊秦彊。衡山書逼雙井黄，蜀道之難千載傷。後有文待詔書《蜀道難》，筆法是山谷。

翁方綱：「割恩纔得瘗綃囊」：此「瘗」字恐是誤作平聲用矣。

朱休度：七言。七陽。

錢儀吉：覃翁好言山谷，乃有此語，奇哉！〇論本范氏祖禹《唐鑑》。

伯牙鼓琴圖

九靈山人鑒定之，宣和入院高手爲。藏者延慶秋厓師，朱廉春谷又跋之。自後題贊多佳辭，我今諦觀非院本。非無名氏李伯時，巖陽草樹清而森。兩人對坐石在林，侍者三人各有執。坐者無語風吹襟，背者聽之面者琴。心不求知知則心，廓然天地音其音。

朱休度：「非無名氏李伯時」：「名氏」作「名印」，似較醒。○「兩人對坐石在林」：兩人分背者、面者，則「對坐」「對」字似宜酌。

擇石齋詩集卷第七

乙丑

錢儀吉：三十八歲。

錢聚朝：三十八歲。館德清。

送萬二光泰北上

嶺外歸舟歲乍更，幾宵燈火郭東明。極知會面元稀語，但到分襟輒厚情。奉詔春官三月改，看君進士十年成。天心國政今符合，好繼瀛州宴上聲。

翁方綱：即令真切，亦不過酬應之作耳。

錢儀吉：杜詩酬應不少，惟其真切，所以難能。亦惟酬應，尚能真切，爲尤難也。翁先生晚年全以考古爲詩中之能事，誤矣。

追憶周秀才昌并序

康熙辛丑壬寅，雪堂金先生攜載讀書于秀才家。秀才暨載同門生也。其家新坊。

擔囊詎必遠，鄉里師模在。遂忝子同門，一年輔勤怠。余年十四五，子長年及倍。而翁古人風，童丱荷殷待。木芍藥翻翻，辛夷雪皠皠。前榮與後檐，此景忽移改。小市失頻來，遺迹緬多載。苒苒世閱人，滔滔水歸海。豈無琢玉期，謂以藝蘭采。胷懷莫能行，卽壽亦增殆。

晚步吳羌山下三首

粉堞如橋跨水明，東西過溪城上行。看花欲渡不余渡，上城下城方出城。

夕陽可憐春暗催，二月今朝已破來。見山門外松風起，應笑芒鞵又一回。

十日春寒不覺閒，燒香溪女未登山。緣坡正見一籬雪，椇樹人家門自關。

顧列星：三詩學杜之拙，而得蘇之俊。

織簾先生祠

落日尋高士，春山見壞扉。蛾眉殊不飾，元散竟何希。苔色井深廢，樹聲鴉數入聲歸。里人趨社祭，猶覺道能肥。

出德清西門看梅宜園池上遂過塵麓齋復至清遠堂上百寮山腳坐蔡家墓松下入開元宮得絕句七首

石街蒼蘚入村斑，帽影筇聲此最閒。老樹著花疎亦得，只教看竹更看山。

假山崩處數枝斜，人道南朝宰相家。荒水一灣留底用，熟梅時節叫蝦蟆。

清意亭無落照疎，漫將梅堞比梅墟。明朝郭笑山中屐，六瓣尋他臘雪如。

范老龍梅意絕憐，中丞堂外見來然。種花人去春風在，卻數潼關辨蒲莧切賊年。清遠堂，明蔡中丞官治宅。中丞崇禎末敗流寇於潼關。

屈鐵爲身玉長芽，靈光誰竝閱恆沙。眼明小縣無多戀，四面青山一本花。

百寮山起萬松聲，綠酒陶公柏下情。去去且知今日事，鄧廉訪墓更無名。元吳文正《鄧公神道碑》云：其宅湖州路德清縣千秋鄉百寮山之麓。

小塢深烟擁翠篁，何年倉叟築丹房？橫枝拗得林中玉，供與三清座上香。

錢儀吉：南朝宰相嘗投水，欲殉國矣，已復不果。爲官乎？爲私乎？負此荒水，愧此蝦蟆，蓋譏之也。○此本餘齋先生之説。

觀蘇文忠公定惠院寓居月夜偶出及次韻前篇二詩墨蹟卽用其韻

兩篇塗改尺幅完，天籟曾藏值今夜。獨客甘茶罷酒時，明燈淨几鉤簾下。黄州花發水曹到，白月人稀僧屋瀉。送來清谿三百曲，東有海棠一株亞。筍香魚美老翁媿，弱柳殘梅陋邦借。霜氣烏棲御史聞，洞簫杏萼彭城謝。嘯軒竹下未吾闢，睡味雨中方此舍。聲名文字少年雞，憂患飢寒佳境蔗。觴盡須酤還可出，詩成自和誰能怕？月斜花落閉門空，婦女不妨滋恚罵。

北流水上作

德清縣前溪北流，獨客踏春雨初收。新燕子飛上下渡，小桃花發東西樓。顛狂堪了一杯事，老大不關明日愁。山色青青入城處，斜陽相喚出城舟。

錢儀吉：結妙。

訪商隱先生紫雲庵遺蹟追和先生草廬八詠并序

先生諱汝霖，先侍御公從子。所居紫雲庵，在邵灣山中。距先生之歿五十餘年，載以寒食上塚，獨來訪故。菜畦桑壟，落日犬聲，徘徊悢悢。鄰翁出接，尚能爲指識其處曰：「此則先生講學之堂也。」前有小池，亦已平矣。延眺紫雲諸山，松風不寒，此情何已。先生嘗有《草廬八詠》，卽其地，如聞其聲，益慨然，於百世之下敬和之云爾。

小橋

水在山中行，竹樹深相遶。未絕扣門人，安茲石梁小。

流水

飲犢者初去，漂花兮不止。將因漱石餘，益謹濫觴始。

古樹

露霑亦泉潤，尚爾根斯土。楊園一宿來，愛惜共千古。張楊園先生嘗潛訪先生，一宿大樹下而去。

柴門

候門無一男，松下自常鍵。門内孺人隨，怡然及雞犬。

短籬

列墉昔有閑，折柳鄰還續。指處説先生，園中每舒目。

曲逕

書堂鄰小池，開逕不嫌曲。落日照春蔬，徘徊見高躅。

細草

短僮戒莫除，風雨一庭綠。不入飯牛歌，芳菲菲自足。

幽花

四時多所榮，意不在香色。荷葉以爲衣，菊苗以爲食。

附　先生原作

小橋

門前紫翠堆，坐對猶遼遶。欲與日盤桓，休辭略彴小。

流水

磵壑甫縈回，羣巒已萃止。觱沸幾經來，安瀾從此始。

古樹

偃河一散材，辛苦餘尺土。歲月不知深，形容自爾古。

柴門

蔭下立茆茨，有扉不設鍵。稜稜松樹枝，聊用防雞犬。

短籬

雲氣時時生，下上忽開續。槿籬弗使高，恐礙平林目。

曲徑

門中頃步地，瑣石裁令曲。捷徑非所由，庶云習我躅。

細草

閒庭履跡稀，養成蒙茸緑。石罅賴彌縫，跣餘還藉足。

幽花

有美不期春，有香奚事色。濇濇以時榮，尤宜供服食。

求甘菊苗復至商隱先生書堂遺址集陶句

衣沾不足惜，眾草沒奇姿。井竈有遺處，山川無改時。羲皇去我久，顧盼莫誰知。鳥弄懽新節，蘭枯柳亦衰。

汪上舍孟鋗招遊城南陳氏園憶癸丑秋與朱大沛然醉此漫題

仄磴攀援桂樹青，十年易主置新亭。故人已罷高安宰，回首秋風一醉醒。

觀聶大年小瀛洲賦墨蹟用蘇文忠公病中夜讀朱博士詩韻并序

東軒自跋：「正統癸亥畱京師，爲尚書抑庵王公作。」抑庵卽所稱東王先生也。跋者沈宣云：「先生臨川人，名壽，字大年。」與《明史》大年名壽卿字異。卞榮引蘇集《讀朱博士詩》後四韻，謂於斯亦云。因卞語，用蘇韻。

學書必折釵，作賦方漉沙。謂餐蓬萊頂，而或慳榜花。飄飄老仙語，衹向東王誇。庶幾金馬兼，無一夾口撾。横生態多逸，復自成一家。要令承旨負，譬鬬竹瀝茶。學官有如此，與士潤焦芽。法嚴過按察，公論豈不嘉。

溪山春曉閣

溪長山短一欄横，茗椀香爐特地清。睡起卻拈書卷坐，陰陰高樹栗畱聲。

倪翁村居錄壁間舊句感述

逝水無歸年，夕陽易成夜。憶初髫齔嬉，寒食過翁舍。露晨園獨開，烟午壟頻下。倒眠紫草田，吳俗，春田之不種油菜、蠶豆、大小麥者，撒草子于中，俟其生，緑葉纖莖，開紫白間色小花，曰荷花紫草。取以膠河泥，資培壅。橫拉紅薔架。墮池釣童抱，攀桑蠶妾罵。我母爲翁甥，翁慈嗔勿怕。人生最樂時，逃學篠驂跨。不知淳于槐，豈識長康蔗？稍長歲挐舟，欲效事躬稼。嗟茲失母兒，來稀翁久化。鄰斤伐果林，秋雨毀廳廡。藤花絡高榆，髣髴見開謝。壁間舊詩句，慘澹辱邀迓。廚空晚色明，香酒不聞醡。無兒祭墓虛，有客霑纓乍。八十老寡妻，紡車尚冬夏。雍正乙巳春日，過倪翁村居作：「村午不勝烟，齋居日窅然。紫藤花冡冪，白練鳥翩翾。挑菜出傖婢，罱泥歸朴船。聊成竹溪酌，曷羨武陵仙。」

六十七研銘拓本歌并序

唐研三：華清宫、于佑、李洞。宋賜研三：范仲淹、馬知節、周必大。銅雀瓦研二：黄庭堅、王獻臣。歙石摹羽陽瓦一：游景叔。研之主有名氏者三十有九：王鞏、李方叔、翠微居士、彦清、蘇養直、韓元吉、虞仲房、陳景元、石林、定之、張龍辰、趙芳洲、富山樵侶、句曲外史、雲石道人、柯敬仲、子充、篁墩、賓之、魯川、徐汝寧各一，庭堅、王寵各二，芾、子昂各三，東坡、徵明各四。

而觀者爲之銘者不與焉。無名氏者十有七：其一無字，盤螭紋，特精。其二畫，一山水，一竹。女子者二，皇妹、晉國仲姬也。合之凡六十有七。銘詞之可録者，東坡爲王鞏云：「王鞏，魏國文正公之孫也。得其外祖張鄧公之硯，求銘于軾。銘曰：鄧公之硯，魏公之孫。允也其物，展也其人。思我魏公文而厚，思我鄧公德而壽。三復吾銘，以究令名。治平四年三月廿五日。」李方叔云：「非玄非赤，鋩粟以澤。宜筆與墨，與手相得。」而山谷銅雀瓦有云：「其屋歌舞除風雨，初不自期爲翰墨主。」虞仲房有云：「銘之者誰？曰虞仲房。淳熙丙午。」賓之有云：「墨無停宿，水宜易新。」徵明紅絲研云：「色示絲，澤示肉。儼九苞，載栖竹。」録之不勝録也。于佑研不小。顧貞元間會稽吕京題云：「余得之廢市中，形制小小，豈佑好吟覽，置之囊中者耶？」夫必其小者，則東坡之雪浪齋雅宜之如虹矣。贈人者二。子昂寄贈京口石民瞻篁墩云：「歸之石田，與同壽也。」若飛粱玉壺冰，庭堅之紫雲，必大之洮瓊，仲姬之玄瓊，芾之龍泓，富山樵侶之龍吟；又李洞之隱日堂，子充之樂園，景元之碧虚丹館，皆題字之可喜者。前人既已集之，而余復觀之，遂爲歌之。

天寶六載製異今，玉蟾蜍見妃子臨。秦宮遠矣漳水深，研真與假空愁侵。「真研不損」，蘇文忠語。以研賜臣臣克任，以研贈友友獲箴。不惟其研惟其心，魏公鄧公蘇公欽。蘇銘一字不換金，宋書規晉蔡薛森。薛道祖。獨懷端明蹤莫尋，承旨待詔行駸駸。躡前諸老來獻琛，顧使女子荒織紝。青花鸜鵒知其音，誰爲此冊富林藪。款識欲隨鐘鼎剖，小篆八分行草手。集如法帖十八九，丘遲沈約回文式缺有。玩物喪心聖所否，以畫代之良亦偶。于君錦囊許探取，覽古登高吾璧友。自銘乞銘太紛糅，一字三字惟敬守。「一言可以終身行之者，其恕乎？」此聖門一字銘也。「《詩》三百，一言以蔽之，曰思無邪。」此聖門三字銘也。見陸放翁文。

青州紅絲不屬某，某歌卽銘殿厥後。

翁方綱：「真研不損，蘇文忠語」：此八字可無庸注。〇「宋書規晉蔡薛森」至「躡前諸老來獻琛」句：此等豈非趁韻。

朱休度：七言。句句韻，先平十五句，後仄十四句。

錢儀吉：「貞元」，底稿作「元貞」。

吳興

水鄉難得復山鄉，城郭秋風透客裳。江子滙邊新水闊，霸王門外暮山長。小荷葉憶大荷好，烏氏酒詩程氏香。且買一尊明月上，獨吟還過碧瀾堂。

和白蘋洲二碧衣女子詩

雨點不時冷，蘋香無次濃。泊船何所憶，攜手或相逢。緩緩玉簫籟，姍姍羅韈容。人間盡離恨，若箇得長從。

錢聚朝：事見《樹萱錄》。

吴應和：起二句便見静女幽閒風致。律似短古，不減柳惲、吴均。

近藤元粹：悽婉。

佚名：言短意深。

觀黄文節公題淡山巖二首墨蹟卽用其韻

淡山覆盂仰窗戶，仙佛所居無點塵。冉氏溪中司馬柳，荊南碑尾作記人。偶然黯淡一本墨，太息崇寧三年春。徽君化去洞無暑，聞道以之深刻珉。

桂林寄家家未遂，宜州作夢夢不歸。漫郎闕銘如有待，十客張飲莫相疑。東風狂吹零陵郭，淡竹翠滴老子衣。腕中筆尾是何力，公與秦少章論書云：「能使筆力悉從腕中來，筆尾上直當得意。」動操固謂知音稀。

懷祝孝廉佺大理

日落思君處，車驅下第年。西陵纔夢寐，南詔又山川。霸略陳同甫，狂歌李謫仙。亟須歸萬里，蕪盡海濱田。孝廉嘗賦《放言》有云：「歸乎歸乎，黄河一瀉十萬八千里，安得一年三百六十六日，日日遊崑崙？」

錢聚朝：嘗見公手稿，題作「懷人」。齋，大理人。齋名洤，此作「佺」，疑偏傍誤也。

吴應和：盛唐氣骨。

近藤元粹：三四奇對。○後半絕妙。

佚名：刻露。

觀山僧割蜜

牆角烟青火漫熏，連筒截餅砉驚分。安州正復依檀越，長老都應嗜麪筋。一切性真如所見，中邊言徹竟何聞。蠟房煉後誰當嚼，門掩空山落葉紛。

咸和甎歌

永安山破蔡叟鋤，寄我古墓甎尺餘。咸和四年八月立，七字我識非虎魚。謂叟頗知廷尉否，其年小馬餓歸走。吳興水溢月書七，西北天裂歲在丑。瓦燈熒熒愁篆文，啖薤畱白彼護軍。八州都督四公子，績麻樂土方云云。邑雖已改山猶昔，筮吉龜凶落斯甓。泉生日見總心嗟，後魏高流之破一古墓，得銘曰：「我死後三百年，背底生流泉。」香鬱玉深誰淚滴？遐年可討名不畱，任孝恭《祭雜墳文》：「邈矣遐年，討方甎而不記。」甎兮甎兮發一丘。餘不半露直輸孔，咸康竝時應識劉。《石柱記》：「餘不亭侯孔愉墓，在城山下，甎甓半露。」《西吳里語》：「西佘山寺僧道孜作壽藏，乃得古冢。刻字云：『晉咸康間，中大夫劉造妻管氏。』」燒之不堅異石性，樓鑰王大令保母甎刻詩：「古人燒甎堅于石。」制研不良況成鏡。壙中儻有古錢遺，乞我一枚明日更。

朱休度：七言。六轉，每轉四句。

茗雲草堂曉起得雪

園風陣陣聽鵶遷，窗紙光光得月然。失笑短僮云碎石，童子云「落石雪」，蓋雪珠也。起看南郭有微烟。山山敗絮蒙頭我，樹樹空花過眼禪。綠甚清溪殊未凍，一蓑那欠釣魚船。

雪向晚轉驟

兀見飛飛白一城，爲誰終日俯高楹。模糊林澗環周意，寂歷圖書趹宕聲。下若酒多來且暖，武康山亂去尤平。煎茶未必宵分渴，莫遣深埋折脚鐺。茗雪草堂在舍亭山，南齊王裕之隱處，林澗環周。見《裕之傳》。

夜半聽雪

比鄰火黑但風多，已壓牛欄塞鳥窠。靜極溪陰冰片結，蕭然園角竹梢拖。將軍城廢沒應盡，教授宅空寒若何。合眼太虛方烱烱，萬山知我獨興歌。

聽雪憶永安湖

迢遙此際海東壖，誰念窗聲聽未眠。墓下哀號媿徐積，火餘露寢判焦先。明明點到紅爐內，急急吹來黑鬢邊。杜曲岡西松萬樹，樹根寒殺在山泉。

雪止徐上舍以泰在城內有昨夜見懷作答之二首

佳晴雲水轉清虛，似此溪山可讀書。甚欲草堂鄰白石，還期詩格到黃初。所居爲明蔡白石侍郎宅址。先太常與侍郎同年，嘗答贈白石詩云：「黃初千載去，君獨乘扶搖。」

羈愁不計明于雪，春酒無煩煖若湯。料理鷺鷥肩聳聳，今宵真有月如霜。來詩反用蘇公《樂著作送酒》句。又云：「剩我獨吟何所似？月中寒聳鷺鷥肩。」

苕雲草堂對雪得月

溪山百里明雙眼，雪月三更凍一杯。身即非魚方在水，心元如鏡況無埃。平生幾度逢今夜，寒意當空傴老梅。此際東西天目頂，鶴飛能去不須來。

顧列星：瘦硬通神

擇石齋詩集卷第八

丙寅

錢儀吉：三十九歲。
錢聚朝：三十九歲。館德清。讀書西湖趙莊。

同徐秀才以坤沿後湖上蘇堤看桃花入賢王祠得詩三首

落盡梅英竹柏間，禪宗院閉數桃殷。舊遊正綠西村水，斜照先濃北苑山。
六橋平接五橋陰，桃柳相兼柳盡金。風急霧寒難造次，一般含蘂各含心。
春人春物劇相憐，誤殺花枝渴欲鮮。玉帶橋生雙槳浪，金沙港擁一園烟。

汪上舍人仲鈖來湖上同步蘇堤看桃花南至花港五首

三分花事九分春，春老花稀肯待人？不把酒船堤下泊，東皇何處著閒身。

堤遙分種菜花香，樹頂紅來樹腳黃。黃裏淨開沙一道，紅邊高夾柳千行。

南北山青接一堤，一堤紅影水東西。紅梢合處人行去，驀直陰陰遠更低。

搖搖不倩筍輿扶，得得青驢要跨無。困即眠沙醒藉草，一筇狂甚不曾孤。

小檻深憐滑笏紋，定香寺近依斜曛。不知若箇青峯影，鏡裏簪來濕鬢雲。

徐秀才汪上舍同舟小飲沿蘇堤看桃花過淨慈寺復憩花港六首

土步魚香玉手羹，浪頭蘊碧活船行。今朝直倚東風勢，惱得無情亦有情。韓致光詩：「妖桃莫倚東風勢。」

手撐青幔一邊霞，照兩三枝酒上斜。各有鬢眉梳掃得，誰言季女不宜家。《易林》：「春桃生花，季女宜家。」

橋邊朝雨一番乾，樓上春山一陣寒。未害緣情多綺靡，玉溪詩作鄭聲看。

冥冥不止外堤紅，日照西陵馬步通。假使桃花也蘇姓，屬他小小屬髯公。

踏青踏青菜已挑，山南冷未叫黃袍。永明不管門前水，卻聽鐘聲刺一篙。

水榭人歸蘚欲封，知魚知我且從容。夕陽苦覺非前度，忒殺薰鬟炙蕚濃。

入飛來峯諸洞遍觀諸題名得詩六首

歸養乞不得，白衣儇定知。葯洲伴堂吏，乃失西山期。咸淳丁卯七月十八日，賈似道以歲事禱上竺，回憩于此。客某某、從子某侍，期而不至者廖瑩中。

御史罰金去，越州過杭州。誰其知越州，歲暮此中遊。孫覺、張徽戊申十一月晦同來。戊申爲神宗熙寧元年，覺時爲諫官，邵亢在樞府。神宗與覺言，欲代以陳升之。覺遽劾亢，薦升之。神宗怒其希指，遂出，通判越州。亢亦引疾辭，以資政殿學士知越州。

勿詣同鄉子，願作敢言臣。青史大可畏，樓店難相鄰。蘇頌子容題名二：一熙宁壬子，一熙寧丁巳六月初九日遊。又楊景略、胡宗師、范峋、黃頌、彭汝礪、王祖道、林希，元豐己未七月十三日遊靈隱洞。蘇公與呂惠卿同鄉。汝礪元豐初以館閣校勘爲江西轉運判官，陛辭言：「不患無敢爲之臣，患無敢言之臣。」林希，熙寧間責監杭州樓店務。

查周克世德，曹後宜何成。璿也有同遊，六人而不名。江右查仲道、錢塘周世科、西蜀曹山、□□□庭訓□。後百有四年，兵部查公曾孫朝散大夫、提舉兩浙常平等事應辰，察推周公曾孫承議郎、通判越州軍事橦，復同遊此洞。敬觀遺刻，實崇寧改元，歲次壬午□月二十有八日也。太平興國二年戊寅十二月二日，郝璿與知府正郎范，轉運使副劉、杜，巡檢太保瞿，戶部判官杜，通理孟同至此。

錢儀吉：此卽贈石銚於東坡，後請祀安石之周穜也。「橦」字疑从「禾」。

諸孫憐秀邸，毓得集賢才。會避今年暑，龍泓一再來。陸德輿載之、趙與膺致道與旹中甫，淳祐戊申中伏後一日避暑同來。

故人名忽見，苔蘚奈情何？長安曾筮《易》，苦節十年過。康熙甲戌長至，江南布政使武陵胡獻徵第八遊，子期恆侍行，同遊某某。期恆，雍正初甘肅巡撫。元年丙辰冬月，載留京師，適同居止。明年春，載將南，爲筮，得《節》之《萃》，誠曰：「子勿歸，苦節不可貞也。」載生六齡，失生母，昊天之德，鞠于先孺人，未嘗遠離。家貧，先孺人佐理悴焉。念此怦怦，甘苦之微，孰有逾于歸者乎？謝之，歸。

坐蘇堤春曉樓看桃花二首

十二欄干千樹花，花欄仰俯客方茶。烝來多恐雨師驟，倚遍只教風袂斜。

烏頭女兒花下攜，紅得青山青欲低。天與太平人笑樂，江南三月此湖堤。

翁方綱：「『紅得青山青欲低』：造語之妙至此。」

自淨慈寺度第一橋至第六橋看桃花五首

慧日峯開碧霧流，賣餳簫暖不吹愁。佳人難再佳期再，誰道橋邊第一樓。

午陰不著鳥咬咬，且少輕塵馬足跑。才過一橋紅一段，又從橋面望紅梢。

中酒心情漫劇歡，深紅非易淺非難。不教穠李相當對，慘慘偶然明玉團。

愁多愁少似春潮，根葉都將姊妹邀。格是盛年還不嫁，思君最在望山橋。

人行緩緩花開急，前路明明後面昏。便乞范彬圖不得，柳絲一半截烟痕。

蘇堤桃花間有百葉者白沙堤向外湖一面遍種之緋絳白相雜而開較晚雨後步堤上爲賦四首

蛺蝶團飛漫作狂，那知千媚自中央。未能向日輕分笑，襟痒纔施薄薄粧。

南國容華倍可懷，紅兒佳更雪兒佳。鱗鱗瑟瑟邀相住，涵碧橋邊十二釵。孤山路有涵碧橋，陳堯佐撰《橋記》云：「寒山鱗鱗，屏焉四合。澄波瑟瑟，鑑焉中照。」

燕瘦環肥各取拈，衣裳水碧較無嫌。不須殘醉來明日，拚與舼船一洗甜。楊誠齋詩：「一洗萬古甜酒空。」

可憐雙瓣卽開齊，勾引遊船半外堤。卻指後湖山似染，玉清宮只草萋萋。錢儀吉：「舼」，應作「觥」。

同徐秀才以震上舍以泰遊棲霞嶺

春雨無久濕，陰崖忽相高。藉茲習余步，飽食能忘勞。泉南摘茶女，手各隨所操。多生今歲筍，不見昔人桃。常時仰蒙密，身坐湖中舠。綠陰度隘口，適與衣襟遭。石亭築有意，似欲休吾曹。烟氣隔山淡，午雞聞屢號。

錢儀吉：「春雨無久濕」、「多生今歲筍，不見昔人桃」諸句：此等乃真唐人之髓，亦是漢、魏以來上接風人正脈處。僅以雋妙目之，索解人不得矣。

錢聚朝：以震，號省吾；以泰，號陶尊。

牛輔文侯墓

不遠東山衖，俱倍主將塋。往來神颯沓，先後死分明。國有和戎利，天聞免胄聲。今朝春嶺上，戰事說村氓。

顧列星：「天聞」五字，其聲破空。

白沙泉

岡壠擘多支，松聲曲折內。喜無仙鼠飛，其上卽蝙蝠洞。當路一泓對。我未見泉初，瓶擔凡幾輩。回味廿年甘，心知此間在。濕粉了涵光，四林清晻藹。我心泉詎知，厲齒偶然逮。僧歸持應器，問一答成再。客如不入庵，籬犬亦何吠。

錢儀吉：「厲」，疑作「礪」。

無門洞

瀟碧蔭關深，苔痕踏愁破。僧家有此竹，出入日常過。紫藤老非樹，十丈立不臥。石龍經雨沐，屭珥著風播。上枝鬱相樛，密幄甚可坐。斬葛已諸方，挂猿應一箇。闍黎語何真，雀舌供新作。池光檻外月，敢落青城唾。壁像冷且高，谽谺氣嘘呵。不逢佛眼師，休夏誰能那？

錢儀吉：四句竹，八句藤。

上金鼓洞酌金果泉出覓路松林入嬾雲窩

短笻健傕脚，願得高處覽。釋老各青山，我初無二感。先迷豈誠非，欲遂殊不敢。上山復下山，生明則生膽。洞思真人隱，泉類君子澹。蹔來亦終去，羣綠且盈擥。吹衣謖謖西，天豁地驚黲。不雨爲密雲，有孚利習坎。隔籬道士招，屋北下披闇。問鄉知偶客，同郡笑家澉。妙花堂上薰，翠幕林間黕。此意付騰騰，仁儉禪師謂之騰騰和尚。如塵看糝糝。石池自新漪，風色猶晚菼。正宜肉緩身，誰謂性當撿。門前路何由，恍俯頃時憾。酸甜斷而續，只嚼一橄欖。

徐道士導遊紫雲洞

纔下雲梯旋竹塢，密陰高轉飛青扈。澗聲我語道士語，竹裏磴盡松落鼠，松風半天開紫府。小兒三珠戲可逢，礙者是壁通者空，水火相勃寒鴻濛。我其先入道士從，此中數百人足容。穴穿山頂不翌嗌，一柱蹲虯支蘚額。梅堯臣詩：「蘚花題洞額。」觸柱將崩震虢虢，壁書漏痕兆龜坼，無角有足緣蜥蜴。非烟細繞佛像光，蔭于真際火宅涼，今者不見見夕陽。我思赤城與括蒼，十大洞天：六赤城山洞，十括蒼山洞。道士告曾踏石梁。瀑布飛流以界道，聲來耳邊我驚倒。撫掌殷雷發枯槁，亦獨何爲被渠惱？泰山塏垤遊卽好。此中讀書雲四圍，默坐玉池自生肥。道士道士情庶幾，開門春風蝴蝶飛，只愁化作仙翁衣。

顧列星：「澗聲我語道士語」、「礙者是壁通者空」諸句：語多生造，機趣盎然。

朱休度：七言。句句韻。五句一韻，凡六轉。

錢儀吉：塏，疑作嵦。

烏石山房

峯後轉峯前，芒鞵犖确穿。閉門青竹色，沈磬夕陽天。詩意何關客，春光不離禪。坐看黟質古，漸欲上廚烟。

過湖循南山步行飯於理安寺復歷九溪十八澗出徐村遂竝江滸入雲棲寺宿

船人喚春遊，引勝成所願。石屋嶺高高，洞佛尺還寸。問渠鑿何年，色相乃繾綣。舍之度西林，青瑤流不慁。熙寧鄭守題，亦未落荒蔓。楊梅說金嫗，夏月竹筐販。只今焙茶天，山姑摘芽嫩。巖英翠雜殷，修竹俄十萬。衲子豈嘗識，腹空就伊飯。目謀與心愜，腰脚已忘倦。但覺亂水聲，相隨屢休頓。須臾出大江，詎止囂塵遠。前期淨土因，手欲一花獻。夜堂聽風泉，禪誦爲誰勸？

曉起至蓮池塔院用宋余知閣詩韻三首

余家何處問東西，西谷東厓露滿蹊。守院自寒方掃葉，一燈長老尚恬棲。

山有雲光任鳥飛，澗無魚影不安磯。茶甌究竟如何碎，我已將心到竹扉。

了了儒門半陸沉，鐵花開後別成陰。不妨孝義庵中骨，衹隔風聲與水音。

立夏日雨湖樓卽事二首

迅晷追思夢亦慵，樓窗幾攬髮鬅鬆。草青頗奈催蛙蠠，雲白無何失髻峯。葉樹憑天手翻覆，隻鳩共客唱于喁。一回春去一回老，今歲西湖對酒鍾。曉起望鳳皇山，白雲平截，不見雙髻峯，俄頃雨。

薄醉成歡帽屢斜，坐看飛瀑響檐牙。摘櫻江上非雙樹，餉茗城中定七家。且架酴醿欄芍藥，誰穿薈蔚入谽谺。清風卽是楊村院，未覺瓶來乳水賖。

湖岸曉立

纔生萍點柳沈烟，旋出荷莖柳放緜。幾日柳陰山霧濕，野菱葉漲不容船。

同徹上人徐秀才遊花塢放舟

屢失西溪約，尋幽事且然。山今來二客，師昔住三年。苦筍新抽石，家梅老仆泉。塵中更何待，搖艣急須前。釋真一《筍譜》：「法華舊無苦筍，余倡植之。」又《梅譜》：「法華土人稱未接梅爲野梅，已接梅爲家梅。」

洗馬灘

高橋縛竹爲，下長馬腹水。蜻蜓碧如何，舴艋行不止。秦亭山俗謂蜻蜓山。

飯聽松庵

坐處松七株，飢來飯一盇。味不入薰辛，聲疑竝榕栝。元道州《九疑山圖記》：「杉松百圍，榕栝竝之。」

法華亭

益憐峯窈窕，漸映鬢鬛鬖。輦道蒼雲霽，自秦亭山至畱下，稱沿山十八里，是南宋輦道。花枝閏月酣。橋無行處板，衲有定時龕。塢口人驚怪，翛然客兩三。

藕香橋

跨澗澗流急，穿竹竹翠深。香微我聞已，無蓮亦無心。

精進林

門前老梅樹，對客青結子。我腹不必脈，初飲廬山水。道人眉有雪，五十年居此。

渡澗叩法楞庵不得入

叩扉不開扉，翻作主人慮。後山劚筍聲，僧在筍生處。本望澗西來，仍從澗東去。

宿雪崖

開門適見山，立地遂成佛。雪時更寒沍，崖色猶髣髴。琉璃明復明，茲焉坐臥行。不住之所住，夢覺一林清。露氣濕松竹，無風滴如雨。陰陰澗響中，已出一僧語。

顧列星：末四句，幽絕。

曉度招隱橋入在澗庵

吹衣淡有風，竹影沈沆瀣。清音非偶即，忽忽瓊瑤在。白雀下除間，碧雲生戶內。碩寬而薖軸，我豈能不概。一僧結香火，自得躬井磑。

微雨上樹雪林

卻到山盡處，有地非無錐。籬梅只見葉，雨聲方著枝。老屋過百歲，妙香聞片時。仍畱檐間語，回問朗法師。檐額「養金剛定」四字，宋之問贈朗法師語也。己卯春日屠象美題。己卯，明崇禎十二年。象美，禾人。

隱峯庵十餘年無僧住矣

鬱鬱秖陀林，蕭蕭碧峯上。常住本寄名，君將復誰訪。僧亦無去相，我亦無來相。門前澗水流，齒齒石生浪。

普光庵二首

普照豈無王，普光乃有庵。應來普光佛，卻坐普照龕。
偃蓋松一株，當關覆禪定。下山心不留，忽擊數聲磬。

肯庵有僧閉關一室，將三年。

卻到磬聲邊，疎篁映窗種。香深十笏餘，不出自禪誦。尚憐穴壁光，面與客譚共。雲師才幾秋，戒師先一頌。有生蝨褌中，何處可逃縫？

梅谿庵

初地樹連理，憶觀第二枝。人先雨腳入，庭下倏成池。吾郡南湖烟雨樓東，觀音堂側，有連理一枝。

眠雲室

陰陰翠微午，餘濕松氣芬。看雲習我嬾，僧更嬾于雲。酌泉同法雨，知是一家分。理安寺僧住此。法雨、理安，泉名。

雨止同徐秀才叩下齋卽送其先出塢返湖上

不知祕密藏，指與松陰題。願見智慧光，前山日已西。雲收諸澗落，滮滮鳴於溪。偕來忽獨去，意愜誰當齊？忘筌寧有想，此語非訶詆。只越一重嶺，筍輿高復低。

定慧庵

濃陰獨樹大，單壁新齋虛。但學無漏學，著坐如來如。蕭子良文：「著如來衣，坐如來坐。」

沿古梅庵後山腳轉入石人塢

出塢更投塢，舍奥而就曠。清陰屋背穿，霽色岡頭望。麥陂柿葉垂，梅墅豆花放。圍以峯一灣，衡宇各相向。農人樸可接，石路狹能讓。流泉下九沙，佇立獨惆悵。

將踰嶺還花塢失道落荒澗雲興雷作比到嶺脊顧望西溪連峯明滅已在白雨中急點東來無處避衣襟淋漓亟下松林乃是普光庵後入焉雨亦止

了了指濃嵐，超超越修畛。豈因紿村夫，捷徑乃自窘。黑氣忽覆船，澗深深且盡。疾雷破更驚，弱葛力相忍。置身幸已高，反顧錯難準。一片蒹葭烟，大青鬱巉嶙。蒹葭里，西溪東北。大青嶺，西溪南。遠雨垂散絲，玲瓏白光引。須臾點背粗，颯沓漫空緊。雹服何以當，投林劇堪哂。那知屋後人，又踏園中筍。坐久欲援琴，無由得徽軫。低檐響滴虛，樹下一蚯蚓。

雪崖曉起坐雨繡毬花半落

冷雨復何意，圓蒲猶此間。人聲清隔澗，竹影密遮山。砌雪明相積，廚烟澹不遠。豈無三宿戀，輪與釋迦閒。

顧列星：首句可解不可解。「廚烟」五字更入微妙，不可思議。

微霽出花塢至雲棲別室

林暉照我衣，去此亦何欠。短策滑磴雷，輕輮軟沙陷。法華山下鐘，鑿翠軒邊梵。布施鄭君心，依依茗甌汎。明天啓中，華亭鄭昭服及其子所捨山場林屋。巖烟蒸蕚開，開紫白花者名蒸，產山中。砌水竹梢蘸。持寄老人前，無端一相鑑。

錢儀吉：結語未喻。

橋亭避雨

山雲半陰晴，我亦隨所適。已詡林宗巾，正須子瞻屐。亭邊花點紅，橋外水流白。回首老禪棲，松蘿氣如積。

映壁禪院

密密青桑徑，高高垂拱基。道人鋤菜罷，與語頗得知。廢院導相入，繡旛飄半翳。秋霜歲常歷，銀杏今又齊。報國寺銀杏，楊載《懷古詩》所謂「萬年珠樹落秋霜」也。粧閣在何許，蘚崖號竹雞。窗前水深浸，謂是洗粉池。一家春不見，日照柳浦西。「別是一家春」，宋禁扁。試叩淳熙鐘，莫采徘徊枝。寺舊有金銅鐘一口，上鐫「淳熙改元」。曾覩篆字銘「徘徊花極香」。宋宮苑以雜腦麝爲佩帶珠。

鳳凰山下溯澗行憩石橋望聖果寺

陂烟濕不濃，已足霾石衕。迷離紫殿尋，躑躅青蕪送。微聞幽澗來，漱玉落橋洞。蘚軟人自憐，竹新鳥無哢。巨壁屏開張，密林髮鬑鬆。亦知故苑深，幢立尚占空。迢迢磬隱花，寂寂雲生甕。但煮郭公泉，高窗午時夢。

梵天寺

舊井窺靈鰻，水衣壓牆濕。犬聲出青蘿，憶得坡仙什。玉削復花雕，依然湧高級。乾德三年，吳越國王所建石幢二。記刻未泐，有云：「玉削雙標，花雕八面。」今朝侶蘭隅，不謂看山及。明景泰鐘墮殿基，識云：「杭州府仁和縣侶蘭隅梵天講寺。」江光門外霽，但坐底須入。儻復觀雨來，乘潮便蓑笠。

望八卦田

梵天之後峯，登頓出坱圠。香火隱雙扉，西巖竹風戛。新泉筍爲燒，飯我牙頰刷。相引踞高崖，江迴千里察。菜麥宋家田，環環方位八。郊臺誰已墳，華表對荒刹。烟合晦昀昀，水分溝汎汎。塢深天暉暉，林茂鳥嘎嘎。齋宮青蒂梅，曾拜光堯札。會待雪晴來，屐痕草妨滑。

月巖石上諸刻讀王文成公嘉靖丁亥九月十九日飲月巖新構別王侍御詩用韻題

怪石堆蒼雲，惟來采樵迹。「怪石堆雲矗太空」，至元人題句。嘗聞中秋明，穿竅月輪卽。客袂暖自披，天風高不息。煌煌新建篇，蘚蝕未攲側。思田蠢西南，衰廢起閒寂。把餞駐旌臨，霜初桂餘坼。民無必死讐，公有多病色。浩蕩攬斜暉，從容埽青壁。來歸遂幽尋，別語識職吏切胷臆。萬古南安舟，騎箕不重覿。專兵豈有之，身後謗何亟？大筆勒蠻陬，仁心照遐僻。

入聖果寺從寺後登鳳凰山絕頂觀排衙石諸刻遂下慈雲嶺

仄步下西巖，荒園落叢篠。其旁洞石堆，蓮萼吐秋曉。忠實指樹陰，石多題刻，而「忠實」二字最大。王荊文蘇文忠契塵表。道場無著開，夢幻閱錢趙。寺後壁更青，有三佛坐悄。嘉州岸何如，霜剝水淋遶。披草探金星洞名，蘇銘入雲窈。遂登四顧坪，一領風縹緲。念昔介亭賓，憑虛奉罍醥。海門起鷺濤，隔岸越山小。講武既深嚴，鼓聲振林杪。兜鍪諸女麾，赤幟夕陽皛。沙軟到今平，天高值人少。衹餘排衙奇，武肅蹟夭矯。千里翼羣龍，迴瞻屏障了。一江中漱之，嘘噏日清杳。靈氣鬱蟠間，文明有先兆。雕鷹掠光來，瞥去浙東渺。修嶺擁若關，衆麓劃相繚。不見椶櫚涼，摩厓篆痕縹。慈雲嶺舊皆椶櫚，吳越國王題名尚存。

顧列星：蒼勁似老杜秦州詩。

虎跑泉同陳秀才經業徐秀才以坤

樵歌嶺如何，問道屢不左。寺扉老樹陰，客鬢鮮花朵。看山本爲泉，酌泉且畱我。松風灑無聲，松影石欄坐。儻復來戒公，意言適俱可。

雨後行北山下

清泉滿路不歸澗，破寺無僧惟出雲。隄内小池荷葉翠，忽然風動與香聞。

顧列星：中唐名句，妙在截作第一、第二句，更妙以三四之拙句接之，則人巧皆化爲天籟矣。此意可爲知者道也。

四月晦日觀龍舟二首

雨歇柳陰涼，鼉鳴錦纜張。非關十太尉，猶向水仙王。

兩堤人未來，偃蹇青山在。明朝下臯亭，風色魚一隊。俗以五月朔賽半山娘娘廟下。

八月十五夜飲徐明經以震上舍以泰家二首

碧天彌望露華寚，半月泉頭正一奩。若以龍鍾紀年歲，姮娥應怪似蘇髯。文忠詩：「龍鍾三十九，勞生已强半。歲暮日斜時，還爲昔人嘆。」蓋用香山詩「行年三十九，歲暮日斜時」也。

好夜西吴記此回，徐家兄弟勸深杯。四山有影溪無響，直上城樓共立來。

風渚湖

蘆葉菱花曉泝洄，村多埏埴少炱煤。禺山翠對封山立，下渚清連上渚開。畫舫齋無晴雨句，宋毛滂令武康，作畫舫齋，其《清明過下渚湖》詩云：「濕雲堆雨未全輕，啅雀翻枝已喚晴。」王官谷有主賓杯。徐抑齋郡丞築生壙于上陌埠山中，值以生日，招遊其處。蘧廬天地笻枝覺，任爾秋風雨鬢來。

防風廟

商有汪芒定幾傳，秋林獵獵谷谸谸。廟新賀尹勤兵日，碑斷錢王建國年。落照鼓簫喧傀儡，一方蠶穀走筵篿。會稽莫以懷神禹，淫祀輕論舊浴湔。

朱休度：浴，當作俗。

九日遊淡竹塢度大壯嶺至妙嚴寺飯歸轉入保慶寺小憩

此日例登高，有客偕以行。行行玉麈下，已遠溪邊城。塢中田半割，打稻家家聲。識是永和鄉，翠嶺松陰橫。范文正《沈君墓誌銘》云：「葬于德清之永和鄉大壯嶺。」松陰復松陰，嶺北峯崢嶸。盤岡擁孤寺，數里穿松平。沙門解揖客，款款鄉人情。東林不設酒，茲豈爲淵明。沈公讀書處，忠敏與求。修竹風泉鳴。偶來非訪古，境亦隨心生。還循舊路眺，采折黄花莖。黄花積穀陰，保慶寺在積穀山之陰。未到殘鐘鍧。乾符記唐代，庭菜殿仄傾。試問東西峯，略不知其名。緣崖接歸翼，雅舅株株晴。雨點忽稀疎，芒鞵相逐輕。

冬至日同王五過東塔寺明秀居

蕭颯讀書處，廿年同再來。寒暉當亞歲，破屋有陰苔。清白水難鑒，芬陀華幾開。不論誰後死，煩惱憶今回。寺有溥光所書《八大人覺經》墨蹟卷。

石臼漾殘雪

篆紋流至清，本是苕所派。況來雪晴時，艇子搖益快。風鳥聲不聞，烟林色如壞。人家屋山竹，梢葉已勝畫。高城渺回首，翠靄隔香界。誰爲施水遊，屐齒佛前敗。天寧禪寺，唐爲施水庵。李諤《過施水庵》詩：「香臺翠靄重。」

新城

敬弔嚴夫子，旁搜《越絶書》。戰爭俱已矣，時命復何如？霽日冰開浦，炊烟雪壓廬。凝情空有羨，了不見春鉏。《至元嘉禾志》：「東顧、西新、南于、北主四城。」張堯同《嘉禾百詠》注云：「吴越戰爭時所築，後廢。」

泊南潯

太尉廢城雪没，先生孤杖帘招。一笑百年此夜，清風明月雙橋。文待詔《夜泊南潯》詩：「百年雲水原無定，一笑江湖本浪遊。」清風、明月，橋名。

吴興客夜寄懷徐上舍樹壁

及子稱僚壻，愁思過廿年。梅花涇閉屋，荷葉浦停船。易歷半生事，難成中夜眠。唐韓兼李蔣，莫必後俱賢。唐光、韓愈俱娶盧女，李漢、蔣係皆爲愈壻。

錢聚朝：徐號耕巖。

吴應和：沈著。

近藤元粹：五六一聯，輕輕著筆，乃見工。

撵石齋詩集卷第九

丁卯

錢儀吉：四十歲。贈公沒。復客京師。會文端公使南昌，公隨行。

獨行

獨行向京闕，瞻旭如夕曛。昔行父母送，今與妻子分。父兮殯在堂，母兮松柏墳。行止不自由，在世徒紛紜。仲季貧且居，季去當湖濆。悠悠復悠悠，我哭天應聞。

淮安

隱隱沙河下，勞勞畚鍤餘。廟堂難棄地，城市恐爲魚。漂母祠邊飯，娑羅樹底書。謀身同野雁，爾亦少安居。

雨泊二首

孰使長淮接，難將細雨過。推篷夜昏黑，擁被淚滂沱。及葬財寧有，遄歸路已多。素帷知冷暖，痛不見兒何？

守墓何人是？辭家此歲偏。烏飛猶不死，梗汎坐無田。冢婦持燈侍，諸孫奉奠前。獨乖襟上血，風浪濁河邊。

鐵犀行

風聲波聲雨乍收，清口未得行吾舟。御詩亭左鐵犀一，登岸突見蒼蟠虯。維金尅木土制水，紀年弗較銘辭優。銘曰：「維金尅木蛟龍藏，維土制水龜蛇降。鑄犀作鎮奠淮揚，永除昏墊報吾皇。康熙辛巳午日鑄。監造官王國用。」豪筋雋骨足四跪，側首西望洪河流。維時沈璧明德遠，告成亦賴輸良籌。治雲赤天爾體具，用詔未雨之綢繆。前年梅黃溢高堰，一錯勢欲無高郵。民饑宵聞帑朝賑，去年又溢淮陽愁。爾惟坐視眾力竭，幸不滅沒隨輕鷗。依然水退背生蘚，臥岸屹屹同懸疣。昨者鹽官亦此鑄，海門東望驚濤秋。海犀河犀職各修，不職乃貽黃屋憂。

顧列星：胎原老杜《石犀行》，而寓意各有所在。杜責秉鈞，此責治河使者也。

謁仲子廟

小集曉烟青，人聲歇船驟。登岸見遙山，出雲若饙餾。碑惟明代餘，地是橫坊舊。心嚴入廟時，泣下摳衣後。負米及親存，雖貧亦何疚。

王瓜園

高塚麒麟指道旁，灑然風下笠檐涼。行人自憶騎驢句，老柳都無舊日行。丙辰五月過此，賦《騎驢》絕句云：「葛衫草笠趁風輕，驢背青山掠面生。一直柳陰涼似水，亂蟬聲裏出東平。」

見拾麥穗

不行青齊野，豈識《大小東》？麥黃及脛短，那企蒿與蓬。齊人曲腰割，身出憔悴中。一升匪一束，穗穗頭皆空。有畦割且竟，無畦腹焉充。鄰家所遺穗，婦女來筐籠。齊心競此拾，使指收其功。目焦土氣涌，背拆日景烘。獲多去緩緩，意少回悤悤。休者柳陰坐，乳兒還負童。我行行未已，不雨日日風。奈何齊女醜，直與烏鴉同。

五月五日先孺人忌日次商家林痛成

是日首長延，頻年有父憐。倉皇胡作客，疾痛只呼天。曠野麻衣影，幽堂角黍筵。應無人供得，苦語到遊燕。

趙北口追憶丁巳春偕馬副使維翰南歸

板橋官柳比江村，二月歸鞍得共論。泉下已成消息斷，日邊猶遺畫圖存。綠蕪細雨飄隋苑，落景寒潮打白門。回首舊遊都似夢，那將金縷與招魂。

顧列星：少宗伯詩不屑拾人牙慧，有戛戛獨造之致。此首神韻絕世，「我覺魏公真嫵媚」也。

晉陽庵

書策分餘地，闍黎亦世情。齋堂恰方丈，坐臥與經行。古佛已無相，涼風初有聲。綠槐高鬱鬱，至晚一蟬鳴。庵舊有古銅觀世音像，高三尺餘，下識云：「大唐貞觀□年，尉遲敬德監造。」

題唐希雅水鳩鶺鶉秋景卷子二首

南唐金錯刀，顫作棘櫝枝。蝦蟆與田鼠，變化乃爾爲。
水皛飛不去，蘋蓼陂塘秋。翠花雜紅子，風戛筠竿修。

南池杜文貞公祠詩爲沈侍御廷芳作

曲聲迎送神爲誰？許主簿配杜拾遺。清溝古木冷侵郭，菱蔓蒲芽疎暎陂。誦公佳句踏公跡，此地不可無公祠。故居成都羃松竹，元祐繪像留詩碑。耒陽頽垣隱斜照，「斜日隱頽垣」，徐介《耒陽杜工部祠堂》句。汨羅競以韡洲疑。人心肅欽鬼神聚，肹蠁更戀平生私。涼秋魯郡司馬治，歷眺況在趨庭時。州人香火集春社，墨客壺觴瞻鬢絲。文貞易名牓高揭，攷典惜自中人爲。許十一故稱長者，尚來對雨擎深巵。我謂州人亦何幸，酒樓太白長風吹。祠堂相鄰出秀樾，勝概俯仰方兼之。任城他年有蒼碣，天寶一老真吾師。巴巫荊楚兩未到，重爲侍御生遐思。

朱休度：七言。四支。

苑西四首

大士庵中月，垂楊樹頂蟬。向人都不暑，爲近九霄烟。

引泉遥鑿地，積土曲爲山。桃實高低熟，春朝雨露顔。

虎圈陰涼處，斜連御馬槽。廣場豐草牧，落日晚風嗥。

港靜泊龍舟，舟邊菡萏秋。香山金碧色，映到面西樓。

侍從叔祖少司寇陳羣齋恭讀皇帝御製玉甕歌時公方恭和元韻命載擬和一篇謹成

御製詩序曰：「玉有白章，隨其形刻爲魚獸出沒於波濤之狀。大可貯酒三十餘石，蓋金、元舊物也。曾置萬壽山廣寒殿内，後在西華門外真武廟中，道人作菜甕。見《輟耕錄》及《金鰲退食筆記》。命以千金易之，仍置承光殿中，而繫以詩。」

百神懷柔西海訖，聖人之應甕歸闕。《瑞應圖》：「玉甕者，聖人之應也。」千金易入聲得誇寶鼎，卅韻歌成陋博物。瓊華島青卽萬壽，花木株株掩崖骨。瑰詭纖妍巋獨存，天上高寒有蟾窟。郝經《瓊華島賦》：「收萬方之瑰詭，盡九土之纖妍。」又：「傴如鱷背，負月窟而横高寒」。自注：「其頂有廣寒殿。」小玉殿邊大玉海，海光玉氣芒乎芴。《元史》：「至元二年十二月，瀆山大玉海成，勅置廣寒殿。」《輟耕錄》：「廣寒殿中有小玉殿。」蓬萊自密秋宵鑰，不記揚塵與漂汩。荷葉樣傳御用監，朱闌積水愁蕪沒。《燕都遊覽志》：「今御用監院中有小亭，亭内一玉缸，色青碧，間以黑暈白章，刻作雲濤、蛟龍、海馬諸形，口面隨其勢爲高低延袤，如荷葉樣。中有積水，外以朱闌障之，想卽元時廣寒殿中物也。」琳宮記憶蒙宣至，恩許承光若山屹。稻粱黍醴未深貯，矆睒中窪外呵歘。鯨潮豘浪風迴感，漱月噴雲波起欻。《拾遺記》：「漱月，獸形，似豹。」又：「瀛洲東有魚長千丈，噴水爲雲。」介蟲猥復長靈蠵，一解寧須及蟕蠵。神山縹緲六鼇首，騂馬噓天太奔突。昔聞水怪龍罔象，今少妾魚鱊鰟鮍。我皇求舊來古物，時維六月方食鬱。彭亨其腹哆其口，其色差同黑青黻。甕城高高殿如蓋，也臨海子清於渤。白章者壽位乎中，俸檜官松柯謾杌。回瞻舊地等無暑，五彩絪縕各蓊蔚。徐世隆《廣寒殿上梁文》：「應清暑之故事。」《戴司成集》：「山上常有雲氣浮空，絪縕五彩。」當時龍榻前頭架，酒波初拍香初拂。《輟耕錄》：「内設金嵌玉龍御榻，前架黑玉酒甕一。」豈識金鹽并玉鼓，人間況落塵沙勃。正衙漆甕儕輕重，玉斧華軒交鞞韍。《輟耕錄》：「元會朝殿前，木質銀裹漆甕一，金雲龍蛇繞之，高一丈七尺，貯酒可五十餘石。」又：「劈正斧，以蒼水玉碾造，殷時物也。會朝時，則一人執之，立於酒海之前。」摩挲覆可樹團團，邪許攙須夫仡仡。何年齋臼受辛多，夜雪齋廚寒榾柮。遺材乃遘昌運起，天筆蒐奇鎮燕碣。臺上金惟郭隗師，山中璞勿陵陽刖。絕藝成斯定誰手？曲刀剞之曲鑿劂。假山響鐵升沈異，《輟耕錄》：「又有玉假山一，玉響鐵一，懸殿之後。」復出無虧慎牽扣。只今大置合歡釀，上壽躋堂莫敢不。非徒殷跡作周監，《翰林記》：「明宣宗坐廣寒殿，召翰林儒臣，命周覽山川形勢。既畢，曰：『茲山茲宇，元順帝所日晏遊者也。豈不可感？』侍臣叩首曰：『殷之跡，周之監也。』」欹器衢尊對何艴。

朱休度：七言。險仄韻。

錢儀吉：此卽《元史》之大玉海也。

少司寇公出觀趙文敏公書史記汲黯傳册

庭虚過槐雨，簾卷生篆烟。論書復看畫，古意紛來前。楷法示吳興，歐褚相蹄筌。鈔於松雪齋，謁告之明年。宋刻藏漢書，非從宋本傳。歐趙録金石，此刻無聞焉。款云：「延祐七年九月十三日，吳興趙孟頫手抄此傳於松雪齋。」此刻有唐人之遺風，余彷佛其筆意如此。衡山補其闕，舊觀何清妍。跋語自回復，虹光雙璧聯。自「反不重耶」以下闕一百九十七字，文待詔補之小楷。跋復凡三百廿七字。辛丑六月既望。昔在既望後，今還當暑天。請公作臨本，宣德申長牋。

曉發新城行十里登舟至雄縣用蘇文定公郭熙横卷韻

濕雲堆路路失平，雲斷不識村莊名。野翁出看夜來雨，粟葉響露瓜花傾。板橋影壓劉李尾，涼意更較江南清。小船載人亦載馬，馬立照水矜紅纓。一灣一堤烟柳直，五里十里風蘆横。田家憂潦漁舍喜，對面各自懷陰晴。長蛇帶塞宋時業，六符驕語猶分明。卻因入淖柅車轄，遂得訪古經身行。掠舷鷗雙或鷺隻，見客欲送還先迎。大雄蒼蒼近瀛鄚，有夢已落公孫城。長安昨來亦何爲，輒事鞭轡東南征。篙師知我畏衡暑，到岸指點朱霞生。

朱休度：七言。八庚。

蓆帽

麥稈儀容簡，村姑製作新。圓隨荷葉大，密較笱皮匀。也竊棲山號，能障踏省塵。商家林裏物，取用及行人。

安德驛遇潦過津期店

改路盤村數騎幽，排穿粱黍出荒洲。緑低棗樹憑妨帽，黄爛棉花那索裘。橋已没欄鞭誤指，漥真藏險轡勤收。寄聲魴鱮無相笑，我亦寧懷涸轍憂。

腰站南遇潦

釣魚齊浸緑楊灣，洗馬仍浮碧草灘。粱葉影成蘆葉響，南人櫬借北人鞍。秋前半月多風雨，濟北千村互濕乾。未必高窪豐歉異，獨教行路蹔知難。

謁孟子廟

幼讀七篇書，今瞻泰岱如。難言浩然氣，甚近聖人居。母道鳴機內，天心改邑餘。傍檐留古柏，雲接嶧山疎。庭中井一，康熙十一年春雷震復出，即古孟井也。

曉行嶧山下

清泉不知名，時匯馬足前。秋心動高柳，上有飲露蟬。旭彩嶧之陽，其陰積蒼烟。屢矚特多骨，眾山星共然。秦碑何功德，復見元祐年。我願孤桐枝，鼓以南風絃。

顧列星：「秋心」十字，不減太白。

錢儀吉：共，音拱。○大儒曾次當如是。辛丑冬記。

柳前雨

殘月茅檐如有情，路乾促我隨人行。嵐霏初圍雨點驟，月不隨人隱雲後。征衣淋漉寒於秋，亟語我馬樹下休。山家門關人正宿，爾時只可投佛屋。道人持燈出云云，定裏馬嘶林外聞。一甌供客茶甘苦，世味須臾違數武。天明指示木槿花，高枝壓雪松陰斜。我本不知道人處，道人送我我仍去。南來者誰告僕夫，雨外一里雨卻無。日光青紅動山隰，豐沛迢迢馬蹄入。我今作詩記柳前，人生行止寧非天。

朱休度：七言。二句一韻，凡十一轉。

拜閔子墓

豁達符離北，祠堂舊壠秋。《寰宇記》：「冢在符離縣東北九十里。」費公追宋代，魯地本青州。曾木常難待，顏瓢亦可憂。心悽不能去，洗絜尚名溝。

臨淮

桐柏秋來盛，城空水半扉。橋行連舫巨，吏坐算緡微。雲母仙誰餌，莊生蝶自飛。南轅如就暑，背汗少生衣。

定遠夜雨

飄灑漆園陰，曲陽城乍深。僕夫甘寢耳，晚稻勃興心。地勢盤岡複，秋容帶樹森。明朝騎馬滑，且與寫涼襟。

廬州城外白蓮

金斗驛東别，曉烟施水昏。鞭絲濕秋氣，已轉南城根。白花露方泫，翠葉風多翻。脈脈冷無際，迢迢愁不言。堤柳一相拂，若笑何嬋媛。得非蘭芝女，化此寂寞魂。皎潔奪波色，稀疎出沙痕。伊人不可褻，檻外香浮墩。宋包孝肅讀書處曰香花墩，在城南水中央。

舒城

鵓鴣聲近郭，雨欲遣詩來。地有桐鄉愛，人非大歷才。母家枌社改，客舍藕池回。采采虛芳藻，無由薦一杯。先朱孺人世父振，康熙己未進士，令此，有惠政，祠名宦。

梅心驛南山行二首

好山濃淡綠高低，横幅將軍著色齊。恰似舊遊春雨後，鉢盂潭近玉岑西。

塢裏秋田䆉稏平，田分澗水逐人行。一行白鷺乾于雪，落向松梢正晚晴。

顧列星：二詩可採入漁洋詩話中。

桐城

古墓千秋愛，荒祠一疏忠。山川靈自聚，俯仰道應同。畫亦憐居士，禪猶憶曼公。清流與叢灌，邐迤郭西東。

錢儀吉：次第論人物，亦是一格。

天柱峯出雲歌

昨朝望峯峯筆尖，一峯青出羣峯纖。郭祥正《天柱閣》詩：「羣峯奔來一峯起。」今朝峽嶂道其左，桃花色雲驚所瞻。筆尖不沒千丈頂，肩腰覆抱濃如黏。其下全山骨純紫，獻疑謂照晨光暹。餘峯自碧身自露，餘雲自白心自鶩。茲獨吉貝彈鬆鬆，輕茜染之久噴吐。明而相透層層興，軟不欲飛片片駐。五里十里縵縵華，赤霄絳霄亭亭嫭。藏精降神灊固然，徐鍇《灊山序》：「於此藏精降神。」漢武南嶽根株連。含陽而起可無爲，司命君住司元天。唐玄宗夢九天司命真君現於天柱山，置祠宇。爲霖豈私皖伯國，歡喜自指書生鞭。《法華經》：「雲有七德，含水、電光、雷聲、歡喜、掩蔽、普覆、清涼。」花色烝空又何濕，繽紛錦曳溟濛烟。我隨雲行雲已後，躑躅馬蹄迴馬首。三祖塔邊月茫茫，七星池上風颼颼。勢參吳楚雲將孤，孫僅《灊山詩》：「勢參吳楚分。」壑判陰晴雲族偶。雲中不入轉山前，豁達秋原幾培塿。

朱休度：七言。八句。一韻凡四轉。

錢儀吉：勝後《祝融峯雲海》之作。然無心之雲，似不必有心寫之。一落跡象，工又不可，不工又不可。

墜馬

二郎河畔柳，吹夢忽無憑。馬豈中心醉，吾如厥角崩。安陵盤未得，金戟拓何能。萬慮成清涕，詩人誡薄冰。

過黃梅

露氣復風聲，停前驛南柳。蕭蕭斷續間，送我緣山走。山迴見佛場，竹密擁蜂牖。意内一株松，蒼然壯茲阜。其巔有清池，此際開白藕。上座爾爲誰，誰舂碓坊臼。薝蔔香自深，旃檀蔭方厚。空餘會法人，四百四十九。嶕嶢破額西，江冷蘋花否。借宿亦悲心，碧空屢回首。

孔壠曉行

連朝見稻堆，縛樹或蓑挂。未割半青黄，纔割就田曬。西田割欲齊，東田種不懈。戽水穴高堤，新苗復盈界。昨日白河邊，罾魚柳陰賣。采棉女兒筐，青布作裙衩。洵知楚鄉豐，農務曷由敗。今朝堤上行，所見益如畫。家家水一池，菡萏吐清溼。鷺飛鴨唼涼，上有樹風快。水多板橋平，園少竹籬壞。修蔓瓠花開，大葉苧頭拜。黍粱況各陂，藍靛亦臨澮。促織無停聲，疎疎濕處話。村北山幾層，村南江幾派。廬山隔江來，羨此持麥杷。

唐仁壽：甘泉師《曝書雜記》云：文端公與攆石少宗伯手札云：「僕嘗與人論詩，不但怨天尤人爲非和平之音，每見大學問大著作，未有不由忠敬感激、尊君親上，卽使朋友中有不相知者，行之浩歎。如《谷風》陰雨之詩，詞氣短縮，終不若《卷阿》、《伐木》之醇雅也。僕于詩文一道無見長處，惟一生只尋自家之過失，從不曾見得親戚朋友之過失，只此一事，平生少多少埋怨人家不是處。久而久之，心上更無一毫塊壘，下筆便覺安適。吾于詩得養生焉。」泰吉時服習先訓，以爲作詩文之根本。竊謂讀古人詩文，亦當就其和平醇雅處，涵泳體察，庶不失溫柔敦厚之旨。嘗舉昌黎語以示學徒曰：「行峻而言厲，不若心醇而氣和也。」《甘泉鄉人稿》卷八，乙卯二月二十日燈下錄。仁壽。

蘀石齋詩集卷第十

渡潯陽江

彭澤浮何處，江州隱郭門。威公多大節，處士實曾孫。翠色迎帆聳，秋聲挾浪歕。客愁聊遣得，未見荻花翻。

東林寺觀王文成公次邵二泉韻詩壁卽用其韻

奎章之記沒碧草，集賢之疏失完好。虞集《大龍興寺碑》已仆，趙孟頫《山門疏》僅存一段。白蓮色壞似僧衣，只有廬山不知老。松聲泉聲秋自哀，林中取徑橋邊開。年餘二百壁一丈，讀詩有客今朝來。墓上征西空俛首，二豪且侍東臯酒。公詩：「富貴何如一杯酒。」時命適與功名偕，用王荊公《裴晉公平淮右題名詩》句。手勒紀功公不朽。陽明洞深卽金庭，三洲何必島與汀。公詩：「乘風我欲還金庭，三洲弱水連沙汀。」西林鐘晚莫催去，山色墨光吾眼青。

朱休度：七言。四句一韻，凡四轉。

錢儀吉：荊公此語讖切晉公也。前人方以爲口實，似不必用。

吴應和：老氣横秋。

近藤元粹：訪名勝古跡，往往有是感。○四句一解，押韻平仄互用，七古正體。○一結不揚，可惜。

南昌旅夜用李參政韻二首

夢來碧草徧墳場，吴語墓前地曰墳場。醒後踈更失梓桑。萬里天風吹汗漫，十分秋月照悲傷。涪翁社裏詩宗杜，仙子軒中韻寫唐。縱是有心關不得，章江休作雨聲狂。

問訊麻姑隔道場，人間辛苦奈滄桑。高城蟋蟀金釭冷，遠道芙蓉玉露傷。孝女碑殘空記柳，上官鐘墮自銘唐。參政駐饒州，州有柳宗元《饒娥碑》。又紫極觀鐘，唐鐘也，銘詞「天水郡開國公上官經野妻扶風郡君韋氏奉爲」云云。歸心且欲臨彭澤，落日扁舟一放狂。

翁方綱：此鐘今尚存否？

錢儀吉：以章法論之，在公集猶非上乘。

生日南昌登樓

淚落應何處，風吹卻此樓。孤兒身是客，暮景水空流。地迥斗牛紫，天清蒲柳秋。厭原山總好，只不解離憂。

錢儀吉：此「離憂」之「離」，非別義。太史公曰：「《離騷》者，猶離憂也。」

金學使德瑛邀同蔣孝廉士銓過百花洲

擔上花枝滿市黃，東湖猶得補重陽。雨風及客天齊送，亭榭非舟壑宛藏。一幅蕭疎秋樹對，此心冷澹古人將。荷枯萍冷闌干外，可有雲卿菜許嘗。

得與朱明府沛然相見南昌題其小影即以志別二首

筠州五歲信音稀，三夜吳興夢見非。辛酉秋夕別于二觀齋。乙丑、丙寅于碧浪湖陰三夢見之。昨入帝京先已發，忽臨江水蹔相依。形如病驥休官好，味似勞薪賦命違。與問灌嬰城畔柳，田園何處且須歸。

圖傳竹石憶庚申，負諾徵題日月奔。吾眼已枯難一拭，此灰未死得重溫。晚花菊圃栽嘗遍，新水滮湖釣不渾。去去只須歸去好，石邊瘦竹結深根。

錢儀吉：「裙拖六幅湘江水，鬢聳巫山一段雲」，即此起聯對法。

守風揚子洲晚眺西山用陶靖節庚子歲五月中從都還阻風於規林二首韻

進退異遲速，我亦隨所居。秋風厲東北，客榜成徐于。蒼蒼際天盡，引矚非方隅。修戀豈情戀，不使首歸塗。江流意終古，下注於洪湖。奔騰孰相遣，辛苦無由疎。百年緬同此，今日諒有餘。楓林靜多聽，卽去將何如。

青青亙百里，雲氣斷續之。羣真昔焉閟，各與洞壑期。迴飆江渚外，落日松林時。石室少來跡，寒苔荒及茲。達生貴心適，塵溷安足辭。徒然采藥徑，仿佛爲人疑。

龍津

秋樹時一林，自葉清及根。石土亙遙岸，荒碧猶苔痕。縴夫蹴苔去，風葉穿翻翻。下流見底水，影落欲手援。路紆流轉急，水涸氣不吞。漫漫沙面闊，皛皛陽光溫。小山掠舷竦，已忽舵後村。悠悠寄新目，聊蹔舒憂煩。

安仁

榜人泝灘力，客子看山心。瞬息屢前卻，迢遙相淺深。平疇散荒舍，絳葉明青林。微風曳冷烟，白鳥將翠禽。郭門面江啓，江上無秋陰。錦石俯可拾，鑒茲毛髮侵。何必玉真臺，慨然一登臨。

北蘭寺僧送桂華數枝養盆盎中舟行五百里而香未盡曉枕有題用謝宣城懷故人韻

遠遊忽萬里，曾不故人期。渺焉豫章郡，已作夢寐思。清灘自終古，短楫復何之。禪人折山桂，香氣猶在茲。微風襲衾曉，涼露落篷時。冥冥一相繫，蟹子泉邊詩。

顧列星：《選》體中之淡泊者。

貴溪

灘響枕上流，始知船早行。推篷起盥漱，露色遙峯清。我篙來則帆，或隔莎渚橫。盤陀山骨老，蕭瑟漁家晴。卽境且深寓，淹晷無他營。三峯意相跂，霞采臨江生。琮琤亂水竄，沙礫高洲成。曲灣鬬夾勢，微火搖孤城。夢情逐雁侶，戀岸知其更。薌溪寒可采，鬼谷今猶名。

顧列星：在二謝之間。○「微火」五字入微，非江行不知其妙。

過弋陽六七十里江山勝絶卽目成歌

龜峯三十二可凌，靈山七十二最矜。篷窗兀坐疑似增，但送遠近秋崚嶒。一峯轉江江碧澄，峯之插江以爲恆。一峯如城甎甓層，如臺如筆還如鷹。牛臥獅搏龍矯騰，青霞千里縱橫凝。一溪落江橋隱藤，溪來峯陰百折曾。一磯砥江老模稜，濤痕四蝕如環絙。崖懸壁削立一僧，其居篁竹松鬅鬙。僧立觀水風不興，水色蒼玉光寒冰。又峯壓虛冰玉承，影浸百艓漁收罾。輕篙短槳婦女能，得魚歸去麾之肱。阻流安碓灘聲鷹，稻堆屋山高及陵。此沙可宿無繳矰，草堂盍面峯間塍。遠招近揖皆我朋，一林紅樹清霜憑，一行白鷺涼烟勝。

顧列星：生面獨開，語多杜撰。奇處似昌黎，拗處似山谷。其胎源遠自《柏梁》得來。○生而穩，健而逸。老氣橫秋，卻饒姿態。

朱休度：《柏梁》。十蒸。

琴石行

南屏北，高溪南。石五色，俯自探。兒童競作盆盎供，光出沙汭非螺蚶。厥一廣及寸，厥修寸倍三。青花䱇血硯質似，式復嶽尾琴材參。愛之爲作銘，太古音疑含。把之不留手，替麈資清談。絃之竟上蒼筤亭，載之更過君遷潭。霜林葉酣酣，鬢影吹藍鬖。蘇門天籟人誰諳？風篁松雪情同耽。

朱休度：長短句。十三韋。

錢儀吉：文端公有《琴石銘》。

橘林

嘉寶三衢種，秋江百里陰。倚梯人正采，壓岸雨初淋。香落篷船細，寒遮碓屋深。誰言千戶等，不覺暮愁侵。

蘭溪晚泊

日落江氣青，邐迤浮於沙。疎林平若截，葉濃根已遮。天光自相映，紅紫爲西霞。霞收江欲霧，灘轉峯何斜。亂燈明滅見，初月微茫賒。犬聲入篙艣，渺然城一涯。

去嚴州十里外泊

天影淺深水，艙聲前後山。以身入秋碧，欻怳鷺與鵰。夕炊曳烟素，幽麓生山寒。風肅有光氣，水遙失淪瀾。叢叢兼映月，皎皎方停灣。蔚然竦孤覽，蘊靈無此間。露高山益斂，星濕水自閒。感來豈成聽，立久徒爲歎。

顧列星：刻削似大謝，而幽微過之。

錢儀吉：「纔遠城門未到山」，然此境已不易到。

入七里瀧三首

雪灘霧初豁，風利已臨瀧。連山夾岸去，中有碧玉江。山根互開闔，江勢隨之撞。纖纖被岸草，安知非蘺茳。人行出鳥道，我飯依魚矼。弱烟炊不起，響絕前村尨。

嶺松蒼且深，灘石淨以黑。喔喔一雞高，人家負崖仄。地力盡豈餘，活身隨釣弋。終宵聽江聲，終歲見江色。門前笭箵收，舍後罻羅卽。晴雨出何之，東西翠成塞。客如掬水嘗，勞生此應息。

舵行逐峯轉，屢轉爲逆風。峯峯當面起，隱隱疑水窮。來帆掠峯出，風力雲氣中。我船送柔艣，緩與江流東。浪花風鬭激，綠散何迷濛。上瞻峯影仄，澹落陽光紅。

顧列星：不及嚴先生事，是避俗法。山高水長中，令人于言外想見之。○「來帆掠峯出，風力雲氣中」：詩中有畫，且有畫筆所難到。

錢儀吉：厖，龙。

嚴灘晚泊用陶公和郭主簿二首韻

衆峯擁青林，未覺凋霜陰。迴飆適相阻，意使畱孤襟。江永此澄夕，惜無人與琴。祠堂鄰榜指，寥落猶傳今。星月動寒影，山高心肅欽。漁商自投侶，燈火方罷斟。我思渭濱叟，夫豈非同音？輝輝匡主德，不在遺冠簪。敻立空所際，列翠何其深。

荒臺已千古，乃有一士節。泠泠竹如意，猿鳥爲悲徹。此時靈儻偕，風露睇清絕。波流逝安極，叢灌久成列。窮達秉寸心，孰非忠孝傑。每嘗幽曠遭，與世未能訣。悠悠篷底篇，皎皎沙上月。

桐廬感舊爲龍巖李先生先生諱其昌，字念常。載壬子房師。

瀧中風水聲，就枕不能寐。榜人誤曉月，挂席已爭利。微微遠火生，切切繁霜墜。桐君祠下江，十載故人至。別館柳榆陰，迴崖弦誦地。生芻啗私覲，經帶見清吏。南閩兩暑歸，西浙一行寄。復膺蜀川補，遠叱雲棧騎。開心歃貪泉，映睫終下位。悽悽素旐飛，寂寂玄堂閟。長賒哭諸寢，再得經所治。

人民聚秋烟，樹木鬱冬翠。森嶺迎獨客，暗潮滴雙淚。已矣平生言，能無感顛頽？

柏林

漁浦潭西樹，富春郭外舟。相看葉如染，卻得子兼收。低映碧山豔，濃當斜照秋。客心向鴉點，亦欲擇淹留。

泊舟鐵幢浦觀月用柳柳州贈江華長老韻

越山遙且隱，吳岫近方寂。江白接天光，星疎絕雲迹。浩渺篛篷坐，蕭然倚如壁。豈伊識歸人，聊用慰今夕。村柝風錯來，塔鈴露疑滴。萬慮莫能虛，悠悠與寒積。

十月晦小方壺同王秀才萬孝廉汪上舍兄弟分用唐人韻得孟貞曜百憂韻

暫出忽卽歸，復行亦何憂。租田弗能種，本不如彼牛。報恩未識所，此劍元無讐。迢迢向寒雨，觀者盍我籌。萬物之所苦，一士之所愁。浩蕩參與商，老大沈與浮。白日不相借，影爲長夜留。中庭戀巢羽，濕宿忘啾啾。

和汪上舍孟鋗用陸天隨雜諷九首之一韻

同焉丁憂人，媿獨遠道適。讀《禮》君閉關，攜弟病嗚呃。風寒有今辰，月黑旋此客。急情出飯粗，深語落燈白。因知樸學親，不使墜聞隔。宗法詳大小，籀文明點畫。迂疎一腔味，闊略半年迹。鳳老梧則巢，蠶飢葉斯食。小人惟土懷，君子至夕惕。平生嘗與要，經術與金石。

翁方綱：時與康古蓋同志，講習於此。然亦非擇石專力所在也。

邳州村舍

築土爲短垣，中有梨柿林。其外更遶之，枯風肅森森。場平碌碡閒，蹴鞠歡童心。雞栖犬猶吠，凍色蘆簾侵。不知何主人，晚歸牛力任。去州纔一舍，作息於年深。沂水之下流，燈火清相臨。餅香趣供粥，雜與酒酌斟。謂客且晏起，明當霜霧陰。依依媿主人，我弗如園禽。

顧列星：似儲光羲學陶。

汊河二首

日正寒威卻，車遙古道勝。艾山微有樹，蒙水薄無冰。亂石驅方進，危梁度尚憑。各懷飢渴思，馬與主人癃。

殘月渾殘雪，奔車竟覆車。天寒俄至此，世險豈難如？涕淚三齊外，衣裳萬里餘。恐驚泉下寐，見雁不題書。

錢聚朝：「癃」，公手校改「應」。

滕縣

通順橋湮本無水，沙河南北冰堅矣。行人五見月輪圓，觸熱衝寒去來此。僕夫歌謳雜吟聲，枯楊怒虎風縱橫。連山改色不能翠，今是無情昔有情。

鄒縣

風饕日昃行復行，魯將軍墓冬不耕。蜿蜒拱嶧石焦墨，沮洳結冰沙碎瓊。寒色車中人意獨，孟家東西鄰可宿。牆根合抱古槐空，記對秋宵陰肅肅。

河間

喜氣羣生向，春光太守催。繕城高帶日，除道坦收埃。博士將《詩》從，諸王議《禮》來。青旂待披拂，千里柳新栽。

宿雄縣儆孟貞曜體

煢煢寒歲身，不隨百役休。戚戚中夜心，不逐萬籟收。大雄自言春，小雄亦知秋。風刀割窗紙，忽此憑衾稠。鼠出燈光青，塵落壁角幽。壁復識我誰，我與燈何求。匆匆雞唱去，去則爲白溝。月色照瘦馬，冰棱生曲輈。

錢儀吉：「稠」，當作「裯」。

宿蔣少宰溥揖翠堂後齋觀倪元鎮小幅即用其自題韻詩跋云：解后芝年講主於婁江朱氏之芥舟軒中。芝年熟天台之教旨，嚴菩薩之戒儀，與語久之。因圖并賦。

苑樹猶遲小霰開，夜堂忽到白雲隈。燈明遠岫居然列，墨蘸垂楊若箇栽。禪侶稀疏春閒隔，客衾迢遰夢紆迴。何因得句先呈佛，起對東風取次裁。

翁方綱：此是吟哦出之。

除夕

一念三千里，哀哀拜旅人。燈寒孤兒飯，壁靜小堂塵。去歲藥爐畔，中宵梅蕚親。秖應將泣淚，滴土不教春。先府君病中猶手種盆梅一株。

翁方綱：癸丑十月十四日，復於內閣曉坐，待本來。偶閱蘀石詩。

唐仁壽：甲寅正月廿三日讀。仁壽。

擘石齋詩集卷第十一

戊辰

錢儀吉：四十一歲。

拈花寺

開歲倏五日，悵然陶公言。水邊立冰雪，聞磬投祇園。樞輔復何人，乃奉孝定恩。諸天暨羅漢，千佛今猶存。寒聲鴿下枝，午影風生旛。廊虛自東西，本不尋沙門。先皇賜香在，丈樹崇雙根。花雕金與飾，面面參佛尊。偶來獲所見，卽去成兹番。僧云海子上，暑月蓮花繁。

次韻裘少詹曰修詠走馬燈

豔豔花光隊隊春，夜遙誰道不如真。火攻策亦狂無那，兒戲軍還捷有神。烈士謾傷千里暮，少年元傍五陵塵。此中但得分明在，簾箔風寒任記巡。

法源寺

勝侶及春溫，重來十霜後。門中柏兩行，蹡拱翠陰厚。石函藏舍利，藥玉瓶何有？遼石函一，四面刻僧名及布施物件，有云：「舍利五百粒，在藥玉瓶內。」石幢記天祿，官爵辨誰某。尊勝陁羅尼幢記一，將仕郎磁州司馬劉贊述，前攝遼興軍觀察巡官王進思書額并刻字。遂升念佛臺，覺路一稽首。入乎無量殿，心誠仰蚴蟉。聖祖仁皇帝御書牓墨蹟「覺路津梁」四字、「存誠」二字。白石白離塵，黃花黃在手。妙香天上飛，現繞佛左右。皇帝御書楹聯墨蹟：「參透聲聞，翠竹黃花皆佛性；破除塵妄，青松白石見禪心。」沙彌操吳音，茗供啓東牖。海棠四三株，開日見應偶。哀忠墓已湮，寶塔頌難朽。前遊尋未得，摸讀爲之久。深壇磬無聲，樹影紅扉扣。水陸尚莊嚴，時時勤拂帚。大悲壇壁懸明恭熹太后繪造水陸聖像一軸。同行導西轉，蜂房闢八九。未免意荒蕪，閒庭廣盈畝。先皇飯僧年，僧戒於兹受。嘗因故山禪，往事向余剖。東風亦云何，空色隨所取。酌量門外窪，引水可種藕。

月橋作

皇牆一帶步周遭，橋外春多欲喚舠。日氣曉蒸雲氣暖，鐘樓新出鼓樓高。水將鴨緑濃誰染，柳解絲黄半未繅。蔟蔟人家檐色動，花風後杏卻先桃。

錢聚朝：蔟，簇。

德勝橋東堤柳

積水淺未深，横橋東初放。堤連似修帶，宛轉逼南向。種樹樹皆官，蘸波波勝釀。曉陰衫獨霑，夕陰鞭屢颺。西山濬欲籠，不隔女牆望。公田映幾頃，亦拂芰荷漲。六月洗馬來，紅緑一堤上。

題蔣上舍槐觀泉圖

莊生只狀時至，徐子猶疑亟稱。一勺但尋觱沸，千支仍别淄澠。

清明日出德勝門入安定門作

曉雨尼行色，我初非遊人。風寒日稍白，復出穿重闉。柳枝插帷綠，已歸墦祭輪。素衣雜綵服，亦各悲其親。茫茫步复踽，欲前未識因。何許土城關，鄒樂蹟久湮。古壕漸東引，萬柳搖烟湑。杏枝忽照眼，淚滴臙脂新。我初非行遊，躑躅以逡巡。出城還入城，此客多酸辛。

題章虞部有大深柳讀書堂圖二首

水邊柳青絲，柳上烏白項。柳陰家釣魚，水底捉蠃蜯。其間有書堂，此水名荻港。

荻港不見荻，書堂誰讀書？楝雲去爲雨，庭樹風蕭疎。十載一歸來，悔不如蟫魚。

錢聚朝：章，字容谷。

天寧寺

送客廣寧門，離愁鬱塞無可言。望望十里村，風吹近入祇樹園。園廢禪何枯，兩三僧，一甎圖。鐵燈三百六十遶，三千四百鈴八觚。謂余鈴響風歛夜，往往現光若荷芙。昔聞漢明帝時磬，已失所在空仰敬。重熙石幢字體遒，祗候書記見名姓。陁羅尼幢一，重熙十七年前閤門祗候文詠、魯王府隨軒掌書記文昌，爲其亡過父母建。荒庭荒可憎，誰來辟榛艿？爾非過客我非僧，煩惱欲釋兩不能。

顧列星：語涉機鋒，卻是儒者講修齊治平實際處。禹、稷已溺已饑，皆從此一念出來。

朱休度：長短句。四轉。

白雲觀

豈爲南宗別，重尋太極墟。先生蓑好在，止殺語何如。柏子微風際，桃花細雨餘。十年登閣意，祗益鬢毛疎。

善果寺

浩浩龍華會，愔愔白紙〔一〕坊。澹雲收卵色，晴雪壓丁香。愁以多閑破，春難薄暮長。幾回看薛碣，未解說南梁。明成化、弘治碑俱云寺舊爲南梁漢興元府唐安寺。

【校記】

〔一〕紙，底本作「紙」，據地名改。

戒壇

日落我馬黃，徑修夾雙壁。一峯紫馳聳，十八盤既歷。玉輦憶香花，康熙乙丑有御制碑一。龍鱗樹穿羃。遼金之所遺，雲靜風微激。千佛閣崖負，荷中乃有的。遠見桑乾明，線流劃銀礫。普賢塔於左，棠萼鮮可摘。戒淨天月孤，門人淚紛滴。《馬鞍山故崇祿大夫守司空傳菩薩戒壇主大師遺行碑銘》，王鼎撰并書，大安七年建載。咸雍中賜號普賢，仍賜宸什，云：「行高峯頂松千尺，戒淨天心月一輪」。又石幢二，大康元年、三年門人與邑人當普賢遺塔前建。方爐明肅崇，金像彌陀寂。更讀虞韓文，壇陰蹋瓴甓。其徒遺行碑二：一虞仲文撰，建福元年；一韓昉撰，金天德四年。鵝頭識我誰，我自與山覿。白松畝蔭高，茗椀坐根喫。

潭柘岫雲寺四首

澗石雜紫碧，微泉斷續清。村女聚浣衣，相呼應谷聲。寶坊入深靜，香蕊娑羅生。九峯扆而立，一峯圓獨貞。試尋蔡居士，石泐無其名。竹樓何道人，嘗此琴孤横。明謝遷《嘉福寺碑》云，司禮太監戴義奏請賜金。戴號「竹樓道人」，善琴。

聞之土宜柘，今養竹千箇。蕭蕭行殿裏，其下流泉過。泉流滿寺分，石筧長不涴。竹根得先潤，筍出蘚紋破。前廊雨濕看，西砌月明臥。牡丹百本香，銀杏十圍大。

菜園禮塔罷，東澗風吹衣。尋源不知遠，西上於翠微。滴滴匯作潭，瑤鐫潭上暉。《御製遊潭柘岫雲寺》詩刻巖石。青青二龍子，來去靈相依。偕行已先返，我亦辭龍歸。少師有精舍，不叩松間扉。生死心各營，流光豈供玩？妙嚴足跡甎，紫柏乃深讚。東齋我且寄，無寐至夜半。丁香雪自明，窗影爲頻散。山空萬感微，露下百年晏。流泉遶堦去，彌勒坐聞歎。

顧列星：「丁香雪自明，窗影爲頻散」：十字微妙通禪。

錢儀吉：「娑羅」，手稿作「桫羅」。

曉起次韻舍利塔後石壁明昌五年所刻僧重玉從顯宗幸龍泉寺之作

灑壁風淒鬢欲秋，昨朝登頓已前遊。堂開自濕青紅樹，鐘動初歸大小虬。有夢夢應歸浩劫，無心心不詣緇流。穿牆水響門中出，屈曲何時可暫休。

化陽洞

曲蛇緣棧山椒及，雨汗粟膚陰氣襲。白日中來凜初入，青蓮華覆露微濕。穹如寶殿佛坐立，佛前茶煮洞水汲。飲茶縛草炬先執，頭陀僕夫導擁集。智井直下三百級，石龍首驤雷起蟄。火少心恐步已澀，退上益薪進倍十。乃知就衍泥低高，陽光迴仰射白毫。西一穴應渾河濤，火投無底風飉飉。東乳玉滴明於膏，寒龜中伏靈蟠鼈。伸頸向光殼脱毛，炬搖電閃驚仙曹。馬柳或立安馬槽，狻猊蝟縮牛麾氂。森森半里垂壓尻，天井上燭雲周遭。更一有梯升滑猱，俱不見頂思之勞。後者呼出背浹袍，白日欲匿長風號。

朱休度：七言。半仄十二句，半平十六句，句句韻。

重宿戒壇

偃松不可忘，屢撫晚風定。登閣有餘青，語聲烟際應。遂投西巖下，蔬筍燭光飣。澮茲盂粥噉，世味去來證。天低衲子龕，星冷幽人徑。獨起意何憑，中峯發金磬。

萬泉寺同張舍人敬業

繫馬柳風輕，山門閉犬聲。荻蘆還向渚，鵝鴨不須城。其地明永樂間牧放鵝鴨所。僧罷諸方乞，農分一水耕。落花聯句地，於我有新情。丙寅初夏，舍人同諸友聯句于此。

水頭莊

清流與高阜，深抱誰家墳？周以萬垂楊，綠陰車轍分。野人耕地處，問答依斜曛。壞橋石攲仄，左右泉沄沄。平出十數眼，滙浸葭蘆紛。東南自茲去，食用連村殷。漱齒復濯巾，落英漂餘芬。更觀馬跑蹟，靜少雞聲聞。遊人不到此，笑客何慇懃。西山了明滅，半日忘囂氛。

顧列星：詩境亦如一泓清水。

碧水辭

白日郭南樓，鴛鴦湖碧水。水碧鴦不飛，心爲故鴛死。十五身許薛，二十郎問凶。女雖出小家，此義亦所同。養母十年餘，母歿乃歸薛。吁嗟年復歲，何歲以同穴？女誰不有夫，人誰不有身？里中楊氏女，愧我鬚眉人。

吴應和：數語該括，詞致古質，而中間仍有跌蕩處，非深於漢魏樂府者不能到。

近藤元粹：「心爲故鴛死」：六義中興體也。○「年復歲」，粗俗。○至結末始出其女性，結構頗佳。

佚名：有關係詩，不可卒爾讀過。

得張徵士庚歷城書走筆寄答

劍南歸來二年別，唁我送我城東廬。素冠棲棲走輦下，漂轉卻返章江艫。雙節坊西讀君集，渾河踏雪仍疲驢。榴花相思里門臥，雨外忽奉山東書。浙之方伯徙髦節，處士在座吟明湖。睢陽舊遊假道訪，卽去有待秋風疎。昔年養親各負米，今者豈不因妻孥。依人覓活實顏厚，況君齒豁我淚枯！書來竝示故鄉狀，苦雨米貴連三吳。寄聲家舍但食粥，猶勝道殣東民痡。近蒙聖主大發賑，甘澍渴望高粱蘇。玉河柳條昨頗濕，未卜園竹平安無。學曾干祿爲親在，萬念灰矣何煩紆。功名可爲古人事，乞保白日依林烏。先子素交零落盡，紀羣之好疇能俱。先孺人銘托篆蓋，以君孝行皤黃壚。有財歸葬若天幸，梁宋亦適迴轅車。洲航山高古松碧，憐我爲寫佳城圖。元倪宏爲黃原隆寫《林屋佳城圖》。

朱休度：七言。七、虞通用。

沈啓南墨雞

三歲不爲株，十日已如木。黃花恰相對，白酒亦初熟。

吐必落索

叢生綠葉似秋蘭，莖比蔆枝擢好看。白雪層層單瓣放，玉簪面面小花攢。香踰佛土優曇烈，晚壓閨人末麗寒。攜近碧紗幮最靜，不知庭際露華團。

錢儀吉：卽晚香玉。

寄題三世寫普門品經後兼呈從父觀察元昌

寒食上塚歲乙丑，訪第五叔頤貞堂。從叔名元昆，號適廬。出觀一冊普門品，憶之鼻觀旃檀香。肯齋先生楷法謹，密道人印鈐左方。先生諱爾復。警庵贈公行楷繼，癸巳七月秋窗涼。贈公諱標。寶兹先蹟若雙璧，京洛一紀行勝將。黔南隨宦觀察廨，佳日禮誦頻懷鄉。八分續寫寫久就，遂且手自從新裝。妙法尊傳有步武，不虛居士懺題詳。從父自號不虛居士。是日繙餘諾跋尾，一負駒隙馳三霜。旣遭私難走道路，安得寫經爲薦亡。蓬根北飄復南下，遠從司寇回豫章。叔攜我手自言病，子也更不遊蹤常。但題一語慰老眼，那復去住都相忘。初心願了法華義，眞實不誑以讚揚。小白華猶昧厥始，逡巡豈敢加評量。跋成司寇我仍負，又犯冬雪來漁陽。孝廉歸里值今月，從叔汝恭。我心已逐南鴻翔。適廬眠食近安善，菩薩像供生圓光。昔聞救生寫敬德，奉勅實自高歡王。又聞光明安行品，觀世音在第二行。傅亮先人義公侶，肅傳神異夢洗腸。只今無盡意瓔珞，愍受仁者心彷徨。吾宗詞翰輩出好，講習不厭村居荒。肯齋詩吟半完圃，生晚未聽聲琅琅。謷庵老人器我幼，先子持我陪遊嘗。堂前秋果摘與喫，扶我過橋穿竹桑。南樓梧桐高百尺，樹下長幼羅酒漿。中議公書淑人畫，日有所作盈縑緗。中議贈公諱綸光，太淑人陳諱書。月明言笑及諸從，我時三尺立在旁。兩房仕宦各南北，卅載門徑溪烟蒼。叔歸獨理舊山業，出入寂寞搖村艣。興來諸從也呼醉，八分往往驚中郎。我曾請寫《澉湖記》，萬里行住隨巾箱。可憐苦趣眾生内，世外果有潮音洋？去年從父詩送我，拜讀未答情深長。附牋踐諸太覼縷，勉保身體差能強。從父贈行詩云：「家食不能繼，遠遊非得已。泫然辭影堂，涕淚濕行李。遙知泉下情，不向門前倚。悠悠閱山川，勉勉保身體。努力在此行，泰來勿憂否。」

朱休度：七言。七陽。散體。

錢儀吉：「懺」疑誤。

錢聚朝：公手校「懺」應改「籤」。

淨葉寺

鰕菜亭邊意，菩提樹下涼。隔城山過雨，平岸水生香。鼠竄藤陰碧，蟲鳴豆葉黃。坐深何所得，拈句付東牆。

送許吉士炎宰滎陽

策名登史館，報國以文章。未若郡縣吏，手援斯民康。三年廁吉士，一令之滎陽。不爲汲黯恥，田里歸其鄉。非因薛宣奏，治劇遷而良。朝廷重芻牧，子能受牛羊。邑中有殷溝，往蹟疏導長。何以致豐年，勿令饑饉傷。邑中有服生，建志名未揚。何以舉孝廉，使我儒術光。槐花秋雨後，驛路征衣涼。儻念客子居，立馬臨迴岡。

拈花寺觀蔣大司農四言之作兼贈二憨上人

聞思大士意云何，滿院蟬聲客再哦。紅杏在林公綺麗，羚羊挂角子捫摩。昨來登閣秋山見，別後添衣夜雨過。不爲鄉音同浙水，蕭寥隨分當行窩。「紅杏在林」，四言句也。

祝大舍人請假歸里話別二首

春雪西郊憶去程，復爲聚散兩萍輕。孔公忽過參軍歲，孟子還希太學名。舍人年五十有二，余年四十有一。居士維摩愁小劫，侍郎碧落話長生。余喜聞禪語，而舍人愛道籙。萬緣一笑都無就，衹向人間閱悴榮。

故園伴侶各蒿萊，涵白書窗蔭樾開。蕁菜鱸魚吳下品，慶孫越石洛中才。康古、豐玉兩上舍，舍人甥。關河若箇思余甚，尊酒常時謂舅來。寒坐定依池上竹，小春先賞嶺頭梅。

觀倪高士水竹居圖卽用其自題韻詩跋云：仲和兄吳城宅中有水竹居，聞甚清邃。兵後以其地處軍卒，因遷居松陵南湖之上，亦種竹。疏渠婆娑其間，比之城中尤清曠也。

平橋複港士人居，石氣林光靜有餘。棐几展圖秋冷夜，銀燈畱客茗香初。城中清邃嘗栽竹，兵後婆娑更種魚。俯仰承平身世幸，青山何尚不招予。

懷陳丈向中西安

來自蕪城實後余，西江衝暑旋分袪。重騎代馬堅冰滑，已出潼關落木初。世路逡巡涇渭水，古懷歷錄漢唐書。塞鴻信斷秋還老，儻返鄉園有定居。丈壬戌入京，三年歸客揚州。丁卯先後會於京。及載去江西，丈客西安，轉客涼州，死生分矣。壬子注。

近藤元粹：頸聯亦不凡，選者何不批？

王五又曾春日金陵書來及秋懷之

金臺高見鳳皇臺，瘦馬獨吟黄菊開。頗道此間居不易，卻傳明歲客方來。殘山剩水春三閣，燕子桃花酒一杯。何限斜陽入詩句，笑君猶爲昔人哀。

翁方綱：極其匠意結構出之。

懷從叔祖界歸州

南北相違動十年，去年西去少書傳。空舲峽静秋聲裏，夔子城寒落照邊。詩句定分工部興，吏民如愛耆夫賢。江陵明月迢迢夢，一夕風牽上水船。

夜過萬孝廉於查農部新齋農部出移居宣南坊用蘇公書王定國所藏烟江疊嶂圖韻詩並孝廉和章見示遂亦和之

今我何爲思故山，故山客在尋宵烟。人生天地本逆旅，就話且復同其然。津門查生萬生友，神物乃合雙龍泉。萬生常遊載常處，波流一紀如分川。迴飆相吹意無極，三影京國明燈前。我如不來爾不去，則此寸步寧關天？移居兩章主客竝，主人亟屋方新妍。以人傳地各自有，那必初白蒙齋田。農部詩序云：「往者田蒙齋郎中移居粉房巷，和詩徧都下。而吾家初白庵主《道院》、《槐簃》、《棗東》三集，俱以寓屋名其詩。」東鄰小堂載嘗住，皇帝御宇之元年。萬生來尋旋來送，記否簾月春嬋娟。短牆高樹望咫尺，借問紙閣今誰眠？百年妻孥倨家具，雞犬卻笑圖神仙。兩人去家身鬭健，似若無累于塵緣。查生置榻古藤下，春日共賦藤花篇。

朱休度：七言。一先。

寄王五

燈光豈不明帷軒，亦有尺紙百數番。每懷作書送君處，操筆輒止將何言。我遊君勸子吾阻，天各冰霰衣裳單。子既不能魏人伐檀寘河干，我又不能廢著積著書馬遷。學非經濟此安用？識一丁字長虛孱。鳳皇麒麟應時出，采芑旂旐車嘽嘽。錦官一軍略西徼，銅鼓百面收西番。蔡州雪行鵝鴨隊，宣撫夜度崑崙關。儒生豈無敵愾志，許國必在韜鈐嫺。寂寥寂寥良自取，佔畢佔畢真徒然。夢歸疇昔夜，與子梅花前。雞聲過橋巷，月落臨河烟。花前有愁寫不得，童子僵睡窗風旋。

朱休度：七言。十三元通用。

寄汪上舍孟鋗仲鈖

與君兄弟處，使我聰明開。孰爲久此別，安能望其來。把卷忽將語，盡日不計回。年長寡輔助，境新多删裁。蹴踏九衢塵，心儀天下才。無由逐騏驥，騏驥笑駑駘。一月不一出，寒風室徘徊。青燈見古人，顔色曾何猜。山川愛玉璞，草木驚春雷。元氣有必洩，豈得長胚胎。我里數君子，鄭重深培栽。高松冰雪際，蒼茫讀書臺。

吴應和：語意之真，氣息之厚，近時詩人，鮮克有此境界。

近藤元粹：追慕如此，其人才藻可想也。○「青燈」數句，如爲我設者。○一結崢嶸。

雪懷陳明經經業三首

鄉人數南至，經歲問音書。對雪寒無藉，思君嬾不如。秋堂新稻入，午枕濁醪餘。生事雙扉闔，從傳與世疎。

篋書長與借，手勘若相論。城擁湖風響，臺明苑雪痕。飢鷹高不落，僵木濕猶翻。爲報今朝事，微吟向寓園。

故園當已雪，君定幾篇詩。折竹聲中得，煎茶味外思。吾人年歲遣，各自寂寥隨。獨有麻衣淚，都來兩鬢絲。

顧列星：「折竹」句妙在天然，對句便爲人籟矣。

題顧孝廉鎮毛詩劄記後

子夏不序詩，昌黎語初揭。夾漈攻已厲，雪山廢何決。齗齗紫陽翁，序既頗采列。涇奔二十四，自作得無媟。遂令後賢心，於此未能折。沈重與范曄，源流各疏别。要之毛公學，近古少頏頡。康成收三家，尚欲補其闕。逆志不以辭，亦惟援據切。孝廉家補溪，箋傳獨穿穴。其先宋遺民，作歌見風烈。孝廉之先細二翁，上虞人。元初，程文海奉詔訪求人材，以名應被徵，乃避地常熟。其詩有云：「吾貞所志在西山」。芙蓉之荒莊，紅豆春可擷。莊有紅豆一本，細二翁手植，後屬于錢，名紅豆莊。樹伐且四十年，今仍歸顧氏，復生一木。君也老著書，樂歲飽糠籺。劄記毛鄭朱，而旁及羣哲。相逢在京師，同舍門晝閉。寒燈時解頤，五十頭未雪。明年入太學，將爲諸生説。孝廉以學正薦，蒙記名。

題顧孝廉洞庭秋汎圖

五溪九江匯此七百里，岳陽樓前八月水。桂舟有客湘江回，神鴉迎舞荊江開。君不見黄陵山高黄陵廟，鷓鴣一聲相送來。嫋嫋兮秋風，木葉兮微脱。吹參差誰思，搴芙蓉木末。湘君所遊之青山，朝朝綰結十二鬟。中有地道通包山，安能送子須臾還？竹枝歌怨吳歌樂，橘社東西采蘅葯。

朱休度：長短句。五轉。參差。

吳應和：起突兀，承接「君不見」二語，抑何宕逸。後一段殊近太白。其源蓋出於《騷》。

近藤元粹：突起，勁拔。○長短錯綜，有多少姿態。○賴云：學李者每流此派。邦人七古多此類。

佚名：全自《離騷》換骨脫胎來。

甕水行

甕水甕水，女心女身。我不知甕之如井，爲瀾爲淪。乃沈張氏女句，于天津。一解。王家郎將昏，疾耗來女啼。先夕縫我白弓韈，耶孃兄嫂小妹知。竊竊防護，左右不離。二解。三月二十日，其日女蚤起。粧飾事事新，兄嫂問所以。答云天后宮，賽神處，我當作午飯，便去逐耶去。三解。女入廚，釜水乾，甕空獨走空屋看。呼僕擔水滿甕手注釜，呼婢執爨手切蔬。磓几有聲，俄頃無言。四解。弓韈換著急疾恐，不令婢聞門扇動。五解。婢呼釜水已沸，尋女西東。白弓韈見，大呼來救，女身倒入空屋水甕中。其時母驚寢，嫂妹棄女紅。父兄出未歸，廚火日下舂。六解。嗚呼！甕兮非蘭芝清池，非上虞之江。水兮非水，使三年而化碧，又何必化匃央雙。七解。

萬孝廉屬題高生跋漢五鳳二年墨本

魯殿西南釣魚池，明昌掘得西京遺。甎耶石耶我未見，是篆是隸君能知。去年三月拜闕里，同文門下手搨斯。諸侯王表紀年誤，據石辨表煩相持。昔傳曼卿曾作記，高氏家法多書詩。冊中論篆孝廉句，也學論詩元裕之。循初書近詩論篆絕句以題。

翁方綱：「甎耶石耶我未見，是篆是隸君能知」：所以題不説石本也。然此内既云親拜闕里，則其是石非甎了然矣。而仍不敢質言其爲石者，此老不敢違背竹垞也。〇此刻是隸非篆。

錢儀吉：「二年」下不知應有甎字否？

題馬孝廉榮祖玉井蓮圖

青柯平上純青松，蒼龍嶺頭多迅風。西峯高不及南峯，東峯玉女峯之東。抱獨老人所畫不可見，新圖有此將毋同？明洪武間，崑山王履遊太華作圖。君家舊是扶風馬，轉徙江都蜀岡下。年餘四百長雲孫，里越三千夢枌社。故遺生綃出秦隴，昌黎古意横飄灑。鄉人盧橘坡老懷，祖德東山客兒寫。冷香曉色天邊翻，誰其栽得連天繁。我今問花花不言，燕山冰雪明窗軒。我聞仙掌之掌本非掌，洗頭之盆亦非盆。豈有玉井產，而況如船根。請君襆被擔，我亦芒鞵繫。鄜畤故園西，相將尋白帝。鐵鎖攀登李耳祠，笻枝驚破希夷睡。形勢潼關下瞰多，湯湯渭水黃河逝。男兒不經濟，歲暮日已斜。五岳復五岳，何處無烟霞。可憐昌黎公，痛哭寄書還別家。愁君茅龍騎不去，卻憶邵伯湖邊花。

朱休度：長短句。轉韻。參差。

龔翠巖畫馬歌

沈歸愚少宗伯徵賦云係白描，十五肋俱見。今藏大內。後有高文恪書少陵《瘦馬行》。

瘦馬一匹無多墨，肉消骨張十五肋。千金市駿珊網收，此畫人間見難得。宗伯曾觀遺作詩，我詩想像空毛皮。祇云後有《瘦馬行》，書者錢唐高士奇。我聞虛谷翁家有玉豹，龜城叟實爲之貌。叟詩檃括伯樂經，十五肋亦憐其形。翠巖爲方虛谷作玉豹馬，虛谷酬以長歌。翠巖以詩報謝，有云：「頭爲王，欲得方。目爲相，欲得明。脊爲將軍欲得强，腹爲城郭欲得張。絕憐此馬皆具足，十五肋中包腎腸。」又聞瘦馬一匹常寄天台僧。今圖知孰是，欲辨誰當能？房精房精仰霄漢，銅式何如宣德殿。負轅不少太行鹽，挽磑非無朝邑麪。少陵硉兀詩客傷，東丹豐肥畫師賤。夷吾用智孤竹年，廣利成功大宛傳。嗚呼！老龔請寫中山墨鬼與鬼仇。嗚呼！老龔雪髯三尺修。

朱休度：長短句。七轉。參差。

唐花

上擔糊藤角，藏坑爇馬通。奢華非月令，發泄極人工。市有江南樹，春成輦下風。一聲太平鼓，元夜牡丹紅。

钱聚朝：手校云「糊」改作「黏」。

黄子久富春山圖卷沈少宗伯徵賦

井西昔歸富春居，適與無用禪人俱。其居南樓望江虛，釣灘窈窕鄰桐廬。其時興發適與圖，白紙二丈江雲鋪。董源巨然腕底驅，閲三四載成徐徐。出山作止心何拘，嘗歸石田又亡逋。石田背臨聊自娱，按而索之異蟾蜍。節推樊公兼得諸，後世子雲來中吴。石田跋云：「後世自不無揚子雲也。」畫禪室靜天花敷，摩詰雪江相竝姝。杜陵蘇李吾師乎，董文敏跋云：「藏之畫禪室中，與摩詰《雪江》共相映發。吾師乎！吾師乎！」井西之畫右軍書，斯圖禊帖非官奴。既歸問卿形影徂，焰痕卷首將焚如。欲殉不殉焦桐餘，問卿吴之矩。江村銷夏香生廚。跋語可考真憐渠，春風樂聲閟清都。太平游藝左右須，至寶日侍卷以舒。已歸天上人間無，石田臨本猶泥途。幾時得見亦大巫，去年七里瀧停艫。看山不訪黄翁閭，今年銷寒詩及余。燕山回首濤江趨，用耗白日愧壯夫。

朱休度：《柏梁》。七虞通。

揅石齋詩集卷第十二

己巳

錢儀吉：四十二歲。舉經學。

遊真覺寺萬壽寺同申孝廉大年

高粱解凍碧溶溶，春色枯楊更遠峯。五塔尚傳中印座，三山曾賜大璫鐘。客來吳楚如雙鶴，曹植詩：「雙鶴俱遨遊。」僧近雲霄見六龍。各有晚懷攄不盡，題牆留與蘚痕封。

觀蔣文肅公所藏趙子固定武蘭亭五字未損本卷

春寒吹衣返竹房，小奚捧卷展我旁。肥本唐搨世希有，紙墨尚爾凝古香。初自烏臺盧提點，而屬白石姜堯章。蕭千巖孫季木所，彝齋乞玩神彷徨。二十年間往來屢，出蕭入俞逢歲荒。古銅刻漏滿師易，高幹辨者復取將。中洲誰畱要眇望，靜女不見躑躅傷。十五城璧半萬卷，定盟躬聘馳秋航。三十三年始入手，載之歸去風帆揚。昇山風饕覆且溺，持此屹立溪流長。性命可輕護寶物，烘焙不壞投僧廊。千巖孫來重相示，恍如隔世愁茫茫。茫茫勝國白侍御，攜避流寇畿南猖。金陵不居會稽入，繡佛作伴香林藏。一朝遠寄退谷叟，獨孤松雪情難量。研山之齋又無主，乃在相公揖翠堂。區區劫歷宋元明，忽忽跋到高王張。文恪士奇、大司農鴻緒、文敏照。保母甎志嘉泰搨，絕品庶幾堪頡頏。浮生衮衮各戀戀，過眼了了彌悵悵。梅花無言自虛牖，今者陳迹還斜陽。

翁方綱：「肥本唐搨世稀有」：亦不能到唐搨耳。〇「中洲誰畱要眇望，靜女不見躊躇傷」：頓挫。

顧列星：平平鋪敘中，有一唱三歎之音。

朱休度：七言。七陽。

大光明殿

登豐門啓旭光升，蘚級瑤壇陟上層。元始受釐傳世廟，甲申祈穀記思陵。春風羽駕諸天樂，白雪丹房五夜燈。猶奉盛朝香火在，滿欄松影許人凭。

清明日登覺生寺鐘樓

曾家莊靜叩春林，世宗憲皇帝御製碑曰：「西直門外曾家莊，圓址爽塏，長林佳茂。」永樂鐘洪發敬心。佛號銑于無隙地，帝歌鏜鞳有元音。御製《覺生寺大鐘歌》并書，勒石於左。寶欄十二低山翠，沙界三千澹夕陰。楊柳遶村成冷節，獨於天畔數歸禽。

顧列星：「帝歌鏜鞳有元音」：雙關語，聲大而宏。

讀書慧果寺二首

藜光橋外水，水次闔扉清。看綠楊枝色，聽稀杏酪聲。鐘魚隨佛課，車馬任人行。本自無他爾，奚妨習嬾成。

過眼平原賦，銘心大德書。適觀吾里天籟閣所載趙文敏《文賦》墨蹟。花前横卷盡，雨外故園疎。子弟應愁我，文章已誤渠。東齋勤灑掃，苔蘚日何如。

仰酬桑先生四首

江國復江國，東風無鯉魚。大梁亦何在，十日兩奉書。長歌竝回復，紙盡意有餘。書中謂我子，他日教可徐。父子及於門，感激生欷歔。欷歔廿年事，弱冠請見初。安知有我子，復進灑掃袪。高雲不私澤，宛轉爲菑畬。其父弗克力，猶望其子如。

我初從遊日，我父母在堂。人間愛憐心，父母於子長。教之復誨之，我父母已亡。皃行及中年，忽忽以悵悵。悵悵益追往，於我師難忘。師詩況相逮，師書詎此詳。我懷鬱終宵，塊獨霑襟裳。

素衣三年客，免喪方及茲。貧不守故廬，那能復悔之。疚心匪一事，默默慚於師。作書答來書，作詩答來詩。涕落不可止，南望黄河涯。

日出師曠臺，草生軒轅丘。雍雍書院長，禮教乎中州。中州厄明運，河決城沙畱。洛學其可興，山川風氣瘳。我今亦何爲？長安之道周。人生無百年，百年倏以遒。守身如執玉，懼爲君子羞。君子之所羞，考妣之所憂。

顧列星：四詩真樸，有漢魏氣息。

錢儀吉：「日出師曠臺，草生軒轅丘。雍雍書院長，禮教乎中州」：古意盤鬱，音節彌亮。○「我初從遊時」：公丁未從桑先生學。

題諸編修錦高松對論圖

禾城尚書宅，襄毅項公。一松栽故明。翰林典宅居，松久偃蓋成。上有鳥巢高，下有井甃清。清泉潤其根，好鳥相與鳴。掩關日對之，抱膝無所營。朝朝松露色，暮暮松風聲。誰能識此心，併不期阮生。

錢聚朝：手校云「故明」改「前楹。」

盧舍人文弨徵爲徵君存心六十詩

一千五十言，徵君示子章。憶在甲寅秋，俱客於桐鄉。詩成最先讀，溪樹聲琅琅。其時不知貴，謂但昌黎方。邇來十五年，離合紛難常。所遭天下士，無若徵君良。轉憶同徵時，同車行高岡。赤日山東州，我眼病在眶。轣轆雙輪間，數入聲念西泠莊。芰荷水風語，蕭蕭爲我涼。倏忽及今夏，京遊寓藜光橋名。舍人晨送卷，刊得前詩長。一讀彌繾綣，再讀復慨慷。徵君六十矣，寂寞依林塘。教子子旣成，名以孝廉揚。家學古文詞，行登著作堂。不媿外祖馮，不媿外舅桑。凡詩之所訓，子也虎力當。徵君貧自樂，孺人職能襄。柴扉白日駐，一篋名山藏。往時桐鄉遊，桐樹應不忘。我年未三十，焉知鬢髮蒼。周旋亦許我，極不輕相量。德業久無似，對舍人彷徨。何以壽徵君？浩歌歌莫詳。南歸亟載酒，醉酒同壺觴。

翁方綱：時犛石與抱經未作同年進士也。

同萬孝廉光泰過周上舍大樞二首

燕市十年多，重逢情奈何。漫將鴻爪錄，上舍撰《鴻爪錄》，錄丙辰同徵二百六十七人之詩。且欲鹿鳴歌。玉笛生楊柳，青山別苧羅。夢回風雨夜，春又客中過。

憶卽招尋數入聲，譚須別去遲。酒壚王令預，川水陸生悲。同徵邵明經昂霄已歿。萬子顔猶赭，周君鬢未絲。今朝值錢七，得不虎頭癡。

錢儀吉：「川水陸生悲」：陸機《嘆逝賦》：「川閱水以成川，水滔滔而日度。世閱人而爲世，人冉冉而暮行。」〇羅，蘿。

錢聚朝：「羅」當從「艸」。

拈花寺禮從曾叔祖妣陳太淑人白描觀世音小幀有賦三首

香花供養見高懸，陡憶秋風十七年。成像已教成佛去，旅人稽首一潸焉。雍正癸丑，見畫于里第。

句句難忘件件思，小來親受佛恩時。春城月落金鐘曉，猶感慈容出夢遲。今年，太淑人曾見夢。

女德居貧近代無，一生補紡慎工夫。重華宫裏親題識，寶笈今藏道統圖。太淑人有《歷代帝王道統圖》經進，藏重華宫，載《石渠寶笈》。圖凡十六幅，末幅有補紡小印一。

馮給事秉仁輓詞

千里章江照使星，秋宵偕我上秋屏。秋屏，北蘭寺閣。侍言早識誾誾性，曾官侍講。批勅方期謇謇形。孺子未能勝節踴，高堂何以制頽齡。永光寺畔槐陰緑，從此車輪不忍經。

留止海淀人家二首

窈窱城西墅，岧嶢苑外山。入門篁翠濕，臨檻柳絲閒。方沼新泉聽，平臺仄磴攀。夕陽何太好，爲傍繚垣殷。

緩步屧生香，鄰家打麥場。黍苗今歲盛，豆莢幾畦長。習射頻穿的，催詩未就章。高林聲不住，添得一蟬涼。

西堤二首

巴溝轉車問，露濕青青苗。金堤高且曲，夾以垂楊條。我登見西湖，映蔚蓮菰饒。黛峯如玦環，百里江南遙。循汀跨長板，紆直波光搖。龍舟時汎之，絲綷牽相超。蔥蔥遶禁苑，隱隱聞鳴蜩。欲識東雉村，何處西勾橋？

堤白淨無草，勢連巨麓長。輕風躞蹀響，已至龍王堂。老僧揖我下，同立門前涼。髣髴西泠西，文禽遍回塘。爲指玉泉椒，芙蓉說明昌。御園今選勝，晨色紅周牆。稽首香山香，菩提松際坊。聖人避暑來，縹緲慈雲光。

翁方綱：「何處西勾橋」：五古每於收處見章法。

送裘詹事曰修告祭南鎮

西番歸降夏麥熟，典禮嘉㒺明堂開。遣告嶽瀆曁陵寢，儲端華重揚州來。藪曰具區鎮會稽，嶠東之山國史推。《五朝國史》：「順治初定會稽縣，祭南鎮會稽山。」永興公對昉天寶，雲雨施潤裹胚胎。夏王會計此弓劍，下有耘鳥田每每。祀山不兼祀陵命，牢具圭幣祠官陪。五音飭兮濸容與，皇耆其武懷柔該。洓河東西神我福，民不疫癘年無災。詹事詩賡柏梁上，椒房率更領其材。千巖萬壑應接暇，翠管掃落苔垣苔。迴颿小駐明聖曲，六月荷芰風褭褭。自言必踏北高頂，要看紅日生蓬萊。理安九溪十八澗，修竹此際雲棲隈。憶傍春江六和寺，題名寶級空霜埃。舊行遊處付星使，僂指返闕涼秋纔。秀州道出訪我里，烟雨鄉味菱謳催。

朱休度：七言。十灰。

題王學正延年紀夢詩後

國子先生冬病痱，夜夢有適戶闔扉。立者胡來陳承祚，坐者不識習彥威。三揖立者答且顧，一揖坐者蹇弗揮。立者乃指坐者語，帝魏之正其庶幾。前身後身君豈憶，盍即寫此吟依俙。白頭累舉猶未第，史學可傳復何祈。風寒夢回記其二，一十四字懷珠璣。足成六章章四句，說夢向人人笑譏。我思魏紀蜀吳傳去聲，魏帝蜀主書誠非。戶曹參軍在郡日，評品卓逸垂聲徽。炎興建元天寶命，況斥覬覦溫心微。其文雖亡其義竊，續《後漢書》尤暉暉。君家史編昔經進，稽古之力儒冠衣。元和博士亦我輩，聖代耆宿章芳菲。古人見我我見古，不夢而夢精靈依。阿堅尚比得二俊，那必釋道安同歸。

朱休度：七言。五微。

錢儀吉：記《隨園詩話》詳述其夢。

錢聚朝：手校云「俙」改「稀」。

秋曉啓鑾篇七月八日南石槽恭紀

行宫天碧金鐘鳴，山下萬帳紅燈生。人聲馬聲及車聲，肅肅併作清風清。綠楊如雲輦道平，皇帝御馬雲中行。躬導慈輦百祥迎，天儀有晬歡童嬰。承家繩祖之經營，視邊秋獮秋今成。宰相以下羽衛盈，駝駝絡繹發大營。雨師飛飛一舍輕，沃壤已見五柳城，螺山插天天澹晴。

顧列星：「肅肅併作清風清」，可作「蕭蕭馬鳴、悠悠旆旌」註腳。〇「綠楊」二句，真寫得穆清氣象出，《長揚》、《羽獵》賦未經道過。

朱休度：《柏梁》。八庚。

九松山

馬頭松影落虚嵐，攀蹬崔嵬徑可探。九樹昔栽何代手，千株今庇化人龕。濤聲白絮河遥答，黛色金溝館近參。一自清風發天藻，徂徠秀不擅東南。御製有《九松山》詩。

要亭

乍過芹菜嶺，濃樹瞻離宫。垂垂天外雨，摺摺旗邊風。周廬草如毯，絆馬藉坐同。掘坎以爲竈，竈烟青且紅。瀠洄要水來，大小黄崖通。古城渺何許，星影沙畦中。

出古北口

兩崖峻偪容車軌，徐武寧之内邊是。昔時居庸喜峯松亭聯絡乎薊鎮，列砦屯營二千三百有餘里。斜陽莽蒼駐馬蹄，慨然口外山高低。英雄天眼畫地險，終明一代爲防隄。宋宗燕薊不收復，三衛文皇棄何速。只今沙漠皆耕桑，關北亦似關南熟。秋浩浩，潮河風，鞭梢快拂斜陽紅。我行乃到蘇轍鳳州西，興州東。蘇文定《古北口道中》詩云：「髣髴夢中尋蜀道，興州東谷鳳州西。」

朱休度：長短句。四轉。

錢儀吉：《池北偶談》：古北口一寺中，有石刻蘇潁濱詩，云「亂山環合疑無路，小徑縈回長傍溪」云云。蓋公元祐間使契丹時所題，而遼人刻石者。

度三道梁至喀喇河屯

微雨滌殘暑，新秋加晚涼。紅欄緣棧曲，碧澗瀉山長。蕎麥花盡雪，楓林葉未霜。時復見村叟，了不知氈鄉。地形沃且衍，峯色秀以蒼。千家完邑聚，萬帳衛宮牆。川巨收眾壑，陂高接遠岡。來朝瞻翠輦，攬勝吟清光。

顧列星：聲律諧邕，優柔不迫。齊、梁詩實爲唐律之祖，徐庾體何可輕薄？

什巴爾泰

平沙四山展，小聚百家高。語半他州雜，形多薄業勞。充腸餘餺飥，注琖缺葡萄。卻望垣西刹，新松起翠濤。行宮傍有安禪寺。

木蘭詩十五首

環山度圓址，黃布爲周牆。行殿繞護軍，旗門開正鑲。三驅寓九伐，田禮遵仁皇。我皇神武德，今年靖天狼。從官肅聲響，穹帳森沙岡。翠花雜紅子，高下暮有光。

白露朝已零，順時乃進哨。聖人駕玉虬，虎士臂黃鷂。山綠勝江南，濃苔樹陰照。高瞻澀難上，大嶺如壁峭。穿林仄輪轅，與馬爭悍慓。千峯壯九秋，萬里歸一眺。

誤入獵所行，回鞭一神悚。羊腸屈注來，屢試踰溝勇。羊腸，河名。草豐翳坎虛，墮之不旋踵。謂塔子頭。止頓近可知，風旗望高壠。僕夫吻燥聲，亟飲以馬挏。

塞行所見凖，山夾亦樹交。谷深坡且展，休騎如居巢。宵清雨點響，氊屋同團茅。還成滴篷聽，魚汊蘆葦梢。霽色曉未遽，適當停鞭鞘。開溝周住處，烟密連鄰庖。

宛宛谷乍通，霏霏霧初歛。碾輪豐草間，香出蒿與蘞。疊嶂綯如皴，連林蒼似染。采樵夙有禁，長養歲方漸。遙瞻圍勢合，正覺日光閃。下走紛鹿羣，上飛絶鴉點。

車攻旆悠悠，卷阿鳳翽翽。一家樂恬熙，萬里靜塵壒。野草亦有心，路傍榮所賴。日覺深山深，日忘大漠大。大坡忽以豁，高立數峯最。深峪忽以迴，翠復數峯外。乃知開闔間，造物方未艾。

夜烝雨徹曉，曉凍天已晴。雲氣若飛絮，山坳寒不輕。濛濛日亭午，秋暑背汗生。涼飆振空起，突作奔雷聲。雷轉雹隨電，珠璣撒地明。電收雹旋止，山迴風清清。

度嶺始跨馬，嶺長步屢休。自巔曲折下，楓夾樺林稠。又前見翠壁，奇絶無與儔。山秀土更肥，轉坡勢莫收。氣象乃爾闢，昌昌匪幽幽。厥產富麋鹿，是爲巴顏溝。

翁牛特之地，平若水行舟。迴輪過湯泉，春煦生敝裘。疎林昨蹔駐，今復遙相投。掘井所得渾，砂石難深求。鴻濛氣惚恍，夜聽談天鄒。王禮秩百神，山靈紀遐陬。張贊善奉命往圖興安大嶺，歸爲言海喇堪之靈。

午晴看山行，緩轡何知勞。驟來雨淅淅，卻不風颾颾。須臾雲吐納，斷續青周遭。雁排人字去，天與秋心高。雨疎乃有雪，雪密如翔翺。旌旗萬帳灑，楓槲千林韜。江鄉八月際，霜未盈蘭皋。快從沙磧見，寒士爲之豪。

峯秀林益茂，月高澗逾清。出林看團圞，就枕聞琮琤。朝來宜秋帖，奎畫傳宵情。御製《疊前歲中秋帖子韻四首》句曰：「帖子宜秋我作師。」旭光竝峯轉，坦然蹋前程。右峯虎踞伏，左峯龍盤行。合沓占大勢，迴環蘊元精。啓予至靈境，歲邀帝歌聲。御製《中秋帖子》句云：「啓予千古塞垣山。」

曉行入一彎，仰見秋樹冷。半紅半青黃，人曰達陰嶺。樺樹十萬株，密密直於鍼。日光照玻瓈，葉葉晴不陰。楓樹或間之，葉紅點我襟。越嶺盼左右，亦皆楓樺林。山黃地半青，草深霜不任。落葉松如何，根有絡緯吟。塞外松别一種，涉寒落葉，曰落葉松。

放鹿聖之仁，御製有《放鹿》詩。哨鹿仁之勇。御製有《哨鹿賦》。大哉發元音，天筆何典重。允惟文武德，自中及外欽。四十有九藩，示以懷柔心。諸藩荷燕賞，圍口趨駸駸。願吾聖仁主，秋獮歲必臨。

秋林早晚佳，秋山往復好。日行秋色中，矯首感晴昊。大壁削造天，裂紋黃瑪瑙。千尋落葉松，分幹根及杪。是松與是壁，會見畫者少。徘徊飛夕雨，至曉開巖曲。薄霜被黃沙，寒意在馬足。

矮樹亞枝密，如遶梅林中。巔石竅半月，天光透玲瓏。下帳昨得雉，上馬今聞鴻。撤圍屈茲辰，鞭馬馬步同。西出兩峯口，萬燈中夜紅。回思千山雲，有夢時來通。

顧列星：章斷而意相承，可作一篇《秋獮賦》讀。○第六首「日覺深山深，日忘大漠大」、「翠復數峯外」諸句：極力寫塞外山川寥闊，覺别有天地。而王者一統無外氣象，一併寫出。

吴應和：事同岐陽十鼓，而以少陵《北征》、昌黎《南山》筆意出之。雖分十五首，原是一篇章法。

近藤元粹：第一首：古詩中有是，題目與此全別。然則宜明記其事，今不然也。是又以難了爲妙乎？可謂愚矣。○此等詩駢列十五首，失選詩之體殊甚。○第二首：記清主遠征之事而稱木蘭，記者何也？○第三首：「挏」，推引也。漢有挏馬官作酒，以馬乳爲酒也。○第四首：記邊塞風土，果有何妙？○第六首：深山大漠，今日主之者誰？爲之一嘆。○第七首：一篇風土記耳。○第八首：惡作可厭。○第十首：「須臾」以下四句，清爽可喜。○第十一首：起四句善馭深山幽谷之狀。○第十二首：這樣詩宜編入地理誌中。○第十三首：諛言可厭。○誇張自大之語，可笑又可憎。○第十四首：起得偉麗。結亦妙。○無首尾，無順序，更不得要領。選者以比《北征》、《南山》，瞽妄之論一至此！可憫笑。

金蓮花

葉綴莖邊細，莖分葉裏纖。色黄舒瓣疊，心凸吐絲𦆍。夕照平沙際，涼秋白露霑。采之頻下馬，如向佛前拈。

題劉閣學綸塞上新詩後二首

俞騎秋迎納鉢開，塞山千疊翠于苔。獵場自用鷹鞲臂，衹取諸臣橐筆來。

水草方方撒帳斜，清詞句句壓箏琶。佩刀漫把秋醃割，此是邢君芍藥芽。元灤陽邢君嘗製芍藥芽，以代茗飲。

中關至熱河

雄雄勢成隘，插漢峯多青。澗柳冷含旭，村楓深蔭扃。鐵華壁峭仰，虹影橋低經。載雞車箱叫，負鹿駝背腥。歸疾意競出，趨分呼遙聆。擔輕鬻且既，店滿炊方馨。稻堆晴簇簇，菜畦嫩冥冥。磥子溝瀉玉，雙黄寺開屏。蟠紆巖蹙萃，蓄洩造化靈。莊東見石挺，雲碧花丁星。

錢儀吉：字字新，句句險，以矯庸熟之習，良善。

至後二日雪

秋雪新從塞上看，歸來冬雪病餘寒。山川跋履虚鞭鐙，牖戶綢繆實羽翰。地底陽回飛玉琯，天邊瑞應上圜壇。儒生僵臥尋常事，秖願豐年萬國歡。

田盤松石圖爲少宰佟公介福畫并賦長歌

堂花已發紅牡丹，映窗曉不知冰寒。墨融雀瓦潤湘管，特遣秋色開田盤。田盤之遊詎云暢，半日歸來坐惆悵。石憶中盤松上盤，下盤水落今難狀。我今畫石先畫松，濤聲直拂紫蓋峯。天成寺之上，李靖庵之中。歡喜嶺之西，仙人橋之東。蜂攢瓣襲不一致，石昂不翔攲不墜。峯峯累石千億成，千億石罅松根生。石以松瘦皮膚青，松以石老鬚髯橫。是月鞠有黃，馬蹄陪遊滑蹋霜。公登舞劍臺，側帽天風長。歸來期我畫，我夢依香界。邇承詔舉明經儒，公章薦及山澤臞。欲施斤斧與礱斲，興詠轉益情緜紆。石一卷，松千尺，濃覆苔痕照春碧。茯苓結，琥珀凝，石所望兮惟松能。

朱休度：長短句。十轉。參差。

錢聚朝：田盤松石，蔣一葵《長安客話》。

吳應和：中幅實賦松石一段，不假辭彩修飾，彌見筆力清矯。

近藤元粹：田盤何事？敘述欠明瞭。○敘松石處筆舌甚靈。○有韻文耳，何詩之有哉？○雙綰，以三句一解結束，全篇章法奇矯。但字多疵瑕，往往欠明瞭，可惜也。

佚名：「石以松瘦皮膚青，松以石老鬚髯橫」：松勢石理，兩句曲盡。

朱大明府沛然歿於江西四月七日靈櫬歸里五月二十日載之聞耗六月晦日久而不能哭之以詩今聞將以十二月八日葬於桐鄉某原賦寄輓詞十五首

載於倫紀地，至痛不能文。積月銜清淚，經秋對斷雲。南昌何處是，丁卯此生分。萬古章江岸，明明竟隔君。

尚有平生意，今成未盡言。輪迴寧再友，夢見已真魂。暑路棺新返，貧妻塚舊存。無兒惟寡妾，僦屋哭空村。

何取科名得，因之病一官。五經成進士，三載罷高安。祗與遺民愛，將爲後世觀。嗟余猶應舉，燈火讀書殘。

乙巳秋相見，樓窗桂正花。符飛燈焰轉，乩叩月輪斜。借道詩兼筆，增勳酒更茶。賤貧磨少壯，悔不學仙家。

移居水竹居，苦憶種梅初。夜火孺人議，春陰佳客醵。冠須峨道德，帚欲敝樵漁。早付冰花覺，淒涼一夢疎。雍正丁未，君種梅於偶圃。己酉花時，同社過飲宿焉。載有句云：「正黄昏月蒼苔冷，橫兩三枝數點明。」蓋夢後所錄。

僚婿爲媒氏，周旋得舉觴。禮嘉緇五兩，冬孟日三商。自昔開心許，于今僂指傷。豈論成宅相，身事半蒼茫。

迴環憶元祀，合璧在京師。得意看花疾，多端索米飢。胡衕今夜月，涕淚數篇詩。颯颯枯槐響，魂來但不疑。

生別非死別，詎君長別鄉。二觀齋夜月，辛酉歲秋霜。宛轉之官亟，參差入幕詳。卻因思所去，益歎仲卿良。

夢不章江到，秋纔客邸逢。心懸窮宦況，目怵病僧容。段段楓檐話，頻頻蘚院蹤。歸歟吾勸子，亦謂肯相從。

君留我入京，苦語寄深情。此夜函重發，孤燈淚盡傾。誰令歸計緩，孰使旅愁盈。掌教鵝湖乍，行藏畢一生。

聞道還靈櫬，桐鄉水廟棲。白衣來客弔，紅血有鵑啼。宅在人從典，碑虛我欲題。昨朝方會葬，獨限紙錢攜。

長年應早逝，常日每相要。各以束芻致，都將歌薤招。天荒新壠雪，夜黑遠林鴞。歸去吾盂飯，清明必歲澆。

悲君李氏子，襁褓育於朱。冒姓情終黯，歸宗路亦蕪。爲言三黨近，能卹一姬無。只此亡人繫，休令絕爨蘇。

數莖髭太短，一笑語多諧。園後船常纜，湖中簖早排。詩皆號南郭，戊申冬，君偕陳二乳巢、祝大豫堂、王五受銘及載，合訂詩卷曰《南郭新詩》。酒即睡東齋。此樂今生過，當時豈不懷？

明經陳二暨舍人祝大，復有秀才王五貧。最數同盟好，俱爲異姓親。天涯遲會合，地下永沈淪。不識他年淚，誰饒後死因。

擘石齋詩集卷第十三

庚午

錢儀吉：四十三歲。

送馬榮祖宰閿鄉三首

去年菜市西，赤日叩子齋。千番錄《明史》，刊誤獨纂排。僕飢烟冷突，屋古風吹槐。以茲謁選人，夫豈世所才。子曾不出戶，時論方蒙咍。昨者見除書，得黔之仁懷。山川萬里行，何以慰朋儕？聖恩適改調，雪霽春陽纔。

湖維漢恆農，其地有閿鄉〔一〕。潼關道初出，黃卷坂且長。懷哉二南化，去去皆古疆。不知桃丘聚，今俗還能康。紅爐照雲卿，可有劉侯觴？軟飯勸味魚，可有少府姜？人情貴相好，不在暫與常。我行儻來值，一握申慨慷。

墨綬古諸侯，豈不曰道同。經術飾吏事，亦在世務通。理國譬張琴，水濁魚乃喁。破觚而斲琱，民氣惟雍雍。貧賤有此官，職分慎所供。毋以剛自遂，毋以柔自容。悠悠我之思，思子在峭潼。五上之利興，四人之業崇。

錢儀吉：榮祖，字力本，廣陵人。嘗擬司空表聖《詩品》，爲《文頌》三十六首。余癸酉歲見之于琉璃廠肆。

【校記】

〔一〕閿，底本作「闋」，據詩題改。

小寒食獨出安定門至一野井小憩賦詩一首

罷飯忽不懌，適借同人車。告僕國北門，意亦隨所如。風吹天浩浩，日照花疎疎。土城若山偃，誰與升古墟。道左一寒甃，茗飲環相於。將心下照之，水乃能覿予。問何爲此來，選境初無初。詎言向荒寂，而自增躊躇。

井面徑五尺，水浮四散微。浸潤三柳根，密排高十圍。柳條是時緑，燕子應來飛。甚思擔榼致，鄉味江南稀。鵝黄漉家醞，新筍開園扉。薹心菜已糟，韭嫩蜆亦肥。舟船各上塚，何處無斜暉。惝怳復惝怳，井旁人獨非。

題徐上舍以泰綠杉野屋圖二首

憶君十七鄉中句，魚稻桑麻到眼前。畫得青杉壓歸橐，重來覓舉又三年。圖爲董閣學丁卯畫于京師，以上舍有《綠杉野屋集》也。

一橋一徑似相識，縣北韓家修竹林。雲氣已無慈相寺，寺門人尚記前心。德清縣北慈相寺前，有老杉數本。修竹林、宋韓元吉宅，在寺西。

觀陳惟允山水用題者韻款云：「爲耕漁隱君。」

松頂雲春雪瀑開，小髯如拉故人來。茶甌已潔書堂靜，正乏金蘭一輩才。

次韻田少宰懋秋日過蔣宮保後圃之作

海子西邊石徑回，主方散直客先來。紅亭匼匝羅秋卉，翠墨淋漓掃壁苔。琖醞未須千日醉，堤楊應是十年栽。虛襟共砥清時業，說向沙鷗更不猜。

哭萬孝廉光泰於夕照寺

轣轆車行是獨行，獨行穿市爲平生。銜悲宛轉尋餘味，在世蒼茫累此情。羣塚鬼鄰無右姓，空園僧住極東城。廿年離合留雙眼，不道今看旅櫬橫。

重哭萬孝廉二首

畦菜池茭入壞牆，空無倚傍突淒涼。別來秋雨復秋雨，住處夕陽還夕陽。萬里母妻惟涕淚，一塵天地有文章。歸心昨夜虛廊月，蛩語蕭蕭孰與商。

斜街迢遞一城分，緜歷旬時竟不聞。倩作家書呼范子，待傳手稾寄汪君。藥鐺火冷稀童僕，賓榻風疎半蚤蚊。未敢從頭迂所問，恐傷思慮枉慇懃。

顧列星：「別來」句，暗用老杜「舊雨來今雨不來」語。京師有夕照寺，多停旅櫬。誦「夕陽」句，爲之黯然。

錢聚朝：手校云「突」改「突」。

辛未

錢儀吉：四十四歲。

首春同申孝廉出西直門重遊萬壽寺登藏經閣復沿柳堤而西至一村肆飲得詩四首

一番遊興始，六日出郊纔。野雪憑洼積，河水向曲開。歡聲午雞送，暖色蹇驢催。竝岸紅亭識，年曾此際來。

那問前朝事，難忘後院松。萬壽寺白松七株，翠陰滿庭，大者十數圍。假山兒戲業，高閣佛緣蹤。村樹疎疎密，雲巒澹澹濃。闍黎不相語，看客自從容。

白石莊西路，尋詩步屧偕。風還動春鬢，草欲茁鄉懷。一詔蠲租乍，三吳望幸皆。無田爲賤士，轉覺滯烟涯。

肥割花豬肉，鮮和豆腐羹。相邀店門坐，亦具主人情。場圃豐年後，林坰淑氣生。綠楊千萬樹，待我作清明。

過汪孟鋗仲鈖兩孝廉寓齋夜話呈祝舍人維誥并簡朱孝廉麟應十首麟應即振麟，改今名。

太守爲神本正直，諸郎覓舉竟賢能。同年好伴還隨舅，有我常來聚一燈。

自教難忘太守賢，也權書課草堂前。我鬢未出君丫髻，一瞥如何十九年。
三年門巷緩歸思，書札多煩說我兒。見否東牆梅一樹，已開花未問來時。
兩盞三杯意總忺，春寒十倍夜何嫌。逡巡忽迸無心淚，已失平生萬孝廉。
淚彈亦爲朱明府，指僂須同祝舍人。二十六年嗟已矣，麻姑元説又揚塵。
廣渠門外送歸後，寂寞我留冬復冬。年少不知今漸惜，人生難得是重逢。
弟子員同趨博士，而今存殁倍憐渠。朱髯何苦髯如雪，纔上公車五十初。余與朱孝廉暨萬孝廉同補儒學生。
君家翁子身榮晚，一日還鄉衣錦行。但得樂天張賈遇，不妨小弟作劉兄。
簪花短髮半梳無，豈比狂人左右呼。識字讀書曾不悔，廿年飢凍約妻孥。
舍人五十方餘五，不許清恬老態增。無事喃喃過夜半，撩君睡思已懵騰。

三月十五日雪二首

驀地簾風絮作團，一番桃李奈春官。金明池上紅裙女，且博滕王蛺蝶看。
號舍鱗鱗積瓦溝，驚雷虢虢雨難收。藍袍未换銀袍濕，若箇英雄正白頭。

題許秋曹道基竹人圖

人有竹德曰竹人，竹人虛直而精潔。霍齋作圖李鍇題，邀我吟詩意空結。我居城北君城南，欲往從之愁蹩躠。圖留逾月頻闔開，坐對移時轉親切。城南叩扉未握手，城北含毫漫饒舌。鷗鄉舊阻十霜寒，筠卷今銷三伏熱。昨宵雷雨風怒號，夢中吹折庭槐梢。故園平安今好在，我非飢鳳寧無巢？一竿儻借釣魴鱮，涉海不羡神山鼇。竹人竹人君自有，努力志行秋旻高。

翁方綱：「志行」收篇，首「德」字得無重滯？

朱休度：七言。兩轉。前仄多，後平少。

吴應和：此種七古奪少陵之神，而不襲其跡，規矩準繩之作，應爲有目者所共賞。

近藤元粹：竹德竹人，杜撰殊甚。〇以這樣詩爲奪少陵之神，選者有目者乎？蓋彼小説中所謂有目無睛者也。

佚名：回轉自在，使筆如意。

次韻諸編修錦詠繡纓花

百花成朶壓纖枯，斗大開時徑蘚鋪。晼晚留春更留月，玲瓏如玉也如珠。紅薔院冷輕陰閣，乳燕簾深午睡蘇。直是團圞情不淺，繡纓奚取趙昌圖？

自題蔬筍圖三首

春風上塚憶停船，村塾門開對菜田。安得飽嘗爲學究，歸歟挑煮竹陰邊。

一竿常放萬竿春，青筍攙雲日日新。我住東家須自種，不妨治地任西鄰。

連雨都辭襬襶朋，涼軒點筆竟何憑。此情不共梅溪較，卻向廬山帶葛藤。

少司寇公病起招同戈吉士濤李編修中簡汪孝廉孟鋗飲從叔編修汝誠孝廉汝恭侍坐分韻

秋清甫祛瘧，月皎方輟霖。豈無一尊酒，樂與時彥斟。盤螯已堆紫，壟穗應量金。年豐繫江國，身健紓風襟。觀新雜慰藉，述往勤砭鍼。簾帷香掩冉，不知零露深。

遊王氏園同儲進士兆豐

雲行無定蹤，時會倏相合。一語成良游，雙童致野榼。村虛日晶晶，林靜風颯颯。屋欂蒼鼠下，橋柱敗荷匝。山容澹逾遠，秋意清不雜。客停主莫來，我唱子必答。借月如永宵，松陰有苔榻。

再遊王氏園三絕句

深草連池復帶岡，林中盈畝木棉黃。埽除夏蔓成秋實，政要高大一夜霜。
茨菰花上曲欄凭，潑剌魚跳不舉罾。小艇園丁摘荷葉，唤伊可有野生菱？
酒行雜坐漬衫痕，亭子空明占一園。博得津門旁蟹大，誰知雨點入秋繁？

望景山二首

寶殿崇安列聖真，五峯高築五亭新。萬春頂上祥雲紫，願祝吾君壽萬春。
延秀東標若木靈，輯芳西擁太行屏。今年正慶慈寧壽，第一弧南見壽星。

廣濟寺鐵樹

風鳴古殿西，根立御碑題。鐵色高柯直，秋陰大葉低。文章遭際幸，冰雪歲年淒。欲辨桐檍似，真難《爾雅》稽。御題詩曰：「摩挲不辨桐與檍。」又曰：「白足僧人稱鐵樹，木疏希見誰能知？」

重九後四日集王學正齋

城南秋霽呼翔翱，來共君子之家醪。土壇自封犬雞祭，卻少車笠辭啁嘈。麗澤相滋在講習，德音是則方燕敖。無曰先交後乃擇，忍令始笑終號咷？面朋面友世不乏，什什伍伍求其曹。溫而增華寒改葉，亦士之俊毛之髦。草蟲雕虎感既類，今我不樂日月慆。花師早擔彭澤菊，菜市已賣劉郎餻。千里空懷內史羹，一生未了鮦陽螯。夜遙燭短興何極，適可宴醧寧妨饕。

朱休度：七言。四豪。

錢聚朝：畢卓，鮦陽人。

冬日鑲藍旗覺羅學書堂作

天室儲英雅化敦，雪晴高宇坐春溫。明倫自昔循三代，助教於今比四門。衿佩來寧非冑子，本根庇亦是王孫。緼袍正愛詩書擁，仗有風簾隔市喧。

喜王舍人又曾謝舍人墉至京同祝舍人維誥周孝廉翼洙編修澧汪孝廉孟鋗姚吉士晉錫醵飲

菜市青蔬豬市肉，保安寺近呼相屬。獻賦承恩二妙來，傾囊買醉三更促。鷄聲喔喔東西鄰，簾風庭雪迷離春。説與燈花休便落，座中俱是故鄉人。

韓介玉仿董北苑山水

秋巘樹紅日落，漁航烟碧江遥。卻憶花溪田舍，如逢黄鶴山樵。吴興沈夢麟跋云介玉氏趙魏公外孫。夢麟所居在花溪，後歸於誠意伯劉廌。廌有《花溪田舍詩》。叔明亦文敏外孫。

奉答諸君南城小集遲余不至同用蘇公韻之作

尋歡只合倒千樽，又見修蛇赴壑奔。小巷燭光喧客騎，高樓鐘響隔城門。未賒後會來同坐，卻賺清詞與細論。自笑年年不歸去，敢將春草比王孫。答姚吉士句。

壬申

錢儀吉：四十五歲。春中式鄉試。秋中式會試，入翰林。

謝舍人新居置酒邀少司寇公諸編修錦祝舍人維誥王舍人又曾周孝廉翼洙編修澧汪孝廉孟鋗仲鈖姚吉士晉錫梁水部敦書過法源寺看海棠各賦長篇載以雨阻不至續賦奉簡

東風萬里不可收，海棠喚我城南遊。道化頗憶賈元靖，題詩要賺蘇黃州。雨蕭蕭，泥滑滑。馬脫韁，車迴轄。路遙卻減少年狂，闔戶褰簾獨愁殺。謝家酒香古寺東，寺門蝴蝶飛溟濛。去年花少今年更，難得諸君著屐同。緗雲絳雪茶烟處，聞道非花復非霧。白髮禁春老侍郎，碧殘罩影先成句。摘戴寧煩素手來，繡看莫付羅裙去。人方半醉惜歡娛，花擁全身未遲暮。脈脈兮盈盈，無情兮有情。安得如來佛面如滿月，滿月照花花放明。迦葉曁天女，一笑撒萬英。我擊腰鼓吹玉笙，一花歌一曲，一曲倒一觥。

朱休度：長短句。四轉。參差。

與汪孝廉孟鋗仲鈖招范明經同治小坐聽明經話萬孝廉病中事

浩浩青春青，悠悠白日白。如何辛苦言，相共餘四客。知伊病由起，沿泝塞胷膈。涼牀臥雨心，遠夢思親夕。東流實難駐，櫬歸未殯窆。北堂訃旋聞，風燭爲之迫。應無負所屬，遺書高可尺。萬事盡聲銷，千秋亦駒隙。

翁方綱：「遺書高可尺」：柘坡手著，今尚未盡裒輯也。

集嘉樹齋題六和塔四十二章經拓本二十四韻

賞憶錢塘遠，吟看墨本清。讌餘尋古趣，譚劇繞鄉情。柳渚飛縣候，徐村著屐行。六和登塔迴，三級刻瑎貞。宋社東南削，曇僧旦夕營。月輪峯名依刹起，潮脈到闌平。富弼賈昌朝追模範，風流續汴京。寫經分筆札，集字遍公卿。妙相同嵌壁，已定居士董仲永刊小字《觀音經》。又前刊李伯時白描菩薩相，在第二級。真書也播英。資傳居士董，跋有布衣翃。佛力崇調御，江靈感至誠。豈惟工撫押，謂句息鼉鯨。時彥歸千劫，神霄罷六更。園猶吳越占，塔基爲南果園。鈴在半空鳴。幾度春遊隔，長安旅夢生。偶因星節去，話及蟻珠縈。「炯若蟻在珠，九曲隨盤旋」，宋白珽《登六和塔》詩。響拓懷方果，歸囊贈匪輕。己巳夏，詹事裘公奉命告祭南鎮。載爲言塔上真經，使旋攜拓本見贈。諸君能發詠，此日爲加評。卷首沈該署，篇終洪邁名。渠皆無盡施，我亦見聞明。蜜食中邊味，琴彈急緩聲。磨牛須自歇，濁水莫徒盈。迦葉舊文了，智圓新義成。槐陰攬須髮，且復倒金觥。

奉題座主少宗伯佟公試院詩卷後疊用蘇文忠公次韻黃魯直畫馬試院中作韻四首

公前官少宰，號野園。

烟霄能使鸞鳳行，辛年貢舉公有聲，試院詩今卷又橫。秋賦逢春春氣透，南山露潤千林瘦，壬年重見古鍘豆。黃金臺市天下驄，東坡翁耶六一翁？杏花自拂瑤箋紅。

鴿之哺雛雛飛行，隔牆已傳賣花聲，柏壽香燒烟篆橫。《鴿哺雛》、《柏壽香》皆卷中篇題。《柏壽》序云：「余喜焚柏花，搗西域紅香和之。比入闈，石坪焚此香，謂柏最壽，盍以名？」石坪，公老僕也。又《晚坐聞市聲》句云：「豈是賣花人未散，午風吹引到窗來。」堂簾垂垂風月透，不獨吟春飯顆瘦，此時麥田結蠶豆。眼中文是畫中驄，落紙如葉猶勤翁，又有題落卷、中卷、副榜卷、十魁卷諸篇。十魁者，順天例於榜前錄十卷進呈。多情官燭三更紅。

前年頒詔高麗行，明雪樓上清哦聲，樓在高麗之南別宮。江濤鴨綠筆力橫。詩如挽强楚札透，書不古肥與今瘦，我方造父師泰豆。只觀此卷欲避驄，有酒正喜陪山翁，襄陽日落杯面紅。

半酣起舞作歌行，憐才心見於詩聲，奎壁照座光縱橫。玲瓏表裏壺冰透，安得相馬失之瘦，若驪若黃分兩豆。媿身不如鄧公驄，又不能學信天翁，明朝待試榑桑紅。

朱休度：七言。三轉。每轉三句。

次韻奉酬少司寇公垂寄

海石家風澹泊真，年來京國聽公頻。文章要使關經術，姓氏曾將達聖人。即用原韻句。天上壬申花底宴，江頭甲子夢中身。歲戊午，嘗宿錢塘江，夢兩水物從沙壖中扛金字牓，出立舟前。蓋三夕而三夢。其一則「上元甲子」四字也。茲以壬申恭過慈寧六十萬壽，恩科金榜獲名，乃徵先兆。尚煩數上聲與諸宗從，舊德雖長劇苦辛。

僮歸十七首

僮沈僕於錢，乃祖父以來。父忿忤我祖，遣去辭其儕。卅年數飄轉，擔薪鬻官街。一日我父起，秋風掃庭槐。我旁見僮父，泥首堂南階。自言有此兒，多病奴已衰。諒當委溝壑，乞主憐孤孩。僮留父竟去，去去不復回。明旦忽有秏，溘然隨黄埃。

僮父未具斂，僮母已議嫁。僮乎鬱氣纏，多病詎足吒。母嫁妾佗人，僮留呻我舍。我母洵仁慈，撫僮淚爲下。屢誨胡强梁，將笞又休罷。長成幾歲年，呼喚自朝夜。

我父好賓客，賓客以日至。其或留信宿，中廚供酒食。風寒朝應門，雨黑夜歸市時吏切。嬾惰雖爭言，匆忙亦兼事。堂西有竹園，樓北有蔬地。閒嘗課習勞，而每竊遊戲。家翁性憐劇，過失勿輒記。念乃祖父來，舉動見恩義。

我家忠孝家，我身詩書身。凡我所知識，我母幼訓諄。我幼父客京，屬失生母辰。我非我母出，鞠我恃母恩。未寒手與衣，方飢手與飧。爰自六齡後，二十有八年彌因切。凡我所受恩，僮半目見真。僮今歸見我，毋以不孝瞋。束髮有何學，徒終父母貧。

我貧出授讀，近止於他州。貧當父母共，入京故不留。酉年主母病，盎粟缺豫謀。聞令官倉糶，道作雀鼠偷。主母病中數上聲，潛逃諱厥由。我歸病已篤，湯藥五日周。端陽萬古天，酷痛使丁憂。僮不歸給喪，及歸逾深秋。犬馬儻知報，哭應破嚨喉。

冬寒求葬地，乃在先壠側。明年夏五月，築壙奉幽穸。雨晴八晝夜，心與杵聲亟。山松撼蘆廠，僮也伺飲食。六月舉家病，次子夭可惻。祖父哀莫紓，腹淚謝明拭。夭子入槥時，我手倚僮力。此景十霜餘，一思一哽塞。

雀飛無稅趾，羽豐乃高遷。奈何別家翁，去且四三年。我父壽以終，罔極呼昊天。卻歸喪次役，禮在忘其愆。嗟貧實我迫，迫我方之燕。匆匆乞裝束，願此長周旋。南風吹素衣，吹上吳江船。揮手我獨行，獨行僮惘然。

入京甫旬浹，倏復之豫章。十月返我家，數日離我鄉。離鄉復來京，是時隨侍郎。是日始攜僮，僮始擔我囊。渡江欲渡河，行次淮安城。侍郎顧我語，僮也宜有名。我名僮以安，所慮多變更。我車東阿行，僮隨侍郎馬。同來不同路，馬走泰山下。

客居賴主賢，一歲復一歲。奈何僮智萌，飢鶻啄縧掣。時秋行大獮，豹尾多從官。書生役飛札，亦至木蘭山。朝行我馬前，忽忽僮馬後。奈何不相及，屢顧爲之久。暮行我馬後，忽忽僮馬前。奈何不相待，使我勤著鞭。歸來輒告去，誰能知其然？我不可終事，卽去寧望還。

朝辭書生去，暮伏學士轅。學士比書生，奚翅學士賢。既辭學士去，旋依少師門。少師比學士，無若少師尊。人生爲衣食，百歲駒隙遄。馬亦戀豆芻，犬亦慕葷羶。誰能責臧獲，必當守飢寒。

僮乎棄我去，去且三年餘。何不一來省，尺咫重闉衢。一日東華門，公卿朝退初。夐夐以踽踽，中值我步徒。跨鞍不爲下，念當從官輿。一日漏三下，官宿居停廬。齁齁我寢外，寢內病我軀。隔戶不爲視，天明去徐徐。去後同舍來，拍手相揶揄。我不足恭敬，其敢咎僮歟？

僮初去我時，云將歸視母。我時付家書，腸迴重搔首。踰月突見還，致我書緩將。蹇程傳墮馬，家舍爲彷徨。僮初去我時，生徒暨親朋。傍皆爲我言，是宜以法懲。法懲終奈何，愚騃安足訝。書今封未開，留以示家舍。

我父昔客京，挈僮曰吳忠。忠能親筆硯，遺事侍郎公。公時猶未第，忠也黽勉從。僮騃棄我去，忠意爲不容。從來忠病歿，侍郎使遼東。昨公養疴歸，家具卷籍充。卻見載忠匱，於後之舟中。世間賢主僕，義固有始終。奈何忠不若，去本隨飄蓬。

我昨幸登第，登第良可悲。我母幼訓我，初不衹此期。我父哭我母，曾致酸楚詞。天乎盍少俟，辛苦鞠此兒。人生博科名，譬若春敷蕤。聊悅俄頃目，亦逮親在時。行身苟無忝，輕重不繫茲。疚心而偷息，焉用升斗爲。

僮何若心快，十日三來看。最後手一書，云將問母安。發書請我讀，皆我所欲言。上言蒙主惠，下言念母恩。三年遠蹤跡，欲歸恐無門。始知顏孔厚，藉用申悔原。惻惻復惻惻，欲歸語何煩。衹嫌性彌拙，不識財利端。昆弟及妻子，猶令忍飢寒。安能副僮欲，卽歸仍尠歡。

昔去無所喜，今歸無所怒。重我父母時，同閲艱難故。既歸頗宛轉，宛轉不相忤。始知愚騃心，深淺適其素。君子秉恆德，小人遷外慕。澹泊雖足希，寂寥亦云庶。況我平生懷，坦坦略能喻。他時或難終，但去卽復去。

家僮以千百，諒非鄉里型。入室躬操作，節概猶側聆。其祖父不德，男女鬻使令。人奴而克奮，何嘗有韋經。毋曰彼賤姓，墮地運偶丁。毋曰我舊門，門衰易伶俜。方春氣和煦，雪盡草亦青。發生愼所遣，毋悖造物心息管切。作詩匪告僮，寄以示家庭。

翁方綱：借僮歸爲題，以發揮其胷中所欲説之前後事蹟，絮絮縷縷，有情有味，非小可所辦。

顧列星評第二首：以責人之心責己，以恕己之心恕人，使誦之者忠厚之意油然而生。布帛菽粟詩，正未易作。〇第七首：一善必錄，仁人用心應如是，亦所以引誘此輩人良知也。

錢儀吉：秏，耗。〇囱，悤。〇第四首：此十七首之真脈也。乃知此詩非爲僮作。至前後瑣細敘事，此獨悲唱淋漓，其氣愈振。而「僮歸」題字卽先點明，章法之妙，不可思議。〇第五首：「哭應破嚨喉」：嚨喉，記明人詩中用之矣。〇十三首：又敍吴忠一首，法本龍門。〇十四首：應第四首，全與僮無涉。末章云「作詩匪告僮」是也。〇十六首：「昔去無所喜」：「喜」字疑。

錢泰吉：「喉嚨」二字，《黄庭經》：「还坐陰陽門候阴阳」，「下于喉嚨」。〔一〕〇《史記·天官書》：「七星，頸爲員官。」《索隱》：「按宋均云：頸，朱鳥頸也。員官，喉嚨也。」〇十七篇非爲僮而作也，所以可傳。澹川刪存第十一、第十四、第十五、第十六四首，則真爲僮作矣。一僮之去來何足道？公肯瑣屑言之耶？泰吉向有絕句云：「宗伯西江派偶然，遠探漢魏得真詮。流傳莫漫加嗤點，細讀《僮歸》十七篇。」爲蒲褐山房而發，亦爲澹川也。道光丁酉夏五記。

錢聚朝：秏，耗。○末首囱，息。

查有新：十七首借僮歸以寄慨。歷敍往事，情景如繪，浸淫於古樂府，所以拉雜寫來，總覺語語沁入心脾，可歌可泣。古詩至此，東南壇坫莫與抗行矣。

近藤元粹：賴云：全采僮歸詩，猶全采樊榭《悼姬》詩。選者非無意，然竟是失書體矣。○此等惡作，非詩非文，囈語焉耳。○第一首：袁石公著《拙效傳》，大有寓意，不唯文辭妙，亦可以警戒世人。此等足記一葉新聞紙耳，何足勞大雅之筆哉？作者固愚，選者尤愚，使人悶殺。○第三首：囈語，煩絮可厭。○第四首：煩瑣之事，與家奴有何關係？○自稱云「詩書身」，又稱云「不孝」，詩書身而有不孝之人乎？○第七首：此等事與僮歸有何關係？○第八首：區區奴隸，何以呶呶不止？可笑又可厭。○第九首：猾奴瑣事不足記。○第十首：不忠狗鼠，盍戮之？○第十一首：狗鼠罪不容于死，而漫然許其歸。又喜作囈語，呶呶不止，其愚真不可及也。○第十二首：有是惰主，故有是虐奴，不足怪。而自稱曰忠孝家，可笑之甚。○第十四首：此等詩與僮歸有何關係？○第十五首：語何煩。余於此詩亦云。○第十六首：治家無規律，而曰「君子秉恆德」，曰「坦坦略能喻」，可謂無恥之甚也。○第十七首：有功則賞之，有罪則罰，是天下公法，何必論賤姓舊門乎？○造物固有和煦春氣，而豈無秋風肅殺乎？惰夫不知恥，而曰不悖造物心，使人噴飯。○瞽評，抹殺爲是。

佚名：○第一首：天地間有如此無告窮氓，使人讀之泫然。○第二首：母雖無操行，慈愛則尊人匹婦之情乃爾爾。○第三首：藹然仁者言。○第四首：惻惻動人。○第五首：悲摧痛苦，不堪卒讀。○第六首：餘哀□□，至性可想。○第七首：多方徘徊，情景宛然。○第八首：惆悵顧望。○第九首：筆筆如話。○第十首：辭理兼該。○第十一首：可深自省察。復系咎僮歟？○第十二首：此等無賴漢，真可惡而可憎。○

第十三首：一解有理。○第十四首：大有關系世道人心。○第十五首：人情拘慾，何處能充其歡。○第十六首：諄複丁寧，如聞教訓。○第十七首：至此始言作詩之意。○評語曲盡，可覃意而讀。

【校記】

〔一〕「還坐陰陽門候陰陽」，「下于喉嚨」，《太上黄庭外景經·下部經第三》原作：『還坐天門候陰陽，下于喉嚨神明通。』（《雲笈七籤》卷十一）蓋錢泰吉誤記經文。

擇石齋詩集卷第十四

癸酉

錢儀吉：四十六歲。

二日雪

元日立春春已迴，朝來雪作梅花開。天心人意併相得，雀語犬聲時復來。淨業湖高西岸寺，藜光橋暖北城杯。六年留客成今度，簾卷東風撥芋魁。

長歌代書復朱丈丕襄

春風六度遥相憶，長公來時書未得。去秋寄扇索詩畫，屢闔頻開恍情話。我久不畫荒墨池，有詩牽率如無詩。多謝鄉園諸老輩，道載猶存故時態。讀書悔失山中年，滔滔東流殊惘然。翁之壯盛常爲客，諒復能知其可惜。扇留又過元宵燈，今晨微寒硯水冰。梅花一枝偶學寫，窗外俄聞雪飄灑。去秋曾獨閱廟市，萬玉圖逢王處士。至寶親收夢墅依，借觀城南適緩歸。意欲背臨難與匹，扇頭不是圖中筆。畫成詩缺心未安，一吟一憶舉扇看。莫嫌疎密相唐突，中有南湖好烟月。扇先我去入東軒，明年歸就梅花言。

朱休度：句句韻。兩句一韻，凡十四轉。

春遊曲六首

黄蜂紫蝶引春思，似教遊人去莫遲。踏草儘隨寒食後，看花已過少年時。

高梁橋西西復西，綠楊萬樹覆長堤。堤邊時有紅亭子，亭下新開水稻畦。

水北紅亭面碧潯，水南邐迤御園深。土山抱得石山勢，柳樹濃於松樹林。

玉瀲虹橋入寶坊，花樓月殿轉雲廊。爲迎鳳艒緣涯賞，徧作欄杆少作牆。

塔寺城樓映帶看，界牌耕舍繞風湍。分明塘路烏犍出，不憶江南二月寒。

萬壽寺山山後松，松吹衲子又相逢。去年記否楊花雪，彌勒龕前午睡濃。

顧列星：生趣洋溢，可作一幅春滿皇州長卷。

宜亭新柳六首并序

完顔松裔少宰舍青樓，後臨積水潭，縛茅曰宜亭。蒙招以三月十九日雅集。載昨得汪孝廉豐玉里門秏，是日走問孝廉兄康古於南城，又爲言陳明經乳巢歿涼州矣。孝廉年三十，而明經六年不歸。悲懷莫勝，不能赴招。明日，聞席上分韻詠宜亭新柳，截當補作，勉成三章。其一呈少宰，其二、三自抒衿臆也。次夕不寐，又成二章，復結一章，併以送覽。緜情無托，猶賴觀世之久者感予音焉。

宜春亭子面湖西，城上山光掃黛齊。飛翠恰霑東角柳，籠陰渾帶北門堤。淡烟染雜濃濃露，雙燕穿陪箇箇鸝。聞道蠻腰催短拍，當筵乞向樂天題。

翁方綱：畱保。

如夢難尋巷與坊，舊遊半繫故人腸。驅車欲去驚寒食，走馬歸來已夕陽。鏡照未嘗眉皺歛哭孝廉，泥沾曾不絮癲狂哭明經。淨絣只合皈無盡，灑作春空露水香。

高拂樓臺下蘸池，不論長短總成伊。如何密密疎疎影，絆惹千千萬萬絲。桃李蹊邊愁獨立哭孝廉，風流賞處倚天知哭明經。但令相送還相見，敢向人間恨別離！

寶花倉口起東風，雞唱星懸賦惱公。雍正丙午春，明經有《和雙溪女子新柳》之什。笛裏關山今是淚，梢頭明月本來空。一聲玉折涼州怨，萬里雲陰杜宇紅。歸去傷心原有路，依然水驛綠烟中。

翁方綱： 前首之「雙」對「淡」猶可也，此首之「明」對「闌」則不可。

二月月圓圓不能，孝廉歿以二月十五日。千行雨濕濕難勝。終然衣袂飄何處，定有闌干擁上層。菀結微茫真可惜，朦朧隔斷太無憑。比量搖落桓司馬，如此春華百感增。

亭名棖觸悔今朝，明經尊甫先生康熙進士，號宜亭。目極傷春不自聊。豈意公家園裏樹，翻爲賤子卷中騷。箋題慘緑關辛苦，門掩昏黄慰寂寥。半挂簾鈎斜壓影，一丸月上正吹簫。

翁方綱： 六詩皆深情逸韻。昔嘗以爲勝漁洋《秋柳》之作，今日細讀，亦不能卽如此説。〇律詩不應出韻。

顧列星： 神韻絕世，視漁洋《秋柳》可謂異曲同工。〇中四章粉墨蕭瑟，如聽雍門子鼓瑟，令人淚下承睫，不但聞清歌、喚奈何也。

查有新： 至情緜邈，音節蒼涼，語語自抒悲懷，卻語語不脫新柳，洵稱絕唱，足與新城尚書《秋柳》四章並有千古。

近藤元粹： 第一首： 失詠物體。「染雜」、「穿陪」等字生硬無味。〇第二首： 「未嘗」、「曾不」對用，失體殊甚。選者圈點累累，可厭又可笑。〇第三首： 三四卻佳。〇第四首： 「今是淚」不成語。〇第五首： 起句生硬。〇首首皆未知妙處，比之新城《秋柳》實非同日論。查評失當殊甚。

佚名： 第二首： 繪句絺章之中，寓無限感慨。〇第三首： 愈出愈精。〇第四首： 飄蕩搖曳。〇第五首： 菀，茂盛貌。

同諸編修錦李閣學因培周孝廉翼洙王舍人又曾周編修澧謝吉士墉汪孝廉孟鋗梁秋曹敦書陳舍人鴻寶周孝廉震榮法源寺看海棠分賦

嘉會詎能常，及時且行樂。去年不果來，是日乃尋約。佛前看花人，頗已感今昨。新知接揖纔，舊侶牽懷各。養疾歸侍郎，家香樹先生。春風健腰脚。花如解相思，爲破一苞萼。孝廉去何許，楚些招難作。汪子豐玉。花陰緑酒樽。容易得同嚼。繁梢風冉冉，嫩葉烟漠漠。殿東紅正開，殿西紅未落。枯禪亦有情，折贈寶瓔珞。金粟影須傳，我心早成諾。住僧爲折一枝同遊，要載作圖。

錢聚朝：梁秋曹名應居中寫。

題寒山舊廬圖用張文端公題寒山舊廬韻

陸君住宅傍林丘，萬子烟雲可臥遊。見畫最先題最後，憶庚午春，循初孝廉出所作圖使觀。是秋孝廉歿。江仍當閣樹當樓。南園瑞石何煩記，孝廉又爲作記云：「在瑞石山下，相傳宋韓平原南園故址。」北郭春波只自流。孝廉居嘉興城北，轉東即春波橋，嘗自署曰北郭。好韻龍眠重拈取，含毫端爲故人愁。

自題雍正庚戌所寫半邏村小隱圖

賣薪然草日，負筆賃書年。斯意有同者，古人非偶然。青林擁荒圃，白水汎新田。媿對南山色，何曾手一編。

梁吉士同書秋曹敦書招同諸友飲紫藤花下竝屬圖之因題四首

藤身老閱幾秋霜，花下今開相國堂。好是濃春歸養後，紫霄雨露接諸郎。

君家兄弟最難才，坐我花間勸百杯。舞態已翻雕玉佩，歌頭合換紫雲迴。

晚來花重曉來枝，今日人看昨日詩。適張大理送昨看花詩至。此意老藤須不會，可能箋乞綰芳時。

紅雲爭賞梵王家，瑤席還來戀紫霞。歲歲不妨傳作例，海棠畫後畫藤花。頃者爲謝金圃寫法源寺海棠。

翁方綱：「紅雲」、「紫雲」、「紫霄」、「紫霞」，不嫌執著耶？

錢儀吉：梁氏舊宅今爲煤市，街西永豐店古藤尚存。丙戌六月四日燈下記。

夢陳明經向中

風吹黯黯燈，人在沈沈屋。見君自外來，不語感予獨。屋無書與史，又無僮與僕。一几向東南，坐君烔雙目。既坐忽而起，予亦不留宿。如何面無淚，乃是相對哭。

題淩上舍應熊竹谿讀書圖二首

濃淡藜光橋外柳，陰晴慧果寺頭雲。吟窗有伴常留我，己巳、庚午、辛未，先後有楊、孫二子同居止。旅橐能來又得君。搗蘖研硃何日竟，斷虀畫粥古人云。竹谿畫出書堂舊，正憶鄉園泖水分。

谿上小堂可讀書，堂陰高壓千篵篛。縛籬雨活野薔侯，煮筍泥香巢燕初。善本幾家同井氏，名山隨處卽匡廬。十年志願徒棖觸，鏡裏秋霜合誚余。

錢聚朝：「蘖」，應「檗」。「虀」，應「齏」。

興隆店并序

店在宣武門南街西。壬申夏，汪孝廉豐玉公車至京而病，病而移寓於此，竟以病歸。今孝廉歿矣，車過輒心傷焉。爲賦詩。

淚落店門前，街塵爲不起。人生本逆旅，逆旅乃如是。適來詎無因，適去竟何似。徒令相見頻，逭暑臥于此。去年客扣戶，今年車過市。市中與戶中，影響渺尺咫。微微藥鐺烟，香氣在窗紙。明明竹簾月，秋夜一房水。迢迢歸櫂雪，雪寒莫可止。冥冥春華紅，春半墜紅死。浩浩宣南坊，將車欲尋子。惻惻店門前，我猶爲客爾。借問道傍人，疇復知所以。可惜文章身，少年付螻螘。

顧列星：繾綣情深，具見心交，非泛泛之作。

考具詩并序

辛未冬，同里諸君聚都下銷寒，分考具十題，載拈賦其九。既閱歲，夏五，雨窗理帙，補第十，而錄于是。

柳條筐

藤竹南鄉慣，京師柳織成。鳳飢心總繫，魚貫手頻更。細孔先披露，中腰自積羸。愁他堤畔折，供給到書生。筐皆腰子式。

線絡

搜檢前朝甚，科場舊令森。一囊提挈狀，小綱密疎心。結束分明極，牢籠次第深。嫌疑須善處，用以比南金。明嘉靖四十四年乙丑會試始設搜檢。

錫水壺

也比蟾蜍玉，團團兀自尊。鐙如臨硯照，蓋便當槃翻。官攝差能受，泉分了不煩。亦知煎錫好，買自喜三元。琉璃廠賣考具鋪，皆書其牌曰「喜三元」。

卷袋

官紙收惟謹，郵筒式頗便。胷開行或挂，壁掃坐方懸。抱玉寧無淚，藏珠信有淵。若論功第一，蕆事賴君專。

黄油簾

絕少扉雙扇，聊障布一層。油支雨脚亂，黄愛日華澄。燭給懸俱定，雞鳴卷乍勝。最憐更漏急，映照面如僧。

青布緜氅衣

秋賦無需是，春官乃給之。製傳先帝詔，裝襯舉人儀。冷暖皆蒙澤，功名孰幹時。昨年收蜀徼，曾一借西師。

矮凳

制類農莊具，官爲試院輸。差容憩芒屩，實藉頓風爐。用亦隨高下，材終論有無。乘閒方露坐，莫訝漢侏儒。

號舍

一鬨百間房，東西總向陽。龍門高可及，燕壘小何妨。壁賸明甎舊，檐連獨木長。幾人從此去，不忝狀頭坊。庚午應順天鄉試，見號舍甎多隆慶款者。

號板

雜取松杉片，安來几榻如。分難容客座，併卽作樓居。尺寸裁量爾，高低位置余。相憑成一笑，豈有萬言書。

號燈

兩道明齊點，千夫靜不囂。蜂房深釀蜜，丹鼎正冲霄。樹樹花生發，星星影動搖。南宮記風月，才唱第三條。

翁方綱：「見號舍甎多隆慶款者」：兒子樹培搨此，予嘗有詩。

錢儀吉：史家以考囚之具爲考具，此題可商。

濳溪緋歌奉題座主少宗伯鄒公畫頁

濳溪紫，千葉千枝溪寺裏。濳溪緋，紫袍中有一緋衣。今年緋者發是本，明年又輒移他枝。洛人相謂轉枝花，東皇自詫飛仙姿。舊譜聞然今始見，春風一朶濳溪面。若非腕低變丹砂，那得花頭掣金電。寫花按譜進玉宸，石渠寶笈畱其真。家藏復寫近百幅，中有一副緋衣新。濳溪紫，千枝千葉應輸此。濳溪緋，爲公濃染作朝衣。大手文章開正色，卿雲糺縵侍彤闈。

朱休度：長短句。七轉。

喜得茅明經應奎書兼蒙惠詩次韻寄酬二首

滿寺涼蟬柳插天，叩門天外一書傳。幾回風雨思君子，無恙春秋歲八千。漁夫見猶披大布，廬山聞又結高賢。移居且欲臨潯上，服食寧妨作地仙。

不信千秋名是忌，才知五福壽應先。別來伴侶浮漚似，感循初、豐玉也。飽閱星霜拄杖前。有句半歸聱叟篋，先生方選錄故交之詩。何時真坐廣文氊。一尊明歲當相見，引領吳雲快著鞭。

錢儀吉：「飽閱星霜拄杖前」：活法。

八月五日上釋奠於太學陪祀恭紀

秋時屆方仲，吉日告維丁。聖聖心常接，雝雝德更馨。啓庠先在國，觀禮竝于庭。興拜襄三祭，君師貫六經。韶音凝古柏，佾數耀華星。澄宇瞻如玉，文明式萬靈。

借萬壽寺憨上人杖入西山

宿酲慵整屐，新霽快飛眸。丹桂幾番信，碧雲無限秋。禪人雖會面，竹杖不交頭。借以陟苔徑，吾遊即汝遊。

翁方綱：直似偈子。然似有後半，而以前半湊入者。

侍講張先生若需輓詞

茫茫夭壽與枯榮，相見斯須憶至誠。舊是先公門下士，晚爲教習館中生。雍正壬子，少宗伯公典浙江試，載中副榜。乾隆壬申，載入館，屬先生分課。千秋鑑自傳忠孝，萬石風元飭性情。嚮過巷車聞哭踊，獨遲問疾對前楹。

翁方綱：「憶至誠」：此等字終是不必有者。

慈仁寺禮甆觀音像

秋風吹鬢袍撲埃，元年一來今再來。毘盧閣高摧更摧，殘僧尚指蒼松臺。蒼松已枯臺則那，龍去鶴飛碑字大。殿西砌康熙壬子毘陵毛會建擘窠書「龍吟鳳舞」四字，并所作《報國寺古松歌》刻石。佛殿陰深雨淋座，大士髹龕雀泥涴。慈容稀有合十瞻，白毫光透窗櫺纖。貧無立錐了不嫌，寶冠綠帔猶莊嚴。庭蒿何知興廢忽，嬾向人間乞檀越。菩薩面如三五月，照以青天妙香發。

朱休度：句句韻。凡四轉。

送周編修灃假歸嘉善爲封公太君壽

伯氏同科及第先，去年令子我同年。今秋弟姝三珠又，來日慈恩五騎連。樂甚齊眉方七十，歸歟舞綵太蹁躚。百齡翁媼天應許，目見曾元輩輩賢。

寒夜作四首

家訓自顔氏，涑水有家儀。況乎有書儀，紫陽復定之。匪直理其家，大哉世所資。古云興仁讓，恆視一家爲。我思鄉約淳，又莫如呂氏。何以行于家，遂及其鄰里。

我思范資政，平江置義莊。賙給其宗族，遵守于諸房。襄邑乞指揮，刻石先祠旁。賢哉二相公，修定歲以詳。況如三右丞，復及五侍郎。試尋功德寺，一上歲寒堂。

宋元明三史，皆傳去聲浦江鄭。東浙第一家，悠悠嗟可敬。家範代損益，百六十八條。遂令金華宋，移家樂不遙。其里有王氏，實與鄭氏倫。同居可幾世，何以風常淳？

道同天不變，世故隨虛盈。物各有其理，人各有其情。心心動與覩，而常絶私營。方員亦何定，必若規矩成。惟嘆爲呻吟，聞者或之驚。我思呂新吾，抱此濟世誠。

𢹂石齋詩集卷第十五

甲戌

錢儀吉：四十七歲。假歸。

座主孫文定公輓詞二首

極諫先皇納，平生主上知。早删三傳例，真作六堂師。燕楚旬宣歷，公忠出入爲。豈徒寬酒禁，冤獄賴頻治。

再召書房直，霜鬢政府參。禁中紆馬勒，殿上積經函。廢寢名如累，刊碑典既覃。復河應格議，疾篤尚呫諵。

顧列星：雍正元年，公以檢討上言三事，曰親骨肉，停捐納，罷西兵。○詞氣渾穆，想見正色立朝時。○時有僞奏疏，託公所爲，語甚悖。上察公忠，勿問。而公自訟甚力，至廢寢食。

輓周編修澧十四韻

別時方約隔年逢，待我徐歸共託悰。一咉俄驚分夢覺，五旬餘只换春冬。雲陽驛近趨單舸，玉帶山寒送暮鐘。去矣了無人世疾，思之應返佛門蹤。宰官鼎甲身纔現，慈母公車線尚縫。史館三霜明似寄，父書雙淚卻傳凶。元昆令子留京在，夾巷同鄉設位從。往事幾何原話及，此情終古不能重。齋經槐樹風眠爽，寺憶棠花雨賞濃。見晚詎妨漚聚久，悲深渾遣些招慵。難稽天道文昌柄，未艾君家善慶鍾。鬬酒移居成閱歷，恬言矯步失儀容。飛揚或誤功名會，淡泊曾安德義宗。他日魏塘尋阮屐，钁頭來種墓前松。

錢儀吉：周東阜編修遊金山，俄傾而逝。後人達夫大令名以焯，爲余述其事，甚異。

題淩郡丞西山詩後八首并序

去秋八月廿五日，偕淩郡丞、孫上舍、汪上舍、淩上舍、蔣編修遊西山。過萬壽寺，借禪人竹杖以行。沿西隄，望昆明湖，度青龍橋，經玉泉山陰，至壽安山，宿隆教寺。曉起，坐退翁亭，望澗西嶺半古塔，意即是金章宗看花臺畔物。登五華寺，復下臥佛寺，撫娑羅樹。飯畢，跨驢至碧雲寺前槐徑小憩。緣麓而南，立雲衢坊下，仰瞻香山行宫。過實勝寺，度杏子口，冒雨上祕魔崖宿。次日午晴，登香界寺，上寶珠洞，下歷龍泉庵、翠微寺，望清涼寺。蓋往返四日，而郡丞賦詩十二首。冬暮，同遊者各南還，郡丞乃屬序于余。今春又將南下，因綴詩當序，悵舊迹之難忘，聊取觀于他日爾。

萬壽寺門同倚松，老僧借我入山筇。秋光似鏡昆明路，大報恩瞻第一峯。石樓高見鸛巢低，夢破泉聲臥佛西。枉卻滿身風露曉，桫欏樹下不留題。碧雲西更望香山，蘭坂芝廛塢樹環。百級磴盤千佛頂，聖人寶殿萬青間。芝廛、蘭坂，皆行宫門外坊額。遍築邛籠肖冉駹，穿林壓麓隻還雙。遊人指與遊人說，蜀道天聲昨受降。驢背風涼驟雨零，蒼崖飛上叩雲扃。未應得句狂呼嘯，驚動盧師大小青。彈指朋遊意不勝，秋山風雨佛前燈。如何聚散成飄葉，試問崖前拾橡僧。寶珠洞叩老禪心，香界東西翠靄深。最愛龍泉庵畔徑，橡林蘚石似梅林。五百寺還三百寺，今年人憶去年人。君詩段段明於畫，攜向江南結後因。

觀劉松年畫中興四將像卷子

武僖高顴略無鬚，蘄王長身面綌膚。循王紅袍頰頗胡，鄂王方面鬚亦無。東西對立帶束軀，軀不滿尺皆丈夫，各一虎卒鐔韔笏。當時仰之懼且敬，我今肅冠視乃正。嗚呼紹興十一年，罷兵以次劉岳韓，萬壽觀使與醴泉。明年張亦充醴泉，奈何弗獨歸兵權。劉生劉生難爾傳，緋而有知烏乎然。

朱休度：句句韻。前七句平，中二句仄，後七句平。

九華山歌寄壽茅明經應奎八十

先生癸亥六十九，我歌石柱以爲壽。時分詠吳興故事，載得顔魯公《石柱記》。我今四十又七心力孱，乃蒙索歌屐齒所到九華山。當時徵題分賦諸君子，十一年來兩人死。循初、豐玉。先生八十猶康强，俾我作歌胡不喜。我今即歸買酒爛醉先生家，亦不更暇攀折秋浦青蓮華。長歌短歌須喚彭城劉夢得，快寫新羅國僧九十九歲相伴之烟霞。

朱休度：長短句。四轉，長句至十五字。

寄題查郡丞禮重建龍溪宋黄文節公祠用公前集詩觴字韻

宜州聞道新祠屋，萬里題詩一酹觴。術者但衡生死壽，溪邊猶駕雨風涼。《離騷》芳澤蕙蘭許，《小雅》敬恭桑梓行。肹蠁今辰非作夢，謫居往事重回腸。郡丞先籍江西。

飲閣學金先生德瑛齋送王進上昶之濟南

夜風吹雨雨平階，去去明湖淥浸涯。塵裏歲年難此會，域中山水欲吾儕。紅蕖緑芰深深櫂，雲影天光渺渺懷。便覺江南歸路接，卻忘身是坐高齋。載將請假還里。

題虞山相國竝頭蕙花圖

易象取如蘭，厥義比同心。心同蘭愈馥，猶人洽清襟。爰有竝頭品，靜御應瑟琴。是皆和氣致，芳草徵好音。相公磁斗植，雙萼發一簪。蕙亦蘭之匹，簾箔香愔愔。家和瑞在國，諒哉釀德深。揚之際薰風，潤之藉甘霖。畱之成妙繪，傳之屬新吟。吟新意則古，頌以當家箴。

顧列星：莊重而不入於腐，溫柔而不失之媚。義兼比興，穆如清風。

貞女詩四首

君家住臨平，妾家住塘栖。上河與下河，相隔不相齊。
君身上河水，垻斷不得通。妾心下河水，從此不流東。
郎姑女嫂行，守貞女是覿。嫂陶字柔德，女沈名曰安。
女家有父母，郎家姑在堂。事姑如父母，鄰里爲悲傷。

尹兒灣

野蓼疎疎雨，烟楊寂寂村。都疑催老信，半與記秋痕。酒態舒纓佩，篷聲靜笑言。稍前丁字水，今夜伴潺湲。

顧列星：頷聯語淡而悲。

德州至故城

河灣勢如織，東往西復回。欲令趨海水，千里以徘徊。昂昂運租船，銜尾南下催。風帆樹杪懸，幅幅蒼雲裁。村容互相帶，檣立闔且開。呼前後成應，參差出隅隈。良店驛方邈，甘陵城又來。幸蒙飆力正，使不淹駑駘。

野泊

瑟瑟水風興，纖纖天月上。遙墟陰寂歷，修畛碧莽蒼。船人傍涯住，持火照曠瀁。客子沽酒行，穿林語蕭爽。危檣衆星濕，輕幔微烟敞。不寐思厚衣，薄寒息蟲響。

翁方綱：「莽蒼」，「曠瀁」，「蕭爽」，亦是應商處。
顧列星：深秋木落，故人語林間，其聲蕭爽，體會入微。
錢儀吉：中四語對也。覃翁未之覺耳。

望武城

落景排沙柳，迴湍壓土城。弦歌遺魯化，文學首吳英。四海風宜洽，千秋道不更。史家循吏傳，節錄後來聲。

歸舟述六首

辭京溯洪波，已過清源驛。懷茲七年憂，歷旬未殫悉思積切。長風吹我颿，努力戒朝夕。明月入我帷，申痛見胷膈。父喪百日餘，奈何去爲客。淹留復淹留，而不安窀穸。

生身非騏驥，詎志千里行？嘗一赴王都，湍歸守柴荊。慈烏哺有竟，遺子悲空縈。家室莫由建，勉旃學代耕。居擁廢簏書，食謀盈盎粟。嚴霜被川原，林葉漫相促。人事苦不齊，天心亦難量。遂遘椿壽摧，兒飢以去鄉。

亭亭潋上山，窈窈先塋左。從初葬母時，父曰生壙可。形家議于後，心竊恐未安。忍因夭子惑，值衆中實强笑，靦面餘七年。

歲貧更難。麻衣苟行役，忡惕魂夢煎。踰時而不克，籲我幽獨天。京遊亦何倖，宛轉不得旋。

客帳射朝光，起坐一凜思。宵眠滅燈焰，解帶或黯悲。豈敢告他人，所憐素帶知。帶行斷不續，我歸當何時。皇天大仁恕，赦過得及兹。吉祐我府君，寧必非前期。寂寂對船窗，敢嫌篙檝遲？

歸歸祇益悲，顧影失怙恃。松楸待經營，觸緒缺生理。柴荊尚東城，有妹亦有弟。丈夫志四方，諒不爲妻子。園風竹蕭蕭，庭桂坼露蘂。掃我西齋塵，開鏡照癯毁。問君别親來，能無夙夜恥？

青陽滋萬族，各奮爲雄英。白藏已戒塗，幸不與歲更。遲暮謬通籍，寂寞無遠情。願因負土後，守墓畢此生。但虞忝叨竊，弗一攄中誠。煌煌聖垂訓，乃疚在幽明。舟師儻告余，進退宜何程？

翁方綱：此皆不可磨滅之作。○「靦面餘七年」：真語。惟予知之。○「所憐素帶知」：此等語惟予深知之。○「青陽滋萬族，各奮爲雄英。白藏已戒塗，幸不與歲更」、「煌煌聖垂訓，乃疚在幽明」諸句：天地之中聲也。

錢儀吉：此翁評應録入詩匯。

周家店

鬧灣適小泊，晚色生濟陰。連畦墟落古，竝舍陂塘深。放犢臥斜徑，呼雞穿碧林。笆籬熟山果，碌碡閒秋心。農父荷篠歸，問答親風襟。野外詎云樂，所無機事侵。

棗市行

東人種棗四月花，暑路碧實檐杈枒。霧籠露沁忽霜點，一夜膚赤如鮮霞。撼腰撲頂雨狂墜，雀卵蛇珠堆滿地。風吹日曬不愛憐，暮掃朝攤隨婦稚。乾收土炕下柴火，緺映蘆簾發香氣。蒸餘則黑否則紅，羊矢牛頭盡甘味。盈車推送賣棗行，棗客氈帽馳褐裳。會通河邊午成市，論秤稱亦論斗量。漕船南返例攜載，半若官米收官倉。客船磊落買何向，我船計日經淮揚。稅錢關吏輸應足，但乞棗林秋必熟。東人之果東人禾，柿栗梨桃況園屋。

朱休度：七言。前四句，後四句，中兩八句，凡四轉。

十五夜月蝕次東平境

天高雲淨正中秋，水急山遙入兗州。摩盪故知相影射，團圞行見復光流。鳴鐘擊鼓趨村廟，接草依沙竝賈舟。凝想六龍臨雁塞，燈明萬帳待更籌。

阻風靳家口

汶水北來清可憐，石尤風不與牽船。驢鳴牛臥如看客，鴨子魚兒自數上聲錢。投隙易成粗結構，觸因難斷小留連。斜陽記取官橋柳，曾著蕭蕭兩鬢烟。

山東秋

河岸高低水深淺，村樹陰陰散雞犬。黍粱鐮割堆屋齊，蟲響豆葉麥生畦。篠鞭叱犢翁扶犁，兒童筠籃啗樝梨。樗繭蕭繭夜織妻，曉釣魚蟹射鳧鷖。鬧官坐鬧附載稽，香飄酒帘鬧東西。客言常年被淫潦，鬧背船過河失道。土扉霾烟上萍藻，饑走他鄉率攜抱。況復焚柴千里槁，安得今茲室家保。聖調玉燭歲有秋，如天之仁覆九州。賑蠲屢顧東民籌，亦惟芻牧分乃猷。因風爲告諸藩侯。

朱休度：七言。句句韻，凡四轉。參差。

柳林閘南村舍

宛似遊江國，多應種汶田。柝還答邾境，薪漫入齊篇。亂石倪高士，疎林趙大年。牛欄雞柵外，風影日光偏。

錢儀吉：結法、對法皆自作者。

水鄉二首

地勢能洲渚，人情在雨烟。板扉茅屋隱，菰葉蓼絲纏。似獺爭收網，非漁亦弄船。稻粱應侶雁，蝦蟹不論錢。七箸香兼滑，波濤味耐鮮。一杯隨翰酒，二頃勝蘇田。濟北今常接，江南幼最便。平安如見竹，淹泊爲翛然。

渺想二三月，瀰生蘆荻芽。船頭遮雨點，鏡裏出桃花。郈冷初飄燕，橋低已浸沙。柳榆圍段段，螺蜆捉家家。此樂知何極，吾生信有涯。身將鷗撲鹿，夢逐鱅伊啞。曲直元殊釣，公私總一蛙。秋風吹瑟颯，不誤路頻叉。

汪博士棣招遊平山堂

自昨渡河來，意與勝侶期。清尊適邂逅，小舫行逶迤。紅橋已甃石，岸轉翹雲楣。鑿水至岡麓，壅梅緣稻陂。

翠華邀偶駐，芳甸含新滋。憑欄挹江岫，秋曠無如斯。青松高萬本，曾見初裁時。再遊近二紀，濤聲涼鬢絲。人情愜佳處，要復不在奇。盤陀可留坐，天月如娥眉。

錢聚朝：裁，裁。

佚名：二首插入《選》體中，雖具眼者，誰辨其新古？

近藤元粹：三四有致。〇詩以沖淡蘊藉爲主，時出清警雄渾之語爲妙，但用怪僻險艱字爲得意，是清人陋習。此詩「要復不在奇」五字，我於清詩亦云耳。

集行庵題王西室水仙梅花卷

斑竹低窗秋影折，案頭橫卷披香雪。數叢綽約姑射姿，羅浮仙來參入之。葉葉銖衣枝玉骨，照渠只少光明月。涼颸拂鬢不可簪，合將供養近佛龕。故知愛墨亦愛紙，子固元章兩居士。

九日竹西亭登高

閏年秋已寒，兹日氣殊爽。復蹟倚勝情，攜壺發遐賞。亭爲諸吟社重構。寺鄰北郭迴，阜較平山敞。江渺數上聲風檣，天晶卓吟杖。崑臺老蘚積，藥圃涼烟上。籬短菊未黃，林疎葉時響。醉深不厭百，會偶應難兩。歌吹定何如，清言屬吾黨。

顧列星：《選》體。

吴應和：仿《選》體，亦極就規律。

近藤元粹：手未到癢處。

鶴林寺

稻塍越數里，江岸來箯輿。山赭向人澹，林蒼出烟徐。僊歸杜鵑本，火劫索靖書。唐柏子不結，李詩僧何如。堦前縞衣立，似解啄我袪。孤梅陰滿院，想見春風舒。

竹林寺

一僧導我先，岡壠越迴複。雲影高下松，泉聲密疎竹。蕭蕭以蕭蕭，在澗亦在谷。自來燕子窩，半結曇花屋。轉上臥佛廬，江光溢雙目。磨笄正當窗，左右插簪玉。左見甘露寺，右見焦山。說法省初機，夾山詩可讀。只令猿鳥聞，淅瀝微飆肅。

招隱寺

披莽造山脊，瞰幽指林杪。徑緣下蜿蜒，塢入穿窅窱。清泉龍吻瀉，密竹蓮臺遶。至正文尚完，元俞希魯撰《修造記》，周伯琦書，蘇天爵篆額。普慈境何渺。伊人信高卧，嘗往聽鸝鳥。後賢品麗秀，我欲玩春曉。仙葩白而蔓，香界静以窈。偶即悵難追，秋陽使心悄。澗淙送客出，漸過石坊小。不從來處去，惚恍庶能了。

登多景樓

第一江山第一樓，闌干孤迥俯晴秋。幾家北顧憑天塹，終古南朝怨石頭。爛漫儘呼京口酒，翩翻難狎海門鷗。鬢絲未遣無情甚，斜日寒風爲少留。

毘陵曉望

戚墅平平岸，横林遠遠郵。水清秋更碧，烟澹曉無痕。魚菜將船賣，雞豚竝舍蓄。九龍山不老，窈窕麗初暾。

酌第二泉

暮色已蒼然，雨風況催腳。颼颼殿角迴，淅淅帽簷落。到山不見山，雲氣欲專壑。濕葉響重堦，虚亭決孤雀。圓漥誰所甃，靈液此焉托？碧玉浸靜深，青銅照依約。泉頭旣成坐，林裏遂頻酌。渺隔中泠期，欣來桑苧若。涼濤何處生，過耳松梢掠。不取竹爐煎，留詩資嗢噱。

翁方綱：實皆字字滌盡浮塵者矣。

揅石齋詩集卷第十六

乙亥

錢儀吉：四十八歲。入都。

自題瀲湖二圖并序

張徵士瓜田嘗爲載寫《瀲上讀書圖》，既又得張農部篁邨寫第二圖，春日竝挂於回溪草堂西壁。值張舍人篁園、祝舍人豫堂攜令子秀才明甫、王秋曹穀原、陳秀才漁所、從祖少司寇香樹先生攜從叔孝廉雨時過載飲，兒世錫侍坐。徵士後至。飲次，少司寇指壁上二圖顧徵士曰：「盍偕諸子賦之？」因卽以竹垞朱先生爲先子題草堂聯「拔山傳諫草，遵海重清門」十字分韻，載得「門」字。

我行在城邑，豈不愛丘樊？時觀壁上山，空憶海畔邨。重湖接先壟，寒食來諸孫。春風散花竹，落日遊雞豚。物情各有遂，天性彌所敦。伏臘碉陰屋，詩書松下門。初嘗一紙托，既乃雙圖存。南北歲攜篋，貴無忘願言。佳辰發真賞，列席依前軒。徵君還自詠，酬酢頻清尊。

少司寇公攜汝恭從叔及載至海鹽舟經半邏嶼城撫景言情檢得范石湖詩選本田園雜興三十一首用韻分賦公得十一首從叔及載各得十首

花事纔過二月頭，短筇攜我上扁舟。買將燕筍隨薹菜，春味今年傍故丘。
吳歌半學打灰堆，春滿田園笑百回。篷腳好風吹驀直，遠山一帶武原來。
賽社祈蠶倒好嬉，兒時最憶趁船歸。連村雨似楊花落，逐隊人如燕子飛。
乍罱河泥未出鉏，桑含雀口尚如枯。兩涯白屋東西問，門掩書聲早納租。八世祖太常封公號兩涯，半邏村先宅後水門舊題額曰「兩涯白屋」。
男便耕田女織機，香粳米換木棉衣。百年白叟三家住，一笑紅塵九陌飛。
樹樹鵓黃岸岸晴，鴨桃花外夕陽凝。等閒綠遍船頭水，隔歲曾來記打冰。
風順齊言路不長，船人手裏過茶湯。聽伊商略明朝事，合進龍王廟口香。
漁家螺蜆應時生，何處茅柴酒最清。背指句塍橋一曲，鄭墳東角是于城。
櫻桃花覆酒家門，春半看春倍惜春。多謝海雲扶月上，照人先與照鄉人。

老年情重少年情，花壓簪頭玉勝荊。小縣東風傳唱去，夜來十一首詩成。

吴應和：情景夾寫，太平豐樂氣象，都於言外見之。

近藤元粹：詩題「用韻」宜作次某韻，不然難通。○第一首：艱澀。○第六首：前半流麗。第四句拙滯。

○第七首：《竹枝》之未圓熟者。○第八首：穩雅。

佚名：「薹」，又作「臺」、「台」，沙草也。○第八首：詩中有畫，風調絶世。

檢先孺人遺篋得載己亥康熙五十八年雪夜詩

識字識忠孝，瘳貧難復難。兒時餘蠹葉，淚落忍重看。

題范侍郎璨松巖樂志圖

歲寒堂外雙松樹，文正先公有詩句。一本三吴萬葉傳，少司空又清時遇。擘窠四大字，恩賜慈壽年。先是詔許公歸田，只今論文那必仲長統，期我亦賦松巖篇。松巖高，松巖下，畫中人豈悠悠者。千叢藥草傍林生，百折風泉遶身瀉。爲我還問畫中松，不識歲寒堂上雲氣何如濃。

朱休度：長短句。四轉。參差。

瘞鶴詩爲曹明經庭棟作

鴨脚樹陰陰，佛阜北，慈山南尼心切。辛酉產鶴處，乙亥瘞鶴處。在世十五年，適來還適去。鶴之主人邀我詩，我詩與鶴作銘詞。

朱休度：長短句。三轉。

題項東井幻居庵雙柏圖

項老缾山小隱偏，西公留偈素公傳。一彈指後吾題句，又過壬申癸酉年。圖爲西成作。載與素言交，西成，素言本師也。載去年甲戌假歸，而素言以癸酉八十幾歲化去。「壬申立夏補雙松，癸酉仲春寫雙柏」，東井自題句。

渡江

秋野日疎蕪，寒江動碧虛。今年春夕夢中所得句，蓋杜句也。夢回先卽景，帆過遂成書。兩岸金霜曉，三山絳葉初。平生仗忠信，俯仰定何如？

翁方綱：蘀石嘗爲予言，得此夢中句後，始悟杜公接聯之妙。此亦詩家關捩也。

錢儀吉：此評應録。

寶應有述

八寶湖中帆席行，八寶湖邊風浪鳴。江淮千里初冬色，旱潦三時聖主情。江浙臣民虔候明年春鑾輅重巡。兹恭聞以江省偏災，方賑濟備籌，改令豐歲後請。幸長東南美衣食，況先魚鳥足生成。家書寄語勤操作，畦菜須教滿甕盛。

兖州

露布伊犁五月旋，壺簞曾不試戈鋋。祖宗緒待神謨竟，禮樂心依聖里虔。春色定看榮檜楷，文光重與潤山川。紘埏額手堯勳至，詎獨東民上頌篇。

曉寒

曉寒車轍誤西東，瑟縮凌兢僕馬同。雪外來方知有雪，風前行不避多風。夢情半寤莊周蝶，人事難安孺子鴻。甌粥道傍隨啜取，略分銼火借顔紅。

拜座主世襲子少宗伯赫塞里公墓二首公諱嵩壽，號依雲。

行帳逢秋塞，書堂酌雪林。三年鄰住近，一第受知深。講讀承皇嗣，賡颺體聖心。益堅儒者守，何啻重南金。

迥望寒空景，沈思大壑流。假歸纔一歲，生別竟千秋。奉母中難恝，貽孫稚且憂。玄堂號不徹，僵木爲颼飀。

丙子

錢儀吉：四十九歲。

擬恭和御製趙孟頫吹簫士女用宋濂韻

紫簫泠泠吹應指，碧欄十二秋如洗。數聲鸞鳳迥穿雲，一朶荷渠鮮照水。羅衣摺摺淡不紅，仙人住處烟朦朧。曲終儻似江上瑟，出聽豈有波閒龍。優柔淵潤響還咽，瑤階落遍梧桐葉。翠縠停搖扇柄風，銀蟾半瀉簾鉤月。斜倚櫻脣殷若血，坐吹不動聲疑裂。

吴應和：不是一味横空盤硬語，相題措詞應得宛轉流麗。西崑體亦何可廢也。

近藤元粹：題語拙滯不成文。○「翠轂停搖扇柄風，銀蟾半瀉簾鈎月」：未足以爲妙。一本以上別爲一卷。

清明日同宋明經樹穀至萬壽寺尋憨上人

長河西望綠灣灣，仙苑新桃萬樹殷。冷節出遊偕冷伴，鄉僧相見説鄉山。此時畫榼聽鶯往，去歲扁舟上塚還。又向日邊春一度，商量茶事到松關。

顧列星：宛轉關生，神韻絶似韋莊。○第六句倒插，恰好接下二句。

錢聚朝：「冷」，應「冷」。

觀倪高士松亭山色卽用其自題韻

自題云：「阿翁好讀《閒居賦》，桃李春風滿庭戸。時與蕪陽道士行，還鄰甫里先生住。實淨僧居其齋粥，已看富貴如風霧。我來三宿夜連牀，行路荊榛歲將暮。」爲潘翁仲輝寫幀上，沈啓南次韻并跋。

看山不畫還成賦，清氣飄飄出窗戸。齋粥三生詎絶緣，春風一瞬難將住。午漏聲長鵲鑪冷，槐陰上壁縈輕霧。名留身後身弗知，潘沈蜉蝣各朝暮。

朱休度：七言。仄韻八句。

錢儀吉：「詎絶緣」三字稍費力。

題觀書士女

潔蠲酒食曰婦儀，黼黻玄黄曰女工。豈若世間鬟䰀儔，置身必置萬卷中。庭影竹蕉盎香桂，壁琴含秋秋擁髻。侍兒窗戶倚垂扇，亦是纔過三五歲。張萱周昉娱此情，底須絶異誇才明。東觀班姬能應詔，故知環珮有常聲。

翁方綱：「張萱周昉娱此情，底須絶異誇才明」：此則如何收裹？如何出路？

朱休度：七言。四句一韻，三轉。

錢儀吉：首言婦職不在觀書，中還題，末以班姬結。言觀書正所以成婦德也，與起作呼應。公集中從無無收裹、無出路之詩。翁評殊鹵莽。

憶去歲過揚州所見名畫三首

范寬秋山行旅圖

大圖闊幅勢逼人，峭拔崛奇隴與秦。子昂别卷昔題好，邗水秋風今見真。獨山巃嵸氣鬱律，萬疊墨蒼如一筆。鴉叉挂起指驢騾，坡麓蕭條秋滿室。寛乎故以造化師，百年曾遣西廬知。嘗爲王奉常所藏，有跋。

朱休度：七言。四句平，四句仄，二句平。

王叔明一梧軒圖上方竹莊吴璀題云：「溪上茅堂宿雨收，疎篁相對碧梧幽。湘簾薄暮涼風動，併作吟邊一段秋。」卽用其韻。

涼意梢梢靜不收，阿誰卷幔假山幽。荷池漲得平橋水，落盡桐花過麥秋。

吴應和：幽景可掬，風調亦佳。

近藤元粹：原作清氣襲人，句亦圓熟，絶佳！絶佳！○楚楚可愛，但「漲得」字未圓熟，比原作在數等之下。

王安道華山圖

十年想望華山圖，但見詩記序跋云。一朝見畫不暇憶華山，何況畫之前後詩與文。華山遊者或詩文，未聞兼以能畫聞。老人能畫復能詩文，游華山以來無匹儔。盈尺松雲四十幅，不知此身猶在屋。親見商周出鼎彝，師承流別俱凡碌。下士欲識畫之妙，先觀詩記何靈奇。吾人胷中要自空洞無一物，然後腕底動與造化相淋漓。

朱休度：長短句。四轉。極參差。

吴應和：結二語現身説法，不啻金鍼度人，作詩文作畫者不可不知。

近藤元粹：賴云：詩無事不可説，況於古詩？然詩自有體，不可傷氣骨。以杜、韓、蘇之縱横，常如不敢盡者爲此也。如此篇滑易絮，復無氣體，不可曰詩。近時茶翁晚年古詩，多類此者。余常戒學詩者勿學。○如此篇囈語耳，山陽翁辯駁大是。○七言古詩轉韻之首句，古無不用韻者。在唐以前只有江總詩二處耳。唐七古，李杜詩中有五六處。雖然，是皆其疵瑕，後人不可傚顰。此篇末解首句不用韻，不啻不成詩體，我故曰囈語也。

節孝從叔祖母任孺人輓詞四首

邏村老屋竹梧青，摳謁初纔十一齡。從祖居憂方事母，孺人鞠子待傳經。冬寒忽報摧梁柱，飆急猶虞鎩鳳翎。孝友幸隨諸父後，至今遺息不伶仃。

祖德相承素業清，喬柯歷久重敷榮。謂康熙辛丑侍郎公登第。侍姑從宦來京國，返里移家在郡城。薊雁江魚將母信，朝風夜火授經聲。侍郎公教孤子汝鼎從載授讀。叔爲弟子師惟姪，五度春秋傍畫楹。

賢姑孝婦影形親，每過堂前聽睹真。詒示萬端歸儉約，禮行三黨各和醇。酒漿適與充飢口，鍼線常蒙及賤身。今日卻緣悲憶舊，廿年重哭太夫人。

往歲南帆轉葦門，西街數詣問寒暄。先君入土兼營壙，家學操觚又課孫。得疾豈因荒疫後，蓋棺終使姓名存。叔兮我欲無哀毁，世澤申延是報恩。

自題所畫箬溪圖

長興溪，窈而曲，上若下若都是竹。采茶時節筍成林，煮繭人家烟遶屋。我今畫之卻未曾見山，意中岸影蒼灣灣。墨戲平生凡幾度，置身願學不能閒。

題趙文毅公尺牘墨蹟

尺牘一，初云：「去志定決。」中云：「卽如太倉回書，盛言某之南出于求。」又云：「某昨年別徐少宰，曾豫道過不認求字。」後云：「某年踰五十，學問尚未成章，故一意欲歸，讀書課子，以餘力整頓舊聞，討性分著，實做一番。」按此當是文毅出爲南京祭酒後寄北京友人者。既公召還北部，王文肅復入內閣，以絕婚事。從文肅所上議，免歸。

黨論終明代，端由抗疏餘。身真三黜去，里又幾年居。家居四年卒。息影非中抱，尋源只故書。所難君子節，還教後人如。初執政，謂昔顛倒是非在小人，今乃在君子，固亦以君子推吳、趙也。公孫士春，官編修，抗疏論楊嗣昌奪情。

錢儀吉：北部，北都。○似未稱題。

曉月三首

曉月光皎皎，照我軒與楹。從容起盥漱，更復張燈檠。我衣則必帶，我冠則必纓。

曉月光皎皎，照我中庭開。仰觀列宿爛，徘徊於天街。我心有所之，我身何所偕。

皎皎曉月光，照我門前路。行行自知歸，豈緊僕夫故。我車其亟驅，我馬方秣芻。

南塘辭

潙寧劉氏南塘居，明季有婦婦氏胡。一解。婦避流寇自邑返，南塘居，猝遇賊，句于中塗。二解。抱持二歲兒，度不能相保，顧且呼。亟授蒼頭，負之以脫告我夫。三解。詰旦賊退夫號趨，乃至婦死處，乃見被斫無完膚。四解。黄口二歲郎，長大生雛又生雛。曾孫某，舉孝廉，南塘之烈，不獨聞於衡巫。五解。

題鍾進士

曾記中山高兩顴，出遊攜妹黑如烟。翠巖訣子何人會，又把書家草聖傳。

題板橋吟詩圖卽用曹能始詩韻曹詩：「兩岸人家映柳條，玄暉遺蹟草蕭蕭。曾爲一夜青山客，未得無情過板橋。」

垂柳牽情葉復條，新林浦近夜蕭蕭。謝家正好青山色，卻付明朝憶板橋。

題王編修嗚盛西莊課耕圖

太倉西，嘉定城。城又西，婁江清。江上田，王君耕。我識君，二十年奴京切。既同官，告厥誠。鶴濼曲，吳塘橫。柳千章，畦一枰。好風播，時雨盈。督我牛，課我丁。以養親，以樂生。際嘉運，登于瀛。懷舊隱，圖斯成。中田廬，八九楹。比摩詰，西莊名。君不薄，晉淵明。亦不愛，漢子真音貞。白鷺飛，黃鸝鳴。豳雅頌，歌太平。勝右丞，別業營。我觀圖，願請更。有室賢，今甫榮。豈不勞，夜機聲。曷不補，牆桑青。

嚴君平

卜筮樂賤業，惠眾乃在言。言孝復言忠，蓍龜托其原。因勢導之善，君平意故存。日常百錢得，下簾遂掩門。李彊益州牧，不詘禮自敦。年至九十餘，成都人愛論。

寇萊公

寇公樞密日，金帛受賜頻。乳媪見之泣，所泣太夫人。一縑缺衾襚，母喪何大貧。豈知今有是，念往徒酸辛。寇公聞之哭，施予終其身。廿年一青幃，敝者不復新。

立春後二日對雪三首

夜寂寂，曉漫漫。東風暖，北風寒。春若何，撫石闌。
溪邊宅，海畔山。梅之樹，竹之竿。我所思，下有蘭。
歲云晏，鬢已斑。天玉燭，地醴泉。苟樂志，聊遺安。

劉三妹詞二首

祝九爲男到底非，讀書有妹著綃衣。七日七星巖上石，薄他蝴蝶一雙飛。粵人謂唱歌爲讀書。《猺歌》云：「讀書便是劉三妹。」
秋草蝶飛情奈何，山木羞爲倚榜歌。玉環肥更緑珠白，孰與水南村裏多。《蝶飛秋草》，三妹所歌曲名。

擇石齋詩集卷第十七

丁丑

錢儀吉：五十歲。

同邵編修嗣宗集張編修坦寓齋題董文敏公鶴林春社圖

文敏自題云：「家有獨鶴，忽迷所如。人得人失，已類楚弓。自去自來，莫期梁燕矣。乃于君公之墻，復蹋羽人之跡。整翮返駕，引吭長鳴。似深惜別之情，都作思歸之曲。嗚呼！雀羅闃若，鷗盟渺然，顧此仙禽，真吾德友。鶩蓬超忽，仍聯支遁之交；珠樹玲瓏，不逐浮丘之路。雖云合有冥數，亦由去無遐心。自此可以暫遊萬里，等狎雞羣；守養千齡，無虞鳥散者矣。欲志黃庭之報，遂寫青田之真。載綴短章，用存嘉話：『便欲衝霄去，能無戀主情？夢中愁失路，客裏得同聲。巢樹經春長，歸軒一水盈。今宵不成寐，重聽九皋鳴。』」

春尋茗事同年生，壁間畫引哦詩聲。數枝葉樹散青靄，一角色山開晚晴。淡赭皴坡立亭短，破脂點葶臨流明。於中長身出孤鶴，其上駢語牽遙情。鶴之主人失所養，鄰有隱士爲重迎。舊巢將投識松格，新水未浴憐苔英。循階素羽翫且舞，入夜員吭喜復鳴。報章儻準白環例，發興已博黄庭成。鶴之左右無竹石，亭之前後無窗楹。近山碧深遠山淺，大樹陰重小樹輕。沙頭暖欲唼乳鴨，烟際濕定拋金鶯。墨痕況照春社字，酒香如踏江村行。雞鶩鸞凰漫區别，雲霄洲嶼隨合并。華亭許我續嘉話，此日絕勝來鷗盟。

朱休度：七言。八庚。

錢儀吉：矜鍊，細膩，又超逸，最可學。

春社詞三首

祈得農祥候紫氛，檢將戊日準春分。今年暖值春分後，早起因風祝好雲。

翠華計日泝江潯，雪勒梅花遍玉林。稽首昇平多樂事，百家萬社億春心。王廣撰《春可樂》詞。

杏豔桃光楊柳烟，少年情在逼中年。滿缸濁酒堆盤肉，曾醉荷花紫草田。

題自寫墨花卷子二首

澄泥新琢研微凹，試墨頻添葶與苞。坐過重三好時節，雙輪卻未碾青郊。

靜餘翻自愛矜持，小院鉤簾夕照時。何似硬黃臨舊帖，正裁矮本畫烏絲。

聚奎堂後東房宿次

卻擬王融筆，仍權李謬篇。煎茶方欲賦，寫韻孰如儇。簾軟風微動，廊深月乍偏。外堂收卷畢，想未得宵眠。上欽定科制二場，經文四首，改表爲詩八韻一首，先日選韻，總裁屬同考寫之以刻。

夜風

好夢殊難續，長空不盡吹。市遙聽轉雜，屋古意多危。月黑微茫處，花紅歷亂時。似憑塵土掃，數上聲日去銜卮。

聚奎堂早起

鵲語檐牙霽景鮮，衣冠左右肅周旋。綠楊驛接三春露，紅藥畦升四月烟。扈蹕卻齋題目至，少宗伯介公自揚州行在齎旨及詩題，以三月初六日馳至京宣旨，即奉充總裁官入闈。視河亟召試官前。上迴蹕閱河工，召總裁大司寇劉公馳赴行在，旨以廿八日至即出闈。皇心動卽勤求切，明旦欽承尚勉旃。

翁方綱：「明旦」，用《詩經》也。

聖駕南巡恭紀二十首

繩祖懋孝理，施仁勤康功。惟皇所求切，與民所願同。紀歲在辛未，肇省南國風。屢誡我億人，賓嗇迺永豐。歲行乙亥夏，將載臨江東。至哉巽命頒，敦樸飭自躬。

乙亥歌常武，遠邁周宣業。東南候龍輿，和氣洵翔洽。既秋改涓辰，少歉慮民乏。昊穹鑒帝誠，歲則大有秋。今歲麥青青，昨歲禾油油。民亦愈勤止，願因瞻九斿。

王正月二日，賜江浙田租。浩如初巡恩，萬里春風俱。先是冬奉詔，漕粟留三吳。所經待平糴，預民通有無。樂哉我民樂，若魚忘江湖。盎皆有資儲，戶盡無負逋。

祈穀歲方稔，試燈春已和。啓鑾導慈輿，萬福永錫多。畿南淀初解，國西山正過。碧霄切笙管，華月交枝柯。虹隄十三橋，下若吐緗荷。熙然太平景，奎藻先成歌。

東風暖飄飄，東魯青邐迤。一繩雁遡雲，六出花添水。春隨綵仗佳，日供天顏喜。況挹薝蔔香，靈巖憩崇軌。留題摩頂松，揭與西來旨。

孔子之川上，表蹟爲泉林。仁皇寫道原，惟聖會聖心。春風周覽際，翠輦一再臨。環山萃秀色，列樹交芳陰。泉流無淺深，泉流無古今。聖心澈洙泗，文王見於琴。

大河流湯湯，擁淮以敵黃。疇咨交匯處，河弱淮則强。復畀疏下游，暢達於海疆。要令運道濟，無使農田妨。清淮潴洪澤，抱以高堰長。其下財賦區，生齒饒淮揚。豈惟甃石牢，宣洩時有方。皇心基宥密，萬年鞏隄防。

江國望幸深，自比前歲切。平山桃與梅，早栽實頻結。今年初卉增，春麗羅繁纈。敬以奉慈顔，香花佛前設。十萬松翠濤，十萬竹蒼雪。紅橋岸影開，韶序聖情悦。

三山京口壯，平江連諸州。形勢再登覽，萬姓迎龍舟。中泠泉可品，竹爐松颼颼。第二汲慧山，第三問虎丘。皆不如玉泉，天下第一流。御製有《玉泉山天下第一泉記》。支硎瀑如雪，石湖月如鈎。靈巖指洞庭，兩點如雙鷗。詩成軫風俗，民願霓旌畱。

菜花頃頃金，豆莢枝枝玉。鴨掌葵乍青，雀口桑先緑。田疇春總好，亦賴恩膏足。向非清問真，曷以同民欲？吳興利在蠶，嘉禾壤俱沃。相期有餘布，不特有餘粟。三江五湖間，愷惠勞繫屬。所慶烟雨樓，御臨再欣矚。

湖山信清美，下上多亭臺。聖因寺門柳，皇祖當年栽。濃春澤相永，聖孫復滋培。湖光勝明月，山色踰蓬萊。歡承侍鳳艒，志養歌蘭陔。八千椿竝壽，三千桃又開。杭民稽首稱，仁風廻埏垓。自今屢豐年，虔候青旂來。

我皇初巡來，迄今越六載。重畱甫及旬，旋蹕耀佳彩。我皇坐法宫，息息符真宰。與民見以心，如行周四海。民緘就日忱，霄漢懸相待。甫再仰龍顔，州閭深樂愷。江柳護高陰，山花蓄鮮蕾。願皇歲常臨，充宇春施倍。

修塗眷彌渥，新象攬又盈。江皋蔚然卽，嵐翠紛來迎。有寺曰棲霞，有草曰攝生。嘉彼齊高士，幽居娱道情。暄凉巖壑氣，動靜松篁聲。飲泉雪斑鹿，啄果金衣鶯。瓊軒領其勝，香界環所縈。墨花留睿篇，益使江山清。

佳麗秣陵城，翕張岷山脈。覽古撫南朝，畫江此焉宅。初巡祀鍾山，樵採已禁迹。漁歌近可聽，春水後湖碧。落絮艦外香，飛英馬前積。和風霽聖顔，繡野流甘澤。

徐州黃水漫，洪潦難亟消。帝心謂河伯，毋害我田苗。既築孫家集，復濬荊山橋。臨觀荷神略，畚鍤分具僚。帝心實憂民，以旰而以宵。豈惟水土勤，九敍陰陽調。

鑾回道惟順，曲阜當薦馨。申勅山東吏，儉簡隨所令。我皇巡典肅，再三昭常經。費不斂一錢，役不擾一丁。以兹純德將，必格至聖靈。再拔檜葉蒼，再櫂蓍莖青。况方登岱宗，步趾先師型。

時邁重嘉祀，維河嶽百神。後先古哲王，近遠諸名臣。酬庸念舊輔，尊罍奠藻新。於河祀臣斌，於明祀季馴。亦用詔來兹，訏謨及良辰。矧惟觀潮樓，祀海於江濱。我皇隆禮至，念念爲安民。

迎鑾皤髮儔，各以歸田賦。鄉俸今拜恩，生成感殊遇。禮之等家人，浹之甚春煦。將何荅天高，黽勉保其素。詞壇賞非常，經笥慰遲暮。實藉風後來，束脩振王路。

庠門廣舉材，藝林親拔彥。任商冠帶加，優老粟帛散。百職褒所經，秩差錄廉幹。兵皆給贏糧，男婦賚仍徧。道旁芹獻忱，内紵捧呼抃。二省量赦囚，一清牘與案。矧惟被潦處，加賑恩蕃稠。曰自兖暨豫，江南北諸州。矧惟疊賜蠲，畿縣至海陬。所經及停蹕，更沛鴻仁周。

娱顔愛日舒，展義化雨宣。萬國仰徽音，惟聖以孝先。纘我仁皇治，行健乘乎乾。盛德浹民物，至文煥山川。金玉自聲振，規矩相方圓。大哉柴望禮，一哉時幾天。豳籥上萬壽，小臣頌豐年。

題無名氏畫

一籬烟篠半汀沙，山下微茫雪後花。便綰穠雲三角髻，忍寒去叩玉真家。

寄輓陳秀才諒

憶初見子時，走地髮緌緌。既交於翁久，漸喜行能隨。翁遊歿涼州，使我長心悲。所幸子也才，門戶力可支。前秋我歸舍，過從愛令儀。胷中飽經義，足以爲人師。媿我無遠略，見輒科名期。痛翁賫志，此事奮子麾。百言亦百應，乍合豈乍離。子方究儒家，營道先德基。俯看誠屑屑，遑暇復規規。我又辭江園，舊情益逶迤。每因說舉業，懊恨子嬾爲。流光一歲隔，靜夜三更思。春寒訃偕人，來述病少醫。炎風送家問，子之歿日知。目瞪叫不得，若暑中肝脾。皇天信仁愛，萬理無參差。是將咎人事，何至或成虧。我今非哭子，哭翁難與追。默數三十年，一錯值此衰。翁兮口多直，翁兮心頗慈。貧交相呴濡，醉墨相淋漓。得子才間出，謂當必雄奇。且輕窮達分，奚用殀壽推。翁身長比鶴，壯瘦勢則危。子身立如鵠，頭銳猶豐頤。奈何未四十，奄作芳蘭萎。嗟子葬翁後，屬撰銘墓詞。念我先人歿，厥狀空涕洟。十年昧所乞，心諾阻於私。銘翁未有文，哭子先有詩。人間恨常甚，那不白其髭。我昨歸里頃，擬酹先友巵。桐涇朱明府，阡草白露滋。北郭萬孝廉，權厝淒碧涯。而翁西村西，寂寞松櫃枝。

兩孤僅一慰，朱墓霜帆吹。浮生緘苦懷，他日終遂之。衹憂拜翁塚，腸斷卻緣伊。我詩不子諛，近鄙除葳蕤。尚煩母呼季，分釋與孤兒。

送憨上人還杭州四首

拈花寺中見，忽忽十年來。今朝分手處，七月秋荷開。中間萬壽松，共坐曾幾回。亦知向後緣，莫踏西郊苔。松風滿攜袖，各自拂其埃。我行卽我家，缾鉢何煩催。

去去國東門，悠悠潞河水。一帆自在流，早到錢塘里。里中白髮人，昔者少年子。舊庵竹樹青，笑爾袈裟紫。佛前燈火明，屋後稻田美。謂卽當去聲真歸，浮休半如是。

河渚裏有梅，皋亭下有桃。村將水淺深，路以山低高。南峯見江岸，北峯聞海濤。峯後又峯前，鐘磬清藜蒿。子行倘我待，他日同遊遨。子如不我須，使我孤笻勞。

聚亦知誰主，散亦知誰客。行豈不如雲，臥豈不如石。慇懃復慇懃，問我笠與屐。寸心衹未灰，雙鬢奚爭白？我非爲師言，師亦隨所役。雨落是今朝，月明又今夕。

重遊覺生寺

五日兩停車，村泥少墝埆。偕行有今舊，我亦不嫌數。院花鋪正鮮，井水澆多濁。寂寂蟲欲聞，娟娟蝶難捉。詎復詣禪人，坐塏情已邈。大鐘何必撞，斜照久相覺。

紀編修復亨近以詩與秦修撰大士黏於壁一夕爲偷兒取去編修又送詩修撰和之於是周學士長發盧編修文弨皆有作載過飲修撰於其右壁盡讀之歸亦和焉

秦君雖貧猶未極，一篋可胠囊可探。不知誰何攫金去，逸者追者相趁䞶。紀君聞之閉門詠，盎粟謹護石與甔。作詩送秦貼東壁，主人夜拓風窗南。室中有藏難妄意，萬卷自擁他非貪。誰何乃又攫詩至，蹤跡數數能無慙。秦家更酬紀家倡，和者迭起諸家堪。城南近事我初曉，適冒涼雨提荊籃。籃傾果蔬榼膾鮓，呼飲莫辭婪尾婪。昨搜東壁徒攫攫，今顧西壁翻耽耽。一箋相憶語還謔，數箋相照顏方酣。我謂主人毋太憨，豈知偷兒情所諳。定猜墨書好波磔，或認粉本佳烟嵐。取投廟市覬高價，恨未穿蛀經魚蟫。燈疎四座琖飛百，鈴靜六街漏下三。起者狂思舞都蔗，坐者嬾欲成瞿曇。似聞飢鼠笑且數上聲，曰偶齧卻資轟談。

翁方綱：實甚無謂。
朱休度：七言。十三覃。
錢聚朝：「耽」，手校本作「眈」。

靜夜

雨響深庭暗，燈光短牖清。一編徐切理，萬古迥含情。鳥欲林間起，蟲來壁上行。鄰人何不寐，宛轉送歌聲。

寄題吳學使華孫洗竹圖

洗竹如洗花，方言非用水。昔聞農師云，今圖無乃是。新安溪，新安山，書堂清事溪山間。秋聲上下箬，嵐氣簶篏環。梳風已令亂葉淨，濯雨更教繁葉刪。伊人伊人抱經讀，衆説觝排如洗竹。我知生物待培材，誰解幽居工補屋？鶴書依約紀曾同，三徑惟來二仲蹤。他日相逢應示畫，山風溪雨一從容。

朱休度：長短句。四轉。參差。

曹學士洛禋畫天下名山圖二百四十頁題之

武英殿貯天下名山圖，康熙印本人間所刻無。天下名山不知其凡幾，大者具在小者亦已俱。學士今年八十有六歲，猶能眼明手快精心摹。始憶常時銜雨跨高馬，定應笑我蹩躠驢車驅。我昨曾觀王履華山冊，又觀夏圭萬里長江卷。故知一筆畫如一筆書，元氣淋漓非力可彊勉。今者何師豈以造化師？聞嘗天都夜見雲海奇。雲耶海耶起滅了何有，一旦平生傾寫皆於斯。我家澉上青峯九十九，安得皴成補入重題詩。

朱休度：九言。三轉。韻散。

仲冬二首

仲冬朔日雪，一白卜歲豐。歲豐我無田，有弟食不充。存者妻子待，歿者孤嫠號。凌晨汲井凍，焉得糴米淘。日暮柴火紅，檐風莫爲高。

仲冬二日雪，歲豐一白徵。無田豐者歲，食缺衣孰憑。曷不釣於江，我笠子荷蓑。曷不樵於山，子擔我斧柯。百年乃相誤，媿此華髮何。

恭讀御製詠側理紙詩敬賦長歌

張華志側理，王嘉記陟釐。名譌製同今獻宁，物願聖藻宣環姿。兩幅勝萬番，一藏一書之。寶墨俯規米芾書，鴻章兼掞柏梁詩。書之一幅既冠琳琅於祕笈，詩則華《志》嘉《記》未遘之雄詞。當年南越人近海，苔如髮長入海采。杵之滌之想亦揭用簾，乃爾倒披斜界紋猶在。是紋非簾紋，是紋非苔紋。好風一向吹片雲，迴塘縐縠春沄沄。游絲半罥花影曛，麴塵初飄柳線紛。臣未睹紙輒揣賦，恭繹聖藻情爲欣。臣聞諺云紙千年，今此之傳應萬年，佛語親裁貝葉篇。

顧列星：文安庫中恭貯。行營陳設側理紙一匣，厚一古蚨高許。淡碧色，皺紋爲縠。觀詩中「兩幅勝萬番」云云，則係內府所藏，真希世之寶也。

朱休度：長短句。四轉。參差。

對雪用宋延清剪綵花韻

薊苑茲頻雪，江鄉舊已梅。孤懷風處遣，迴望月中開。水靜疎光瞥，天虛密影迴。忍寒休貰酒，遠夢只相催。

不寐

素壁頻搖燭，寒爐尚沸茶。萬緣身後影，一夢鬢邊華。子弟才難就，詩書澤未賒。溪堂梅樹老，月浸數枝斜。

海子雪晴

城北遥山隱，隄東晚騎迴。未隨流水釋，都作雜花開。烟氣微收市，雲光迴護臺。獨吟還側帽，於我亦悠哉。

題王仲山畫潙山水牯牛册子八斷句

頃間桃花林，牛放我自遊。桃花紅正深，我在不見牛。

失牛乃賸我，尋牛卻忘家。夕陽一路雲，并不見桃花。

前山綠復綠，牛兮莫思我。我今獨思牛，牛我無一可。

逢人問消息，耳聞非目見。牛不在背後，牛不在對面。

驀地見牛回，手招直牛口。本非別家牛，費此一招手。

招之未必歸，定力何以能。拽將鼻孔轉，猶隔一條繩。

松風謖謖吹，牛臥我亦臥。牛只是一頭，我本非兩箇。

昨亦不喫草，今亦不喫水。觸脫角雙彎，一笑圓光裏。

符歸安大紀輓詞

薄宦東西浙，貧交一十年。蘭言希古誼，矩步讓時賢。賸記禾城錦，嘗尋霅水船。寒原隔秦樹，目極枉潸然。

觀閻右相畫卷端有「順治三年七月初二日欽賜大學士臣宋權恭記」楷字三行長印。

披蓑坐石首一叟，冠服立者五十九。叟疑呂望黄且皤，立中有童或甘羅。齒壯於童後復二，各未生鬚傑然異。其五十六皆髭髯，雲風迭起神雄嚴。始知將相卽無種，難許少年勳業占。竝立疊立指顧行，面正面側眉稜清。執卷帶劍如平生，袖攜口答炯雙睛。試問畫師閻立本，是何人代何人名？豈無麟閣雲臺者，秦府羣英亦摹寫。國初賜物來商丘，寒宵諦觀燭影遒。

朱休度：七言。七轉。參差。

詠水仙

渺渺自清潯，昭昭月在襟。本來生性遠，亦復畏寒深。塵外有羅韈，海邊聞素琴。相思幸相值，千里極春心。

韓康銷寒集分詠

龍鳳有先識，藏羽而隱鱗。名者禍所伏，避之以保身。炎漢世方季，孝桓聽于神。直弦既云已，何彼甘陵人。悠悠長安市，坐閱三十春。公誠伯休那，名乃女子聞。青青霸陵山，去去著幅巾。寄信俊及儔，不作韓徵君。

擇石齋詩集卷第十八

戊寅

錢儀吉：五十一歲。

春正雪夜同祝舍人維誥從弟端兒敏錫作限新字

豐象總宜人，月寅年又寅。一鈎霄映碧，五出樹生新。暖意催金盞，清暉候玉宸。江園當此際，爆竹靜比鄰。

和酬院長相國見贈

周也爲蝶難爲鵬，十年長安一書燈。春街又見花霧烝，廟堂峨峨百禄增。雨暘燠寒風時徵，昨朝送喜邊月澄。正月十八日軍營奏，俄羅斯告邊吏阿睦爾撒納竄入其界，以發痘死。羣工待賀瞻觚稜，年今豐年豐可憑。將誦聖德尋尺繩，掩關倦豈枕曲肱。揆岳牧伯職各恆，槐廳兼長公其勝。

朱休度：《柏梁》。十蒸。

錢儀吉：得體。

城西

樹引通橋市，山迎出郭車。歲新遊自得，農早問何如。村日明高鳥，畦烟動碧蔬。聞鐘向蘭若，信步散衣裾。

錢儀吉：唐人「鳥啼當户竹，花繞傍池山」，首聯句法所本。

原心亭敬觀聖祖仁皇帝御書龍飛鳳舞四大字刻石

入院從丁祭，循廊過巳牌。春聲虛啄木，聖蹟囧摩厓。九五天長覲，簫韶樂至諧。中楹四星列，雨亦豁蒼霾。

題畫牡丹蕙萱鳳仙菊五種

盎盎和風吹碧林，瑤臺春貯一枝深。近天欲展凌雲氣，向午先呈捧日心。
綠槐院靜雨絲香，紅藥欄虚竹影長。憐得蕙花真耐放，一甌新茗裌衣裳。
我自無憂不賴渠，心之憂矣孰能祛。閒花盡付閒兒女，未信張華《博物》書。
階下紅毬綴兩三，葉披青鳳羽毵毵。兒時記綰雙丫髻，采向新涼帶露簪。
但結山籬護徑苔，年年九日可銜杯。何須定作南陽守，酈縣頻煩送水來。

動靜交相養并序

同年以唐賦題課八韻詩。載既擬作，復檢白賦，序云：「居易嘗見今之立身從事者，有失於動，有失於靜，斯由動靜俱不得其時與理也。因述所以然，用自儆導。」讀其賦，多有得之言，遂撮文爲引，藉勖斯義。

靜如星拱極，動若卦生爻。道貴存於養，心常察所交。狷應充屑屑，狂亦斂嘐嘐。執兩中宜擇，隨時一莫膠。行雲元必返，止水豈難淆。鳥刷風前羽，花含露下苞。物情參自愛，人性謹先教。聖德符天地，絪緼邃理包。

雜憶舊蹤拾舊時殘句以綴就張叔夏詞自序云渺渺兮予懷也錄存六首

城南南岸有朱莊，記得花開近夕陽。舴艋尋春來釣渚，鸕鷀驚客避魚梁。己酉南湖。

羅城浜口竹烟濃，最憶年時斷客蹤。吾愛吾廬難語汝，卿行卿法卻愁儂。辛亥回溪草堂。

溪館秋涼小筆矜，少年何苦太崚嶒。據梧高閣心雙鳥，洗研清潭面一僧。癸丑桐鄉。

秋堂最憶舊山憑，五夜沉沉百感勝。臥我白雲凋黑鬢，讎他青史跋紅燈。己未回溪草堂。

錢儀吉：三四，成邸屢書爲楹帖。

高處琴書著我閒，纖簾祠對蘚花斑。晚來風濕朝來雨，一派溪寒一帶山。乙丑德清。

春事番番過盛年，段家橋去憶題箋。簾櫳燕子歸來雨，臺榭梅花落後烟。丙寅西湖。

佚名：風神隱約。

送鄭贊善虎文視學湖南

使節青冥下，征軺霽靄間。春風瀁明月，湘水遶衡山。采采叢蘭紫，蕭蕭舊竹斑。知君真靜者，緒論使淳還。

翁方綱：空無實際。

飲王氏憶園海棠花前用壁間王右丞詩韻

絳蕚綴新枝，籠烟蓄露開。須邀薛公序，亦問杜家來。檐色申牌暝，闌陰卍字迴。不知香氣減，冉冉落深杯。

翁方綱：此等存之何必。删。

德勝橋東堤柳

暗數鳳城年，識春春自妍。還歌淥水曲，漫拂黄金鞭。攜榼鬟沾絮，過橋衫染烟。一爲相畫得，留影曲闌前。

翁方綱：删。

初夏憶家三首

住近甜瓜巷，行來白石橋。斑鳩將雨喚，紫楝又風飄。

圃許鄰家占，書從稚子温。東闌木芍藥，午飯鴨餛飩。未盡枯魚淚，難收敝履身。迢遥經忌日，寂寞倚居人。

座主陳文勤公輓詞二首

禮遇主恩溢，榮歸鄉景虚。庶幾文正志，所得紫陽書。平格三朝曁，柔嘉一老餘。常瞻式言行，已願後皆如。

湯陸興吾道，流風重本朝。差池非草木，對問孰漁樵。塚起環山色，碑刊直海潮。愧於他日拜，敬以寸心要。

擬恭和御製詠葫蘆筆筒元韻御製詩序曰：「葫蘆筆筒，予向日書几上日用物也。棄置廿餘年，今偶見之，如遇故人，因成是什，亦言志之意云爾。」

豳人可但及秋飧，莊叟徒枵五石樽。堅作筆城供上用，淨依書几拜先恩。御製注曰：「是器乃皇祖所賜也。」廿年不見頻相憶，一日重逢輒與言。肖物範模畱化迹，御製注曰：「匏蔕初生，函以木笵，迨落實時，各肖形成器。此製創自康熙年間，而此筒尤爲天質完美。」銘文經緯徹心源。御製注曰：「筒上有陽文銘，用成公綏『經緯天地，錯綜羣藝』之句。」軒窗倍覺承暉迥，籬落迴思挂雨昏。道也器歟觀所合，虚中直内義憑論。

觀真晉齋圖

張丑性僻畫與書，既購小楷寶章待訪錄，米庵自號志厥初。後得宣和祕玩《此事帖》，麻箋廿字游龍如。從子豪奪去，去者日以踈。豈知九行章草士衡《平復帖》，又得海嶽翁所跋李公炤所儲。謝公慰問向同軸，況更遠勝索靖《月儀》乎。名齋遂仿寶晉意，齋曰真晉良不誣。文柟作圖以當記，丑乃自記書於圖。圖纔數筆若未了，山無多山，屋無多屋，石脚三兩松竹俱。我嬾欲詩直爲愛觀畫，卻復櫽括丑記詩則無。

翁方綱：此題惜只如此了之。

朱休度：長短句。魚虞通。

題盧中允文弨檢書圖

我昔圖讀書，君今圖檢書。未知君與我，書有同異無？書亦復何異，況同桑氏徒。我讀了大義，豈不辨陶魚。第弗爲前人，讐責剞劂初。君書必刊誤，改字甚揀珠。本朝若閻若璩何焯，其足相先驅。我嘗閱萬卷，善本宋元俱。近始返章句，聊用畢迂愚。君方倚中年，述作隆所須。簡侍皇子幄，攷校加勤敷。我圖翁作記，雹火廿年踈。君今乃屬詩，憮然媿霜鬚。師門諒難竝，又敢希名駒？

金水橋曉月

天近夜如何？銀蟾靜玉河。五雲光窈窕，雙闕影嵯峨。步緩寧妨蘚，襟疎似襲荷。扶闌延望迥，爲照上鑾坡。

驟涼

驟涼思故衣，未曙坐單幃。蟲語近還歇，樹聲疎欲飛。化應終古是，身漸一生非。芸篋理緗素，問君安所希。

錢儀吉：「化應終古是，身漸一生非」、「問君安所希」諸句：小宛遺音也。噫！

擬恭和御製幻花八詠用張鵬翀韻元韻錄存四首

霜花

萬樹秋原綻曉光，可能青女學春粧。堅冰結未緘苞緩，白露零餘布葉忙。五六出分誰認瓣，丹黃枝壓自言香。卽教草際俄開謝，旭景垂恩豈欲傷。

風花

謂下鴻池上雀臺，卻迎花信者番回。綠枝暗比紅枝亞，三里濃勝五里開。著物沾濡餘潤在，殢人醖釀薄寒來。宸居靜協陰陽氣，《春秋元命苞》云：「霧，陰陽之氣。」拈示彌包博物才。御製注曰：「按陸游詩注：『風欲作則大霧充塞，謂之風花。』鵬翀詩謂流風落花，合而爲一，與餘幻花不倫矣。」

燈花

太喜曾聞杜甫誇，銅槃真放一莖花。風搖席暖深籠綺，雨背窗昏遠隔紗。欲種無根春後盛，將闌有萼夜分斜。政須吉報邊音捷，檐鵲還占噪曙霞。

酒花

百末蘭芬正熟時，藻浮秀吐宛春姿。小槽雨滴收清滓，凸琖風漂照素肌。鼻觀酒香花處覓，眉稜花色酒邊知。聖心邁禹疏甘醴，道德葩紛舊帙披。御製詩曰：「何必生平不言酒，魯共公論早曾披。」注曰：「余詩中不喜言酒，茲以鵬翀韻，故及之。」臣按：《孔叢子》有言：「聖賢以道德兼人，未聞以飲。」

集陳舍人鴻寶獨樹軒賦秋聲

涼深東院近西楹，一樹青槐老漸成。人寂寂知天籟迥，雨瀟瀟及月華明。顧瞻自有山中嘯，澒洞何如海上情。誰是歐陽能續賦，卻懷韓子以蟲鳴。

郊西

郊西秋好喚開顔，村路經年闕往還。蔭樹凭欄曾得醉，緣坡藉草又成閒。寺門閘口穿城水，店舍牆頭遶苑山。卻爲所知相隔遠，舊情鈎挂不能删。

秋圃九詠

吳舍人杉亭、謝編修金圃、韋舍人約軒治具豆花精舍，招同秦學士澗泉、梁侍講山舟、王學士禮堂、陳舍人寶所、吳舍人二匏、王舍人蘭泉、吳舍人白華、蔣吉士莘畬、家贊善辛楣賦。

豆花

風露葉翻翻，花翹紫白繁。山明隱居屋，江冷野人園。瓜架近連蔓，菜畦斜繞根。此間新莢綻，吾欲就盤飧。

牽牛花

青蔓非蘿著處纏，翠英如琖吐來圓。映空最覺雲光嫩，承露俄愁日色蔫。秋夢與人分院淺，曉涼因爾到籬偏。何須織女邀親摘，種向盈盈一水邊。

吳應和：曝書亭十二韻意專詠物，而此五六一聯中有人在，纔覺情味雋永。

近藤元粹：僅伺謝、瞿之門矣。

蒲萄

大宛昨貢馬，詎在取蒲萄？寄聲溫日觀，水墨能爾豪。

葫蘆

巡圃誦《毛詩》，南有樛木瓠累之，幡幡者葉匏錯垂。瓠甘匏苦心自知，瓠長匏短頸腹爲。斷壺斷壺霜踢蹊，色澤而堅可提攜。子屬皆曰葫蘆兮，材與不材食不食。葫蘆葫蘆安所職，蠨蛸網籬鳴促織，落日無風有寒色。我欲作要舟，江湖滿地長東流，子寧不抱千金憂。我欲盛美酒，家無秫田酤則有，與子期乎酌大斗。葫蘆葫蘆用亦多，飲酒之樂奈樂何。

朱休度：長短句。五轉。極參差。

柿

漫詡華林植，烟霜自接柯。八稜名擅獨，七絕性殊它。楓槲晴相亞，姿顏晚更酡。甜逾蜜筩熟，寒較蔗漿多。篾絡應皆爾，櫨烘定若何。笑人筵上割，書葉又成歌。

蘿蔔

土酥辨金城，北產故自佳。沙畦鬆且沃，深淺隨時埋。紛敷叢稍青，純白質可懷。葉根但咀嚼，生熟何殊差。園丁告主人，法不宜密排。地寬則下肥，壅灌仍各諧。亦勿帶露鉏，鉏恐蟲生皆。

薑

清明雨初潑，下種催分畦。榴花繁照村，頗覺苗生齊。秋社燕飛急，新芽愛柔荑。指勻略紅白，尖嫩差高低。無花自無實，可茹亦可齏。草纖耘卽去，那更憎萋萋。縛棚早蓋覆，林影斜陽西。

蝶

未應誇鳳子，嫵媚且成閒。衣曬菊黃色，夢遨秋碧間。自知雙亦得，猶願隊俱還。團扇南園會，曾經惱鬢鬟。

蟲聲

朝陽復夕陽，唧唧隱飛藿。況茲大野霜，積以中園蘀。初猶遠堦砌，終亦戀籬落。每因月夕清，坐使紵衣薄。膠膠雞又鳴，軋軋絲頻絡。雨黑難爲燈，草深自成壑。豈其無所知，豈其有所託。人間兒女心，爲爾幾銷鑠。永惟稼穡先，博物周公作。

移居

北城久住愛南城，賃得南城卻有情。屋小而新庭頗廣，身安則靜興俱清。鄰烟遠遠看飄葉，巷月深深聽轉更。衹欠一灣橋外水，藜光春步雨初晴。

聖武詩一百二十韻

乾隆戊寅冬，我皇建大常。大閱於南苑，八旗開正鑲。天清萬靈衛，日中三辰光。鼓鉦甾諧律，士馬嚴鮮裝。維時遠人格，遠訖西極長。右部哈薩克，稱臣來拜章。請效倍左部，愷摯翹闔閶。御製《右部哈薩克歸化遣使朝貢詩以紀事》曰：「情歆左部榮同被。」注曰：「其疏略云：右部素與左部阿布賚同爲雄長，今得均隸臣僕自效，請倍左部，語尤愷摯。」迺用昭聖武，俾識彝訓方。我皇經緯精，鉅細必躬將。矧惟闡前烈，文德徹要荒。務令天照該，帡幪乎冠裳。是烏魯郁斯，阿比里斯所屬部曰烏魯郁斯。聲教昔未通他王切。緣阻厄魯特，莫得偕梯航。今繼左部至，慕化輸其誠陳羊切。又曁塔什罕，入朝悔跳踉。御製《紀事詩》序曰：「右部哈薩克，其汗曰阿比里斯，與塔什罕域回人等接壤雜居，地廣人稠，不下左部阿布賚所屬，向爲厄魯特間阻，未通聲教。今年秋，參贊大臣都統富德追捕準夷餘孽哈薩克錫拉兵至其地，會塔什罕與右部哈薩克搆釁互擊，因遣侍衛蒙固爾岱等宣諭威德。哈薩克叩首輸誠，即日遣使朝貢，而回目莫多爾薩木什和卓亦悔悟息爭，竝令頭目同時入覲。」錫宴禮既洽，俾隨鵷鷺翔。講武儀更肅，令懾貔貅强。大哉聖人心，翕闢勤弛張。先是布魯特，勃律紀在唐。朝於伊緜峪，御製《布魯特使臣至賜宴即席得句》曰：「新恩恰直伊緜峪。」注曰：「布固圖昂阿乙亥歲平準噶爾，噶爾藏多爾濟等來朝于此。丁丑歲哈薩克歸化，使臣根扎噶剌等亦來朝于此。今歲布魯特歸化，其使臣又適朝覲于此。地靈佳兆有如此神奇者，因名其峪曰伊緜。伊緜者，國語謂會極歸極之意也。」隨輦復朝京音疆。斯皆古未臣，嚮德歸我皇。式瞻幅員拓，弗藉山川障。恭惟皇丕武，兆自金川平皮陽切。滇徼遂請朝，貢益修諸洋。癸酉冬準夷，三策楞始降胡剛切。宸斷受而撫，憫彼情倉黃。明年秋撤納，乞師歸蹌蹌。俱以數萬人，仰給我糗糧。處之喀爾喀，盧狼終咥羊。迺上紆睿算，本末密周防。謂是厄魯特，仁廟所膏鋋。憲廟允其和，彼固經深創。兩朝志宜竟，無若乘機臧。乙亥問罪魁，備議偏師嘗。五月至伊犁，道過迎壺漿。俘厥達瓦齊，赦之爵以王。準噶爾既平，告廟升馨香。臣讀太學碑，聖謨萬禩彰。凡今西域眾，疇不欽焜煌。奈何緣上鷹，負惠飽即颺。輾轉惡草除，燭幽煩太陽。太陽恩難名，煦嫗蘇百昌。烏爾圖郁斯，阿布賚所屬部曰烏爾圖郁斯。以是徠驌驦。從初聖人心，不得已用兵逋旁切。寧期伊犁定，宛馬屢服襄。丁丑左部哈薩克稱臣貢馬，今右部哈薩克稱臣亦貢馬。撒納伏冥誅，羅刹不敢藏。自今西海上，竝海春耕桑。回眾況踵至，納降皆獻城陳羊切。既得庫車城，而阿克蘇城回眾又投降。和卓夙被恩，應感天好生師莊切。臣讀西師詩，金薤高琳琅。一心浹仁義，三百包周商。自有生民來，天地之中央。今始有是詩，寶文耀陽剛。故應格羣夷，蛾伏御囿旁。田盤峯三盤，松翠環御莊。使臣覲至尊，拜霑湛露瀼。旋蹕都城南，舞蹈上壽觴。千騎獵大藪，萬燈輝平場。建子月戊子，日吉辰且良。晾鷹臺峨峨，飛放泊泱泱。圜幄御甲胄，彎弧疊貫中陟良切。上御射，既連中，然後巡隊。天矢不虛發，于焉靖天狼。戊辰冬，御製《賜大學士傅恆經略金川》詩曰：「一矢靖天狼。」計日而金川平。詔大司馬進，巡陣龍媒驤。迺升黃幄觀，海螺以次鳴謨郎切。滿漢步騎陣，火器營列行。虎臣其桓桓，虎士其僙僙。如一雪組練，逾萬鐵裲襠。雕弓元納韔，楛矢欲出房。紅旗一風颭，巨礮夾鳥槍。九進而十成，環連而雷硠。旗色以軍辨，鹿角森戈芒。馬色以隊分，金鉦簇騰轠。午靜地息塵，晨暄樹融霜。千官侍幄次，豹尾排六雙色莊切。玉皇端太乙，層霄龍纛揚。遠人未之覩，心帖膽亦恇。爲語我遠人，天大不可量。右部哈薩克臣吐里拜疏語云：「大皇帝乃如天覆育之大聖人。」京師重本根，拱護者萬邦逋旁切。皇帝誕敷文，備武國永匡。蒇事犒豕豶，賜食暖不涼。從容法駕還，民氣樂巷坊。爲語我西土，鄰部無胥戕。爾今皆我人，歸化毋彷徨。如趨毋自尼，如植毋自僵。時雨有雷霆，愛威兩無傷。矜爾井伏蛙，慎勿車遮螳。爲語我中土，廟略偃邊萌謨郎切。曾不賑蠲減，曾不徭役妨。民不知有兵，兵不知離鄉。八旗忠義儔，索倫前後相。爲汝扞牧圉，使汝求倉箱。我皇運神斷，獨握太阿綱。凡茲西事宜，不倚羣對敭。古者臣贊君，天猶隔微茫。今者君贊天，呼吸達昊蒼。豈惟武功集，萬政獨幾康。我皇守家法，兵以少莫當。洪惟我太宗，仁爲大勇倡。用少不用多，每用收强梁。太宗文皇帝每有征伐，不用多兵，而所向輒克捷。嘗命將出師，諭之曰：「每嘗見一隊合千兵則覺少，數隊分千兵則覺多。是以每令先分後合。」只今勁旅簡，頗不勞餽饟。豈若漢唐代，失多而少償。我皇大仁普，大義公且明謨郎切。賞信罰亦必，功罪惬低昂。以茲面内人，歡喜副所望。我皇至誠推，激發其衷腸。以茲續續來，稽首懺獝狂。右部哈薩克之巴圖爾吐里拜年八十三歲，輝格爾德年七十歲，不能遠赴，謹遣吐里拜之子卓蘭、輝格爾德之族弟博索爾滿來朝。蓋以聞布魯特阿克拜各部陸續歸附，遣子弟入朝，而左部哈薩克早得蒙天朝庇佑安全，于是企戴聖德，亟欲歸誠也。又塔什罕莫多爾薩木什和卓具疏投誠，遣其弟莫呢雅斯和卓來朝。又塔什罕回衆別具疏。遂令卓蘭侶，匪止觀長楊。事因撫降肇，如飢與餦餭。本非爲開邊，聖意敷天詳。只今大柔遠，廓大清天聲式羊切。計日大凱旋，御製《南苑賜哈薩克布魯特塔什罕回人等觀烟火燈詞》曰：「爆響連珠成捷報，便聞早晚定堅昆。」注曰：「時我師方圍葉爾奇木城，日夜望捷音之至。」至化鴻軒鶱。我農歌於野，我士歌於庠。我禮樂詩書，我菽麥稻粱。百工熙市肆，百僚恪朝廊。内外職鳳麟，山川獻圭璋。所在飭訓練，以時繕城隍。囹圄日空虛，歲豐協雨暘。十萬里朒朓，百千國笙簧。天心佑祖澤，穆穆其穰穰。曰至于萬年，惟萬壽無疆。

題太常寺仙蝶圖

奉常事重廨宇深，暄風四月青槐森。爰有綵蝶巢槐陰，䪁如丹砂襜黃金。其羣則三大踰寸，或隻或雙粉不褪。去秋去更來春來，近百年來戀塵坌。鳳城佳勝蓬萊山，遨遊奚翅壺嶠間。扇招卽集爲晬顏，脫欲捉之飛斑斕。飛飛飛望槐陰還，少宗伯公攝奉常。夙聞親覩檐牙陽，畫之尺幅蘼蕪香。乞題皇子皇孫章，時侍講讀于書房。皇仁氣協羣生樂，春在昆蟲洵咸若。升馨德以神人和，博物篇承雅頌作。蝶兮亦嚮壇廟飛，蝶兮從容展畫衣。上林柯葉凝朝暉，飛飛彌覺芳菲菲。

翁方綱：時野園宗伯攝太常。

朱休度：七言，六轉：前兩四句，後兩四句，中兩五句。又前後各有一句不用韻，餘皆用韻。

題韋舍人謙恆翠螺讀書圖

松徑盤盤上，江光面面來。舍人雲臥穩，曾此漆編開。牛渚千秋月，黃金百尺臺。漫言居不易，輒有夢頻回。

上御乾清門聽政侍直恭紀

初旭瞻開闔，羣工候整裳。龍顔臨座藹，雁序歷階莊。玉案中陳疏，金爐細繞香。天言容近聽，黽勉右螭旁。

上視祫祭太廟祝版于中和殿侍直恭紀

食必蠲冬合，辭先戒曉陳。聖躬方展拜，精意已潛申。殿迥三階朗，年豐百物新。永言宏受福，以類錫民人。

除日保和殿侍宴

聖臨三殿極高清，上壽雍容慶禮行。莽式旋陳揚祖烈，瑤卮頻賜洽藩情。雲深北斗迴春麗，城迥西山向午晴。已覺新年增氣象，願將和樂播寰瀛。

揅石齋詩集卷第十九

己卯

錢儀吉：五十二歲。

上元日圓明園正大光明殿侍宴上御寶座，王公大臣、蒙古王、貝勒、貝子及于闐回長漠咱帊爾等賜筵，列殿東西楹間，相對藉坐，講官筵側侍寶座右，殿西北隅藉坐。

春欲成旬勝節開，鬱葱韶景現蓬萊。心燈迥澈三千界，首月剛圓廿四回。一德躬桓襄禮從，萬年屏翰賀正來。恩叨近覲天顔喜，暖進金盤白玉杯。

花朝金秀才啓南招同謝編修墉韋舍人謙恆吳舍人烺王學士鳴盛王舍人昶家贊善大昕遊王氏園遲褚舍人寅亮陳侍讀鴻寶曹舍人仁虎不至分賦十六韻

驚蟄纔過冷暖偏，右安門外野霏烟。果園菜圃經行熟，蘿逕松軒入望專。風雨幾家如晦久，西南今我得朋賢。不難蜀道春迴首，秀才昨客自成都。所樂吳儂歲比肩。越酒最宜鄉味挈，燕歌誰必國工傳。常因鬱鬱蓁蓁地，小結魚魚雅雅緣。棫樸鏗鏘章有五，鳳皇彷彿仞無千。舍人竝進迎鑾曲，褚舍人先後恭遇天子南巡，召試賜官，而編修贊善初以召試官中書，既登第入翰林。學士新成琢玉篇。戊寅，御試翰林「瑾瑜匿瑕賦」，學士第一，膺是擢。短鬢聊容陪磬折，長林且許借舟旋。百餘樹待梨桃發，八九間添草屋編。懷舊已多庚子日，往偕周教授松、嚴編修東皐、汪孝廉豐玉，花時嘗飲于此。記遊初是戊辰年。一時佳在應須惜，萬事勞深莫漫牽。盼絕馬嘶楊柳外，掃除塵到蛤蜊前。遲回跡類甘于醴，落拓情輸急似弦。盆覆射隨盂覆巧，上曹鈎與下曹連。直拚燈火催歸去，又被兒童說放顛。

觀王文成公書所作君子亭記卷

謫去龍場遠，栽來玉榦鮮。戊辰成是記，己未得斯賢。何陋軒相暎，亭築于何陋軒之前。冬生草自堅。

墨香真可愛，匪獨以人傳。

王學士見示同遊王氏園五言長篇復賦十六韻

一首詩成六百言，未應消受竹閒園。豈其故紙穿蟫獨，（學士近注《今文尚書》。）乃爾輕船下水翻。重憶往時吟瘦馬，屢偕諸客指遙村。草橋綠淺烟橫陌，藥圃紅欹露滿樊。舊種丁香今已大，昨邀卯酒又何暄。畱將白髮東風影，坐盡青山夕照痕。喚作老錢贏耳熱，（學士詩云。）看同枯柳爲髯掀。功名欲赴非騏驥，鄉黨須歸孰輊軒。媿竝珪璋廁文府，學題鶺鴒戀君恩。城南社肉辜擕扆，（昨日廿七社。）道北朋箋辱扣門。蔥犗紺轅蠲吉近，餳簫粥擔賣春繁。此時江介農真樂，我輩花遊痦勿諼。嘹喨也休催短拍，逡巡何可放空樽。牡丹欲喜陳家至，（學正賡言適惠一盆。）扁鵲仍愁謝子煩。（金圃小病未出。）樺燭絲闌裁自豔，紙窗雪點灑俄暄。懸知摩詰方高臥，不道蕭齋少對論。

題陳學正孝泳研二首（石厚餘三分，長不及三寸，闊可一寸半。左邊行書銘「溫潤而澤君子以懿文德蒙谷」十二字，兩足分篆「己丑曹溶」四字。蓋吾鄉倦圃先生物，學正購之琉璃廠書攤。）

春水宅邊幾漱，（倦圃有春水宅及漱研泉。）冷雲軒裏初歸。（軒，學正所居。）摩挲如十五女，淺著香羅紫衣。

昌黎韓子官似，辛卯米公印如。我亦郡人愛舊，報之準擬瑤琚。

上視耕藉祭先農祝版于中和殿侍直恭紀

吉亥儀彰備，農壇聖致虔。正辭豐歲後，卽事詰朝前。庭陛饒和暢，粢盛重帥先。金根方夙駕，倍覺日華妍。

題盆牡丹

起早頻澆潤，春遲獨對偏。葉肥翻綠軟，苞嫩坼紅圓。池館槐陰地，園林穀雨天。一聲鶗鴂鳥，幾醉曲欄前。

顧列星：「苞嫩坼紅圓」五字，移詠庭院牡丹不得。

吳舍人齋金秀才治具

布穀語相邀，春還住幾朝？野雲憑結蓋，檐雨待斟瓢。嫩啖蔞蒿本，香咀枸杞苗。以君能好我，欲爲賦鷦鷯。

顧列星：字字秀潤，卻不落晚唐一派。

丁香曲

曉風急急吹細烟，低回弄影簾櫳邊。幸自生身在香國，可有心情無氣力。幾夜月溶溶，梨花夢爲濃。紫雲何掩冉，碧玉太瓏鬆。倚著韶華多駘宕，笑將別樹不丰茸。珠樓十丈絲柳寒，錦堂一曲畫欄杆。分明亦豈豔羅紈，僻寂還依松柏看。寶瓔珞綴旃檀吐，佛處差肩學嫵。京師諸寺每有此花。後圃元生馥郁蘭，前楹只灑迷濛雨。芳菲復芳菲，愛惜換春衣。君不見數上聲日高槐陰滿院，安巢乳燕語交飛。

錢儀吉：「君不見數日高槐陰滿院，安巢乳燕語交飛」：此是公自造之格。

朱休度：長短句。六轉。

有懷故園親戚

一春不雨春竟闌，夢繞湖鄉烟水寒。采葛采蕭方采艾，于逵于木盎于磐？村南北綠鳥呼酒，陌東西陰人餉餐。最是幾家耕且讀，雙扉晝靜百爲安。

過張侍御馨出示古藤花下憶弟編修坦用曝書亭集檐字韻詩歸而和之簡侍御寄編修

移居劇喜藤壓檐，癡虬蟠雪無鬒髯。乞題爲借四字額，丁丑冬，編修初居此，仿舊題曰「古藤書屋」。予跋之。就賞待拓三春簾。君家金玉洽臭味，我輩苔石銷涼炎。芳意甫憑乳鵲喚，穠情倏阻游蜂黏。寶珮俱披僊露碧，鉄衣獨颭罡風尖。仲兮北鄰隔巷柝，季也南下通郵籤。秋飆吹颿送影駛，冬月照牖分光廉。梅枝折多寄難慰，柳絮飛急看尤嫌。茲辰彳亍古屋叩，一架罳罭繁花添。留賓供茗致蘊藉，憶弟裁句何精嚴。望遠已頻揩眼膜，割愁姑且摩腰鐮。江城此時酒瀲灩，江館幾處魚喁噞。新琅玕乍山霧掃，晚芍藥又林烟沾。豈知藤檐怊悵兼，心如流水遙相漸。去年鋪茵日妍暖，向夕側帽天清恬。愛而不見涎涎尾，從之宛在蒼蒹。附書並問麥秋好，早有甘雨歡黎黔。

翁方綱：「移居劇喜藤壓檐，癡虬蟠雪無鬚髯」：此則趁韻，不必存。〇「一架罳罭繁花添」：此「罳罭」二字于字書無所考。惟唐人李郢《張郎中宅戲贈》詩云：「叙垂簏簌抱香懷。」陳眉公《祕笈》引此句云：「簏簌，下垂之貌，一作罳罭。」〇「愛而不見涎涎尾」：涏涏燕尾，從「廷」不從「延」，亦近人誤用。

錢儀吉：顏監云：光澤之貌。音徒見反。《廣韻》：「涏，美好貌。」《集韻》：「涏，光澤貌。」《集韻》：「涎涎，光澤貌。」俱係電紐下，是音義悉與顏同。疑卽本《漢書》注爲説，知今本「涎」字誤也。

朱休度：七言。十四監。

五日晚雨二首

嫩葉翻蒲艾，高枝撼竹槐。眼穿真見雨，耳聳又聞雷。人氣得涼定，市聲隨笑來。長虹爾何物，霽景漫相催。

憫雨宸懷切，停觀競渡舟。上以望雨，亟命御園勿陳龍舟。誠應天日鑒，速致野雲稠。弱燕飛遙岸，神龍拔老湫。小庭餘濕在，也足裛安榴。

八日雨

一角斜陽一片雲，雷興風作雨來紛。仰看瓦打浪浪著，拱立衫飄側側分。北省大田今亟種，南州賤米昨遙聞。揚州斗米六十錢。天心普賴寧差別，萬國豐占答聖君。

題王太守祖庚春江歸釣圖

吾禾有武原，武原有華亭。華亭有張溪，本隸一圖經。居雖分地久，名忝同徵早。相望廿餘年，鬢鬚各成老。緬惟文恭公，己未光制科。君復進士徵，孫枝洵英多。鴻才畿輔守，令嗣翰林入。荷薪代克當，式穀風難及。茲辰發我吟，卷送張溪春。那傳蓑笠態，亦記蓴鱸因。朝廷布綱條，百八十六府。必以福吾民，乃以守吾土。如公吏局練，庶用經術宣。亮惟國恩報，豈惟家澤延。羣生異牛羊，努力孰芻牧。且緩釣魚絲，霜根養秋竹。

錢儀吉：「緬惟文恭公」：文恭他詩已見。

晨起題齋壁

一善中庸守，三緘敬慎銘。希微難夜氣，寂靜有天經。院樹香垂樾，檐鴉語刷翎。坐看霏小雨，應轉萬疇青。

五月辛丑旦上御雨纓冠素服步詣社稷壇祈雨午門跪次恭紀

迫爲斯民告，虔中自責心。上親製文曰：「爲民請命，願代萬民之災；責己惟誠，奚啻六事之外。」義昭加庇穀，考于《禮》始詔有司敬用玉。氣靜與和陰。卻輦燈徐導，鳴鐘幄久臨。維神生五土，亟用澍爲霖。

六月庚申上虔行大雩禮成辛酉雨恭紀

己未卯刻，上乘馬詣圜丘壇齋宮齋宿。庚申上御雨，纓冠素服，自齋宮步禱圜丘。

直達呼天意，惟陳罪己詞。上親製《大雩文》。端寧頌風伯，宿已致雲師。帝赫誠終應，年康德可爲。頻瞻檐滴響，小暑土方滋。

入院

玉泉穿禁瀉沄沄，枑梐沙高擁院門。柯柏李桑應再得，東廳好護古槐根。

錢儀吉：「枑梐」二字當乙。

婦攜家至京

敝篚盈車卸，煩君水驛紆。團圞成一笑，爛漫有諸雛。堂上青山隔，燈前白髮輸。詰朝隨補綻，已戒粵行塗。十三日奉典試廣西命，而家人十五日至。

飯高碑店

雨容午未散，樹影涼多戢。出檐餺飥烝，臨水驊騮縶。店名宛宛記，野望迢迢入。有逵新城通，有石至治立。烈祖創業追，功臣宣忠及。鉅製詔孰承，鴻猷筆斯執。踣于宿莽久，覆以流沙濕。爲語後來人，茲猶墜聞拾。《元東平忠憲王碑銘》，元明善撰。碑高十五尺，廣七尺，額高五尺。久仆。

大激店避雨同于農部雯峻

郎山迤西南，青峭時若雲。蜿蜒照初旭，金光微闔分。白雲又繚之，宿潤方氤氲。相看十里行，雨注田沄沄。郰扉橋以外，仙觀河之濆。古槐花罳䍦，急點香繽紛。不因小歇息，豈得清言聞。

望都

地勢山蟠厚，天容月出蒼。帝堯尊所自，聖母永斯藏。不踐春郊迹，非徵鳦卵祥。號旻有虞氏，鞠我未能方。

定州值水

清風店行三十里，役夫前告官道水。滱水之南定州城，潢流夜溢無地行。臨涯歇鞍日過午，水退不退得不努。馬腹雖沒馬則浮，矧所浸者皆平疇。赴波指橋橋不見，馬若踏空入洄漩。依稀卽之放乎甸，蘆葦黍粱搖一片。汪洋數里沙出面，乃見長河劈飛箭。恆山諸谷雨擁泉，建瓴合瀉兹其川。急不能受壑我田，踰時而涸田復然。皇格惠雨雨徧焉，雨師那惜水驟延。河高滾滾勢如沸，西岸船東越浪旣。一脫落溼絙輓費，渡兮破底覆髣髴。篙撐無艫牽者毅，雨方可賀毋歔欷。濟兮西岸甚岸東，獨漉獨漉豆畦中。不可里記昏黑風，僕墜馬恐滅頂凶。蛙鼓閣閣郵豹通，定州已打三更鐘。

朱休度：句句韻。七言。二句四轉，六句四轉。

聞鵓鴣

吳禽最憶寒溫，相喚相呼水村。紫楝花漂小艇，黃梅子落閒園。

漢光武帝廟

鄗城南，下馬蒼。屋三楹，廟漢光。許丞碑之丞柏鄉。曰征賊，來蕭王。石人夜遇膏劍鋩。千秋臺，蹟既荒，復焉土塑環莓牆。嗚呼！龍騰于野列宿芒，只今侍陪雨淋日炙英采僵。元人詩：野鬭騰龍氣，河流渡馬聲。列侯冠劍合，英采儼如生。斷二石人庭仆長，頗疑古墳翁仲行。斬蛇大澤祖德昌，帝起事乃遙低昂。炎風吹，嗚白楊。

顧列星：長短伸縮，音節鏗鏘，此于熟題中有意求新者。

朱休度：長短句。七陽。參差。

錢儀吉：自有時文，而明人以其說評漢、唐作者，近人併以之論詩。此評雖賢者不免，習之移人，可畏哉！

内丘

坦坦岡勢合，濃濃林陰循。轆轤灌畦者，篛笠叱牛人。驛程紆九折，田車穩四輪。毋言寥寂甚，曾是有張賓。

顧列星：蕭散。

臨洺驛

菊葉交塍翠，槐花上帚香。清流過小聚，澹坐得虛堂。甚欲飄秋雨，偏宜漏夕陽。生衣從挂桁，蟬語一何長。

顧列星：「澹坐得虛堂」：五字得王、韋之神。

謁岳忠武王廟

蕩陰城小仰高櫋，浙汜人來拜倍虔。終古玉藏行在地，有時雲返故鄉天。團圞内寢如家室，髣髴明湖共豆籩。猶荷聖皇臨蹕視，官箴兩語爲題篇。

顧列星：句句是鄂王故里之廟。松雪《岳墓》詩固爲絶倡，尚似泛詠南渡事，無此熨切。

過嵇忠穆公墓碑

落日大道旁，豐碑揖峨峨。昔公被害地，墓故在山阿。執德洵高邈，鳴玉殊委蛇。蒙塵乃承詔，衛難獨靡他。嗚呼典午業，石勒猶譏訶。擇利鮮憂國，其如磐石何？蒼茫向沙礫，黯澹傷蓬科。繇來忠義心，空使無蹉跎。門人及故吏，行服三年多。所難感東海，撫跡爲滂沱。

顧列星：傅忠節無待表彰，只渾渾寫來，自爾生色。老杜懷古詩，不屑屑鋪敍古人事，每于氣象間得之。

鄭州

僕射陂西望，荷香杳藹間。圃田深草徧，列子晚風閒。提瓮邨娃出，鳴鈴驛騎還。周宗遺寢在，翠色近梅山。

渡洧

隱隱城邊月，搖搖馬後燈。梁虛横艇過，隘急斷岡登。近想溱流合，春知鄭俗矜。萋萋陂壠外，好使露芳凝。

郾城曉行

月出召陵南，照我乘曉行。曉行一荷涼，已覺秋風生。閒園暫留止，客枕迴蛩聲。苔階玩葩卉，襟袂猶凝清。令尉禮自肅，相送于東城。依依楊柳陰，閣閣蝦蟆鳴。高岸俯潏流，舟渡聞殘更。揮鞭行大野，澄彩隨身明。澮濃四郫碧，近遠一氣盈。切肌如有寒，屢愜添衣情。

西平郫舍

頃從雨外來，衹見人家濕。柳葉露何濃，蓼花風不急。落月黄金盆，猶照沙鷺立。旭日紅燕脂，遥陂射漁笠。汝水垂瓠然，支流交潗湆。老農撐短船，接渡力能給。迴看堤上波，我馬腹纔及。

渡淮

山繞義陽郡，水來平氏縣。清清以舒舒，渺渺浸吴甸。喚櫂整南旌，臨圻停北傳。早虞嘉實化，奚慕微禽變。賦才杜子多，讓厥撰聞見。

信陽

壠稻高低外，時看遠竹稠。青山申國暮，白雨謝城秋。筋力中年過，情懷小病瘳。若爲問溮水，可是入淮流？

平靖關曉發

殘月照宿翳，暗泉響修岑。石蒼濕還縐，樹黑涼欲沈。古者用兵地，悄然于役心。九塞天下險，冥阨勢夐臨。關後昨百里，井窅出自陰。關陽仍四阻，坪廣差延襟。奔渠何淲淲，嘶馬方騣騣。橋壞落稻畦，徑迴越烟潯。

應山道中二首

橡樹沈沈壓嶺蒼，槿花紅紫瓠花黃。穿來邨落頻疎雨，聽盡泉流又曲塘。口號漫教吳體數入聲，心期行爲楚風長。不知雲澤開何處，一路看山入永陽。

遠近峯如疊浪生，大都青到德安城。可憐郝甑兼陪尾，正好秋涼及晚晴。酒畔宋家橋客住，燈前鄖子國雞鳴。垂鞭漫作今宵夢，攬取天文翼軫清。

弔楊忠烈公

煖閣蒙宸斷，明綱擅內官。遂令君子輩，酷作黨人看。晚色應臺靜，涼聲喬木殘。先公竟褫逆，各自報艱難。

錢聚朝：褫，褫。

德安北山行雨

南望安州渺渺間，娱情驛路卻如還。早禾渴雨雨而雨，修樹藏山山復山。隖隖淺深雲氣曲，塍塍高下水聲閒。縛茅蓋瓦人家占，有境何妨晝掩關。

楚稻

楚稻香彌野，楚山碧暎空。既憐山不斷，尤愛稻常豐。楊柳影邊水，鷗鵜飛處風。清歌方未起，又見出漁翁。

雲夢

邳子封圻內，荊州藪澤餘。村猶誇令尹，賦漫侈相如。雨溢經宵涸，泉澆徧地瀦。踏車男婦竝，堤外正盈渠。

黄陂

刈稻復刈稻，插秧還插秧。鷺飛白水白，酒賣黄婆黄。近郭陂圍勢，連江樹隱行。木蘭朱女廟，山半正燒香。木蘭山，直縣北七十里。木蘭將軍，朱氏女也。

顧列星：題注「顧選復删」。○起處積放，須接以蒼老之筆。如米、蘇書法，攲側中自見圓勁方妙。此詩前四句，頗見排宕不羈之致，惜後半用平調壓不住，結更俚俗。吾嘗思之，蓋莫難於結，初不在五六也。

聶口二首

漲得西陵水，茅篷分外輕。船頭雙打槳，自在學魚行。

小船牽縴前，勿使大船後。望見黄鶴樓，日斜至漢口。

錢儀吉：先學士公作「漏口」。

武昌

望望岷峨勢陡迴，東流水乍入江來。出城樓閣連山起，對岸人家兩郡開。文物于今鎮清氣，甲兵幾代廢雄才。海門直下秋風急，夏口高危濁浪豗。

吴應和：切題，不可移置他處。氣體大方，屬對又極靈活，允稱傑作。

近藤元粹：起手崢嶸。

佚名：陡、阧同音。斗，竣立也。

行江夏作農歌四首

刈稻多婦女，日熇兼雨紛。戴頭布笠青，腰曲不著裙。

晒穀卽打穀，木牽石滚轉。土雜風從揚，雞飛臥卻犬。

矮山盤百折，濃樹複四圍。壓肩負稻喚，壓擔挑稻歸。

稻堆堆早高，郙豐藹相迓。芋葉漲烟畦，豆花明露架。

咸寧至蒲圻山行二首

山與田相繞，田隨路半平。黄知裏坡複，青見外峯行。浩露涼諸澗，新松密一坪。蘋花如可采，鮑姥合牽情。

楚俗勤生活，山家率婦姑。刈禾陰處坐，撩鬢日中趨。港自遊蝌蚪，林還叫鵓鴣。可憐忙兩手，莫必雨來無。

蒲圻義學謁攝縣事施南同知從叔祖界祠宿祠下賦四首

城壕山束勢，學舍木生馨。司馬先賢祀，皇華小子經。秋階落暴漲，虛牖照明星。步遶摳衣後，祠扉且莫扃。

秦隴復荊楚，國恩三十年。敝廬荒不問，病婦返蕭然。尚有遺民在，能無盛德傳？祇哀艱弱息，孰與問蒼天。

夜起搴帷肅，堂開薦茗清。寧期暫離別，竟作永神明。燭短將昏影，蛩疎欲斷聲。不須通謦欬，聊一補平生。

故園渺千里，大葬及何時。楚社戀應得，蜀鵑歸已遲。公先知歸州。老兄安杖屨，嗣子習文辭。行以告先壟，祈公考妣知。

擇石齋詩集卷第二十

入湖南

連朝山色裏，窈曲復岧亭。我實攜遊屐，人方閲使星。瓢兒汲泉白，馬尾拂雲青。又報臨湘近，層巒似列屏。

岳州

繫馬垂楊緩去程，登樓落日散遙情。南浮衡岳三秋色，西下岷江萬里聲。誰信風飃能利涉，祇歸天意定陰晴。洞庭未足窮吾目，撫手闌干獨立成。

錢儀吉：「撫手闌干獨立成」：「成」字未喻。

吴應和：三四壯闊，通體亦稱。

近藤元粹：領聯雄渾壯麗，有唐人口吻。在清人集中得這樣句，實爲希有，可謂枯樹生花。○「獨立成」三字不成語，可笑。

佚名：唐宋人登高什多述去畱遷移之感，清人詩及之。蓋時代遭遇之變使然也。

竝洞庭東岸行

羣山趨暫頓，脈已落湖腹。浸所未及吞，岸亦頗如谷。實則湖之餘，非能自盈縮。朝烟荒汊間，有堤接兩麓。我思萬壑瀦，車馬失其陸。終更厭風波，去舟常必速。洞庭緊何心，閱世任相逐。引領見青岡，依雲且餐宿。

渡汨羅

湘山望可愛，湘水行未涉。小吏指支流，汨羅今佇檝。臨圻惻聽聞，攬緒紛眶睫。露白稀芷花，烟青動楓葉。維楚豈無詩，缺收東魯篋。騷歌一以陳，匪直風雅接。浩然七篇氣，放淫鄙婦妾。寧知南嶽荒，隱有大文浹。人生忠與孝，賢者盟心輒。由不利艱貞，中道頓躞蹀。所願君子交，笙鏞必相協。江乎此悠悠，淚爲後來裛。

長沙

天翠秋暉清復清，江山迴合處開城。霸圖實始周熊繹，騷怨空傳漢賈生。岳麓寺頭書擬讀，湘潭驛口路催行。已聞早稻匙翻雪，只少銀鱗鱠作羹。

吳應和：以上七律三首，皆力追盛唐，可爲空同、大復後勁。

近藤元粹：賴云：此評允當。清人七律沈厚，如此者爲難遘已。時用樸老難解語，是其擬古避今處也。

佚名：言韻近唐，氣魄不大，評語過稱。但爲大復後勁或然。

湘江買魚行

竝湘江，東以南。山日欲落停我驂，回望岳麓金光含。緣湘山，南以西。江月欲上漁榔低，水搖一片青玻璃。烟霏霏，風颸颸。網不撒，女不唱。招招問船魚有無？有魚有魚則分吾，無魚有鰕亦鱗徒。岸高沙闊遮手應，笭箵朝來市頭罄，連船出待初更定。江深深，山沈沈。楚魚香，吳儂心。錢塘不少秋潭潊，卻費吳音雜楚音。

朱休度：長短句。六轉。參差，亦整齊。

行楚野見草花都不能名感賦二首

湘山日平遠，碧澗時洄洑。有草生其間，登降悅我目。初陽藹然照，宿莽爲之馥。豈非巖壑姿，謂亦忌暘暴。奈何值道周，顔色恐喧黷。物生性苟貞，相溷庶無惡。

紅者亦有萼，翠者亦有英。彼芳誠自好，媿不能以名。夫草焉用名，楚産則楚榮。始憐楚人詞，喻草其鄉情。目遇卽抽思，手搴卽發聲。何必曲相假，外飾衷中誠。

夜渡湘江

南岸望北岸，惟覺雲蒼蒼。一曲玉鈎隱，數聲蘭檝涼。美人何處夢，秋水自生香。東下定千里，思之無短長。

將至柘塘二首

山霧滴成雨，客衣披欲緜。行行曲折內，望望青蒼顛。雞叫澗陰屋，豕游林外田。涼收稍開豁，小店旭光邊。

擔柴復擔水，楚女住山勞。豈識腰支細，寧聞髻子高。先王加禮法，後世涉風騷。生意本無飾，何如性自操。

楚山歌

娟娟如靜女，粲齒拖修裳。緲緲如曉雲，曳風含碧光。峭之以廩秋，濕之以清湘。峯峯如畫濃且淡，沓沓如濤低復昂。衡山縣城十里外，依田地名迴策澄初陽。愛而遠見舍不忍，莫可名狀難翱翔。萱洲前邐迤，望岳如闔閭。峨冠披赤珮，張樂迎軒皇。吾蹤莽渺心矜莊，九渡倏過千青蒼。梅田就坦憩無夢，滉瀁身如明月旁。

翁方綱：「闔閭」字有否？

朱休度：長短句。七陽。

夜半乘月發排山驛至大營市五首

秋草碧尤豐，嶺峻谷復深。亂蛩淒已甚，與草紛爲陰。若無天上月，豈不警我心？小樹立如人，盤磴黑影森。露涼故有聲，披披已滿襟。僕夫力何努，列炬明前岑。

顧列星：五六句寫出山谷間陰森景象，覺寒氣撲人，毛髮爲之森然。「露涼」句，體會入微。

塢隘田不多，草橫戶孟切道莫主。草深山益秋，天迴月過午。遠影風颼飀，是中可拉虎。不爾當擊蛇，呼聲爲之武。豈識轉陰巖，數家屋不補。機絞響豆籬，此間猶作苦。人生有難易，能者皆樂土。城郭所見小，論議於時腐。

月露秋本佳，不合草樹荒。蒙蘢峌峴際，恐恐夜有光。幸茲驛所出，通以人跡强。儻如險僻介，豈獨虵虎藏。天行四時德，要使生物康。生生伏物害，遂乃殺以霜。草枯木亦脫，淨洗嵐霾蒼。冰雪除眾毒，泰然復春陽。

露重寒我衣，月高皎我貌。豁然峯勢趨，駐馬仰天笑。甫經若跱蓄，此泄特神妙。必有所未曾，於前展形要。祝融力之餘，坡壠既[illegible][illegible]。紆徐就曠衍，天大不煩眺。隱起橫雲青，故知其楚嶠。

馬嘶知所止，還往熟驛程。小吏前致詞，數家爲大營。岳王討湖寇，駐此地乃名。今朝山徑仄，固昔籌以兵。慨想王之言，君臣性自盟。遺墟不可跡，月落村雞鳴。欲讀金沙句，惟見炊烟生。宋岳忠武嘗過此題壁。明唐瑤爲永州，命其子順之記於碑。謂侯之言曰：「君臣大倫，根於天性。」并載侯題《廣德金沙寺》詩。碑今湮。

度熊羆嶺

連山不可截，造坂螺旋高。山趾深屏摺，山腰細棧牢。下斯墜阬塹，上乃攀猨猱。當關詎徒險，踰隘應已鏖。登嶺莽迴顧，峯沓駛秋濤〔一〕。迎官踞甲卒，槍擁亦帶刀。太平郵置安，蔭樹休爾曹。過嶺若智井，路轉一曲絢。漏林日翳翳，起壑風颾颾。平視山四圍，憬然虎豹韜。

翁方綱：主考有營兵跪接，亦何必如此責弄？

顧列星：似老杜秦州詩。

錢聚朝：沓，沓。

【校記】

〔一〕此處正文，錢聚朝見本作「沓」。

七月十五夜祁陽對月

湘水露華滿，祁陽雲翠流。今年無閏夏，此夕即中秋。高館深留客，疎簾半上鈎。舉家京邸話，應憶到南州。

漫郎宅歌

漫郎宦寓湘江宅，剔石分溪此遺迹。區中靈祕天不慳，秖待畸人與爲客。其溪曰浯草半荒，我欲漱之玉流北滙湘。其石溪口六十餘尺高，亭曰庴者聞松濤。溪東北石周三百餘步，臺曰峿者宿蒼霧，窊樽完好天然故。石兮石兮湘江不齧溪自秋，漫郎來往無朝暮。溪東臺陽草深翠，識是中堂右堂地。二銘不見三銘傳，卻構祠楹立顏位。石厓題刻幾遍。有湖南轉運判官屯田郎中沈紳，治平四年孟春丙子訪浯溪元子次山故居，讀《中興頌》，峿臺、中堂、右堂三銘，瑨琬侍行題名一。所謂中堂、右堂者，當是宅之堂。今惟傳浯溪、庮亭、峿臺三銘，而峿臺所云「陽厓礱琢，如瑾如珉」之處，好事者築屋，竝祀魯公。當年魯公爲之書大書，豈徒光飾元子盧。始憐作宅湘江上，萬古秋心餘激宕。嗚呼次山王藎臣，炳文不媿臨難身！道州卒，魯公爲之銘曰：「次山斌斌，王之藎臣。」又：「炳文華國，臨難遺身。」

朱休度：長短句。八轉。參差。

觀大唐中興頌刻石

天南唐後無此如，元公之文魯公書。體踰騷人擅約潔，畫若鐵柱撐空虛。俯臨大淵削崖壁，三百尺餘秋翠滴，披草讀之曉蟲寂。天開靈境初何心，客蓄奇懷遠相覿。面石久益欽兩公，與唐家國誠哉忠。江深山荒風露濕，不語之語精猶充。盛極開元有天寶，一侈應歡功再造，乘輿歸來自傳老。收京設使監國爲，何至遷宮泣難道。春秋始終必正之，後世功罪虞曲辭。職非南董借蘚石，王新建遂廬山碑。

翁方綱：「面石久益欽兩公，與唐家國誠哉忠。江深山荒風露濕，不語之語精猶充」：呆滯語。○尚未知有宋人聖傳頌耳。

朱休度：七言，轉韻。

吴應和：肅宗取復兩京，平定安史之亂，與周宣、漢光武帝爭烈。至遷上皇於西內，張良娣間之，父子不得相見。此特後來宮幃中事，不應追咎馬嵬傳位、靈武踐祚之非。中興作頌，社稷爲重也。此詩本旨在觀石刻，摩斈荒野，殊見興會淋漓。後段略涉議論，亦不免爲衆儒之説所淆。

近藤元粹：「披草」句單句。〇「與唐」句生硬。〇「乘輿」句單句。時時插入單句，炫亂人目，是山陽翁所謂狡獪手段也。〇以靈武卽位爲非，是迂儒不知時勢之論。下評分析太明。

佚名：精哉評語。

度黄牯嶺《永州府志》曰：「王公，土人書爲黄牯。」

大黄牯尻，高不服犁。小黄牯頭，低不飲溪。我行直跨黄牯背，千山萬山見粤西。

朱休度：長短句。八齊。

永州

永州城西碧玉流，風響瀟瀟流不休。已愛渡名黄葉渡，仍憐洲號白蘋洲。山延秀藹莫如曉，天展清暉無過秋。好是人民吾祖治，眷焉騎馬作佳遊。明嘉靖間，族祖太守芹嘗任此。

顧列星：極力摹初唐格調，卻落宋人氣息。太白《鳳凰臺》詩學崔顥《黄鶴樓》。初盛間人魄力近似，非後人所能仿佛，亦風會使然也。

尋西山誤投芝巖卻下南麓見小石城山

乍出柳祠西，已過柳巖陰。欲觀怪特處，莽蒼不可尋。豈無濃梢竹，亦有茂樾林。穿籬磴懸入，仰訝雲開岑。青青蓋幾重，囷蠢下覆森。翻翻萬蓮葉，斜影秋沙臨。東膚西則骨，嶄然此壑深。其上望瀟湘，雙流初合襟。披烟落蒙密，積石横嵚崟。川分實土斷，造物誠何心？我未見其大，小者甫值今。少人而多石，斯語疇當欽。

遊朝陽巖

夕陽夕陽碧瀟滸，羣玉支趨向東吐。翠蓉蔟梢苞瓣肥，獨蘸涼波影倒俯。恰當初日玲瓏照，偶泊次山寂寞取。春陵避兵永泰年，世有人知銘尚覩。道州以巖東向，名之曰朝陽。而銘曰：「巖下洞口，洞中泉垂。」末云：「欲零陵水石世有人知。」刻石今半裂。巖下妨帽鳥入谷，厓根容趾江晃目。轉身孤洞逼江心，沁骨香流出巖腹。「流香洞」三大字刻洞口。洞中洞外，題刻幾徧。洞底冷泉滴瀉，蓋自羣玉山伏流也。昔人謂「色如雲，聲如琴，氣如蘭蕙」。馮夷宫開水月天，大字之可記者。草木旁生亦清肅。蘚痕漫蝕瞿李袁，諸蹟其南不能讀。「蘚石破篆文，不辨瞿李袁」，黄文節題句。明太守丁懋倫所記，右側石上得「潛澗」二字。又其南刻「聽泉」。亭小有洞，疊翠聳碧。崆峒、淵潛洞、捲潮峯、石門、芳泉亭諸字皆湮。碧瀟碧瀟宜早秋，出城勝趁華燈收。何須五日競渡舟，仙夫魯卿以屢遊。還贏甲午柳永州，溪邊昨日今巖幽。殿中丞句惜未錄，諸老長爲寓客留。題刻如「徐大方沖道、曹元卿舜臣、麻延年仙夫、萬孝寬公南、黄致適道、盧臧魯卿遊」。臧題「嘉祐辛丑上元後二日」。又「永州刺史李坦，會昌元年五月五日題刻」。洞之俯下極高處，又「張子諒中樂、陳起輔聖、麻延年仙夫、魏景晦翁、盧臧魯卿、夏鈞播之同遊，嘉祐祫享後十一日」。又「蔣僅屢遊，元豐乙丑題」。又「尚書職方員外郎知永州柳拱辰、禮賓副使湖南同提點刑獄李用利、尚書比部員外郎通判永州尹瞻，至和二年乙未九月四日遊此」。「朝陽巖」拱辰題名，昨見於浯溪石厓，云：皇祐六年甲午歲正月廿一日，尚書職方員外郎知永州柳拱辰，同尚書駕部郎中分司周世南、祁〔一〕陽縣令齊術遊。甲午至乙未之遊，將閲二十月。又天禧戊午殿中丞知郡事護軍王某題五言律詩二首，亦在俯下極高處，其名不能辨。又巖之上一石刻曰「零虛山」，其北卽寓賢祠，祀道州、文節、蘇文忠、文定、鄒文忠、范忠宜、范學士、張忠獻、胡忠簡、蔡西山諸賢。

錢儀吉：五月五日事。

朱休度：七言。八句一轉，凡三轉。句句韻，而第七句俱不用韻。

【校記】

〔一〕「祁」，底本作「祈」，據地名改。

渡瀟水遊綠天庵劚筍歸

愚溪橋外望，碧玉流洄洑。心絕愛憐之，槳牙憑往復。夕陽亦催人，東郭又沿麓。欲見萬株蕉，卻對千株菊。玲瓏翠石畔，墨刻亂嵌屋。試問小錢師，云何以狂目。深園求筆塚，塚繞半山竹。初篁蔭厥萌，挺挺彌森肅。吳鄉四月生，林雨叫布穀。八月掘採鞭，已虞損春育。楚南受氣別，七月嫩梢矗。

一笑乞鴉鉏，帶芒早盈掬。數年京國居，此味闕然獨。寧期湘中緣，果得篔簹谷。魏曹毗《湘中賦》云：「其竹則篔簹。」無煩洗之淨，只待煮之熟。不菸更不蔫，酃渌以傾斛。

錢儀吉：菸、蔫，似一字。

遊澹山巖

觀書昔和澹山句，今到兩詩鐫壁處。萬翠堆巖力收怒，洞天呀豁歡喜具。洞中極高，背陰處橫刻「澹山洞天」四大字。深下髮寒仄滑步，頂隆且撓屋式度。幾百尺空懸未仆，可容千人席寬布。石牀石几不可數，亂落如星大小互。洞口東南曉生煦，上又若樓中若塑，又若枯槎仰難泝。洞口石極高，俯出嚮天光，不可梯處，嵌空如樓。一石居中，儼佛趺坐，又類枯樹根，云是歷古沁水所成。洞底斜窺黑成暮，側通傴僂必燃炷。珠泉無聲玉乳注，滴穿盤陀木蝕蠹。雨苔千年烟草吐，無質藍英自含露。大石欹平刻題屢，小石紛連競邀顧。洞中石上題刻殆遍，半沒莓蘚中。飯頃，所及錄者：「吳興俞澂子清以職事行部至零陵，訪淡巖，邂逅莆田翁點沂伯〔一〕、金華蔣用之子先，少憩觀覽，因賦此詩。慶元三年四月二十有一日。傳聞此地稀，來爲細搜奇。眩眼珠泉滴，擡頭玉乳垂。虛明天廣大，重疊石參差。坐久衣襟潤，聲翻語笑隨。幽深多怪巧，高下不逶迤。歷覽徵君跡，難酧太史詩。自然千古意，形詠媿蕪詞。」又「一景曲灣灣，初遺號淡山。匡邊烟草亂，石上雨苔斑。客往長時望，僧居永日閒。幾迴將欲去，心只在巖間。熙寧九年丙辰歲安定胡奕題。」郡守看山忍寒沍，御書閱者趁公務。按部率僚各幽趣，挈家方春歡稚孺。卻塵習隱亦隨寓，東歸攜累更暫駐。妹壻與甥各綴附，逭暑仙姑一何妒。紹定庚寅冷節偪，其同遊歟水調賦。錦溪閏月壎篪赴，客或偕行非獨寤。乘興孰如邂逅遇，又「中都外郎知郡事潘衢子莊，殿中丞通理郡事陳規正卿，太常博士監市征李寔公實，軍事判官洪亶景純，軍事推官李洙希真，慶曆七年十一月五日。」又「司刑丞權郡徐大方，同上幕權倅麻延年，點閲御書警巡馬公弼，零陵令夏鈞，從奉宸前知懷遠曹元卿，邵陽幕萬孝寬，前荔浦令黄致，前湘潭簿盧臧預遊。嘉祐辛丑上元後三日，臧題記。」又「乘暇率僚友訪澹山，祗閲御書，清談久之，偶成，以豁其思。棠陰蕭爽訟詞稀，乘暇齋莊一陟危。雲漢照回神聖畫，珠璣熀燿古今詩。清談習習風聲起，簿嘿霏霏雨腳垂。他日玉堂誇勝踐，畫圖應展澹山奇。同遊者爲誰？譙國曹宗文元伯、廬江何兖太和、長沙何谷應求、臨江何昌辰利見、吳興沈充彦端。宣和二年歲在庚子季冬十有七日，江夏黄同學古書。」又「皇宋嘉祐庚子歲六月己巳日，提點刑獄度支郎中宋任仲堪，同提點刑獄供備庫副使靳元翊公弼按部回遊此」。又「都官外郎闞洞挈家遊此，時嘉祐壬寅正月九日記」。又「嘉熙戊戌中春十有七日，襄陽卻塵王洤囦銜挈家來遊，萊人習隱、盧汶聖鄰侍行」。又「前守春陵永嘉許綸任滿東歸，攜累來遊，妹壻鍾光、大甥侯希聖、錤鎡澄侍行，時紹定庚寅正月二日題」。又「聖宋嘉祐辛丑歲六月三日轉運使刑部員外郎直集賢院陸詵介夫按部遊此。」旁綴八小字，作雙行云：「攜家人與仙姑同至。」又「澹氏人安在？縹緲九霄間。我來惟有石屋，周覽百尋寬。一曲中分夷險，兩牖空光平布，滿洞貯清寒。高致自堪仰，何必論金丹？　周賢士，知此意，薄秦官。一牀一枕依然，猶伴白雲間。門外俗塵如海，門裏道心如水，談笑足迴瀾。此事無今古，不信問崙山。伊雒吳千熊守瀟湘八閲月，乃得遊澹巖，真天下奇觀也。賦《水調》，刻石。弟千兕、子奕侍。客蔣涇、曹昌佑偕行。紹定庚寅清明日。」又「郡丞晉陵張友仁仲父呂紹定庚寅二月十六日遊澹巖，賦《水調歌》：『石屋勢平曠，峭壁幾巉嵒。妙哉天造地設，誰復謂神刓？　疇昔涪翁題品，曾說人寰稀有，豈特冠湘南！　趁取腳輕健，相與上高寒。　避秦者，君莫問，意其間。祖龍文密，至今草木尚愁顔。贏得功成丹鼎，久矣乘風而去，跨鶴與驂鸞。猶有白雲在，鎮日繞柴關。』」又「錦溪唐節士禮、唐恪欽安，紹聖四年閏月九日。」又「朝請大夫郡守陳遘、朝請大夫通判蔣僅、宣義郎前監鹽張伉、軍事判官時宥、縣尉劉日章，元豐八年乙丑六月十一日同遊。」又「開封曹湜、邵陽周奇同遊澹山巖，崇寧四年六月八日。」我今山遊出驛路。俄頃不敢王程誤，僧迎豈以狐鳴故？永州城南天偶付，碧瀟一曲萬峯護。

錢儀吉：「洞中石上題刻殆徧」至「熙寧九年丙辰歲安定胡奕題」：詩未見佳。○「又中都外郎知郡事潘衢子莊」至「崇寧四年六月八日」：朝陽巖刻有盧藏，此盧藏下有預字，不知是一人否？○詞可。

朱休度：七言。句句韻。七遇。

【校記】

〔一〕伯，底本闕，據《莆田翁氏族譜》補。翁點，字沂伯，生活于南宋孝宗、寧宗時期。

零陵二絕句

夜從青衣鶴駕催，昇平冬月九疑来。如何贈與新詩句，金玉條鈎各一枚。

依稀紅玉洞中身，雲母溪流歲歲春。不道潭洲興化寺，相尋果有設齋人。

過鈷鉧潭未及遊

柳侯詭構勝，洩鬱遊于辭。深樹道左潭，舍旃聊繫思。次山所題美，柳顧鮮及之。柳記所感寓，魯直亦少推。古人太重己，動不屑屑爲。畱語西山西，觀月方臨茲。

宿湘山寺

黃華趨欲止，翠巒卓且崇。隔江峭壁面，定窟釋子宮。天晴鳥喚侶，屋敞林環蘘。仰焉石骨秀，百億秋芙蓉。淨土憶開院，歲晚迴其蹤。妙明知徙塔，色相火一紅。我客誰則主，歌歎牧牛翁。西堂月初白，杵杵三更鐘。上與山響答，下與江聲通。

出全州行松林間六十里至山棗口占四首

合抱參天蔽復開，長岡高阜越田栽。不知行路扶輿去，卻似看山入逕來。

赤蘭枯後萬松畱，磐石西邊第一郵。何必清湘會羅灌，好山深始愛全州。

捎雲如竹一坡坡，根絡黄泥葉蓋莎。但得一坡書屋後，菟裘能老不須他。

秋山爲爾夕陽鮮，行旅相誇帽影偏。不是荊南令公植，料過無量主人年。舊傳過零陵石城山處，一路虬松數十里，馬殷據楚時所種，今無之矣。《湘山志》云宗慧師化時一百六十六。《廣西省志》云一百四十歲。

錢儀吉：栽，栽。

將至興安

冒雨短鞭行，山山蟋蟀鳴。澗流青草合，嶺斷白雲生。廖井居多壽，嚴關趣一程。松楓時似昨，濕立蘚皮榮。

衡鑑堂

朱邸重階舊，方城列舍寬。夜臨西月靜，秋擁北峯寒。五字吟初叶，三場堪總難。矯然風氣望，江嶺鬱相蟠。

錢儀吉：「朱邸」句，可以證明下首「煎茶院改」句。

望獨秀峯用先太常韻

明嘉靖間，先公以禮科給事中奉勅稽廣西逋賦，在桂林嘗有《靖江府獨秀峯下洞深可十丈刻今字韻詩已百餘首王索予和之》之作。王，靖江王也。

壁立難攀屹至今，疏烟霾郤洞門深。雨來最擁灕江翠，日落惟搖槲樹陰。讌客堂蕪尋舊蹟，公又有《和靖江府懋德堂韻》詩。煎茶院改憶高吟。篝燈繼晷勞何甚，猨狖無聲總不禁。先公《承啓堂稿》，監察御史壻許聞造序云：「奉敕查楚粵逋賦，時臺省重又特遣守臣，凜凜懼則，故舁積牘如丘山，示不可窮詰。公篝燈繼晷，躬布算，詳摘發，亦欲以觀其能者，而肩背遂傴僂。」

七星山燕席

政治清嚴挹大藩，歲豐多暇合華軒。先於佳節叨賓禮，九月六日。同此名山荷主恩。松葉影低迴翠袖，桂花香細入金樽。可知今夜如鈎月，倍使江光照郭門。

灕江晚思

傍城南未已，奈復碧堪染。岸闊人家膺，沙明燈火漸。蒼蒼向星巖，月吐雲微掩。渺渺瞰訾洲，估檣集鴉點。擔縢此相送，老健輕塗險。千里獨憑欄，寒風使心颭。會試房師祠部黄公視載於桂林。昨臨涯送登舟歸金谿，今年七十有八矣。

發靈川

曉來風瑟瑟，郭外月溶溶。前問始安嶺，回憐獨秀峯。灕江清自急，桂樹碧猶濃。百里遂千里，山山不我從。

海陽神廟歌詞二首

迎神

山千尺兮孤起，竇深深兮潭泚，觴爲舟兮溪駛。春夏雨盛兮秋縮流，歲陽焊兮澤不止。吾神兮往來，福楚粤兮恢恢。牲醴具兮康哉，衡陽無瀆兮惟神是懷。

送神

神之靈，始安嶠。北湘兮南灕，惠吾人兮無暵無澇。神之北兮瀟烝沅溥，南服兮潯湲。神之南兮百粤，西復東兮澤無竭。迴風飄兮鏵陧，山澮澮兮雲歸。

興安至全州四首

萬松出驛路，洵屬他州無。連爲百里陰，夾以兩山趨。今辰天欲雨，緩行得幽娛。山色澹逾靜，松林修更癯。來時語老楓，歸待見紅腴。豈識霜氣薄，葉黄不多株。

桂林擁諸峯，純石奇秀絕。可自雙蓋生，堯山亦盤折。出土青見根，千尋削巨凸。或皆側疊成，石與石相切。興安峯石雄，老狀略區別。意欲撮一堆，園林供高潔。石者行已土，渺然雄秀別。皮列切。不知開闢初，此段誰造設。

秋田割早竟，簇簇遺稻根。縛稻挂樹身，山家午關門。我從松中行，望烟時見村。畦間黄雞啄，草際彩雉翻。板橋過山東，激石泉流喧。

長松益森疎，暮色蒼然起。大峯兀蜿蜒，其下江清駛。碧湘自南來，羅灌會於此。試爲問三流，悠悠意何止？岷江下海門，不知幾千里。今宵佛院茶，且與汲羅水。

全州北作二首

黄華嶺何長，東竝湘江流。路松斷續陰，沃土二舍修。昨來步步識，今去心心留。豈敢畏寒飆，顧瞻吟凜秋。

幾樹紅掩映，數峯碧嶕嶢。谿流闊狹分，已復至雙橋。深灣衆壑滙，春瀉諸花漂。曷不值東風，橋邊栽柳條。行處獨未見柳樹。

易家山

疊疊復齒齒，周遭臨一坪。以之傲柳子，絕勝小石城。

石鼓書院

瀟湘隨我零陵北，恰與邵陽烝水卽，浸江石起如大磯。右顧回鴈峯開霏，夕陽滿身偕二令，朱陵洞外風飄衣。處士之廬講習所，邦人猶記朱張侶。西溪草碧没窪尊，檻俯東流去何許。題名可識餘史杠，惜無琴客彈秋江。尋唐李吉甫齋映題刻不得，江秀才松泉贈兩拓本：一元貞元年秋八月，自郴桂戍軍迴真定史杠書；一衡州刺史裴浰〔一〕、監察御史陳越石、部從事閻斯、琴客張贊，太和九年九月十日同遊，蓋是西溪棧道題名。

朱休度：七言。四轉，先二轉四，後四轉二。

【校記】

〔一〕浰，底本闕，據《文苑英華》卷四百十李虞仲《授裴浰郭曥等諸州刺史制》補。裴浰太和末任衡州刺史。

擇石齋詩集卷第二十一

謁南岳廟

九渡達不紆，王程趣我驂。踰田轉入市，益覺蒸紫嵐。監廟禮導步，鳴鐘神披龕。拜瞻光輔業，銓德夙既覃。恭惟聖皇化，溥暢南條南。注生神是妥，俾我人民耽。再觀寢外松，夕照深相涵。壽昌義有符，金簡奚須探。

赤帝峯

得勢成遥拱，中峯氣倍真。文明朱鳥應，宰制火鄉均。數仞靈宫後，三秋短屐新。誰歟惠車子，更叩魏夫人。

見相塔

磊磊數堆石，風吹在東嶺。儻子復尋思，應誰方有省。南獄書信中，曹溪早晚頃。蟲聲秋遶塔，入夜何知冷。靈龜自言明，深池自言永。枳棘之榛榛，蒼然獨高騁。

望蓮花峯

峯西眺西峯，僧云方廣處。我聞方廣邃，欲飛不能去。八峯立相環，一寺中獨踞。當年海尊者，此事寧有據。洗衲石何如，補衲石如故。菖蒲映山茶，其上娑羅樹。深深嘉會堂，乾道冬雪暮。聯騎興樂來，玉峯收宿霧。于焉決策登，明月雁行度。朱子《登山》詩：「蠟屐得雁行。」張南軒先生《自方廣過高臺》詩：「猿嘯月華明。」邂逅亦道交，配祠今尚與。南軒先生《遊南岳唱酬序》云：「三山林用中，擇之亦與焉。」昌黎江陵移，杜老已公賦。未若兩先生，高情出寒沍。禹碑近難見，舜樟況先仆。卻顧朱陵東，洞天雲自絮。

歷磴上南臺寺

發軔集賢峯，見聞已殊勝。石身曲且狹，高指級級磴。一步一左右，一坐一招應。閣臨天霽廢，字識湘鄉定。大巖鑿級斗峻，右石刻「天霽閣」三大字，左石刻「金牛蹟南嵓」諸大字。又「湘鄉匡應雷」云云，兼「施鈔四十定重起石橋，丙申元貞二年九月，幹緣何仲」等字。乃造平如臺，石欄岌猶剩。木棉栽滿基，金菊拆侵徑。崖題蘚蝕餘，百日生吾興。牛糞自堆門，松風不吹磬。匡刻可辨者：「上招黃鶴來，腳踏金牛背。塵世無人知，白雲久相待。正德己亥秋龍門外史髯良用題。」又：「嘉靖甲申冬，安成張嶔、瀏陽劉子聰遊祝融，留南臺百日，僧無礙識。」嶺南消息無，更上草迷嶝。沙彌下山賣，蘿蔔擔幾稱。

【校記】

〔一〕髯，諸本闕，據金之俊《金文通公集》卷六《游南嶽記》補。

明道山房

蓁樹覆扉冷，古苔隨屐蒼。深深祀木主，靄靄開山房。擲鉢峯在陰，師子峯其陽。端居地非舊，擁勝名猶芳。鄴侯結廬烟霞峯頂，曰端居室。經綸蘊寂寞，巖穴道所常。胡爲時亟須，乃復歸書堂。棲神洵可樂，插架況有藏。夫子明且哲，清風被南荒。品泉味竝冽，憩亭懷自長。壁泐嘉定蹤，顧影殊茫茫。屋後卽虎跑、卓錫二泉，轉上高明亭，巖刻「書堂」二大字。又嘉定丁丑□題名不可辨。

飯衡岳寺

欲尋靈淵處，卻詣道場前。石筧轉松逕，齋廚生午烟。高聞羅漢鳥，下有飛來船。坐啜一甌茗，檐風方颯然。

最勝輪塔

佛者亦無心，宇内山各居。峨峨天柱脈，中截骨所於。上枝鮮松柏，旁跡稀猿狙。響空澹日照，應鏧長風舒。磨甎已成鏡，打牛非駕車。問師何處來，可記嵩陽初。蒼壇屹然石，杳杳唐年餘。我欲與之言，出嶺雲疎疎。

坐祝融峯頂石觀雲海歌

清晨齋心登岳顛，西麓轉東螺逕旋。最高已立南天門，培塿下見衡州前。湘江南來一線白，五折北去明蜿蜒。旁窺靈藥峯之腋，雲歸如水風飄然。仰企軫宿峯之凹，氛氳懶吐如炊烟。迴身瞥駭氣四合，一物無見消諸緣。斂襟更向碧落進，上封寺瞰濃相連。日光迴照明且淨，三百里鋪白玉田。輕風

洪山女歌

洪山女，芋田掘泥，掘泥坐田裏。我往見芋葉青，今來見芋頭紫。及秋此收，及春行復種此。一女翻耙打蕎麥，數女挽車戽池水。收芋喚還家，當不煮喫，丈夫明當入市。嗟哉我行人，我不如女勤止。

朱休度：長短句。四紙。

望漢陽二首

大別山横碧，江城帶晚霞。息夫人廟口，春日有桃花。

陽臺雨不雨，陽臺雲不雲。漢川渺可即，獨立竢夫君。

楚樹

短山江乍北，疎樹漢方東。澹綴如花葉，微含似雨風。祇因經歲老，未使一宵空。馬上吟將就，村來路又通。

錢儀吉：五六承上風葉。

羈櫬，犖縣無遠轅。江流可憐碧，南服秀吐吞。斯文跡若蹈，真宰意何敦。空靈岸近在，鑿石浦潺湲。吾人惟所值，各以道自尊。杜公《鑿石浦》句：「斯文憂患餘，聖哲垂《彖》、《繫》。」

乘風出歸義驛向大荊驛二首

風色今朝厲，無因散薄寒。汨羅江可渡，焉得采秋蘭？
何處黄陵廟，迴風斷碧雲。湘夫人不見，又更望湘君。

飲望湖亭

落景延高賞，歸轜託暫閒。蕭蕭聞木葉，渺渺見君山。估客帆檣去，漁舟浦漵還。洞庭今夜月，醉我鬢雙斑。

重謁從叔祖施南府君祠

族子肅更衣，炷香深展幃。聚觀猶太息，相感本幽微。霜重壁松覆，旭高溪鳥飛。蒲圻公是愛，我亦愛蒲圻。

枕也心安。

岳頂夜起

清清天半氣，夜清氣更清。牀下有萬壑，屋上惟空聲。出看雲而雲，鐵瓦露滴驚。滚滚照燭斷，霏霏穿窗行。仰瞻如浸月，漾漾含微明。此時岳麓村，人家雞未鳴。

顧列星：詩思清寒入骨。萬籟俱寂，此際可以明心見性。

吸雲寺

曉穿雲氣下，寂寂不聞鐘。喜客半山路，停輿千樹松。僧扶壽藤杖，門對香鑪峯。未罄昨來意，何時復此蹤。

湘潭

風雅攸歸地，蒼茫天實存。屈子繼三百，汨羅傷心魂。賈生早遠謫，鵩鳥終煩冤。豈知千載後，不絕雙涕痕。少陵來隴蜀，垂老思中原。飄搖此水泝，寂歷衡山猨。致君堯舜事，托興蘭芷言。耒陽有忽吹意宕漾，數峯尖露如搖蓮。卻指東隅正縈鬱，岧岧未辨何峯延。身今據石岳盡此，朱子《祝融峯》句：「雲山於此盡。」千尺俯海欹右肩。有風不動平泱漭，無風而動深洄漩。少焉左顧復饋餾，如絲亂捲斜批緜。丹林半失上封背，峯東滃滃峯西翩。盤陀與我在雲上，太虛之天惟倚天。老松巋立白榆立，奚取蘚跡名紛鐫。巨石一，岳之頂也。松一，根盤巨石中，高不過幾尺，然數百年物。羅念庵《祝融絕頂》句：「樹傍白榆看。」石上多刻字，有「趙崇度登」、「陳崇古登」二題名。

錢儀吉：雲海似奇，實亦尋常耳。寫雲海，《黃山嶺要錄》極佳。琴隖嘗望泰山雲氣，爲余言其倏忽變化之狀，欲作一文紀之，未果，至今以爲憾。

下觀音巖少憩上高臺寺

俯看雲若鋪，深入雲如糝。滑坡葉難踏，滴衣樹莫撼。轉巖亦得洞，避濕傍倚窞。溜泉擘窠蹟，蹲狀太黝黮。大字刻者一，曰「朱陵洞天」，其石如蟾蜍。洞壁詩可辨者：「天柱峯高挂玉虯，靈泉何處是源頭。飛來仙舫如堪駕，直上銀河問斗牛。明嘉靖丙子春三月，巡按湖廣監察御史四明向程。」種松人已去，種菜僧自噉。海上復焉如，徘徊秖心感。寺右巨石刻「蓬萊勝境」四大字。

宿上封寺

第一峯頭住，光天是古壇。籬圍紅樹短，庭養白雲寒。夜梵畱清聽，朝曦候大觀。身踰九千丈，倚

麻穰市

茅茨早葺樂常豐，午飯留人爨火紅。村北疎林何瑟瑟，關南列嶂太雄雄。冰霜歲勁收功後，疆域天嚴用意中。弱骨寒袍添自數入聲，望雲曾未見賓鴻。

霧度平靖關二首

曉氣何迷濛，我衣露點侵。行將入于塞，高貴山之陰。帶刀見戍卒，夾道爲鳴金。承平起甘臥，候望依層岑。風迴曲有路，霧隔遙無林。眾巒色變黃，始憶秋碧森。

秋時山自夾，奥處翠可滴。涼雨況衣沾，清泉又腳歷。園疑竅窱穿，卉欲玲瓏摘。豈識九砦北，古來此禦敵。十月景茫茫，千株聲淅淅。數家寒蕭蕭，一澗靜激激。我不異前心，殊姿隨所覿。

翁方綱：「帶刀見戍卒，夾道爲鳴金」：只管借重營兵，爲主考賣弄，實可不必。

夜雪發信陽

燈火城門出未遲，雪霏霏乍雨絲絲。一鞭郵馬紆行處，半夜村雞亂叫時。淮水楚山須莫辨，菜畦麥壠定如滋。朔風獵獵憑當面，不奈多情兩鬢知。

贈周許州天度

頻年畿縣數上聲賢侯，幾月農曹即外州。芻牧牛羊今是亟，祕書著作孰爲優。潁川四長風何古，馬耳雙尖筆正遒。受禪臺南晴雪在，可無攜酒慶豐樓。

淇縣

國勢艱持後，深惟亞聖言。賢君非不作，善政亦徒存。淇澳烟中瑍，殷墟雪後村。山光豈形盛，坦坦自平原。

錢聚朝：手校云「瑍」改「堠」。

謁端木子祠

下馬宜溝驛，松庭爇鼎香。伾山寒色遠，黎水暮流長。兗國聞雖愈，郕公唯可方。善辭同宰子，奚翅得升堂。

望銅雀臺積雪

漳河凍不流，皛皛霧開午。皚皚南岸東，矗矗雀臺土。上有道人居，掩關靜鐘鼓。西陵近安在，浩浩沒榛莽。焉得拾瓦頭，春耕出蔬圃。

謁冉子廟

墓幸鄆公訪，村猶瓜井名。溫泉傳浴癩，古屋遂臨洺。道豈馨香重，人難德行成。永懷顔閔後，階樹有餘清。

蒙恩復署日講起居注官

螭頭職侍立，著紀出則從。臣微忝再列，黽勉曷以供？古云國之鏡，眥目于億代。貴使益當時，毋徒詔書載。昨者定西域，欽維至治馨。赫然天地德，何啻竝日星。我皇大仁聖，有舉無闕失。磊落復鏜鏜，敬之臣執筆。

皇太后萬壽上詣慈寧門率諸王公大臣行慶祝禮侍直恭紀

太平聖子拜于門，元氣翔霄正曉暾。浹月暢春堂上喜，十月二十三日西師奏報，拔達山汗素爾坦沙全部納款稱臣。上詣春暉堂請安，以捷音聞。敷天長至表中恩。十一月初五日長至，上以平定回部，率諸王大臣詣壽康宮行禮，宣讀《慶賀表》，迺御太和殿受賀，頒恩詔於天下。飛龍鳴鳳如心合，上親捧碧玉龍鳳呈祥如意一柄。甘露嘉禾應曲繇。早勅瓊筵奉合樂，無疆受福獻堯樽。是日，上進早膳于靜怡軒，晚膳于重華宮。

聖武樂歌三十章謹序

乾隆二十四年冬，西師平定回部凱旋，皇上告功郊廟，稱慶慈寧，禮周恩普，歡洽寰宇。廷臣咸力誦聖德，臣載敬讀御製《告成太學碑》，據事實書，歸于天恩祖澤，謙德尊光，垂法無極。復敬讀御製《勒銘葉爾奇木》、《勒銘伊西洱庫爾淖兒》二碑，暨夫《開惑》一論，大哉至矣，本末貫徹，天下萬世，仰見聖心。臣惟伊犁底定回部之役，皆臣古未臣、服古未服。臣叨職史官，殫竭弱毫，上紀德功，作爲樂歌，不敢徵引古事，蓋史冊所有，鮮可絜量，謹次用上下平聲三十部韻，拜手稽首以獻。

西極捷書同，初陽律應宮。人今定于一，皇本執其中。祗以勤文德，因之廓武功。自分天地後，泰運有乾隆。

績紀綏來始，端惟癸酉冬。諸台吉臣附，準噶爾朝宗。志繼光前烈，恩敷錫特封。山莊頻啓宴，糺縵繞錘峯。

乙亥歌常武，王師涖彼邦。北西分兩路，種落悉皆降。二月春多雨，伊犁綠勝江。午門俘既獻，爵且宥愚蠢。

勿逸還勤遠，求寧早慮危。露雲殷布濩，草木忍差池。蒼昊諶方格，黎民後乃知。翻緣阿逆竄，大定徹西陲。

阿布噶斯處，藐回曾被羈。開籠凫羽釋，逐侶舊巢歸。詎卽孤恩颺，而加助逆飛。矧夫戕我使，是必究天威。

準部定如初，難寬孽所餘。帝謨施密密，天量受徐徐。親錄邊情得，遙籌將略攄。祇令張竟壄，次第獲狂狙。

義問通遐域，仁心闢正衢。從來未臣者，以次奉章俱。間使爭稽顙，名王謹貢駒。羅叉告冥殛，豈敢藪吾逋。

哈薩克諸部，瞻天面內齊。左歸丁丑爾，右踵戊寅兮。大閱申金鼓，中朝緝璧圭。蹡蹡塔什罕，布魯特東西。

先是秋行肅，端宜迅掃霾。庫車城已抵，和卓木仍偕。啞啞烏聲樂，爰爰兔脫乖。幸猶騰虎旅，于以答宸懷。

易帥申優獎，全師壓藐回。臣心堅似鐵，士氣奮如雷。瓦解諸城繼，麕奔一寇纔。揚旗彌正正，游刃必恢恢。

葉爾奇木偪，元戎冞入親。孤軍膠折地，萬里馬疲辰。陣戰紛紜蟻，肱麾四百人。依天高築堡，黑水守冰津。

帝德常馨昊，天心實佑軍。尋泉沙暖出，掘米窖盈分。拾賊丸鉛擊，鈎伊縛葦焚。誓逾三月久，終致捷音聞。

度勢沈幾勝，乘時妙算煩。調兵將受代，在道恰來援。夏月綢繆備，冬風箠策敦。置棋先一著，一局鎮無喧。

戈壁行沙礫，將軍據馬鞍。健吞冰塊進，羣厲赤衷安。晝闘烏西隱，宵鏖斗北闌。前驅方百倍，後隊六花團。

砲擊圍中應，聞聲突夜山。夾攻其腹背，迎出以俱還。阿克蘇重駐，春正月對彎。仰憑神略豫，躪賊吸呼間。

三月春風緊，羣山曉霧連。衝寒收玉隴，乘勝復和闐。百戰吾師壯，諸城一檄傳。厥魁殲伯克，羅拜向仁天。

特詔分三路，天聲下九霄。熊羆森掎角，旌旆迴招摇。大小酋真絀，攙搶象亟銷。神人所助順，至德感何遥。

葉爾奇木衆，相呼迎遠郊。北南門直達，二萬戶歡呶。晝夜銅鑼擊，丁東畫鼓敲。今歸大皇帝，生養樂并包。

狡獪二酋蹙，挈孥先遁逃。吾軍割彝麥，閏月採葡萄。賦額寬因俗，官階別設曹。暨哈什哈爾，降輒荷成勞。

躡寇四遮羅，天威凜耀戈。須知柴札木，不是鄂根河。除棘人應願，藏梟境未過。青山高拔達，汗也已前歌。

左右雄分翼，中軍勁樹牙。一邀巖阻窟，再陷淖窮涯。戮既宣阿布，辭還責坦沙。滾都村外月，浩浩照鳴笳。

大捷紅旗閃，秋邊白露瀼。藁街懸眾示，函首送臣章。磬入西人版，繁栽北海桑。都門鐃吹徹，二萬里聲長。

吉語連番報，陽爻一畫生。于郊崇禮饗，告廟大勳成。入賀逢長至，班師頌太平。洪惟天祖鑒，深以答皇情。

上壽慶慈寧，萬年春蔭青。南山祥正啓，西域凱初聆。孝治光羣典，誠心總大經。恭聞籌運日，御鬢爲添星。

還旅親郊勞，龍旂瑞彩凝。一時封賞逮，諸將德材勝。前此明功罪，繇來大勸懲。如其忠烈見，秩祀有鉶登。

太學碑刊再，鴻文耀澨陬。謙衷歸上帝，丕烈纘先猷。御論詳開惑，廷言永鎮浮。五年操始末，祇賴一人籌。

祖德符天德，天心應聖心。紀綱繩祖懋，夙夜贊天深。一氣存存保，三霄息息欽。生民瞻未有，是以盛于今。戊寅冬大閱，臣《恭紀聖武詩》有云：「古者臣贊君，天猶隔微茫。今者君贊天，呼吸達昊蒼。」茲臣復敬揚斯義。

用武良難已，佳兵慎再三。閭無徭役擾，歲有賑蠲覃。外則春霆震，中惟化雨甘。庚辰免秦賦，預感聖心涵。

己巳行師捷，金川服德恬。干周重理紀，回靖又仁霑。南北均諧燮，東西浹鰈鶼。庚辛蕃介壽，資始大哉占。

駕馭外藩道，聲靈於赫監。毋令驕莫畏，貴以怵加嚴。至訓開神聖，鴻銘彙顯碞。煌煌大清祚，億萬祺登咸。臣伏讀諭旨曰：「駕馭外藩之道，示之以謙則愈驕，怵之以威則自畏。」此二言若子孫世世能守，大清國億萬年無疆之福。

錢儀吉：「爵」疑誤。○第十八首：稍近諧。

上祫祭太廟侍直恭紀

致敬臨冬盡，來思會廟中。椒馨深合俎，籥舞暢鳴簫。左右行三爵，親賢敍六功。神光巍降鑒，協氣藹交融。曉集千林雪，春生萬國風。今年定西域，允答孝孫衷。

除日保和殿侍宴

日光曬雪雪光鋪，城上西嵐玉作圖。合樂邦家功德耀，奉觴大小子臣濡。威儀敍述餘翹想，果餌攜歸劇粲娛。三百六旬重此候，殿頭兩度飫堯廚。

揅石齋詩集卷第二十二

庚辰

錢儀吉：五十三歲。

呂村

楊柳春郊路，西師正凱旋。上陵鴻祐答，勞師盛儀宣。侍從偕迎輦，村園近指鞭。金霞山畔月，一宿杏花烟。

上耕籍御觀耕臺侍直恭紀

三推禮既成，高敞面從耕。咫尺承春煦，從容領玉清。是刻蒙上褒所進《平定回部》詩，復諭已派會試同考官。

山光紅杏白，郊色雨鳩晴。仰識勤民意，和風綵衩生。

錢儀吉：校「籍」爲「藉」。

聚奎堂後西房宿次

旭景當檐最近南，高依槐榦葉猶含。廣庭軟草閒行趁，淨几微香寂坐參。感切主恩頻歲及，媿疎經術寸心諳。恭聞磨勘應蒙宥，持擇斤斤尚勉堪。

初八日晚雨

夕冷驀飄埃，東風勢轉來。首場歸號半，偏省點名纔。衣或真沾綠，心難似茁荄。往經秋賦僊，聽溜與低佪。

奉題總裁虞山相國用聚奎堂壁間韻詩後卽和韻明王圖詩刻石嵌壁

程文妙義發清深，粉壁還催灑墨臨。陣陣柳緜風展幔，喳喳鵲乳日烘林。四章往復詞何婉，三歎低回韻欲沈。悟到天人相合處，可勝培覆總關心。

奉和總裁少宗伯公用深字韻

四見狀元門下放，兩陪夫子院中臨。丁丑公總裁，載亦同考。放榜前，公有詩云：「三見門生是狀元。」蓋辛未、甲戌皆公總裁也。廿年覓舉逢榆塞，公雍正壬子舉京兆，載以是年副浙江榜。己巳秋，今虞山相國隨駕木蘭，載偕遊，始見公于行帳。六度邀知忝桂林。己巳木蘭歸，蒙以經學薦。庚午考取八旗教習。壬申舉京兆，公爲座主。廷試，公充讀卷官，又閱朝考卷，教習庶常，載以次及列。立近紗帷鬚較白，坐分硃卷漏休沈。遭時未有平生學，援筆能忘夙夜心？

奉題同考官張庶子若澄爲總裁大司寇仿王叔明秋堂講易圖卽和用深字韻

隃縻乞得研池深，同考例不用墨，庶子從相國借試。黄鶴秋容與背臨。江水平平通澗水，竹林短短夾蕉林。何人兀坐千山靜，有客忘言萬籟沈。莫是味經窩近在，相看已引叩門心。

春日偕朱明府垣翁編修方綱朱編修棻元遊王氏園翁編修有詩載和之而以務輟筆夏日足成五首奉簡諸君

倦著城南屐，相攜昨看花。凌晨誰剝啄，發詠自君家。景物迴思蒨，裳衣笑起斜。似煩圖尺幅，十里路非遐。

難得泉流活，而兼土阜高。春陰鋪廣隰，暖氣動平皋。騁目宜凭欄，循行欲刺篙。祇憐經舊旱，枯卻百餘桃。

柳弱眉還翠，山遙額半黃。便令辜伴侶，亦合費時光。老筆烏絲界，柔情錦瑟旁。舞來雙燕子，太是著人忙。

此際槐榆暗，陰陰已覆樓。思之吟自續，渺矣眺誰收。宿麥寒烟被，新荷曉露抽。彈鞭騎馬去，正復不須舟。

四月鬖鬖破，千街浩浩晴。倚檐雷晚作，剪燭雨宵行。車馬身何絆，郊墟意儘萌。小亭鳩語外，倍覺夏山明。

上御太和殿傳臚侍直恭紀

丹扆寶香馣，武成文化涵。專書金柱右，列秀玉階南。主德年祈萬，羣才策奏三。唱聲高正遞，旗采五雲參。

送吳進士泰來歸蘇州

名聞七子詩，乍見上春司。卻爲探花使，翻成折柳枝。到家趨綵服，開宴對山池。筮仕元毋驟，惟君樂更宜。

飲王光祿鳴盛寓屋邀題其庭前合昏花成十二韻

光祿能招客，幽情許賦詩。一雙嘉樹在，風日小堂宜。葉密方交影，花繁只吐絲。涼同車蓋蔽，殷似馬纓垂。漸向斜曛歛，空將碧罅篩。無憑或蠲忿，有信太知時。憶舊嘗看此，來多爲訪師。可憐勝拱把，相對卽堦墀。元年夏，是屋爲涂尚書居。我桑師官水部，僦廳事東齋，載早晚造師，見此兩樹初種已花。未白催吾鬢，成陰到汝枝。乍偕諸友醉，何止廿年遲。摘朶還收藥，攢鬚漫畫脂。宣南坊裏句，臭味忍差池。

上御勤政殿聽政侍直恭紀

儉德先皇建，勤思至聖承。淵淵無逸作，肅肅有常徵。柳上風微動，荷時露早澄。睿懷情且謐，出與萬幾應。

送孫進士維龍之令安徽二首

便別學堂行，俄看主縣城。宜民皆我事，酌古卽今情。皓月三秋迥，長江萬里清。到來敦所力，莫漫企聲名。

占籍宛平久，外家居竝僑。先公緬忠烈，故壟在餘姚。進宦年真壯，還鄉路豈遙。何時聞渡淛，行矣馬蕭蕭。

題南岳藤杖

壽嶽之陽赤帝居，道人劚贈冰雪餘。持歸隔歲親剔除，中若精鐵外瑤琚。紀在萬壽月吉初，欲銘而詩復自書。願以扶老隨所如。梅花修竹東海廬，出爲我船亦爲輿。有山可眺偕徐徐，何必直上崑崙墟。

朱休度：《柏梁》。六魚。

吳應和：前凝重，而後疎宕。欲銘而詩，體應如是。

近藤元粹：起得筆力矯健。○「願以」句單句。○賴云：妙篇。亦自一體。「萬壽」云云，一句無心有心間，有明時不仕之意在，與結處相映。

題秋碧堂法帖卽用冊中顏魯公書竹山連句韻

故相國真定梁公家石刻。公曾孫秀才用梅拓以見贈，中若《蘭亭》諸蹟，今已收入御定《三希堂寶刻》。其他刻於人間本者亦多有，獨顏公《竹山連句》一帖，夙未之見。因用韻成篇。

滹沱河畔過，未得問書堂。卻枉貽家刻，輪番識數行。秋簾燈炯炯，破瓦雨浪浪。妙迹新如昨，多年晦始彰。先摹南渡本，後及弁山陽。名郡墨池大，損齋家法長。首宋高宗臨《黃庭經》，末趙文敏寫《常清淨經》。況停顏氏蓋，曾課郭邊桑。招隱有千竹，讀書凡幾霜。茗攜鴻漸椀，禪竝皎公牀。宦客參羣從，風流長衆芳。詩題高士衷，目短右軍牆。杜牧差輝映，蘇髯又頡頏。一時羅米蔡，真贋辨王羊。清暇心猶見，昇平歲不忘。工間紙輕搨，石好屋深藏。示我贏懷璧，邀君共汎觴。高林候丹蕊，盛業繼青緗。且緩論游藝，茲來定舉鄉。連句者十八人：真卿，處士陸羽，前殿中侍御史廣漢李萼，前梁縣尉河東裴脩，推官會稽康造，評事范陽湯清河，釋皎然，河南陸士修，河南房夔，顏粲，顏顓，顏須，京兆韋介，洛陽丞趙郡李觀，詹事司直河南房益，河東柳淡，永穆丞顏峴，述上，各一韻。竹山招隱處，潘子讀書堂。顏公起韻「萬卷皆成衷，千竿不作行」，處士接聯也。

翁方綱：裴脩，裴循訛耳。

昇平詞十二章謹序

臣載誠懽誠忭，稽首頓首上言：乾隆己卯綏定西域，今年庚辰二月凱旋，大告成功。八月恭遇我皇上五十萬壽，清寧協德，時雨時暘，穀登秋豐，神人欣暢。皇帝萬壽，萬福萬年。蓋自天下日仰覩國家氣象昭鴻，誠所謂至樂者矣。夫金川平於己巳，來年庚午適當萬壽昌辰。茲居庚辰，愷歌先播於春陽，豐功上馨於天祖，和樂普徹於寰瀛，化澤并包乎萬域。昊穹皇皇，列祖穆穆，洪佑我聖人。惟夙夜之勤，自御極逮今，二十有五年，總乾綱於一心，息息無敢康。惟聖德大孝大仁大智大勇大文，德峻功巍，猶謙尊時，若弗克承，以格以鑒。用增於厤符，丕廓茲廣長，踰十萬里之扶輿，内外億生，咸若以應候顯徵，敬爲皇帝壽。天祖心符，用丕肇成。我庚辰景運，顧惟淵衷恭儉。詔内外臣工暨民間，敬循雍正五年聖訓，慎毋申祝嘏。至矣哉！孝思深廣，福基萬禩。臣叨恩珥筆，恭際慶辰，謹齋心盥手，撰《昇平詞》十有二章以獻。

天永清命，集禧我皇。祇承聖母，綏我萬邦逋旁切，一我紀綱。維聖子有道，維聖母有慶。顧而愉，顧而愉，奉而翼翼。維慈福，維孝德。德優優，福緜緜。曰來慈壽萬年，曰茲聖壽萬年。

右第一章十五句

孝于親，孝于祖。夙夜祇若，曰予其克承祜。四海爲疆，八山絡之，永保民以生，生我列祖。樂之日臨，我祖心日欽。我皇忱忱。孔昭矣，家孔寧矣，洪佑德之馨矣。

右第二章十三句

天篤我家，彌馨于皇。準時以有常，動靜敬將。乃不敢以逸，乃不敢以盈余章切。乾德自强，天業之昌。維天有聖子，手我家以勤理。既二十五年，天曰式綏繁祉，式綏繁祉。

右第三章十三句

宮廷清穆，正家維嚴。宏啓我子孫，維天祖是監，維臣民是覞。禮教是涵，禮教允勑。君子攸卽，君子之德。德優優，福緜緜，皇帝萬年。子子孫孫，至於萬年。

右第四章十四句

敦我宗族，勵我勳賢。儆我大小臣，維國力是宣。維民澤是延，罔或不然。百職之綱，聖一心提之。匪如提之，實手總齊之。去其所弊，歸於有濟。先其所難，俾後以安。維皇萬歲，太平于治官。

右第五章十六句

元元之命，繫我皇心。恤其室家，省方歲深。以賑以蠲，輒億萬其金。必一夫罔不獲，以保大於今。歲之或潦矣，履問水而田。歲之或暵矣，躬請雨于天。惠雨之詞，天呼吸實鑒知。愛民如我皇，萬福永禔。

右第六章十六句

列祖列宗，德孚我宇。皇德既克承復，式廓我土。里闢二萬，今與耕桑。我鼓鼘鼘，我旗泱泱。我西師大凱，庚辰春陽。奉觴壽康，普洽萬邦逋旁切。維皇謙受，謂天予祐。維臣民咸稽首，曰昊穹爲皇帝壽。

右第七章十六句

昊穹爲皇帝壽，春風宜蠶，夏雨宜豆。宜麥風纔，宜稻雨又。維大有年，萬國之富。萬國之富，一人之祥。太和蒸布，隆隆洋洋。日月星辰，山川林麓。維百神咸稽首獻壽，敬登百穀。

右第八章十五句

維皇至聖，維皇至誠。誠乎理，必本情。誠乎政，必以行。維守維創，維底於昇平。仁無私矣，義無欲矣。體天祖親以敬，躬維健德，以生福祿矣。德之健矣，誠於性矣。福祿無疆，皇至聖矣。

右第九章十六句

維皇大文，維皇大武。德光遠訖，震雷以雨。憫所覆幬，皆爲我人。必懲於義，乃勤於仁。武何以大？神斷以無外。功何以成？妙算以先聲。維邃以精，維迅以貞。維繼述先志之誠，丕廓我太平。

右第十章十六句

維皇大武，維皇大文。聖作歌詩，春生絪緼。中有高嶽長河，上則景星卿雲。微析於物，幽察於神。文以經之，武以緯之。武既成矣，文以治之。誕釐我臣，誕保我民。維儉維勤，維皇謙尊，維萬福永申。

右第十一章十七句

維萬福永申，自今以歲歲。天祖篤之慶，慶如庚辰。維來辛歲，慈寧壽昌，丕式播萬國光。歲接以奉觴，慶衍於皇。日華中天，月之樹香，丕式播萬國光。維慈壽無疆，維聖壽無疆。

右第十二章十四句

觀李營丘寒林圖

叢樹半見根，澗迴雪瀰瀰。猶存孟津字，爲誦華亭篇。幀上王文成題「李成寒林圖」五字。董文敏詩嘗云：「營丘李夫子，山水天下師。放筆寫寒林，千金難易之。」

上萬壽詣慈寧門率諸王公大臣行慶賀禮侍直恭紀

璇宮曉啓碧霄深，鈞奏風清紫鳳音。至德巍巍天子拜，純禧藹藹聖人臨。蟠桃樹美來年實，金粟香舒我佛心。萬國昇平登百穀，奉歡始以壽觴斟。

法源寺看菊

昨日缺登高，燈前鬢獨搔。不因詩簡喚，那作佛廬遨。插竹春盆盎，分畦夏桔槔。工夫勤次第，乃得悅吾曹。

題秦學士大士種樹圖

《齊民要術》詳種樹上聲，始愛樊須嘗學圃。君今豈若宗元喻，示我新圖方種樹去聲。其蒔若子置若棄，養人有道何煩寓。春風一吹百卉萌，閒裏亦念棲遲衡。周公七月太經濟，鴟鉏敢謂芳余情。何人種松問東坡，何年種柳自淵明。種桃者誰梅則林，種杏者董仙山青。種槐則榮棗橘富，梧櫝勿舍聞諸經。悠悠悠悠君請擇，種竹何妨付東宅。桂食而伐漆用割，以苦其生又何惜。十人植，一人搖，所難使之天且喬。一年穀，十年木，萬事誠如早相蓄。

朱休度：長短句。六七轉，極參差，極整齊。

錢儀吉：稍嫌過於踸實，而其實政不可及。

題秦學士柴門稻花圖

門前穲稏田，屋北琅玕竹。有水即有船，有童復有犢。春耕必數塍，秋收多幾斛。長者顔何怡，幼者氣相肅。鳴梭戶內織，把冊窗間讀。豆登賴早豐，宗黨以時睦。江南此景常，豈曰江南獨。一家如是推九州，萬國於焉同一族。六卿宰相迄庶尹，各職其職中外穆。聖人敬勤薦惟馨，松柏之茂受百祿。年年藉蛩太平基，只在稻花風露馥。我今爲子歌，我亦起而舞。休養及昌辰，敦龐自太古。稻田兮稻田，花香兮緜緜。于家于國長如始，所寶《豳風・七月》篇。朱休度：長短句。前仄韻五言十四句，忽變而七言八句，又轉仄五言四句，又轉平兩五言、兩七言。

題汪博士棣後譚藝圖

往者把君詩，清妙近昌穀。茲焉示我圖，見緒尚膺服。杜老云多師，豈惟放效夙？性情所自抒，流別元毋逐。秋風又報罷，念子在寓屋。庭階露已團，簾戶月可掬。敝衣亦知澣，寒裯未能宿。彌迴萬里心，幾億十年僕。新篇更何如，出步偕訪菊。古道但探微，遑從詹尹卜。

聞祝嘉舉浙榜走筆奉簡其尊甫舍人四首

八上君雖得意遲，外甥偕試外孫隨。康古孝廉令子如藻，舉己卯。秋高正憶駒千里，月滿俄傳萼一枝。因載座主鄒公名謹，用萼字。計日北裝行霽目，連年南信奉軒眉。黃花未老猶堪插，一引何妨盡百巵。翁方綱：何必。

一飲何妨盡百巵，我今未醉卻先悲。乳巢鶴返非無子，漁所蘭催僅有兒。陳丈明經暨秀才諒。宛轉舊門祈歲稔，迢遙餘慶倚天慈。熒熒燈火涔涔淚，永念平生忍入詩？

永念平生忍入詩？高安宿草尚無兒。偶圃明府。千秋已覺空三嘆，一引何妨盡百巵。鏡裏梳粧休悦世，筵前板拍要從時。萬端摒擋摹花樣，且與春風錦肆宜。

已辦春盤待卷帷，祝汪三輩坐無辭。令子又爲康古妹壻。憑天次第光相照，老我俳諧樂任爲。喚取兒郎擎客盞，抱將孫子捋公髭。此緣固識尋常甚，儌幸貧交足話資。

乾州甯氏

雅化今其浹，淳風古是餘。一門聞聚順，八世見同居。旌里光宸什，題堂有御書。漫云張鄭後，孝義鮮能如。

詠德昌門外柳

金鋪静映看瓊島，略彴平依遶液池。愛是康熙年種得，春來萬萬緑烟絲。

上御紫光閣閲武舉騎射侍直恭紀四首

紫閣新恢制，仍臨太液西。仙臺南擁苑，翠島北分堤。楊柳彫陰半，葡萄蟄蔓齊。聖人親試武，冬曉集霜蹄。

寶訓中鐫石，鴻文兩列圖。準人降見受，回部馘看俘。仰瞻閣之中間，恭刻祖訓。兩旁南向，壁東恭書《御製平定準噶爾告成太學碑》，西恭書《御製平定回部告成太學碑》。東西向，壁東畫《伊犁河降準人》，西畫《拔達克山俘逆回諸將圖》，形士馬營陣、山川之勝略備。玉埒晴雲照，金輿采鳳扶。執弓諸士候，逷界一塵無。

欄迥青旗展，場寬畫鼓鳴。絕倫誰又雋，高第已先呈。宋制，武舉人射兩石弓，馬射九斗，謂之絕倫。《唐六典》：兵部員外郎掌貢舉，其高第奏聞。虎衛雄膺勑，龍顔霽示程。上命御前侍衛數輩馳射以式觀。是中掄將帥，所望慎勳名。

技勇來朝進，還蒙覆閱識。一心勤選矣，二柄夙昭焉。清切濡毫地，雍容入凱年。上林風景好，遠塞早屯田。

觀文待詔歸去來圖

一方七寸餘，濃淡滿清氣。小楷綴陶辭，北窗涼髣髴。先生自跋云：「己亥秋暑，晚窗弄筆。」懷歸詩合裝，克成所寶貴。田居十幾年，頗樂林泉味。萬曆戊寅，仲子嘉跋云：「其後懷歸詩則庚子歲所書，皆以贈顧君克承者。時先生歸來已十四年。」歐陽潁水思，容易昇平慰。鵯鵊戀君恩，斯情亦云未。《懷歸詩引》云：「徵明自癸未入京，卽有歸志。既而忝列朝行，不得卽解，邐迤三年，故鄉之思，往往托之吟諷。丙戌罷歸，留滯潞河，檢故稿，得懷歸之作三十二篇，別錄一冊，以識余志。昔歐公有《思潁詩》，亦自爲集，徵明于公雖非儗倫，而其志則不殊也。」歐陽文忠《鵯鵊詞》云：「可憐此樂獨吾知，眷戀君恩今白髮。」賢孫續跋三，讒譏乃憂畏。最後阻風時，南還村泊魏。鷓鴣行不得，杜宇催歸既。文氏百年間，令人增歔欷。文肅一跋于丙寅，有「林樾之中，日虞矰戈」語，蓋非復賢祖父。戊寅、庚子、己亥可優游矣。又曰：「余以四月下旬入官，十月晦歸田，時公歸已三年也。」一跋于己巳，舟次武城，有「丁卯首春，禍已幾及」語。又云：「戊辰三錫徵書，則公復出北上。」一跋于庚午仲秋，阻風魏家灣，云：「己巳閏四月入都。明年夏五，思報主恩，抗章論列，執政者乃借桐封以出。蓋于七月九日出都，計立朝又十有四月，是爲崇禎三年。」

翁方綱：「克成」與注中「克承」歧誤。○文肅跋内，竟不檢其祖諱。

錢聚朝：「頬」應「鴂」。○「托」應「託」。

錢儀吉：克成，人名，覃翁粗疏誤解耳。

冬至上御太和殿受朝賀侍直恭紀

親拜圜丘大禮成，上章鳴樂慶慈寧。太微位正臚傳徹，寰宇春回廣漠青。歲值稱觴深介祉，勳昭入凱衆稽庭。小臣柱右瞻長履，跪捧茶甌浹袂馨。

端範堂有題

旁築卻南向，樹疎風更寒。問名應判事，兼職是階官。炭釋衣稜凍，茶滋舌本乾。徐徐方布武，啄雀下檐端。

磨勘試卷

舉到盈箱牘，先休禁例違。準繩鼇始得，玉石雜原非。我聖崇科選，羣公慎責歸。所難言黜落，豈獨念寒微。

起居注館宿次

臘雪融初淨，春風動澌香。後日廿九立春。門西先夕候，館列太和門西，熙和門南。殿右厥明襄。詰旦，上視祫祭祝版，臣載當侍直。藹藹珠杓麗，深深玉漏長。紅燈頻自照，束帶正冠裳。